Editora Charme

SÉRIE WESTCOTT #4

ALGUÉM PARA
se Importar

AUTORA BESTSELLER DO NEW YORK TIMES

MARY
BALOG

© 2018 by Mary Balogh do livro SOMEONE TO CARE.
Primeira publicação foi feita nos Estados Unidos por Berkley,
e impresso por Penguin Random House LLC., New York.
Esta obra foi negociada por Maria Carvainis Agency, Inc. e Agência Literária Riff Ltda.
Direitos autorais de tradução© 2024 Editora Charme.

Todos os direitos reservados.
Nenhuma parte desta publicação pode ser reproduzida, distribuída ou transmitida sob qualquer forma ou por qualquer meio, incluindo fotocópias, gravação ou outros métodos mecânicos ou eletrônicos, sem a permissão prévia por escrito da editora, exceto no caso de breves citações consubstanciadas em resenhas críticas e outros usos não comerciais permitido pela lei de direitos autorais.

Este livro é um trabalho de ficção.
Todos os nomes, personagens, locais e incidentes são produtos da imaginação da autora. Qualquer semelhança com pessoas reais, coisas, vivas ou mortas, locais ou eventos é mera coincidência.

1ª Impressão 2024

Produção Editorial - Editora Charme
Capa e Produção Gráfica - Verônica Góes
Tradução - Monique D'Orazio
Revisão - Equipe Charme
Imagem - AdobeStock

CIP-BRASIL. CATALOGAÇÃO NA PUBLICAÇÃO
SINDICATO NACIONAL DOS EDITORES DE LIVROS, RJ

B156a

Balogh, Mary
 Alguém para se importar / Mary Balogh ; tradução Monique D'Orazio. - 1. ed. - Campinas [SP] : Charme, 2024.
 324 p. ; 22 cm.   (Westcott ; 4)

 Tradução de: Someone to care
 ISBN 978-65-5933-172-7

 1. Romance americano. I. D'Orazio, Monique. II. Título.

24-91495   CDD: 813
                           CDU: 82-3(73)

Gabriela Faray Ferreira Lopes - Bibliotecária - CRB-7/6643

www.editoracharme.com.br

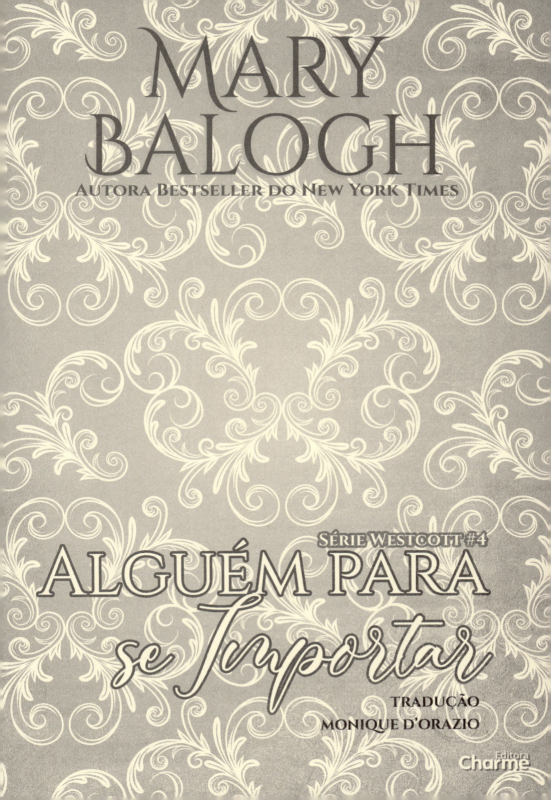

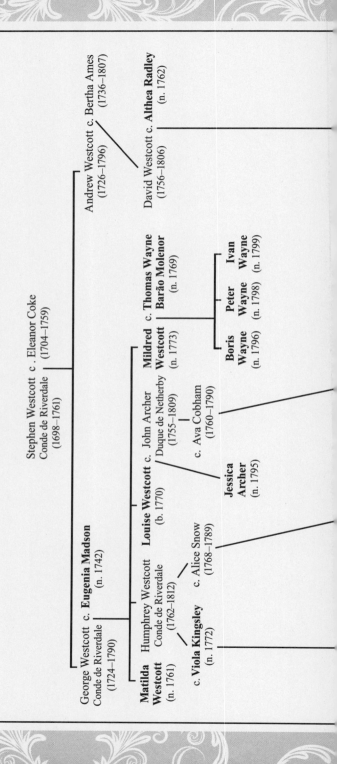

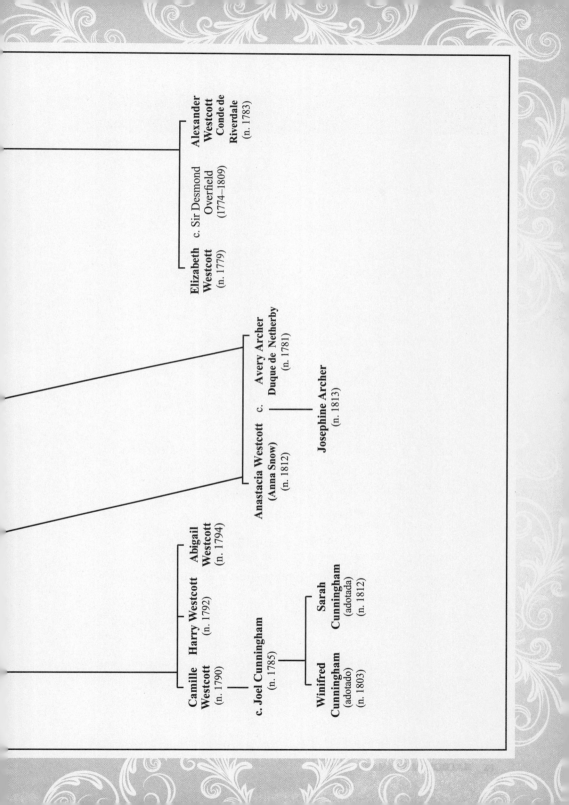

ELOGIOS À PREMIADA AUTORA MARY BALOGH

"Uma das melhores!"
— *Julia Quinn, autora best-seller do New York Times*

"A atual superestrela do romance, herdeira do maravilhoso legado de Georgette Heyer (só que muito mais sensual)."
— *Susan Elizabeth Phillips, autora best-seller do New York Times*

"Uma escritora de romances de intensidade hipnotizante."
— *Mary Jo Putney, autora best-seller do New York Times*

"Imbatível, espirituoso e envolvente."
— *Teresa Medeiros, autora best-seller do New York Times*

"Balogh mais uma vez parte de tropes narrativos conhecidos, mas os enche de compaixão, inteligência emocional e perfeita autenticidade."
— *Kirkus Reviews (resenha estrelada)*

"Esta história tocante e totalmente cativante transborda humor sutil, diálogos inteligentes, sensualidade de tirar o fôlego e personagens coadjuvantes que você deseja conhecer melhor."
— *Library Journal (resenha estrelada)*

"Você sempre pode confiar em Balogh para oferecer um romance de época belamente bem-escrito."
— *Publishers Weekly*

1

Marcel Lamarr, marquês de Dorchester, não ficou nada satisfeito quando sua carruagem virou bruscamente para o pátio de uma estalagem insignificante na periferia de uma vila também insignificante e parou abruptamente. Ele deixou seu descontentamento claro — não em palavras, mas em um olhar frio e firme —, tendo levantado seu monóculo quase, mas não completamente, em direção aos olhos, quando seu cocheiro abriu a porta e espiou para dentro com um ar de pedido de desculpas.

— Um dos cavalos está com a ferradura solta, milorde — ele explicou.

— Você não verificou se estava tudo em ordem quando paramos para a troca de cavalos, uma hora atrás? — perguntou o marquês, mas não esperou por uma resposta. — Quanto tempo?

O cocheiro olhou com dúvida para a estalagem e para os estábulos, de onde nenhum cocheiro ou estabuleiro havia emergido correndo, ansioso para ajudá-los.

— Não muito, milorde — assegurou ele a seu patrão.

— Uma resposta firme e precisa — ironizou o mestre, abaixando o monóculo. — Digamos uma hora? E nem um momento a mais? Vamos entrar, André, enquanto esperamos, e experimentar a qualidade da cerveja servida aqui. — Seu tom sugeria que ele não esperava ficar impressionado.

— Um copo ou dois não farão mal — respondeu seu irmão, André, alegremente. — Já se passou um belo tempo desde o desjejum. Nunca entendo por que você sempre tem que sair tão cedo e então se mantém obstinadamente dentro da carruagem quando os cavalos estão sendo trocados.

A qualidade da cerveja, de fato, não era impressionante, mas a quantidade não podia ser contestada. Era servida em canecos grandes, que transbordavam e deixavam anéis molhados na mesa. A quantidade talvez fosse o destaque da estalagem. O estalajadeiro, sem ser chamado, trouxe-lhes pastéis de carne frescos, que enchiam os dois pratos e até ultrapassavam as bordas. Haviam sido preparados por sua própria esposa, ele os informou, inclinando-se e sorrindo ao fazê-lo, embora o marquês não lhe desse nenhum incentivo além de um aceno de cabeça frio e indiferente. A boa mulher, ao que parecia, fazia os melhores pastéis de carne — aliás, as melhores tortas de qualquer tipo — em um raio de trinta quilômetros, possivelmente mais, embora o orgulhoso marido não quisesse parecer presunçoso ao cantar os louvores de sua esposa. Os cavalheiros deveriam julgar por si próprios, embora ele não tivesse dúvidas de que concordariam com ele e talvez até sugerissem que eram os melhores de toda a Inglaterra — possivelmente até do País de Gales, da Escócia e da Irlanda também. Ele não ficaria surpreso. Os cavalheiros já haviam viajado para essas regiões remotas? Ele tinha ouvido...

Marcel e André foram poupados de ouvir o que quer que ele tivesse ouvido; no entanto, quando a porta externa além do salão se abriu, um trio de pessoas, seguido quase imediatamente por uma corrente constante de outros, entrou na sala. Eram presumivelmente aldeões, todos vestidos com suas melhores roupas de domingo, embora não fosse domingo, todos alegres e barulhentos em suas saudações ao estalajadeiro e uns aos outros. Todos estavam com uma sede do deserto e vazios como tigela de mendigo em época de fome — de acordo com o mais alto deles — e precisavam de sustento na forma de cerveja e pastéis, já que não faltava muito para o meio-dia e os festejos do dia só começariam dali a cerca de uma hora, mais ou menos. Esperavam estar de estômago totalmente forrado pelo resto do dia quando os festejos *de fato* começassem, é claro, mas enquanto isso...

No entanto, alguém naquele momento — com um coro de concordância apressada por parte de todos os outros — lembrou-se de garantir ao anfitrião que nada podia nem se compararia às preparações de sua esposa. Era por isso que estavam ali.

Cada um dos recém-chegados rapidamente percebeu que havia dois forasteiros entre eles. Alguns desviaram o olhar com certa confusão e correram para se sentar a mesas o mais longe possível dos forasteiros, à medida que o tamanho do salão permitia. Outros, um pouco mais ousados, acenaram respeitosamente ao tomar seus assentos. Uma alma corajosa manifestou-se com a esperança de que vossas senhorias tivessem vindo para desfrutar dos entretenimentos que sua humilde vila teria para oferecer pelo resto do dia. O salão ficou silencioso quando toda a atenção foi voltada para suas senhorias, aguardando uma resposta.

O marquês de Dorchester, que nem sabia o nome do vilarejo nem se importava, olhou em volta para o escuro e desleixado salão com desagrado e ignorou a todos. Era possível que ele nem tivesse ouvido a pergunta ou notado o silêncio. Seu irmão, mais sociável por natureza e mais disposto a se encantar com qualquer novidade que se apresentasse, fez um aceno geral amigável para os presentes e proferiu a pergunta inevitável.

— E quais entretenimentos seriam esses?

Foi todo o incentivo de que os reunidos precisavam. Estavam prestes a comemorar o final da colheita com concursos de tudo o que havia sob o sol: canto, violino, dança, luta de braço, serragem de madeira, para citar alguns. Haveria corridas para as crianças, passeios de pônei e concursos de costura e culinária para as mulheres. E exposições de produtos do pomar, é claro, e prêmios para os melhores. Havia algo para todos. E todos os tipos de barracas com tudo o que se poderia desejar para gastar seu dinheiro. A maior parte dos produtos do pomar e dos itens das mulheres seriam vendidos ou leiloados após a avaliação. Haveria um grande banquete no salão da igreja no final da tarde, antes do baile geral à noite. Todos os lucros do dia seriam destinados ao fundo para o telhado da igreja.

O telhado em questão, ao que parecia, tinha goteiras como se fosse uma peneira sempre que havia uma boa chuva, e apenas cinco ou seis dos bancos eram seguros para sentar. Estes ficavam extremamente lotados em dias chuvosos.

— Não que alguns dos nossos jovens reclamem muito alto sobre a lotação — mencionou alguém.

— Alguns deles rezam a semana toda por chuva no domingo — acrescentou outra pessoa.

André Lamarr juntou-se à gargalhada geral que se seguiu a esses gracejos.

— Talvez fiquemos uma hora ou duas para assistir a alguns dos concursos — disse ele. — Serragem de madeira, você disse? E luta de braço? Talvez até eu tente uma luta. — Todos os olhares se voltaram para o companheiro deste, que não havia falado nem mostrado interesse em nenhum dos muitos deleites supostamente irresistíveis que o dia prometia.

Eles contrastavam bastante um com o outro, esses dois irmãos. Havia uma diferença de quase treze anos em suas idades, mas não era apenas um contraste de anos. Marcel Lamarr, marquês de Dorchester, era alto, de boa compleição física, impecavelmente elegante e austeramente bonito. Seus cabelos escuros estavam se tornando prateados nas têmporas. Seu rosto era estreito, com maçãs do rosto proeminentes, um nariz um tanto aquilino e lábios finos. Seus olhos eram escuros e profundos. Ele olhava para o mundo com desdém cínico, e o mundo o olhava de volta — quando se atrevia a olhar — com algo que beirava o medo. Ele tinha a reputação de ser um homem duro que não suportava tolos: nem de bom grado, nem de modo algum. Também tinha a fama de viver a vida intensamente e ser dado a jogos de azar, entre outros vícios. Dizia-se que ele havia deixado para trás uma série de amantes desiludidas, cortesãs e viúvas esperançosas ao longo de seus quase quarenta anos. Quanto às damas solteiras, suas mães ambiciosas e seus pais esperançosos, estes haviam desistido há muito tempo de fisgá-lo. Um olhar repressivo daqueles olhos escuros poderia congelar até mesmo as damas mais determinadas que cruzassem seu caminho. Elas se consolavam alimentando o rumor de que ele carecia de um coração ou de uma consciência, e ele não fazia nada para desfazer tal noção.

André Lamarr, em contraste, era um jovem sociável, mais baixo, ligeiramente mais largo, de cabelos e tez mais claros e, em geral, mais aberto e agradável de rosto do que seu irmão. Ele gostava de pessoas, e as pessoas geralmente gostavam dele. Sempre estava pronto para ser divertido, e nem sempre era seletivo sobre de onde vinha essa diversão. No momento, via-se encantado por aqueles alegres camponeses e com os prazeres simples que eles antecipavam com tamanha alegria. Ficaria perfeitamente feliz em atrasar a viagem por uma hora ou três — eles haviam partido terrivelmente cedo, afinal. Ele olhou inquisitivamente para seu irmão e respirou fundo para falar. Foi impedido, no entanto.

— Não — disse o cavalheiro, em voz baixa.

A atenção das massas já havia sido atraída por um casal de recém-chegados, que foram recebidos com uma troca animada de amenidades e comentários sobre como o tempo tinha sido bom com eles e também ao som de alguns lances fracos de espirituosidade, que renderam gritos desproporcionais de alegres risadas. Marcel não conseguia imaginar nada mais tedioso do que uma tarde gasta com o insípido entretenimento de uma feira do campo, admirando grandes repolhos e toalhas de crochê e assistindo a grupos de dançarinos pesados dançando pelo vilarejo.

— Raios, Marc — reagiu André, franzindo a testa. — Pensei que você não estivesse muito ansioso para voltar para casa.

— Eu também — assegurou-lhe Marcel. — Redcliffe Court está cheio de pessoas por quem sinto muito pouca afeição.

— Com exceção de Bertrand e Estelle, eu esperaria — falou André, franzindo ainda mais a testa.

— Com exceção dos gêmeos — Marcel concedeu, com um leve encolher de ombros, enquanto o estalajadeiro chegava para encher novamente seus copos. Mais uma vez, transbordaram com espuma, que inundou a mesa deles. O homem não parou para limpar.

Os gêmeos. Teria que lidar com aqueles dois quando chegasse em casa. Em breve, completariam dezoito anos. No curso natural dos eventos, Estelle faria sua estreia durante a Temporada de Londres no próximo ano e se casaria com um partido apropriado dentro de um ano ou mais, enquanto Bertrand iria para Oxford, desperdiçaria três ou quatro anos lá, absorvendo o mínimo possível de conhecimento, e depois seguiria uma carreira como um jovem da moda na Capital. *No curso natural dos eventos...* Na verdade, não havia nada de natural em seus filhos. Ambos eram quase morbidamente sérios, talvez até carolas — ele amaldiçoava a mera ideia. Às vezes era difícil acreditar que poderia tê-los gerado. Apesar disso, não tinha tido muito a ver com a criação dos gêmeos e, sem dúvida, era aí que morava o problema.

— Vou ter que me esforçar com eles — acrescentou.

— Eles não devem lhe dar nenhum problema — assegurou-lhe André.

— Devem isso a Jane e Charles.

Marcel não respondeu. Pois *esse* era precisamente o problema. Jane Morrow era a irmã mais velha de sua falecida esposa — rígida, sem humor e determinada em suas maneiras. Adeline, que era uma mocinha despreocupada e amante da diversão, a detestava. Ele ainda pensava em sua falecida esposa como uma mocinha, pois ela havia morrido aos vinte anos, quando os gêmeos mal contavam com um ano de idade. Jane e seu marido tinham assumido os deveres de cuidar das crianças enquanto Marcel fugia como se os cães do inferno estivessem em seus calcanhares e como se pudesse superar seu luto, culpa e responsabilidades. Na verdade, ele mais ou menos tinha tido sucesso com esse último. Seus filhos haviam crescido com a tia, o tio e os primos mais velhos, embora em sua própria casa. Ele os tinha visto duas vezes por ano desde a morte da esposa, quase sempre por períodos bastante curtos. Aquela casa tinha muitas más lembranças. Uma má lembrança, na verdade, mas essa era, de fato, péssima. Felizmente, a casa em Sussex havia sido abandonada e alugada após ele herdar o título. Todos agora viviam em Redcliffe Court, em Northamptonshire.

— O que não é o meu caso — continuou André com um sorriso melancólico depois de tomar um longo gole de seu copo e limpar a espuma do lábio superior com as costas da mão. — Não que alguém esperasse que eu devesse atribuir minhas qualidades a Jane e Charles, é verdade. Mas eu também não devo muito a você, não é mesmo, Marc?

Marcel não respondeu. Nem seria fácil fazê-lo, mesmo se quisesse. O barulho na taverna era ensurdecedor. Todos estavam tentando falar mais alto que os outros e parecia que, a cada segundo, uma fala engraçada era merecedora de uma explosão prolongada de risos. Era hora de seguir viagem. Decerto, seu cocheiro já tivera tempo suficiente para prender uma ferradura solta em uma das patas de um cavalo. Provavelmente tinha cuidado disso em cinco minutos e estava desfrutando de uma caneca de cerveja.

Além da porta aberta da taverna, Marcel pôde ver que outra pessoa havia chegado. Uma mulher. Uma dama, na verdade. Sem dúvida, uma dama, embora, surpreendentemente, ela parecesse estar sozinha. Estava parada no balcão do corredor, olhando para o livro de registro que o estalajadeiro virava em sua direção. Tinha um bom porte e era elegante, embora não jovem, se ele pudesse dar um palpite. Seus olhos repousaram sobre ela com indiferença até que ela se virou meio de lado como se algo nas portas principais tivesse chamado sua atenção. Ele viu seu rosto de perfil. Bonita. Embora, definitivamente, não jovem. E... familiar? Ele olhou mais atentamente, mas ela se virou de volta para o balcão a fim de escrever no livro de registros antes de se inclinar para pegar uma bolsa e se dirigir à escada. Logo desapareceu de vista.

— Não que você seja grande coisa para si mesmo às vezes — disse André, aparentemente alheio à falta de atenção de Marcel à conversa.

Marcel fixou um olhar frio em seu irmão.

— Gostaria de lembrá-lo de que meus assuntos não são da sua conta — respondeu ele.

Seu irmão somou ao burburinho geral ao jogar a cabeça para trás e rir.

— Uma escolha de palavras apropriada, Marc.

— Mas, ainda assim, não é da sua conta — contrapôs Marcel.

— Oh, talvez seja, se um certo marido, irmãos, cunhados e outros parentes e vizinhos resolverem nos perseguir e irromper sobre nós.

Eles vinham de Somerset, onde haviam passado algumas semanas em uma festa na casa de um conhecido em comum. Marcel havia aliviado o tédio flertando com uma vizinha de seu anfitrião, que era uma visitante frequente na casa, embora tivesse se contido de qualquer intimidade sexual com ela. Ele havia beijado as costas de sua mão uma vez, à vista de pelo menos vinte outros convidados, e uma vez quando estavam sozinhos no terraço além da sala de estar. Ele tinha a reputação de ser um mulherengo impiedoso e sem coração, mas fazia questão de não encorajar senhoras casadas, e ela era casada. No entanto, alguém — ele suspeitava de que fosse a própria dama — havia contado uma história altamente exagerada para o marido, e o cavalheiro em questão tinha escolhido se ofender. Todos os seus parentes masculinos até a terceira e quarta gerações, sem mencionar seus vizinhos e vários dignitários locais, também se ofenderam coletivamente, e logo se rumorejava que metade do condado estava atrás de sangue do lascivo marquês de Dorchester. O desafio para um duelo não estava fora de cogitação, por mais ridículo que pudesse parecer. Na verdade, André e três dos outros convidados masculinos da casa haviam oferecido seus préstimos como segundos no duelo.

Marcel havia escrito para Redcliffe Court com o objetivo de informar sua intenção de voltar para casa ao longo daquela semana e tinha deixado a festa antes que toda a tolice se transformasse em uma verdadeira tragédia. Ele não tinha nenhum desejo de matar um fazendeiro impulsivo que negligenciava sua esposa ou de se permitir ser morto. E não se importava nem um pouco se sua partida fosse interpretada como covardia.

Já estava planejando voltar para casa de qualquer maneira, embora o lar estivesse cheio de pessoas que nunca haviam sido convidadas a residir ali — ou talvez por causa desse fato. Ele herdara o título de seu tio havia menos de dois anos e, com ele, Redcliffe Court. Também herdara seus residentes: a marquesa — sua tia viúva — e a filha desta, com seu respectivo marido e filha mais nova. As três mais velhas já haviam se casado — tinham casamentos felizes — e batido asas do ninho familiar com seus maridos. Como tinha pouco interesse em fazer de Redcliffe sua residência, Marcel não achou importante sugerir que se mudassem para a casa de viuvez, que fora construída em algum momento do passado para esse tipo de situação. Agora Jane e Charles Morrow também estavam lá com seu filho e filha, ambos adultos, mas nenhum dos quais havia mostrado qualquer sinal de lançar-se para uma vida independente de seus pais. Os gêmeos também estavam em Redcliffe, é claro, já que agora era seu lar por direito.

Uma grande e feliz família.

— O que me *preocupa* — disse Marcel, em uma breve diminuição do nível de ruído depois que o dono da taverna distribuiu pastéis fumegantes de um prato gigante e todos começaram a comer — são suas dívidas, André.

— Sim, eu sabia que chegaríamos a isso — falou seu irmão, com um suspiro resignado. — Eu teria quitado todas há muito tempo se não tivesse tido uma série de azar nos jogos pouco antes de partirmos para o campo. Vou me reerguer, no entanto, não se preocupe. Eu sempre consigo. Você sabe disso. *Você* sempre consegue. Se meus credores tiverem o menor atrevimento de vir atrás de você novamente, apenas os ignore. Eu sempre faço isso.

— Ouvi dizer que a prisão por dívidas não é a residência mais confortável do mundo — comentou Marcel.

— Ah, pelo amor de Deus, Marc. Isso foi desnecessário. — Seu irmão parecia chocado e indignado. — Você decerto não espera que eu apareça em público vestido em trapos e usando botas surradas, não é mesmo? Eu seria um reproche para você se fosse cliente de um alfaiate ou sapateiro inferior. Ou, pior, de nenhum. Realmente, não posso ser culpado por *essas* contas. Quanto aos jogos, o que se espera que um sujeito faça para se divertir? Leia livros edificantes ao pé da lareira todas as noites? Além disso, é um defeito de família, você deve confessar. Annemarie está sempre vivendo além de seus meios e depois perdendo uma fortuna nas mesas de jogo.

— Nossa irmã — respondeu Marcel — é preocupação de William Cornish pelos últimos oito ou nove anos. — Embora isso não a impedisse de pedir um empréstimo ocasional quando houvesse sido mais extravagante do que o habitual ou mais azarada e se amedrontasse com a perspectiva de confessar tudo ao seu marido sensato. — Ele sabia no que estava se metendo quando se casou com ela.

— Ela me diz que ele nunca a repreende ou ameaça com a prisão por dívidas — afirmou André. — Empreste-me um dinheiro, por obséquio, Marc. Apenas o suficiente para cobrir as dívidas dos jogos e talvez um pouco mais para afastar os credores mais urgentes, malditos sejam. Eu pagarei cada centavo. Com juros — acrescentou, magnanimamente.

A dama havia reaparecido. A porta entre a taverna e a sala de jantar também estava aberta, e Marcel pôde ver a dama se sentando a uma mesa lá dentro — a única ocupante da sala, pelo que ele podia ver. Ela estava de frente para ele, embora houvesse a largura de dois salões e muitas pessoas entre eles. E, pelo amor de Deus, ele a conhecia mesmo. A deusa de mármore a quem ele, em algum momento, tentara transformar em carne e osso — sem sucesso nenhum. Bem, quase nenhum. Ela estava casada na época, é claro, mas ele tentara flertar com ela mesmo assim. Ele era um galanteador habilidoso e raramente falhava quando se dedicava a uma conquista. Ele começara a pensar que ela talvez estivesse interessada, mas então ela lhe dissera para ir embora. Exatamente isso, com essas palavras exatas.

Vá embora, sr. Lamarr, dissera-lhe.

E ele tinha ido, seu orgulho bastante ferido. Por um tempo, ele havia temido que seu coração também estivesse, mas estava enganado. Seu coração já estava gelado e morto antes.

Agora, todos esses anos depois, ela havia caído de um pedestal de orgulho do qual reinava sobre seu mundo naquela época. E já não era jovem. Mas ainda era linda, pelo amor de Deus. A condessa de Riverdale. Não, não era mais isso. Ela não era mais a condessa, ou mesmo a condessa viúva. Marcel não sabia como ela se chamava agora. Sra. Westcott? Também não era isso. Sra. Outra Pessoa? Ele poderia dar uma olhada no registro da estalagem, supôs. Se estivesse suficientemente interessado, é claro.

— Você não acredita em mim — disse André, parecendo magoado. — Eu sei que não lhe paguei da última vez. Ou da vez anterior, se for para ser perfeitamente honesto, embora não tivesse perdido uma quantia tão grande nas corridas se o cavalo em que apostei não tivesse deixado a desejar logo na largada. Ele era uma aposta tão certa quanto qualquer outra, Marc. Você teria apostado uma fortuna nele se estivesse lá. Foi apenas má sorte. Mas *desta* vez eu vou pagar. Tenho uma dica de algo certo acontecendo no próximo mês. Uma coisa *realmente* certa desta vez — ele acrescentou quando viu a cética sobrancelha levantada de seu irmão. — Você deveria dar uma olhada no cavalo por si mesmo.

A dama tinha um rosto de quem havia sofrido, pensou Marcel, e era estranhamente mais bonito como resultado. Não que ele estivesse interessado em mulheres sofredoras. Ou mulheres que deviam estar próximas dos quarenta anos ou talvez até passadas, até onde ele sabia. Ela estava olhando ao redor, primeiro para a sala de jantar presumivelmente vazia e depois pela porta para a multidão barulhenta reunida na taverna. Seus olhos pousaram nele por um momento, passaram adiante e depois retornaram. Ela olhou diretamente para ele por um segundo, talvez dois, e depois se virou bruscamente quando o dono da estalagem apareceu ao seu lado com o bule de café.

Ela o vira e o reconhecera. Se ele não estivesse enganado — ele não ergueu o monóculo para observar melhor — havia um rubor em suas bochechas.

— Eu odeio quando você me dá o tratamento do silêncio, Marc. É muito injusto, sabe. Você, dentre todas as pessoas.

— Dentre todas as pessoas? — Marcel direcionou a atenção para seu irmão, que se remexeu sob seu olhar.

— Bom, você não é exatamente um santo, é? — disse ele. — Nunca foi. Durante minha infância, ouvi histórias sobre sua extravagância, comportamento mulherengo e loucuras irresponsáveis. Você era meu ídolo, Marc. Eu não esperava que ficasse julgando quando faço apenas o que você sempre fez.

André tinha vinte e sete anos, e sua irmã era dois anos mais velha. Todos tinham a mesma mãe, mas houve um período de onze anos em que nenhum filho vivo nasceu dela. E então, quando ela havia desistido da esperança de aumentar sua família, primeiro Annemarie e depois André vieram ao mundo.

— Alguém foi descuidado em permitir que esses boatos desagradáveis chegassem aos ouvidos das crianças — respondeu Marcel. — E em fazer parecer que era algo que deveria ser imitado.

— Não tão novos também. Costumávamos ouvir atrás das portas. Todas as crianças não fazem isso? Annemarie também adorava você. Ela ainda adora. Não faço ideia de por que ela se casou com Cornish. Toda vez que ele se move, é como se o mundo perdesse um pouco do brilho, de tão sem graça ele é.

— Meu Deus — falou Marcel. — Não literalmente, eu espero.

— Oh, quero dizer — continuou André, de repente distraído. — Lá está a srta. Kingsley. Gostaria de saber o que ela está fazendo aqui.

Marcel seguiu a linha de visão dele — em direção à sala de jantar. Kingsley. *Srta.* Kingsley. Bem, mas afinal ela nunca havia se casado — exceto numa relação bígama e inválida por cerca de vinte anos com o conde de Riverdale. Marcel se perguntou se ela sabia na época. Provavelmente não. Sem dúvida não, na verdade. Seu filho já havia herdado o título e a propriedade do pai após a morte deste e depois acabou sendo deserdado de forma espetacular quando sua ilegitimidade foi exposta. As filhas também foram deserdadas e excluídas da alta sociedade como pessoas com doenças contagiosas. Não houve o caso de uma delas, que estava noiva e depois acabou sendo descartada como uma batata quente?

Do outro lado dos dois salões, ele viu que ela olhara diretamente para ele, desta vez, antes de desviar o olhar, embora sem pressa.

Ela o havia notado, então. Não apenas como alguém que ela reconhecia. Ela o havia *notado*. Ele estava quase certo disso, assim como tinha estado todos aqueles anos atrás, embora suas últimas palavras a ele parecessem contradizer essa impressão. *Vá embora, sr. Lamarr.*

— Bem — André disse alegremente, pegando seu caneco e esvaziando o conteúdo. — Você pode vir me visitar na prisão por dívidas, Marc. Traga uma muda de roupa limpa quando vier, tudo bem? E leve as sujas para serem lavadas e desinfestadas. Mas, quanto a hoje, vamos ficar um tempo e assistir a algumas competições? Afinal, não estamos com tanta pressa, não é?

— Suas dívidas serão pagas. Todas elas. Como você muito bem sabe, André. — Ele não acrescentou que a dívida com ele também seria perdoada. Isso não precisava ser dito, mas seu irmão precisava manter um pouco de orgulho.

— Sou muito grato a você — afirmou André. — Vou lhe pagar até o final do mês, Marc. Pode confiar. Pelo menos você dificilmente terá um problema semelhante com Bertrand. Ou Estelle.

Com toda certeza. Talvez fosse ilógico parcialmente desejar que fosse.

— Mas então — André acrescentou, rindo — eles não teriam sido criados para idolatrar ou imitar você, não é mesmo? Se tem uma pessoa mais sem sal que William Cornish, é Jane Morrow. E Charles. Deus fez e juntou, esses dois. Nós vamos *ficar*?

Marcel não respondeu de imediato. Estava olhando para a ex-condessa de Riverdale, em quem não conseguia pensar como srta. Kingsley. Ela estava comendo — embora não achasse que ali na mesa dela estivesse um dos famosos, porém um pouco fortes demais, pastéis de carne da dona da pensão. E ela olhou para cima e fitou-o diretamente mais uma vez, um sanduíche suspenso a uma curta distância da boca. Ela franzia a testa, e ele arqueou uma sobrancelha antes que ela desviasse o olhar mais uma vez.

— Vou ficar — disse ele, por um impulso súbito. — Você não vai, porém. Pode levar a carruagem.

— Hein? — indagou André, sem decoro algum.

— Eu vou ficar — Marcel repetiu. — Você, não.

Ela não estava usando *bonnet* e não havia outra peça de roupa para o frio externo por perto. Ele não conseguia ver a bolsa dela ao lado. Ela já havia assinado o livro de registros — ele a tinha visto fazendo isso —, certamente prova de que estava hospedada, embora por que raios teria escolhido aquela estalagem em particular, naquela vila particular, ele não conseguisse imaginar. Problema com a carruagem? Nem conseguia imaginar por que ela estava sozinha. Certamente não tinha caído em tempos tão difíceis a ponto de não poder pagar por criados. Não era provável que ela tivesse vindo com o propósito expresso de participar das celebrações da colheita. Ele poderia logo estar se lamentando dali até a eternidade, no entanto, se ela *não* estivesse hospedada. Ou se repetisse sua famosa repreensão e o mandasse embora.

Mas desde quando ele tinha falta de confiança em si mesmo, ainda mais quando se tratava de mulheres? Decerto não desde Lady Riverdale, e isso devia ter sido há quinze anos ou mais.

— Srta. Kingsley — disse André de repente, estalando os dedos com grande indignação. Ele olhou do irmão para ela e de volta. — Marc! Você não está...

Marcel virou um olhar frio para o irmão, levantando as sobrancelhas, e não completou a frase.

— Você pode pegar a carruagem — ele falou novamente. — De fato, você *pegará*. Quando chegar a Redcliffe Court, informará Jane, Charles e qualquer outra pessoa que possa estar interessada que eu chegarei quando bem entender.

— Que tipo de mensagem é essa? — indagou André. — Charles ficará roxo de raiva e os lábios de Jane desaparecerão, e um deles com certeza dirá que é típico de você. E Bertrand e Estelle ficarão desapontados.

Marcel duvidava disso. Será que ele desejava que André estivesse certo? Por um momento, hesitou, mas apenas por um momento. Ele não tinha feito nada para merecer o desapontamento deles, e era um pouco tarde agora para pensar em ansiar por isso.

— Você detesta esse tipo de entretenimento campestre — afirmou André. — De fato, isso é muito ruim de sua parte, Marc. Fui eu quem sugeri ficar um tempo. E deixei aquela festa antes do que pretendia para lhe fazer companhia, exatamente quando eu estava fazendo algum progresso com a ruiva.

— Por acaso pedi sua companhia? — questionou Marcel, seu monóculo na mão.

— Ah, é o que eu digo. Da próxima vez, será diferente — seu irmão lhe disse. — Parece que posso muito bem seguir meu caminho, então. Sempre sei quando discutir com você é inútil, Marc, que é na maior parte do tempo. Ou sempre. Espero que ela pretenda voltar à estrada dentro de meia hora. Espero que ela não tenha nada a ver com você. Espero que cuspa nos seus olhos.

— É mesmo? — Marcel perguntou com a voz baixa.

— Marc. Ela é *velha*.

Marcel ergueu as sobrancelhas.

— Mas eu também sou, irmão. Farei quarenta anos no meu próximo aniversário, que está próximo demais, eu lamento dizer. Estou praticamente gagá.

— É diferente para um homem — continuou seu irmão — e você sabe disso muito bem. Meu Deus, Marc.

Ele saiu alguns minutos depois, indo embora sem olhar para trás e apenas fazendo um aceno breve para o aldeão, que perguntou o óbvio: se ele estava indo embora. Marcel não o acompanhou até o pátio da estalagem. Ele ouviu a carruagem partir cinco minutos depois. Agora estava preso ali. Era mais do que um pouco tolo de sua parte. A multidão o observava, incerta, e depois começou a se dispersar, o prato de pastéis de carne tendo sido reduzido a algumas migalhas e as festividades além das portas da estalagem aparentemente iminentes agora. A ex-condessa estava tomando seu café. Logo, restavam apenas meia dúzia de aldeões na taverna, e nenhum deles ocupava as mesas entre ele e ela. Ele a observou fixamente, e ela retribuiu o olhar uma vez por cima da borda de sua xícara, mantendo o contato por alguns instantes.

Marcel se levantou, caminhou até a entrada para observar o livro de hóspedes, confirmando que ela havia se registrado para uma estadia de uma noite como srta. Kingsley, e então se dirigiu para a porta externa a fim de dar uma olhada lá fora. Ele atravessou a sala de jantar e entrou por ela pela porta do corredor. A srta. Kingsley olhou para cima quando ele fechou a porta atrás de si e depois colocou cuidadosamente a xícara em seu pires, mantendo os olhos no que estava fazendo. Seu cabelo, preso para trás em um coque elegante, ainda era da cor de mel. A menos que sua idade avançada tivesse diminuído a excelente visão de Marcel, não havia um único fio de cabelo grisalho ali ainda. Nem qualquer linha em seu rosto ou flacidez no queixo. Ou no colo.

— Você me disse para ir embora — começou ele. — Mas isso foi há uns quinze anos ou mais. Havia um prazo limite?

2

O coche alugado no qual Viola Kingsley estava viajando apenas um curto período de tempo antes de o marquês de Dorchester falar com ela na estalagem do campo não só era desconfortável, com seus assentos duros, e molas certamente inexistentes, e janelas e portas por onde passavam correntes de ar, e inúmeros rangidos e gemidos, como também desenvolvera um grave solavanco, o que a fez prosseguir com menos da metade de sua velocidade anterior e se inclinando um pouco para um lado. Por mais que tentasse se sentar ereta, ela continuava a ver seu ombro esquerdo pressionado contra o painel de madeira ao lado do assento. A qualquer momento, esperava que a carruagem parasse completamente e que ela ficasse presa no meio do nada.

E tudo era culpa dela. Não teria ninguém a quem culpar além de si mesma.

Dois anos antes, algo verdadeiramente catastrófico havia acontecido com Viola. Ela era Viola Westcott, condessa de Riverdale, na época, e havia sofrido recentemente a perda do conde, seu marido por vinte e três anos. O filho, Harry, havia sucedido o pai ao título. Tinha apenas vinte anos na época e, portanto, até completar vinte e um, havia sido colocado sob a tutela de Avery Archer, duque de Netherby, e de Viola. Sua filha mais velha, Camille, já tinha feito sua estreia na sociedade e estava respeitavelmente prometida ao visconde de Uxbury. Sua filha mais nova, Abigail, estava ansiosa por sua própria Temporada de apresentação, na primavera seguinte. Viola estava satisfeita com sua vida, apesar da necessidade de usar luto fechado. Ela não gostava muito do marido e não sentia grande tristeza por sua morte.

Havia apenas uma ponta solta a ser amarrada, e Viola tinha feito uma tentativa de amarrá-la. Havia uma garota, uma jovem naquela época, que seu marido havia mantido e apoiado secretamente — ele *achava* que era um segredo, de qualquer forma — em um orfanato em Bath, durante todo o tempo em que Viola o conhecia. Viola tinha feito a suposição compreensível de que a moça era a filha natural de uma amante. Portanto, havia feito o que considerava ser o certo após a morte do marido: enviou seu advogado a Bath para encontrá-la, informá-la sobre a morte do pai e fazer um acordo final com ela.

Foi quando a catástrofe aconteceu.

Descobriu-se que a jovem envolvida, Anna Snow, então com vinte e cinco anos e professora no orfanato, era, na verdade, a filha legítima do falecido conde com uma esposa anterior. De fato, a *única* esposa legítima que ele teve. Ele se casara com Viola poucos meses antes da morte da mãe de Anna Snow devido à tuberculose. O casamento de Viola foi considerado bígamo e, portanto, inválido. Pior, seu filho e suas filhas passaram a ser considerados ilegítimos. Harry foi despojado de seu título e fortuna — o título foi transferido para seu primo de segundo grau, Alexander Westcott, e a fortuna, para Anna. Inteira. O conde tinha feito apenas um testamento, e este foi elaborado enquanto ele ainda estava com sua primeira esposa. Tudo o que não estava vinculado ao título passou para a filha desse casamento. Assim, Camille e Abigail perderam seus títulos e suas partes na herança. Camille foi rejeitada por Lorde Uxbury. Abigail não teria Temporada de apresentação no *ton* nem qualquer perspectiva de fazer o tipo de casamento para o qual havia sido criada. Elas foram deixadas desamparadas, embora Anna tivesse tentado insistir que sua fortuna fosse dividida igualmente entre ela e seus meios-irmãos. No entanto, na época, ela era uma estranha para eles. Em seu orgulho, dor e confusão, todos recusaram. Viola retomou seu nome de solteira.

Dizer que o chão havia desabado de seu mundo seria um severo eufemismo. A enormidade do que havia acontecido com ela e seus filhos era demais para sua mente suportar. Ela continuou vivendo. Como não poderia prosseguir, a menos que acabasse com a própria existência? E nos dois anos desde então, sua vida se estabilizara em uma nova ordem que era realmente mais suportável do que ela poderia ter esperado. Harry estava servindo como capitão em um regimento de infantaria na Península e sempre insistia alegremente que era exatamente a vida que ele poderia desejar. Camille estava casada com um homem muito melhor do que seu antigo noivo e eles tinham três filhos — duas adotadas e um filho biológico. Abigail morava com

Viola em Hinsford Manor, em Hampshire, onde Viola passara a maior parte de seu casamento. O que realmente era inesperado após toda a confusão foi que Anna Snow acabaria se casando com o guardião de Harry, Avery, duque de Netherby. Mas ela se casara e agora era uma duquesa. Ela havia insistido que nunca viveria em Hinsford Manor e implorou a Viola para não deixar a casa vazia. Ela até havia escrito em seu testamento que a casa passaria para Harry e seus descendentes após a morte dela se ele não a aceitasse antes. O grande dote que o pai de Viola dera quando ela havia se casado com Humphrey foi devolvido, com todos os juros que teria acumulado desde então. Anna insistiu e cuidou do procedimento antes que Viola pudesse pensar nisso por si mesma.

Enquanto isso, o resto da família Westcott, longe de evitar Viola e seus filhos após a verdade vir à tona, fez todo o esforço para trazê-los de volta ao convívio. Deixaram claro para Viola e seus filhos que eles não eram menos amados e valorizados agora do que antes, e não menos parte da família. Duas cunhadas de Viola, irmãs do conde, ainda costumavam dizer com carinho que gostariam muito que Humphrey estivesse vivo para que pudessem ter o prazer de matá-lo elas mesmas.

Tudo estava bem, na verdade. Ou tão bem quanto poderia ser depois de algumas adaptações necessárias. Viola, que tinha vivido toda a sua vida adulta segundo os dois princípios orientadores do dever e da dignidade, parecia ter voltado ao normal, embora com um nome diferente. Ela tinha se convencido de que estava de volta ao normal, de qualquer forma.

Até que não estava.

Até que ela surtou — inesperadamente e sem motivo aparente. O trauma do que ela tinha vivido se aproximara de forma sorrateira e depois havia atacado. E ela sabia que não tinha se curado de forma alguma. Apenas suprimido a dor e o sofrimento. E a raiva.

Ela surtara no pior momento possível, quando a família toda estava reunida em Bath para o batismo de Jacob Cunningham, o filho recém-nascido de Camille e Joel. Eles todos haviam concordado em ficar lá depois para duas semanas de atividades familiares. Porém, dois dias após o evento, Viola, a orgulhosa avó do bebê, fugiu.

Ela saiu de Bath se sentindo culpada, deslocada, triste consigo mesma, magoada, com raiva e com toda sorte de outros sentimentos negativos e desagradáveis que não tinham explicação racional. Simplesmente havia se comportado mal, e isso era algo que ela raramente fazia. Em todos os seus quarenta e dois anos, ela foi conhecida por sua graça e compostura. No entanto, agora havia magoado e confundido aqueles que lhe eram mais queridos no mundo. E feito isso deliberadamente, quase com despeito. Insistira em voltar para casa em Hinsford, contra toda a razão e contra os apelos de suas filhas, seu genro, mãe e irmão, e da família Westcott.

Ela anunciou sua intenção de voltar para casa. Sozinha. Em uma carruagem alugada. Havia insistido pontualmente em deixar sua própria carruagem e criados, até mesmo sua criada pessoal, para uso de Abigail quando esta decidisse retornar. Ela ignorou os protestos chocados de Camille e Joel de que, *é claro*, eles garantiriam que Abby fosse devidamente acompanhada e escoltada para casa quando chegasse a hora. Ela ignorou a gentileza da condessa viúva de Riverdale, sua ex-sogra, que tinha vindo até Bath, embora já tivesse mais de setenta anos. Havia ignorado o esforço de Wren, a atual condessa, esposa de Alexander, que fez questão de vir a Bath, apesar de estar esperando um evento feliz, como Matilda, a mais velha das ex-cunhadas de Viola, gostava de descrever a gravidez.

Viola disse a todos para cuidarem de sua própria vida. Sim, ela usara exatamente essas palavras. Era provável que nunca as tivesse usado na vida. E ela falou de modo ríspido, sem humor ou consideração pelos sentimentos que estava ferindo. Queria *ficar sozinha*. Também tinha dito isso.

Deixe-me sozinha, ela dissera mais de uma vez — como uma criança mimada.

E não tinha ideia de por que havia surtado tão de repente. Ela fora a Bath com Abigail pouco antes do nascimento de Jacob, cheia de ansiedade e expectativa pela chegada iminente de um novo neto, e tinha ficado mais feliz com a notícia do que em muito tempo. Camille e Joel Cunningham moravam em uma mansão nas colinas, acima de Bath, com Winifred e Sarah, suas filhas adotivas, e agora com o filho também. Eles usavam a casa para uma variedade de propósitos — para retiros artísticos ou de escrita, para oficinas de música, dança, pintura e outras artes, para peças e concertos, e para visitas — que variavam de um a vários dias — das crianças do orfanato de Bath, onde tanto Anna quanto Joel haviam crescido e Camille lecionara brevemente antes de seu casamento. A casa e o extenso jardim sempre estavam repletos de vida e atividade. Mesmo antes e depois do nascimento de Jacob, o local permaneceu movimentado e barulhento.

O surpreendente era que Camille parecia estar prosperando. Ela ainda não havia perdido todo o peso que ganhara quando esperava Jacob, e muitas vezes parecia um pouco desarrumada, com parte de seu cabelo caído dos grampos, suas mangas enroladas até o cotovelo, seus pés frequentemente descalços, mesmo quando saía ao ar livre. Ela sempre parecia ter Jacob envolto em seus braços enquanto Sarah se agarrava em sua saia e Winifred os rodeava — exceto quando Joel estava por perto para dividir a parentalidade, como frequentemente acontecia. Ela nunca parecia com pressa.

Às vezes era difícil para Viola reconhecer em sua filha mais velha a antiga e severa Lady Camille Westcott, sempre correta e sem senso de humor. Agora ela parecia vividamente feliz em uma vida que era tão diferente da esperada quanto poderia ser.

Tudo tinha corrido bem com o parto, os planos para o batismo e o evento em si. Abigail estava extasiada, pois sua querida amiga também tinha vindo para a ocasião — sua prima Jessica Archer, filha de uma das irmãs de Humphrey. Viola estava feliz. Ela tinha desenvolvido uma amizade próxima com a esposa de Alexander, Wren, no ano anterior, e estava encantada em renová-la naquele ano. Sentia-se feliz por seu irmão e a esposa terem vindo de Dorset. Jantares, festas, chás, excursões, passeios, concertos — uma infinidade de eventos familiares tinham sido planejados. Viola estava ansiosa por eles.

Até que ela surtou.

E teve que sair.

Sozinha.

Ela havia se comportado mal. Sabia disso. Partira ao amanhecer antes que a família de ambos os lados pudesse se reunir para abraçá-la, dizer suas despedidas, expressar sua preocupação e acenar em adeus antes de ela seguir seu caminho. E ela mantivera firme sua determinação de viajar de carruagem alugada, embora tivesse tido a oferta de meia dúzia de carruagens privadas e seus criados para lhe fazerem companhia, dar proteção e respeitabilidade.

Deixe-me sozinha, ela dissera a mais de uma pessoa.

Mas, de repente, algo estava errado com a carruagem alugada. E logo estava rangendo e gemendo mais do que nunca e inclinando-se cada vez mais para um lado ao entrar no pátio de uma estalagem, embora decerto não fosse uma estalagem das maiores. A carruagem parou abruptamente.

— O que há de errado? — ela perguntou ao cocheiro quando este abriu a porta e desceu os degraus. A carruagem se assomava acima deles em um ângulo alarmante.

— O eixo está para quebrar, senhora — informou ele.

— Oh. — Ela aceitou a mão do cocheiro e desceu até as pedras do pátio. — Pode ser consertado rapidamente?

— Improvável, senhora. Vai precisar ser substituída.

— Quanto tempo?

Ele ergueu o chapéu para coçar a cabeça enquanto se agachava para avaliar o estrago. Um cocheiro pertencente à estalagem se aproximou para se colocar ao lado dele, franzindo os lábios e balançando a cabeça.

— Vocês tiveram sorte — ele falou — de não terem capotado na estrada aberta a quilômetros de qualquer lugar para serem encontrados por ladrões e lobos. Poderiam ter se machucado se tivessem continuado. Esse eixo não vai ficar preso com nenhum pedaço de corda amarrado nele, estou aqui para lhe dizer. Tem que ser trocado por um novo.

— Isso é exatamente o que eu posso ver por mim mesmo — disse o cocheiro, irritado.

— Quanto tempo vai levar? — Viola perguntou outra vez, percebendo como tinha sido tola ao ignorar todos os conselhos e se aventurar em sua jornada sem sequer uma criada para lhe emprestar sua presença. Oh, ela merecia aquilo.

O cocheiro balançou a cabeça.

— Não sei, senhora. Todo o resto do dia, de qualquer forma — explicou ele. — Não voltaremos à estrada até amanhã de manhã, no mínimo, e é uma maldita má sorte para mim. Eu deveria voltar direto para Bath hoje à noite. Tenho outro cliente reservado para amanhã, e ele é um cavalheiro de verdade, um cliente regular. Sempre paga muito mais do que a tarifa se eu o levar ao seu destino com tempo de sobra. Agora alguém mais vai levá-lo e ele pode nunca mais pedir por mim.

— Amanhã? — Viola indagou, consternada. — Mas eu preciso estar em casa hoje.

— Bem, eu também, senhora — respondeu o cocheiro. — Mas nenhum de nós vai ter o que quer, não é? É melhor a senhora falar com o estalajadeiro aqui e pedir um quarto antes que todos sejam ocupados, embora eu duvide que isso aconteça com frequência neste lugar. — Ele olhou para a estalagem com certo desprezo.

Uma carruagem chique de viagem estava parada ao lado da porta da estalagem. Então não devia ser um lugar completamente decrépito. No entanto, a ideia de entrar sozinha causou um certo receio em Viola. O que pensariam dela estando desacompanhada? Mas ela se deteve nesse pensamento. Meu Deus, ela estava pensando como a condessa de Riverdale, para quem tudo tinha que ter uma respeitabilidade rígida. O que importava o que pensavam de Viola Kingsley? Ela estendeu a mão para pegar a bolsa que tinha acomodado lá dentro e dirigiu-se à estalagem, deixando sua mala para ser buscada depois.

Barulho a cumprimentou ao abrir a porta, assim como o cheiro de cerveja e cozinha. As portas duplas para a sala ao lado esquerdo estavam abertas, e ela viu que o recinto, por mais escuro e desgastado que parecesse, estava cheio de pessoas, todas parecendo de bom humor — talvez em mais de um sentido. Era surpreendente para ser tão cedo no dia. No entanto tudo foi esclarecido quando o estalajadeiro veio atendê-la e explicou que se ela tivesse que ficar presa por um eixo quase quebrado, para o qual expressou seus sinceros pêsames, ao menos era sorte que tivesse acontecido ali e naquele dia. A vila estava prestes a celebrar o fim da colheita, embora não o fizesse todos os anos. Mas o telhado da igreja estava vazando terrivelmente sempre que chovia, e isso sempre parecia acontecer em uma manhã de domingo quando as pessoas estavam sentadas em seus bancos, tentando ouvir o sermão do vigário. Alguém teve a ideia de organizar um evento pós-colheita para arrecadar dinheiro. Qual era a melhor maneira de reunir fundos se não proporcionar diversão às pessoas em troca de seu bom dinheiro suado?

Viola não conseguiu oferecer nenhuma sugestão melhor, e o estalajadeiro acenou para ela com satisfação quando ela disse isso. Ela pagou pela estadia de uma noite e assinou o livro de registro antes de pegar uma chave grande da mão dele. Garantiu-lhe que não precisava de ajuda com a mala, mas ficaria agradecida se alguém pudesse levar o baú, e subiu as escadas até o quarto, sentindo-se mal.

O que ela faria ali durante uma tarde e uma noite inteiras? Ir assistir a essas celebrações da aldeia e dar sua contribuição para o conserto do telhado da igreja? A perspectiva estava longe de ser atraente, mas talvez fosse melhor do que ficar no quarto até a manhã seguinte. Não havia nada ali, exceto uma cama, uma penteadeira grande e velha, e um lavatório e uma cômoda atrás de uma cortina desbotada. Não havia cadeira nem mesa. Mas primeiro as prioridades. Ela estava ficando com fome e voltaria para ver se havia algo decente para comer. Algo com certeza cheirava bem. Só esperava não ter que entrar naquela taverna para pegar. O barulho era ensurdecedor até mesmo ali no quarto.

Felizmente, a estalagem também tinha uma sala de jantar, que, ela ficou aliviada ao descobrir, estava vazia, embora não silenciosa. Era contígua à taverna e a porta entre os dois ambientes estava aberta. O estalajadeiro não se ofereceu para fechá-la depois de acomodar Viola. O que ele ofereceu foi um pastel de carne, mas embora tivesse passado algum tempo exaltando suas virtudes e as de sua boa esposa, Viola se contentou com um sanduíche de carne fria e uma xícara de café.

Meu Deus, como as pessoas na taverna faziam barulho. Mas era um som alegre e bem-humorado e não parecia de forma alguma efeito da bebedeira. Houve muitas gargalhadas. Ela se perguntou o que poderia ser tão engraçado.

Devia ser bom não ter nenhuma preocupação no mundo. Embora talvez todos tivessem preocupações. Com certeza era autoindulgência imaginar que só ela é que as tinha. E quais *eram* realmente as suas? Possuía uma casa e uma renda. Tinha filhos e netos que a amavam e a quem ela amava. Tinha família e amigos.

Mas não era tão fácil se livrar daquela tristeza. Ainda se sentia culpada por ter chateado a todos e deixado Bath tão abruptamente. Sentia-se culpada por fazer Abigail sentir-se mal por não a acompanhar — e por esfregar sal na ferida ao insistir em deixar a carruagem e a criada para trás. A verdade era que ela nem sequer queria que Abigail fosse com ela. Queria ficar sozinha, mas não sabia por quê. Sua vida já não era solitária o bastante sem procurar deliberadamente a solidão?

Viola não sabia o que estava acontecendo com ela. Apenas que sentia... vazio. Um total e completo. Um buraco negro se abria dentro dela, mas Viola não conseguia ver o fundo dele e estava assustada com o que poderia descobrir ali, se pudesse.

O que tinha para mostrar depois de seus quarenta e dois anos neste mundo? Nada mesmo? Tinha um marido falecido que nem sequer era seu marido legítimo. Ela nunca o havia amado, nem gostado dele ou o respeitado depois do primeiro mês de casamento. Apesar disso, permanecera fiel a ele e havia cultivado a dignidade e a respeitabilidade como virtudes gêmeas. Tinha criado seus filhos para compartilhar esses valores. Tudo por quê? O que sobrava para ela senão um resto de vida com a qual não sabia o que fazer? E o que dizer de Harry, seu amado filho, que havia ficado em casa por alguns meses no início do ano, recuperando-se de ferimentos e de uma febre recorrente, antes de insistir em retornar em busca de mais? Ele com certeza estava muito determinado e alegre com a mudança em sua sorte. Como ele realmente se sentia sobre tudo aquilo? E... será que sobreviveria? O medo era uma constante em sua vida desde que Avery, como seu guardião, havia lhe comprado a comissão no exército. E o que dizer de Abigail, bonita, meiga, tranquila, com vinte anos, mas sem perspectivas?

Viola fingira até dois dias antes que estava feliz com sua nova vida. Ou se não estivesse muito feliz, pelo menos estava contente. Afinal, a felicidade não era algo de que ela sentisse falta, já que nunca a conhecera, exceto por uma breve explosão de euforia quando tinha dezesseis anos e havia se apaixonado pelo filho, de dezessete anos, de um conhecido de sua mãe. Esse romance nascente não durou. Quando Viola contava com dezessete anos, seu pai teve a oportunidade de casá-la com o filho e herdeiro do conde de Riverdale, e a convencera a aceitar. Não tinha sido difícil. Ela sempre havia sido uma filha dócil e obediente.

Viola suspirou ao dar uma mordida em seu sanduíche e achou-o inesperadamente saboroso. O pão era recém-assado, com uma carne úmida e macia.

Quem era ela? A pergunta, que surgiu de forma tão inesperada na sua mente, foi um pouco assustadora porque não tinha uma resposta óbvia. Durante muitos anos, Viola acreditara que era a condessa de Riverdale e havia se identificado com esse título e tudo o que o acompanhava: a posição social, as obrigações, o respeito. Ela havia se tornado, na verdade, não uma pessoa, mas... mas o quê? Um mero rótulo? Um mero título? Havia se tornado algo que não tinha base de fato. Nunca fora a condessa de Riverdale.

Então não era mesmo nada? Ninguém? Como um fantasma?

Quem *era* ela? E ninguém se importava por ela não saber a resposta? Que não tivesse identidade? Exceto mais rótulos — mãe, sogra, filha, irmã, cunhada, avó?

Quem era *ela*? Por trás de tudo, além de tudo, no fundo de tudo, *quem era ela*? Deu outra mordida e mastigou com determinação, embora o sanduíche não estivesse mais delicioso. Viola sentia-se muito perto da histeria. Reconheceu o pânico, embora nunca o tivesse experimentado antes — nem mesmo logo após a catástrofe. Estava simplesmente entorpecida na época.

Havia um certo aconchego na estalagem, ela percebeu quando olhou em volta, numa tentativa deliberada de recuperar o equilíbrio. Era pequena e pobre, mas parecia limpa e era um lugar feliz, pelo menos no momento. Desviou o olhar para a porta aberta e para a multidão além dela, na taverna. Eram aldeões, supôs ela, todos vestindo suas melhores roupas, na expectativa de um dia de folia na companhia uns dos outros. Sentiu uma onda de nostalgia inesperada pelos dias em que, como condessa, organizava piqueniques e dias abertos em Hinsford e todos vinham de quilômetros de distância. Haviam sido... Sim, de fato, haviam sido tempos felizes. Sua vida adulta não fora de total tristeza.

Seus olhos se moviam, preguiçosos, de uma pessoa para outra daquelas que ela podia ver. Do outro lado da sala, de frente para ela, estavam dois cavalheiros, claramente não pertencentes ao resto da multidão, embora ambos tivessem um copo de cerveja na mão e um deles, o mais jovem dos dois, sorrisse e acenasse com a cabeça como resposta a algo que tinha sido dito. Era provável que tivessem chegado naquela elegante carruagem do lado de fora. Os olhos de Viola passaram por eles, e além, com pouca curiosidade, até que se voltaram para o outro cavalheiro...

Oh.

Oh, meu Deus.

Já fazia muito tempo que não o via. Durante muitos anos, ela o havia evitado por completo sempre que podia e cuidadosamente havia mantido distância quando se via participando do mesmo evento social que ele. Por qual coincidência estranha...

Ele também a tinha visto. Estava fitando-a com aqueles olhos pesados e penetrantes, e ela de repente percebeu — para a própria irritação — sua idade, seu estado desacompanhado e sua aparência relativamente miserável. Não usara suas melhores roupas para uma viagem em carruagem alugada e partira cedo demais para ter penteado o cabelo em algo mais elaborado do que um simples coque.

Viola desviou o olhar quando o proprietário veio encher sua xícara de café e tentou evitar que seus olhos se desviassem novamente para aquela porta. Por que não tinha se sentado a uma mesa de onde não pudesse ver nem ser vista?

Parecia injusto que os homens — pelo menos alguns — envelhecessem muito melhor do que as mulheres e acabassem, aos quarenta anos ou mais, ainda mais atraentes do que eram aos vinte. E atraente ele era quando ela havia se apaixonado por ele. Ah, e havia se apaixonado perdidamente. Não era nada parecido com a alegria que ela experimentara com seu primeiro amor aos dezesseis anos, mas nunca duvidou de que estava apaixonada pelo sr. Lamarr. Não importava que houvesse rumores de que ele era o responsável pela morte da esposa ou que se importasse tão pouco com a memória dela que houvesse abandonado casa e filhos quase imediatamente após sua morte e não perdesse tempo em estabelecer uma reputação de vida extravagante e de ser um mulherengo implacável, pela frieza e pelo desrespeito insensível que nutria pelas convenções da sociedade ou pelos sentimentos dos outros. Não importava que, apesar de sua aparência morena e magra e de seu charme superficial, tivesse sido fácil detectar a falta de sentimento real ou de humanidade nele. As mulheres caíam diante do sr. Lamarr como a grama diante da foice, e Viola não era exceção. Ele a escolhera para um *affair* e, oh, ela havia se sentido tentada, embora soubesse perfeitamente bem que um *affair* era tudo o que aquele relacionamento seria. Mesmo sabendo que ele a abandonaria na manhã seguinte em que ela cedesse a ele.

Viola havia se sentido tentada.

Seu casamento, apesar de ter produzido três filhos, era algo estéril e sem alegria, e outras esposas se desviavam. Era até considerado aceitável, desde que a esposa em questão já tivesse cumprido o seu dever e presenteado o marido com um herdeiro, e desde que seus casos extraconjugais fossem realizados com discrição suficiente para que o *ton* pudesse fingir que não sabia.

Viola o mandara embora.

Oh, para sua vergonha, ela tinha feito isso não por qualquer grande convicção moral, mas porque se apaixonara por um libertino e um malandro e sabia que seu coração ficaria partido se ela permitisse que ele a levasse para a cama e depois a abandonasse. Ela o havia mandado embora e tivera seu coração partido mesmo assim. Tinha levado muito, muito tempo para superá-lo. Cada nova conquista de que ela ouvia falar e cada cortesã conhecida que ele desfilava no Hyde Park para o escrutínio indignado da alta sociedade tinham sido como uma lança no coração de Viola.

Ele era tão bonito que parecia difícil de acreditar.

Agora ele era atraente de forma impossível de acreditar, embora parecesse austero, indiferente e mais do que um pouco intimidador. Viola não pôde resistir a lançar outro olhar para ele. Seu cabelo estava maravilhosamente prateado nas têmporas. O sr. Lamarr ainda olhava fixamente para ela.

Ele a tinha feito sentir-se jovem novamente — aos vinte e oito anos — e bonita.

Agora ele a fazia se sentir velha e... cansada. Como se a vida tivesse passado por ela e agora fosse tarde demais para vivê-la. Todos os bons anos da sua mocidade e da vida adulta já tinham chegado ao fim, e nunca mais poderiam ser trazidos de volta para serem vividos de forma diferente. Não que ela fosse vivê-los de maneira diferente, mesmo que pudesse voltar, supôs. Pois ainda obedeceria aos desejos do pai, e ainda teria se casado com um bígamo e permanecido fiel e infeliz e, em última análise, um nada e um ninguém.

Ela cruzou o olhar com o sr. Lamarr novamente por cima da borda da xícara de café e se recusou a ser a primeira a desviar o olhar. Por que deveria? Ela tinha quarenta e dois anos e provavelmente aparentava a idade. E daí? Sua idade era algo de que se envergonhar?

Talvez Harry tivesse sido ferido novamente. Ou morto. Ah, de onde tinha vindo o pensamento? Viola baixou o olhar, esquecendo o sr. Lamarr. Perguntou-se quantas mães e esposas em toda a Grã-Bretanha eram atormentadas por tais medos a cada hora de cada dia de suas vidas. E irmãs, avós e tias. Para cada soldado morto em batalha, devia haver uma dúzia ou mais de mulheres que ficavam doentes de preocupação durante anos e poderiam acabar de luto pelo resto da vida. Não havia nada de tão especial nela. Ou em Harry. Só que ele era filho dela e às vezes o amor parecia a coisa mais cruel do mundo.

Ele havia partido. O sr. Lamarr, isto é, e seu companheiro. Eles saíram quando ela não estava olhando. Que tolice da parte dela sentir-se desapontada por ele ter ido embora sem uma palavra ou um olhar de despedida. A maioria das outras pessoas na taverna também tinha ido embora, ela percebeu, e o barulho havia diminuído consideravelmente. Já devia ser meio-dia agora. Sem dúvida tinham saído para a aldeia para o início das festividades. Será que ela também iria para lá? Passear para ver o que havia para ser visto? Ou subir para o quarto, deitar-se um pouco e mergulhar na miséria da autopiedade? Como era terrível sentir pena de si mesma. E ter a sensação intensificada pela visão de um homem atraente que uma vez a havia perseguido e desejado ir para a cama com ela, mas que hoje tinha ido embora sem dizer uma palavra. Ela nem precisou dizer a ele para ir embora dessa vez.

Então a porta da sala de jantar se abriu — a que dava para o corredor — e ela virou a cabeça para informar ao estalajadeiro que não queria mais café. Mas não era o estalajadeiro.

Tinha esquecido como ele era alto, de porte físico perfeito. Ela havia esquecido como ele se vestia com elegância, como se portava à vontade com toda a sua elegância. E como seu rosto era duro e cínico.

Não havia esquecido seu magnetismo. Ela o havia sentido a dois cômodos de distância. Agora era palpável.

— Você me disse para ir embora — começou ele. — Mas isso foi há uns quinze anos ou mais. Havia um prazo limite?

3

— Quatorze anos — corrigiu ela. — Isso foi há quatorze anos.

Parecia uma vida inteira. Ou algo de outra vida. Mas ali estava ele, quatorze anos mais velho e quatorze anos mais atraente, embora houvesse agora uma maior dureza nas feições bonitas e austeras. Ela se perguntou, como tinha se perguntado na época, por que ele a havia levado literalmente ao pé da letra. Ele não parecia um homem que aceitasse bem que lhe dissessem "não". Mas havia lhe dito para ir embora e assim ele fizera. Seus sentimentos por ela, é claro, não eram mais do que superficiais. Ou chegavam até a virilha, para ser mais direta. E havia muitas outras mulheres muito felizes em atender mais que depressa a todos os comandos dele.

— Aceito a correção — disse ele com aquela voz suave de que ela lembrava bem. Ele nunca tinha sido um homem que precisava levantar a voz. — *Havia* um limite de tempo?

Como alguém respondia a essa pergunta? Bem, com um simples não, ela supôs. Não havia limite de tempo. Ela o havia mandado embora e pretendia que fosse para sempre. Porém, ali estava ela, sozinha numa sala com ele quatorze anos depois, e ele lhe falara novamente e fizera uma pergunta. Ele não esperou pela resposta, no entanto.

— Ora, como devo interpretar seu silêncio? — Ele foi até a mesa mais próxima da porta, puxou uma cadeira e sentou-se nela, cruzando uma perna elegantemente calçada de bota sobre a outra. — Tendo me mandado embora uma vez, você não tem mais nada a me dizer? Bem, mas já disse algo. Você corrigiu minha memória defeituosa. Será então que odiaria repetir o que disse, convidando-me mais uma vez para ir aos diabos? Ou será que não deseja admitir que a companhia, *qualquer* companhia, mesmo a minha, seja preferível a qualquer outra quando alguém está preso em uma aldeia esquecida por Deus em algum lugar nos confins da Inglaterra? Presumo que você *esteja* presa e não tenha vindo aqui com o propósito expresso de alegrificar os habitantes locais e ajudar a salvá-los da chuva nas manhãs de domingo?

O mero som da voz já lhe causou arrepios na espinha. Só porque era tão macia? E porque falava sem pressa, com a certeza absoluta de que ninguém sonharia em interrompê-lo?

— *Alegrificar*? — disse ela. — É uma palavra que existe?

— Se não existir — respondeu ele, erguendo as sobrancelhas —, então deveria. Talvez eu devesse considerar seriamente a possibilidade de escrever um dicionário. O que acha? Acredita que rivalizaria com o do dr. Johnson?

— Tendo essa palavra como única entrada? Duvido muito, sr. Lamarr.

— Ah, mas você me faz uma injustiça. Eu poderia pensar em dez palavras sem ter que franzir e esmurrar minha fronte. Mas por que não responde a uma pergunta direta? *Havia* um limite de tempo? E você ficou *presa* aqui? Sozinha?

— O eixo da carruagem em que viajo estava perigosamente perto de se partir — contou ela. — O cocheiro não acredita que conseguiremos retomar a viagem antes de amanhã de manhã, no mínimo. — Por que ela estava explicando?

— Dei uma olhada no pátio antes de entrar aqui — falou ele. — Não há sinal de carruagem particular. Por acaso a sua fugiu sem você, sendo a história do eixo em perigo apenas uma grande farsa para se livrar da sua pessoa? Mas isso é improvável, devo admitir. Você certamente não chegou aqui naquele arremedo de meio de transporte que está pendendo fortemente para o noroeste e olhando para todo o mundo como se não estivesse em condições de ir a lugar algum nas próximas eternidades. Ou chegou? Uma carruagem alugada, Lady Riverdale?

— Esse não é mais o meu nome — disse ela.

— Uma carruagem alugada, *srta. Kingsley*? — Ele parecia transparecer mágoa na voz.

— Como tombaram os poderosos? Foi isso o que quis dizer, sr. Lamarr? Então por que não diz?

Dedos longos e elegantes fecharam-se em torno da haste do monóculo, mas ele não o levou aos olhos.

— Riverdale era um canalha — respondeu ele. — Se foi sua ideia se dissociar completamente dele, até mesmo no nome, então lhe dou os parabéns. Você está melhor sem a conexão. Kingsley é seu nome de solteira, presumo?

Ela não respondeu. Olhou para o café para quebrar o contato visual com ele. Ainda restava meia xícara. Já estaria frio, no entanto. Além disso, ela não tinha certeza se sua mão estaria firme o suficiente para levantar a xícara sem revelar sua agitação.

— Srta. Kingsley — disse ele, depois de alguns instantes de silêncio. — Por acaso *vai* me mandar embora de novo? E passar o resto do dia sozinha?

— Como passarei o resto do dia não é da sua conta, sr. Lamarr — afirmou ela. — Não suponho que *o senhor* tenha ficado preso aqui. Eu não vou ficar na sua companhia, então. Deve estar ansioso para seguir seu caminho.

— Devo seguir? — Suas sobrancelhas se ergueram novamente e ele girou o monóculo na mão algumas vezes. — Mas *estou* preso aqui. Meu irmão estava ansioso para voltar à estrada e partiu há quinze minutos. Ansioso demais, talvez. É de se perguntar quanto tempo levará até que ele perceba que me esqueceu e se, quando o fizer, considerará necessário voltar para me resgatar. Tenho dúvidas. Os jovens são sempre descuidados com os mais velhos, não acha? André ainda tem vinte e poucos anos. Um mero rapazola.

O quê? Do que ele estava falando?

— Sua carruagem partiu sem você? — Ela o olhou sem acreditar. Se fosse verdade, então só poderia haver uma explicação, e a história absurda que ele acabara de contar não era essa ainda. — O senhor mandou a carruagem e seu irmão embora? Por minha causa?

Ele ergueu as sobrancelhas novamente e virou o copo mais uma vez.

— Mas, sim — confirmou ele. — Por que mais?

Viola sentiu a cabeça ficar fria. Por um momento desagradável, pensou que estava prestes a desmaiar.

— Tendo feito isso — continuou ele —, espero que você não me obrigue a passar o resto do dia sozinho. A ideia de participar de uma feira rural desacompanhado é singularmente desagradável. A perspectiva de passar o tempo caminhando pelas estradas rurais tentando identificar a flora e a fauna tem ainda menos apelo. Se estiver disposta a suspender sua dispensa a mim, mesmo que só por hoje, srta. Kingsley, então talvez possamos sair juntos para nos alegrificar ou passear e assim salvar um ao outro de um dia de tédio indescritível. Supondo, isto é, que a senhorita não me considere indescritivelmente chato. Ou pior.

Ela olhou para ele e se perguntou, como já havia feito inúmeras vezes antes — mesmo depois de tê-lo mandado embora, mesmo depois de tê-lo evitado e cuidadosamente desviado os olhos dele sempre que estavam no mesmo salão de baile ou teatro — o que havia nesse cavalheiro que a repelia e atraía de maneira tão poderosa? Não era um homem de beleza clássica. Seu rosto era certamente muito fino, anguloso e pouco amável. Em vez disso, ele era... maravilhoso. Mas isso não dizia quase nada sobre ele, apenas sobre a reação de Viola a ele. Nunca tinha sido capaz de encontrar a palavra certa para descrevê-lo com precisão. Afinal, com ele nunca eram apenas aparências. Era... tudo. Presença. Carisma. Poder. Implacabilidade. Sexualidade — embora essa não fosse uma palavra muito comum no vocabulário de Viola.

Ele esperava que ela passasse o resto do dia em sua companhia. Sim, *esperava*. Ele apostara na submissão dela, ao mandar a própria carruagem embora sem ele, embora fosse muito provável que o veículo estivesse esperando em algum lugar próximo e voltasse para buscá-lo mais tarde naquela mesma noite ou no dia seguinte. Seria uma loucura Viola aceitar, em especial considerando o humor em que estava.

Ou talvez fosse exatamente o que ela *precisava*, dado o seu humor: fazer algo inesperado e escandaloso para ocupar o tempo e distrair sua mente. A alternativa era se esconder em seu quarto e chafurdar. E não era como se ela fosse ser enganada, seduzida ou deixada com o coração partido no dia seguinte.

— Irei à feira com o senhor por uma ou duas horas à tarde — decidiu ela.

Ele soltou o monóculo.

— Haverá uma espécie de festa no salão da igreja mais tarde — disse ele. — Não haverá absolutamente nada servido aqui, infelizmente. Tanto a taverna quanto a sala de jantar deverão ser fechadas para que meu anfitrião e sua boa esposa possam socializar e festejar com seus vizinhos. O banquete será seguido de dança no parque público da vila, esta noite. Tudo parece muito, muito irresistível, não é?

— É certo que estabelecerei limites na dança.

— Ah, mas sempre foi tão adorável dançar com a senhorita — ele retrucou. E, oh, meu Deus, *como* ele tinha feito aquilo? Com a simples diminuição do tom de voz e um foco um pouco mais intenso de seus olhos nos dela, ele fez parecer que estava falando sobre um tipo de dança completamente diferente daquela que seria executada no parque da vila naquela noite.

E é claro — ah, é claro — que suas palavras tiveram efeito, como sempre tiveram. Quase roubaram o fôlego dos pulmões de Viola e o bom senso de sua mente. Com firmeza, ela pôs-se de pé. Já bastava daquilo.

— Vou buscar um *bonnet* e um xale — informou ela — e ver se minha bagagem já foi levada para o quarto.

Ele alcançou a porta à frente dela e a manteve aberta.

— E vou providenciar um quarto para mim, já que parece improvável que meu irmão volte para me buscar antes do dia seguinte — disse ele. — Bela devoção fraterna... Podemos nos encontrar aqui novamente em quinze minutos?

— Quinze minutos — ela concordou, e passou por ele e subiu as escadas. Parou no primeiro patamar e olhou para trás. Ele ainda estava parado na porta da sala de jantar, olhando-a preguiçosamente.

Isso, ela pensou, não era uma boa ideia.

Mas o pensamento complementar veio espontâneo: *Por que não?*

Era um dia fresco e ventoso de setembro, a meio caminho entre o verão e o outono. O céu era predominantemente azul, mas nuvens brancas resvalavam por ele e faziam da terra abaixo um tabuleiro de xadrez em constante movimento de sol e sombra. Marcel conseguia pensar em uma dúzia de coisas — no mínimo! — que preferiria fazer a estar em pé à beira de um parque rural, esperando, com uma grande multidão de aldeões ansiosos e suas crianças correndo e cães saltitando, diante da grande inauguração de uma festa de colheita. A cerimônia aparentemente incluiria algum tipo de recital do coro da igreja. Estavam se reunindo e se alinhando no gramado, com suas vestes esvoaçantes. No entanto, ele havia escolhido deliberadamente estar ali e não tinha motivos para reclamar. De maneira um tanto precipitada, havia até se privado dos meios de partir dali.

Mas, pelo menos até o momento, o aborrecimento de tudo isso era superado pelo triunfo do fato de ter a ex-condessa de Riverdale ao seu lado. Que ninguém jamais dissesse que a vida não tinha pequenas coincidências. Na verdade, uma coincidência gigante nesse caso. Quais eram as probabilidades...?

Ela havia ganhado peso nos últimos quatorze anos. Sem dúvida ficaria horrorizada se soubesse que Marcel havia notado, mas, na verdade, os quilos extras estavam distribuídos uniformemente em todos os lugares certos e a tornavam ainda mais atraente do que antes. Mais feminina. Ou talvez fosse apenas porque ele a olhava agora com olhos e sensibilidades quatorze anos mais velhos do que antes. Afinal, que homem de vinte e cinco anos olharia com luxúria para uma mulher de quarenta anos? E decerto era desejo que ele sentia pela srta. Alguém Kingsley. Estranhamente — ele só agora estava impressionado com o pensamento —, Marcel não sabia o primeiro nome dela.

Ela parecia distante e digna, exatamente o olhar que tanto o intrigara naquela época. Ele havia se perguntado se o que viu contava toda a história, ou se ela era de fato um barril de pólvora de paixão que ninguém, muito menos Riverdale, jamais havia acendido. Perguntava-se a mesma coisa agora.

— Qual você acha que seria a idade média deles? — Marcel perguntou, acenando com a cabeça na direção do coro. — Sessenta e cinco? Setenta? — Ninguém ali tinha ouvido falar de meninos de coral?

— É fato que a idade deles é irrelevante — disse ela, exatamente no tom frio e reprovador que ele esperaria de sua parte.

— A qualidade da voz será importante. Eu apostaria em bastante gorjeio e vibrato, com algum aspirante a solista desafinado arruinando o efeito coletivo. Esse será aquele que ficou surdo e não consegue ouvir o diapasão nem os seus companheiros de coro.

— Isso é muito desrespeitoso da sua parte — falou ela com uma carranca. — As pessoas não têm culpa de serem idosas.

— Mas têm culpa de permanecer no coro da igreja muito depois de deverem ter se aposentado com alguma dignidade.

— Talvez seja um membro mais jovem que se mostre surdo para tons. Se é que houve *alguém* assim. Meu Deus, ainda nem os ouvimos. Talvez sejam sublimes.

— Talvez — ele concordou. — Aceitarei ser corrigido se você provar que está certa. Duvido seriamente disso, no entanto.

Os lábios dela se contraíram e ela quase sorriu. Ocorreu-lhe então uma lembrança de tentar — e falhar — fazê-la sorrir, tantos anos atrás. Na verdade, ele não conseguia se lembrar de alguma vez tê-la visto fazer isso, e se perguntou se ela alguma vez sorria.

— Ah — disse ele. — O momento está chegando.

Um homem que demonstrava ter grande importância, embora não tivesse se apresentado, mas sem dúvida ocupava alguma posição de autoridade na igreja — ainda que não fosse o vigário —, proferiu um discurso longo, pomposo e repetitivo enquanto as pessoas agarravam os filhos e tentavam pegar os cães e os manter mais ou menos imóveis e quietos. Ele fez questão de dar as boas-vindas aos visitantes em suas humildes festividades e declarou que ele e seus colegas fiéis estavam realmente honrados por recebê-los. Todos os olhares da aldeia, exceto talvez os dos bebês e dos cães, voltaram-se para os dois únicos visitantes óbvios.

O dignitário da igreja foi seguido pelo vigário, em trajes completos, que ofereceu uma oração misericordiosamente curta de agradecimento pela colheita, pelo bom tempo que estava fazendo e pelo trabalho árduo e generosidade do seu rebanho. O coro cantou sobre soldados cristãos, arcanjos nas alturas e outras coisas sagradas que nada tinham a ver com colheitas ou telhados de igrejas. Mas a previsão de Marcel revelou-se inegavelmente correta. Havia gorjeios e vibrato, e uma voz masculina dominante desafinava em um crucial meio tom.

— Não precisa falar nada — disse a srta. Kingsley depois que a esposa do vigário, com sorrisos graciosos e acenos de cabeça para todos, declarou aberta a festa. — Eu ouvi. E o canto era adorável. Eles estavam fazendo o melhor que podiam.

— Se alguma vez eu fizesse algo para agradá-la e depois a senhorita me dissesse que fiz o melhor que pude, eu me arrastaria para o buraco fundo mais próximo e ficaria de mau humor pelos próximos quatorze anos ou mais, srta. Kingsley.

O vento tinha levado um pouco de cor às suas bochechas. Mesmo assim, Marcel tinha uma forte suspeita de que ela estava corando. Ela pensava que ele estava fazendo algum comentário picante, não é? Não estava, na verdade, porém sentia-se perfeitamente disposto a receber o crédito por isso. Seus olhos eram tão azuis quanto ele se lembrava. Sempre tinham sido uma de suas melhores características — um azul verdadeiro, não um dos vários tons de cinza que muitas vezes passavam por azul.

— Vejo um estande ali transbordando de joias — declarou ele. — Permita-me acompanhá-la. — Ele ofereceu o braço.

Ela olhou para ele antes de pegá-lo, como se suspeitasse de algum tipo de armadilha. Ele devia ter tocado nela antes. Claro que sim. Dançara com ela em mais de uma ocasião. No entanto, o toque no braço agora parecia estranho. Leve. Nem se apoiava nem se apegava a ele, mas foi suficiente para aproximar o ombro da srta. Kingsley do seu braço e o vestido roçou nas suas botas hessianas. O gesto trouxe o leve perfume feminino para suas narinas. Nem muito floral, nem muito picante. Na medida. Perfeito para ela.

Ele estava feliz por ter mandado André embora.

— Em absoluto — disse ela. — A congregação da igreja deve ser resgatada da chuva. Além disso, gosto de joias brilhantes. Vamos ver se há diamantes entre elas. Diamantes *grandes*.

A ex-Lady Riverdale sendo espirituosa? Brincando, de fato? Era intrigante. Ele ergueu as sobrancelhas, mas não fez nenhum comentário.

Havia diamantes, esmeraldas, rubis e safiras. Havia topázios e granadas. Havia prata e ouro. E havia pérolas. Todos grandes e brilhantes — até as pérolas — e de formato perfeito. Todas elas falsificações indescritivelmente vulgares e nem mesmo convincentes. Ele a enfeitou com alguns dos mais ostentosos e pagou três vezes o que as duas senhoras nervosas que dirigiam o estande lhe pediram. Ela brilhava e cintilava nas orelhas, no peito, nos pulsos e nos dedos — e avaliou o efeito e envaideceu-se sob a admiração das duas senhoras e da pequena multidão que se reunira a uma distância respeitosa para observar. Houve alguns aplausos de admiração. Ela agradeceu e disse que também teria considerado a pulseira de safira se tivesse mais um pulso.

— Um tornozelo? — sugeriu ele, olhando para a bainha do vestido.

— Ah, não. Não gostaria de parecer exagerada no vestir.

Ela havia deixado de lado pelo menos um pouco de sua lendária dignidade, ao que parecia, em favor de algo que se aproximava da alegria, e ele se viu cativo. Ela não arrancou imediatamente as joias assim que saíram da vista da barraca e as escondeu nas profundezas mais escuras de sua retícula. Em vez disso, continuou tocando-as e as admirando.

Um artista barbudo e de cabelos desgrenhados desenhou o retrato de ambos a carvão: Marcel ficou parecendo um demônio cadavérico sem o forcado e a srta. Kingsley, um fantasma com rosto de lua e um colar de pérolas. Compraram dois bolos com cobertura depois de terem sido avaliados e estes receberam o terceiro prêmio. Eram tão duros quanto granito.

— Mas muito bonitos com a cobertura em desenhos retorcidos, o senhor deve admitir — falou ela, quando ele fez uma careta.

— Eu poderia, se não parecesse como se cada dente da minha boca tivesse se quebrado em dois.

— Mas não pela cobertura — disse ela.

— Mas não pela cobertura.

— Bem, então...

Eles assistiram ao concurso de serraria de madeira, no qual um grupo de jovens musculosos e suados, com mangas de camisa enroladas bem acima dos cotovelos, exibiam seus músculos e suas proezas para um bando de donzelas da aldeia que sorriam — e para os dois, os visitantes, os estranhos. Eles examinaram — pelo menos ela examinou — a barraca de bordados depois que o concurso terminou, e ela comprou para ele um lenço masculino de algodão grosso. Em um dos cantos havia um grande *L* bordado no meio de arabescos e flores sem caule e sem folhas. O lenço não havia sido colocado entre os vencedores — um fato que a levara a comprá-lo, ele suspeitava, e o outro era que o *L* poderia representar Lamarr. Ela parecia não saber sobre o título de marquês.

Ele comprou para ela uma bolsa de crochê com cordão em um tom horrível de cor-de-rosa — também não uma vencedora — para guardar todas as joias que agora adornavam sua pessoa.

— Vou guardar tudo isso com carinho — ela lhe assegurou, e ele se perguntou se ela realmente o faria. Marcel considerou por quanto tempo ficaria com o lenço. Suspeitava de que ele, *sim*, o guardaria, embora nunca fosse usá-lo para não o exibir aos olhos chocados do *ton*.

Assistiram e ouviram o concurso de violino. Ele se absteve de bater o pé ou bater palmas no ritmo da música, como fazia a maioria dos espectadores, mas ela não se absteve, ele notou. Ela parecia estar realmente se divertindo. Assim como, estranhamente, ele se divertia.

Assistiram a um concurso de canto para meninas e um menino soprano, que de alguma forma escaparam do terrível destino de serem membros do coro da igreja, antes de passarem a assistir ao concurso de tiro com arco e depois ouvirem sua sorte. Ele deveria esperar vida longa, prosperidade e felicidade. Nenhuma surpresa aí. Os videntes alguma vez previam algo diferente? Não sabia o que ela deveria esperar. Ela não contou.

Beberam limonada fraca e morna em uma mesa administrada por uma turma da escola dominical. Já devia fazer muitos anos que ele não bebia qualquer tipo de limonada. E se passariam muitos mais antes que ele se entregasse a isso novamente.

Ela ficou mais alegre com o passar da tarde, mas não flertou com ele.

E isso com certeza fazia parte da atração quando eram mais jovens. Embora ele também tivesse se perguntado sobre a possibilidade de paixões ocultas; talvez tivesse visto nela uma influência potencialmente estabilizadora à medida que sua própria vida ficava cada vez mais fora de controle — e mesmo quando ele flertara escandalosamente com ela. E mesmo sabendo que ela era casada e, portanto, proibida para qualquer coisa além de flertes. Não lhe ocorreu na época que talvez pudesse ter feito dela uma amiga. Se bem que ele não fazia amizade com mulheres. Ou com homens, diga-se de passagem. A amizade envolvia um certo grau de intimidade, uma abertura de si para o outro, e ele optava por não se compartilhar com ninguém.

Ela não era casada agora. Ironicamente, para todos os efeitos, ela nunca fora casada.

E ele a queria. Ainda. E ele ainda se perguntava.

Assistiram a um concurso de dança em torno do mastro erguido no centro do parque. Duas equipes vieram de outras aldeias para desafiar os dançarinos daquela aldeia, e multidões se reuniram para torcer por seus favoritos e aplaudir com apreço cada movimento intrincado em que as fitas coloridas se enroscavam no mastro alto, um emaranhado aparentemente impossível de desfazer, enquanto os dançarinos que os seguravam eram forçados a se aproximar cada vez mais dele e uns dos outros — e então se desvencilharam suavemente, entrando e saindo enquanto circulavam ao ritmo vigoroso dos violinos, até que cada dançarino segurasse uma fita livre, e o mastro ficasse vazio.

— O mastro é como um símbolo de vida, não é? — disse a ex-condessa no final de uma dessas danças, e ele voltou um olhar indagador para ela. Estava corada e com os olhos brilhantes: não apenas por causa do vento, ele supôs; quase como se ela mesma estivesse dançando.

— É? — Ele ergueu as sobrancelhas.

— Dá voltas e mais voltas, aparentemente sem chegar a lugar nenhum, mas ficando cada vez mais enredado em problemas e preocupações, nem todos causados pela própria pessoa.

— Essa é uma avaliação sombria da vida na qual se imergir em uma tarde festiva, Lady Riverdale — disse ele.

— Mas as danças do mastro não terminam em caos. E eu não sou a condessa. A condessa de Riverdale é casada com o atual conde e é minha amiga.

— Não vou me distrair com trivialidades. Complete sua analogia.

— Tudo dá certo. Se seguirmos fielmente o padrão da dança, tudo dará certo. — Ela estava franzindo a testa.

— Mas o que aconteceria — ele prosseguiu — se apenas um dos dançarinos vacilasse enquanto todos os outros teciam? Todo o padrão seria arruinado, todas as fitas ficariam irremediavelmente emaranhadas umas com as outras, e todos os dançarinos estariam condenados a tecer e vagar em eterna confusão. Receio que sua analogia seja ingenuamente romântica, srta. Kingsley. É simplista. Sugere que existe algo como "felizes para sempre" se alguém viver uma vida virtuosa e obediente.

— Muito bem — disse ela. — Foi uma ideia tola e impulsiva, e irritou o senhor. Sinto muito.

Por acaso ela o *aborrecera* com sua sugestão tão simplista de que a virtude inabalável sempre era recompensada? Por Deus, ela o aborrecera. Mas como alguém em sã consciência poderia acreditar, mesmo por um momento impulsivo, que a vida daria certo se alguém apenas seguisse as regras? Em especial quando tal crença dependia da teoria companheira de que se poderia confiar que todos os outros na sua órbita fariam o mesmo. Como ela poderia acreditar nisso?

— Incomodado? — indagou ele. — Prefiro dizer *encantado*, srta. Kingsley. Estou encantado com seu otimismo ingênuo. — Ele se apossou da mão dela e a levou aos lábios. Ela não estava usando luvas, como não havia usado durante toda a tarde. Usava, no entanto, um anel de diamante ridiculamente grande, que brilhava à luz do sol. — E deslumbrado — acrescentou.

Ela... sorriu. E ele realmente estava. Deslumbrado, era o que estava. Os anos desapareciam de seu rosto enquanto linhas apareciam nos cantos externos de seus olhos.

— É bastante esplêndido, não é? — disse ela, estendendo a mão e abrindo os dedos. — A pobre esmeralda, por outro lado, está diminuída. — Ela ergueu a mão também e apertou-a, fazendo a pulseira de rubi tilintar em seu pulso. — Otimismo? Se eu acredito nisso?

Parecia uma pergunta retórica. Ela se virou abruptamente antes que ele pudesse responder, a fim de ouvir o longo julgamento da dança do mastro. Manteve o rosto virado para o outro lado, sem olhar para ele. Ele a ofendera, talvez, ao chamá-la de ingênua.

O que ele faria no dia seguinte? Alugaria um cavalo? *Compraria* um cavalo? André tivera a presença de espírito de mandar levar para a estalagem a maior das suas malas, mas isso por si só representava um problema. Contratar um cabriolé, então? Uma charrete? Uma carruagem? Havia algum desses meios de transporte disponíveis em tal lugar? Duvidava. Ele se encontraria caminhando para casa, ou pelo menos para a cidade mais próxima de tamanho considerável? Mas pensaria nisso quando chegasse o dia seguinte.

— Devemos ir para o salão da igreja e para a festa? — ele sugeriu. Era para lá que todos os outros pareciam estar indo.

— Suponho que não haja muita escolha se quisermos comer.

— Eu certamente não escolho passar fome. — Ele ofereceu o braço. — A senhorita?

Ela lançou-lhe aquele olhar novamente, aquele que sugeria que ele acabara de dizer algo picante, embora não o tivesse feito de modo intencional.

— Não — respondeu ela, e pegou o braço dele.

4

A Viola, parecia que ela havia saído do curso normal do tempo. Houvera um atraso aparentemente desastroso numa viagem que deveria ter sido concluída ao anoitecer; a coincidência quase incrível de encontrar o sr. Lamarr preso — embora deliberadamente — na mesma pequena estalagem de interior que ela; o fato de ter sido organizada uma festa na aldeia para esse mesmo dia; a sugestão dele de que aproveitassem juntos tudo o que o evento tinha a oferecer; e a excelência do clima para a época do ano. Era tudo tão estranho que era difícil acreditar na realidade. Então ela não tentou. Era um tempo fora do tempo, como se tivesse recebido a oportunidade de sair do mundo por um breve período e a houvesse aproveitado.

No dia seguinte, tudo voltaria ao normal e ela também. Retomaria a jornada e a vida que havia abandonado naquele dia. Enfrentaria os demônios que haviam quebrado sua calma superficial em Bath e a mandado correndo para casa, sozinha. Enfrentaria tudo isso quando o amanhã chegasse.

Nesse meio-tempo... Ah, tinha gostado daquela tarde como não se lembrava de ter gostado de nenhuma outra. Havia deixado seu antigo eu na estalagem e se tornado uma nova pessoa, alguém que ela nunca se permitira ser antes. Estava enfeitada com joias berrantes e de mau gosto, cuja simples visão normalmente a faria estremecer. Pior, havia permitido que o sr. Lamarr pagasse por elas. Também comprara um presente para ele: um lenço horrível, horrivelmente bordado. Ela batera palmas e o pé no ritmo da música e das manobras intrincadas da dança do mastro, em vez de observar com dignidade serena e graciosa. Havia admirado descaradamente alguns jovens musculosos e suados enquanto eles serravam madeira e se exibiam para as moças. Havia lido sua sorte e aparentemente esperava uma vida longa e felicidade contínua com seu belo marido — ela não corrigira o equívoco. Posara para seu retrato, embora tivesse visto alguns dos esforços anteriores do artista e soubesse que ele não tinha nenhum talento. Ela conhecia a excelência artística. Joel, seu genro, estava rapidamente ganhando fama como um dos retratistas mais talentosos do país. Viola continuou sentada mesmo quando uma multidão se reuniu para assistir e comentar.

Certamente não haviam passado incógnitos ou despercebidos, ela e o sr. Lamarr. Longe disso. Sentira-se muito exposta durante toda a tarde e optara por aproveitar a atenção e até mesmo brincar com ela. Exibira suas joias falsas baratas diante de qualquer um que a olhasse com admiração e indicou a algumas pessoas onde poderiam comprar peças semelhantes.

A esposa do vigário os havia recebido à porta do salão da igreja com uma formalidade sorridente e insistido em acomodá-los numa mesa privada, enquanto a maioria das pessoas se espremia nos bancos ladeando as longas mesas que se estendiam de uma extremidade à outra do salão. E, ao contrário de todos os outros, que tinham que fazer fila para comer, eles recebiam porções completas de todos os pratos conhecidos pelo homem — de acordo com o sr. Lamarr.

— Ou mulher — acrescentou Viola.

— Não é de surpreender, é claro — disse ele —, quando a lavoura acaba de ser colhida nos campos e pomares. Mas, meu Deus, não me lembro de ter sido presenteado com uma pirâmide tão vasta de inúmeros alimentos, todos empilhados em um prato.

A apresentação realmente carecia de elegância. No entanto, não faltou nada em quantidade ou sabor. Viola, normalmente alguém que comia como um passarinho, limpou o prato, assim como o sr. Lamarr. E então os dois comeram uma fatia generosa de torta de maçã coberta com creme espesso e doce.

E foi isso, ela pensou com um pouco de pesar enquanto pousava a colher no prato vazio. Não apenas o banquete, mas todo aquele precioso dia de fuga de si mesma e de seu mundo. Ela se lembraria daquele dia por muito tempo, pelo resto da vida, suspeitava. Talvez a lembrança de alguma forma a animasse, ajudando-a finalmente a recompor sua vida.

Ou talvez fizesse exatamente o oposto.

— Srta. Kingsley. — Ele estava virando a xícara de café nas mãos, e ela percebeu novamente a elegância bem-cuidada de seus dedos e do anel de ouro (ouro *verdadeiro*) em sua mão direita. — Vai me condenar a uma noite sozinho no meu quarto, esticado na cama, com as mãos cruzadas atrás da cabeça, os dedos dos pés apontados para o alto enquanto conto as rachaduras no teto e sinto o medo de que esteja prestes a cair na minha cabeça? Ou a senhorita vai dançar comigo?

A imagem dele estirado na cama, com as mãos cruzadas atrás da cabeça, foi o suficiente para deixá-la quente por dentro. Mas a ideia de dançar com ele não fez menos. Ela concordara em passar a tarde na sua companhia e havia acrescentado a refeição porque não haveria alternativa na estalagem. Era o suficiente. Mais do que o suficiente. Não deveria sentir a tentação...

Mas por que não? Quem seria prejudicado?

— Se servir como um ato de misericórdia — disse ela —, então dançarei com o senhor.

— Ah. — Ele largou a xícara e recostou-se na cadeira.

— Embora minha principal razão para concordar — acrescentou ela — seja que a noite também seria longa e tediosa para mim se eu fosse forçada a passar o tempo sozinha no meu quarto.

— Que lisonjeiro, Lady Riverdale. Mas a senhorita não é Lady Riverdale. Contudo, também não consigo pensar na senhorita como a srta. Kingsley. O nome faz com que pareça a governanta de alguém. Poderia confiar em mim seu nome de batismo?

Era uma imposição. Eram quase estranhos. Apenas os membros de sua família a chamavam pelo primeiro nome.

— É Viola — revelou ela.

— Ah — continuou o sr. Lamarr. — O mais lindo dos instrumentos de cordas. De tom mais baixo que o do violino, mas não tão baixo quanto o do violoncelo. Combina com a senhorita, mesmo que a pronúncia seja diferente. Eu sou Marcel. Marc para minha família e pessoas íntimas.

Estranhamente, não se pensava nele como um homem que tivesse família. Mas ele tinha um irmão. E não houvera filhos com sua falecida esposa?

O dignitário da igreja que havia aberto as atividades vespertinas com um longo discurso no início da tarde estava de pé novamente e levantando os dois braços para chamar a atenção de todos. Depois que o salão ficou em silêncio, ele fez outro discurso desconexo antes de anunciar, sob aplausos da multidão, que o baile começaria no parque da vila em meia hora.

— Primeiro preciso voltar para a estalagem — falou Viola. — Eu gostaria de trocar de vestido e pentear o cabelo. — Entre outras coisas.

— Terei a honra de acompanhá-la — respondeu ele, levantando-se e contornando a mesa para afastar a cadeira dela. — Eu preciso pentear meu cabelo também.

Voltaram para a estalagem, o braço dela preso no dele, e subiram juntos. Ela parou do lado de fora da porta, e ele fez uma reverência e sugeriu que se encontrassem lá embaixo em meia hora. A estalagem parecia deserta, exceto pelos dois. Antes de fechar a porta, Viola percebeu que ele entrava no quarto do lado oposto, uma porta além da sua.

Provavelmente era uma tolice da sua parte prolongar esse presente inesperado de um dia despreocupado e feliz, pensou enquanto se recostava na porta depois de fechá-la. Mas por quê? Por que não suspender a realidade por mais algumas horas e dançar com ele no parque da vila? Afinal, não era como se ela fosse se apaixonar por ele e ter o coração partido novamente. Por que não aproveitar um pouco mais de alegria dessa aventura fora do tempo que o destino havia lhe presenteado? Não era mais uma mulher jovem, mas também não era velha. Tinha apenas quarenta e dois anos. O pensamento a fez sorrir com tristeza.

Ela colocou um vestido adequado para uso noturno, mas que não era muito frágil nem excessivamente elaborado. Arrumou o cabelo da melhor maneira que pôde sem os serviços da criada. Era um pouco mais complexo do que o coque simples que ela usara o dia todo. Hesitou sobre sua caixa de joias, mas finalmente se enfeitou com as peças recém-adquiridas. Sua família e seus conhecidos ficariam escandalizados, mas ela realmente havia gostado. Fazia com que se sentisse alegre, como se o mero uso pudesse fazê-la sorrir por dentro. Calçou sapatilhas de dança em vez dos sapatos mais confortáveis que usara durante todo o dia, acrescentou um xale de lã mais pesado para se aquecer e inclinou-se para se olhar no espelho embaçado sobre o lavatório. Se as pérolas do seu colar e brincos combinando fossem reais, certamente seria uma das mulheres mais ricas do mundo. Talvez a *mais* rica. Ela se surpreendeu rindo alto.

Sentiu-se sem fôlego quando saiu do quarto. E inexplicavelmente nervosa, como se houvesse algo de clandestino em acompanhá-lo para se juntar a uma grande reunião de aldeões num parque muito público. Frequentemente comparecia a eventos do *ton* na companhia de cavalheiros que não eram seu marido. Até onde ela sabia, nunca havia feito com que o *ton* levantasse uma sobrancelha sequer por esse fato. Era perfeitamente aceitável.

Mas nunca com o sr. Lamarr.

O cavalheiro estava esperando por ela no corredor. Ele também havia se trocado. Assim como ela, ele evitava vestir o tipo de roupa elegante que certamente usaria em um baile da alta sociedade, mas mesmo assim estava imaculado no vestir, em preto e branco, com uma gravata primorosamente atada, apesar de não ter um valete consigo. Um diamante solitário brilhava nas pregas do lenço em seu pescoço. Um diamante verdadeiro.

— Meu diamante é maior que o seu — disse ela, balançando os dedos para ele, fazendo uma brincadeira, porque estava se sentindo estranha e constrangida, embora tivesse passado a tarde toda na companhia dele.

— E brilha mais também — concordou ele, com os olhos reluzindo para Viola. Eram olhos escuros, como chocolate líquido. — Se bem que quem lhe deu tinha um bom gosto a toda prova.

— E também o epítome da modéstia — respondeu ela, enquanto os olhos dele se moviam sobre ela da cabeça aos pés, sem sequer fingir discrição.

— As pérolas também dão um toque agradável — falou ele. — Viola.

O som do nome nos lábios do sr. Lamarr causou arrepios na espinha de Viola. De novo. Ela estava se comportando como uma garota desajeitada. Era muito bom.

— Não conflitam com o diamante ou com os rubis? — perguntou, exibindo um pulso. — Ou com as granadas? — Ela levantou o outro.

— Conflitar? — indagou ele, todo surpreso. — Certamente não. Não há tal coisa como excesso de joias. Por que tê-las se não queremos exibi-las? Mas, para ser totalmente franco, Viola, mal notei suas belas joias até que você chamou minha atenção para elas. A beleza da mulher que as usa brilha ainda mais.

— Oh, que exagero — declarou ela, passando por ele em direção à porta. Como uma tola, embora o elogio tivesse sido absurdo demais para ser levado remotamente a sério, ela se viu com uma imensurável satisfação.

Afinal, tinha apenas quarenta e dois anos.

Ele a alcançou e ofereceu seu braço. Rabecas e flautas já tocavam com grande entusiasmo ao lado do parque da aldeia, do qual o mastro havia sido removido, e uma vigorosa dança escocesa estava em andamento, botas batendo no chão duro, saias balançando, gritinhos, mãos batendo palmas e vozes bradando encorajamento. As crianças corriam ruidosamente, provavelmente cansadas depois da animação incomum do dia. Lâmpadas ao longo da rua, do seu lado do parque, forneciam alguma luz no crepúsculo que se aproximava.

Estavam chamando a atenção outra vez, Viola percebeu.

E despertando alguns sorrisos tímidos. E alguns comentários.

— Vai dançar com sua senhora, chefe? — alguém gritou corajosamente, e o sr. Lamarr agarrou a haste de seu monóculo e ergueu-o até a metade do caminho ao olho. Ele não respondeu.

— Se não for, eu irei — outro acrescentou, provocando uma explosão geral de riso daqueles que ouviram.

— Acredito que dou conta sem ajuda — disse Lamarr com voz lânguida. — Mas agradeço a oferta.

— Isso que eu chamo de colocar você no seu lugar, Elijah! — alguém gritou, provocando outra onda de risos.

Juntaram-se às linhas para dançar uma contradança, menos vigorosa, mais intrincada que a do mastro. Ele era um dançarino elegante e talentoso, como Viola bem lembrava. Também tinha o dom de concentrar sua atenção na parceira, mesmo enquanto executava algumas figuras do conjunto com outra.

Como era maravilhoso, pensou ela enquanto dançava, com o ar fresco da noite em seu rosto e nos braços sob o xale, ser o foco da atenção de alguém, ser levada a sentir, mesmo que por um breve momento, que ela era a única pessoa no mundo que realmente importava. Não que ela ansiasse por atenção o tempo todo. Longe disso. Nunca havia se sentido assim. Mas, ah, às vezes parecia maravilhoso. Estavam cercados por jovens bonitas e sorridentes, muitas das quais lançando olhares meio assustados e meio apreciativos para o formidável estranho entre suas fileiras, mas ele parecia não enxergar ninguém além dela.

Era tudo artifício, claro. Fazia parte do seu apelo e parte do perigo, mas não importava. Ela não se deixara enganar nem por um momento por causa disso. Quando o baile terminasse naquela noite, ou talvez antes mesmo de terminar, eles voltariam para seus quartos na estalagem e, no dia seguinte, tomariam caminhos separados e muito provavelmente nunca mais se veriam. Ela não se misturava mais com o *ton*.

Portanto, esta noite — *esta* noite — deveria ser aproveitada como realmente era. Uma breve fuga oferecida pelo destino.

Todas as danças eram contradanças ou danças escocesas. Eram o que os aldeões e agricultores da zona rural circundante conheciam e queriam. Viola e o sr. Lamarr — Marcel — dançaram duas delas e assistiram a mais algumas. Mas quando uma música começou, ele levantou um dedo como se quisesse impedi-la de dizer alguma coisa, ouviu atentamente por um momento e depois virou-se para ela.

— Alguém poderia dançar uma valsa com isso — disse ele.

Ela também ouviu e concordou, mas ninguém mais estava valsando. Os dançarinos estavam alinhados, executando passos que Viola não conhecia.

— Vamos valsar. — Foi um comando imperioso.

— Ah, de forma alguma — ela protestou.

Mas ele estava estendendo a mão para pegar a sua.

— Acredito que valsar é algo que você e eu nunca fizemos juntos, Viola — afirmou ele. — Vamos corrigir esse erro. Venha.

— Marcel. — Ela franziu a testa.

— Ah. Eu gosto disso... o som de você falando o meu nome. Mas venha.

Ele pegou-lhe a mão e ela não resistiu enquanto ele a conduzia pelo parque até o lado mais próximo da igreja, onde não havia gente, talvez porque a noite caísse e a luz das lâmpadas não penetrasse tão longe. Ali havia sombra pesada, embora não escuridão total. Era uma noite clara, iluminada tanto pelo luar quanto pela luz das estrelas.

— Você vai valsar comigo aqui — falou ele. Ainda não era uma pergunta. Ele não estava lhe oferecendo nenhuma escolha. Mas, é claro, também não a estava coagindo.

— Mas as pessoas verão — ela protestou.

— E? — Ela tinha ciência de que ele estava com as sobrancelhas erguidas. — Eles nos verão dançando juntos. Acontecimentos escandalosos, de fato.

— Ah, muito bem — concordou Viola, levantando a mão esquerda para pousar no ombro dele enquanto o braço direito do sr. Lamarr passava por sua cintura. Como poderia resistir? Ela sempre havia considerado a valsa a dança mais romântica já inventada, mas tal coisa não existia quando ela era jovem. Ainda havia quem considerasse haver algo de escandaloso nisso, um homem e uma mulher dançando uma canção inteira exclusivamente um com o outro, cara a cara, as mãos se tocando.

Ele pegou a mão livre dela, ouviu por um momento e depois a conduziu numa valsa, girando no chão irregular do parque da vila, os sons de vozes e risadas parecendo distantes, embora estivessem apenas um pouco além das sombras. Ela estava muito consciente de suas mãos, uma apoiada firmemente contra o arco de suas costas na cintura, a outra entrelaçada nas dela. Tinha consciência de que havia apenas um centímetro de espaço entre o casaco de noite dele e o peito dela, que suas pernas vez ou outra se tocavam, que ele estava olhando para ela, que ela estava olhando de volta. Não conseguia vê-lo claramente na escuridão, mas sabia que seus olhos estavam nos dela. Podia sentir-lhe o calor do corpo, cheirar sua colônia, sentir seu magnetismo. Podia ouvir sua respiração.

Não sabia quanto tempo havia durado. Provavelmente não mais que dez minutos. Afinal, a dança já estava em andamento quando eles começaram. Podia ter sido para sempre. Viola esqueceu tudo, exceto a valsa e o homem com quem a dançava em silêncio.

— Viola — ele disse suavemente perto do ouvido dela quando a música parou. Não a soltou de imediato e ela não fez nenhum movimento para se libertar de seus braços. — Vamos ver o que há atrás da igreja, o que acha?

Um cemitério, ela supôs. Mas na verdade havia uma espécie de prado além dele, descendo até um rio que ela só notara pela janela da carruagem naquela manhã. Um salgueiro inclinava-se na margem e quase tocava a água. Uma ponte de pedra corcunda atravessava o rio um pouco à esquerda. Tudo devia ser muito pitoresco à luz do dia, mas o mesmo acontecia com o resto da aldeia.

Ficaram a meio caminho entre o muro baixo do cemitério e o rio, que brilhava ao luar, e ouviram o leve som da água correndo. A música recomeçou, mas o som dela, das vozes e das risadas parecia agora distante, parte de algum outro mundo que não lhes dizia respeito. O braço dele, através do qual a mão dela havia sido passada, passou-lhe pela cintura para puxá-la para o lado dele, e Viola se perguntou, preguiçosamente, não se deveria permitir, mas se permitiria. Ela não fez nenhum movimento para afastar o braço dele ou dar um passo para o lado. Em vez disso, encostou-se nele.

Ela permitiria, então, mas não corria perigo. Sabia o que ele estava fazendo. Ela entendia. Isso não importava.

Ele colocou a cabeça dela em seu ombro, ergueu-lhe o queixo com os dedos longos e inclinou o rosto para beijá-la.

Ah, foi um choque. Havia sido beijada tão poucas vezes... O garoto que ela amara aos dezesseis anos a havia beijado uma vez — um estalar de lábios desastrado, culpado e rápido que a deixara em êxtase por semanas depois. E Humphrey a havia beijado algumas vezes nos primeiros anos de casamento, quando frequentava a cama dela. Mas os beijos sempre tinham sido um prelúdio para a cama e nunca eram oferecidos com nada que se assemelhasse a convicção, afeto ou mesmo luxúria. Ele nunca a desejara. Havia se casado com ela — em uma relação de bigamia — pelo dinheiro, porque não tinha nenhum com o que pagar suas muitas dívidas, mas o pai dela tinha muito dinheiro que estava disposto a dar em troca dos títulos e do prestígio que adviriam do casamento da filha com o herdeiro de um conde. Ela nunca havia sido beijada com qualquer perícia. Até então. O primeiro choque foi a leveza do gesto, a natureza nada ameaçadora dele. O sr. Lamarr não a agarrou nem apertou os lábios contra os dela. Nem sequer a virou e a puxou contra si. Seus lábios eram macios, quentes, ligeiramente abertos, e ele provocou os dela até que eles se separaram também. A respiração dele era quente contra sua bochecha. Sua mão passou de sob o queixo para segurar-lhe a cabeça. Ele foi com calma. Não havia urgência, nem pressa, nem agenda, nem destino. Nenhuma ameaça. Foi ela quem finalmente se virou em seus braços para se encostar nele — joelhos, abdômen, seios. As mãos foram até os ombros dele.

O segundo choque foi que não terminou, nem depois de um momento, nem mesmo depois de vários momentos, embora ele tenha se afastado da boca dela para beijar seu rosto e seu pescoço, para murmurar palavras suaves que a mente de Viola nem sequer tentou decifrar. Depois beijou-lhe a boca uma vez mais, porém novamente sem urgência, afastando-lhe os lábios, tocando a carne interior com a língua, introduzindo-a lentamente na boca dela, acariciando a ponta sobre o céu sensível.

Foi então que o desejo a perfurou como uma ferida aberta, e ela percebeu que estava em perigo. Ela era, Viola entendia, uma quase que completa inocente. Havia sido casada — ou pensava estar casada — por mais de vinte anos. Dera à luz três filhos. Ela era avó. Mas não sabia praticamente nada. Nem sequer tivera... relações havia quase vinte anos. Logo depois que Abigail se revelou outra garota e não um herdeiro de reserva para Harry, o que Humphrey esperava, ele desistira do casamento, exceto no nome — e até mesmo isso era falso.

Ela não sabia nada sobre desejo.

Se é que tivesse pensado nisso, esperava que fosse uma coisa feroz. Da parte do homem, era. Com submissão voluntária por parte da mulher.

Mas isso não era ferocidade. Isso era...

Experiência

Era sedução.

Ela recuou, mas apenas com a parte superior do corpo. Suas mãos ainda estavam nos ombros dele. Ao luar, conseguia vê-lo apenas vagamente. Seus olhos eram escuros e tinham pálpebras pesadas.

— Não deveríamos estar fazendo isso — disse ela.

— Não deveríamos? — Sua voz era baixa. — Por que não?

Ela respirou fundo e... não conseguiu pensar em um único motivo.

— Não deveríamos. — Viola estava quase sussurrando.

— Então não o faremos — respondeu o mestre sedutor, e ele a soltou, pegou-lhe a mão, entrelaçou seus dedos com os dela e caminhou para mais perto da água com ela e ao longo da margem em direção à ponte. Ele a conduziu até o meio, e ficaram perto do parapeito baixo e olharam para a água escura que corria abaixo. Os sons do baile pareciam mais altos dali. A luz das lâmpadas da rua do outro lado do gramado tornou-se visível novamente.

Ela estava perplexa e... decepcionada. Isso era tudo? Ele responderia tão prontamente à voz de protesto? Mas por que ela estava surpresa? Quando lhe dissera, havia quatorze anos, para ir embora, ele partira sem discutir e sem voltar. Ela se lembrava agora de que também ficara confusa e desapontada.

Talvez fosse por isso que ele tivera tanto sucesso. Poderia ser um sedutor, mas não coagia ninguém. Nenhuma mulher jamais seria capaz de acusá-lo de enganá-la, de persuadi-la contra sua vontade, de se recusar a aceitar um "não" como resposta. Pelo menos, Viola presumia que ele se aproximava de todas as suas conquistas da mesma forma.

Mas suas mãos estavam unidas, os dedos entrelaçados. Talvez porque desta vez ela não lhe tivesse dito para ir embora. E deveria? Sem dúvida. Mas ela faria isso? Qual era o problema de passear sozinha com ele daquela

ALGUÉM PARA SE IMPORTAR 61

maneira? Segurar a mão dele? Beijá-lo? Permitir que ele a beijasse? A quem ela estava prejudicando? Seus filhos? Não podia dizer que sim.

Ela mesma?

Estava deprimida havia tanto tempo que mal conhecia qualquer outro estado. Então ela ficaria deprimida novamente no dia seguinte, olhando para esse dia. E daí? Pelo menos ela teria algumas lembranças de prazer, de desejo. Até de felicidade. Houvera tão pouca felicidade...

— Quando me disse para ir embora — começou ele, quase como se estivesse lendo seus pensamentos —, você esperava que eu obedecesse?

— Por que ficaria onde não era desejado? — ela perguntou. — Você tinha muitas outras opções.

— Cruel — falou ele, suavemente.

— Ah, bobagem.

— Você *queria* que eu obedecesse? — indagou ele.

— Por que outro motivo eu teria pedido para você me deixar em paz? — questionou Viola.

— Você notou como algumas pessoas quase invariavelmente respondem a uma pergunta com outra? Você queria que eu obedecesse, Viola?

Ela hesitou.

— Sim. Eu era uma dama casada, Marcel. Ou pensei que fosse.

— Esse foi o único motivo?

Ela hesitou novamente.

— Eu tinha filhos pequenos — disse — e uma reputação a zelar.

— E valeu a pena zelar por ela? À custa da inclinação pessoal?

— Nem sempre podemos fazer o que queremos.

— Por que não?

— E você notou que algumas pessoas fazem perguntas intermináveis e nunca ficam satisfeitas com as respostas que recebem?

— *Touché*.

Duas pessoas — um homem e uma mulher — aproximavam-se da aldeia. Algumas crianças correram e dançaram ao redor deles. Eles atravessaram a ponte.

— Boa noite, senhora, senhor — cumprimentou o homem respeitosamente, tocando o cabelo. — Eu e minha senhora aqui esperamos que tenham gostado do seu dia. Estamos honrados por tê-los conosco.

A mulher fez uma reverência desajeitada e as crianças se aproximaram de suas saias e ficaram em silêncio.

— Bem, obrigada — respondeu Viola. — Nós realmente nos divertimos. E foi um prazer termos sido incluídos em suas festividades.

O homem pigarreou.

— E o Vigário nos contou sobre sua generosa doação para os reparos do telhado, senhor — disse ele. — Posso ter a ousadia de expressar meus agradecimentos pessoais?

O sr. Lamarr assentiu com um gesto breve, Viola percebeu quando virou a cabeça bruscamente para olhá-lo. Quando ele havia feito isso? Ele desejou boa-noite ao casal e eles seguiram caminho.

— Algumas pessoas — ele murmurou — seriam incapazes de segurar a língua nem se sua vida dependesse disso.

Provavelmente ele estava falando sobre o vigário.

— Foi muito gentil da sua parte ser generoso — falou ela.

— Viola. — Ele soltou a mão dela e ofereceu o braço, voltando-se na direção da aldeia ao fazê-lo. — Uma coisa de que ninguém jamais poderá me acusar com convicção é de gentileza. O frescor do entardecer está rapidamente se transformando no frio da noite. Quer dançar algo vigoroso e que esquente no parque? Ou prefere voltar para a estalagem?

— A estalagem, por favor. — Mas ela disse isso com pesar. Será que seu dia de fuga finalmente terminara? E o que o amanhã traria? A carruagem estaria pronta para levá-la para casa? Ela temia a possibilidade de ficar presa ali por mais um dia, mas também temia voltar para casa. Pensaria sobre tudo pela manhã.

Retornaram para a estalagem sem falar, embora tivessem que passar por muitas pessoas enquanto contornavam o parque, e trocaram cumprimentos de boa-noite com alguns deles — pelo menos Viola o fez. Algum tempo depois de terem saído para ir ao baile, o estalajadeiro voltou e a taverna foi aberta. Estava meio cheia de homens bebendo cerveja e se escondendo de possíveis parceiras de dança, suspeitava Viola. No entanto, todos pareciam estar tão alegres quanto de manhã.

Ele a acompanhou até o quarto dela, pegou a chave de sua mão, destrancou a porta e ficou ali com ela.

— Obrigada... — ela começou, mas ele colocou um dedo indicador em seus lábios.

— Sem absurdos, Viola — disse ele. — Valeu a pena para você uma vida irrepreensível de virtude, dignidade e abnegação? Isso lhe trouxe felicidade?

— A felicidade não é tudo.

— Ah. Eu tenho minha resposta — ele rebateu.

— E valeu a pena para você uma vida de libertinagem e autoindulgência? Isso lhe trouxe felicidade?

O rosto dele ficou branco e frio e, por um momento, ela pensou que ele simplesmente se viraria e iria embora. Ele não o fez, entretanto.

— Felicidade — ele disse suavemente — não é tudo.

— *Touché* — ela sussurrou suavemente. E então mais alto: — Boa noite, sr. Lamarr.

— Vamos tornar a noite ainda melhor? — ele perguntou, sua voz suave como veludo.

E ela sentiu aquela pontada aguda de anseio novamente. Em algum lugar também havia uma sensação de choque e indignação, mas estava bem no fundo de sua consciência, mais um sinal de como ela deveria reagir do que um reflexo de seus verdadeiros sentimentos. Ela iria — ela *deveria* —, é claro, dizer não. Mas, ah, a tentação. Apenas uma vez na vida para fazer o que ela *queria*, por mais louco que fosse, em vez do que *deveria* fazer. Ou duas vezes na vida, talvez ela quisesse dizer. Naquela tarde e naquela noite, havia feito o que queria. Mas isso era diferente. Não significaria nada para ele, enquanto para ela poderia significar tudo no mundo. Não ousou arriscar. Mas importava que não significasse nada para ele? Ela não esperaria que isso acontecesse, afinal. E faria diferença se significasse muito mais para ela? Pelo menos teria a memória. Pelo menos ela *saberia*.

O silêncio entre eles se alongou.

— Você tem dificuldade em responder perguntas — disse ele. — O caminho da sua vida foi tão previsível, Viola, que você nunca teve que tomar nenhuma decisão séria?

— A revelação após a morte do meu marido de que ele era casado com outra pessoa quando se casou comigo foi imprevisível — respondeu ela. — O mesmo aconteceu com o fato de ele ter tido uma filha com aquela primeira esposa e ela ter herdado tudo dele. E o que é uma decisão séria? Esta é uma delas? A sugestão de que tornemos essa noite melhor do que já foi? Ou é mais trivial do que qualquer outra coisa que já tive que decidir?

Um canto da boca dele se ergueu em um sorriso zombeteiro.

— Não vou incomodá-la mais. Quando você me disse para ir embora, estava falando sério. Hoje foi apenas um adiamento temporário. Não posso discutir com a virtude, Viola. Desejo-lhe uma boa noite e um bom resto de vida. — Ele baixou a cabeça e beijou-a suavemente nos lábios.

— Sim — ela respondeu quando ele levantou a cabeça, e ela ouviu o eco da palavra, quase como se outra pessoa a tivesse falado. — Sim, vamos tornar a noite ainda melhor, Marcel.

Havia uma expressão de surpresa no rosto dele. E sua mente estava tentando entender as palavras. Esse era o *sr. Lamarr* diante dela, o implacável e perigoso sr. Lamarr, um dos libertinos mais notórios da Inglaterra, entre outros vícios. De repente, ele parecia um estranho ameaçador, todo sombrio, taciturno e atraente além do suportável.

— Vou descer um pouco até a taverna e deixar que me vejam — avisou ele. — Se, quando eu voltar, encontrar sua porta trancada, saberei que você se arrependeu das palavras que acabou de dizer. Se eu encontrar a porta destrancada, certamente lhe darei uma ótima noite. E você me dará o mesmo em troca. É dar e receber comigo, Viola, em medidas iguais. Será uma noite da qual você não se arrependerá, se sua porta permanecer destrancada.

Ele se virou, voltou para a escada e desceu para a taverna abaixo. Era uma estranha sedução, dar-lhe espaço e tempo para mudar de ideia, para trancar a porta firmemente contra ele. Ou talvez fosse a sedução mais eficaz de todas. Sem coerção. Não poderia haver como voltar atrás para afirmar que ela havia sido enganada por um libertino experiente.

A decisão era toda dela.

... certamente lhe darei uma ótima noite.

Ele daria mesmo? Era possível? Ela não tinha ideia do que esperar, exceto o básico. *Isso* poderia ser bom?

... uma noite da qual você não se arrependerá.

Ah, ela duvidava muito. O que levantava a questão: por que fazer algo de que ela sabia muito bem que iria se arrepender amargamente?

Viola entrou em seu quarto depois de acender a vela na cômoda com a vela maior no candeeiro de parede do corredor e fechou a porta atrás de si. Em seguida, largou o castiçal e ficou observando a chama se dissipar e depois se firmar.

... certamente lhe darei uma ótima noite... Será uma noite da qual você não se arrependerá.

Sua porta estaria destrancada quando ele voltasse para cima? Ela realmente não sabia. Mas a escolha — a decisão — seria sua.

5

O barulho na taverna diminuiu um pouco quando Marcel entrou e sentou-se a uma pequena mesa perto da lareira. No entanto, quando ficou claro que ele não queria contribuir para a conversa nem ouvi-la, os homens se recuperaram de sua autoconsciência na presença de tamanho esplendor das classes altas, e o nível de barulho voltou ao seu patamar anterior. Ele bebeu sua cerveja e encarou as brasas.

Então, perguntou-se, distraído, se a porta dela estaria destrancada quando subisse novamente. Fez apostas privadas e conflitantes consigo mesmo. Sim, estaria. Ela havia tomado sua decisão, e seria contra sua dignidade mudar de ideia e se esconder atrás de uma porta trancada. Mas não, não seria. Ela pensaria duas vezes — e muito provavelmente trinta e duas vezes depois disso — e decidiria que um encontro sórdido com um quase estranho, e um libertino ainda por cima, em uma estalagem de terceira categoria não era nada apropriado, e concluiria que uma porta trancada era o que ele plenamente merecia.

Ele não se importava muito, de qualquer maneira. Se a porta estivesse destrancada, teria uma noite de diversão inesperada. Se estivesse trancada, teria uma noite de sono decente... talvez. Não haveria mais nada para fazer, e a cama em seu quarto parecia limpa e confortável o suficiente. No dia seguinte ele retomaria seu caminho, de alguma maneira ou outra. Não estava preocupado em ficar preso ali indefinidamente.

E de fato não tinha pressa de chegar em casa. Quando chegasse, teria que se impor sobre assuntos que tinham pouco interesse para ele. É claro, deveria ter feito isso dois anos antes, imediatamente após herdar seu título, Redcliffe Court e todas as responsabilidades que vinham no pacote. Porém, naquela época parecia ser um incômodo grande demais. Ele tinha se contentado em acomodar os gêmeos lá com sua tia e seu tio e em fazer suas visitas habituais duas vezes ao ano, deixando todo o resto para ser resolvido por aqueles que lá moravam. Havia sido uma expectativa otimista demais. Ultimamente, ele tinha sido inundado com uma corrente cada vez mais frequente de cartas cada vez mais longas e descontentes, e era demais para suportar. E não suportaria. Teria que acabar com isso.

A marquesa, sua tia idosa, reclamava que sua autoridade estava sendo usurpada por aquela *arrivista da sra. Morrow*, a cunhada de Marcel. Ela — Marcel supunha que a tia estava se referindo a si mesma — tinha administrado Redcliffe por mais de cinquenta anos e ninguém nunca encontrara falhas em sua gestão até que ela — Marcel supunha que agora a marquesa estava se referindo a Jane Morrow — havia aparecido com a ideia de que poderia simplesmente assumir tudo só porque cuidava de Estelle e Bertrand. Marcel não se deu ao trabalho de acompanhar a quem cada "ela" se referia. Nem havia prosseguido a leitura para descobrir. Obviamente, havia atrito entre as duas mulheres, e é claro que Jane também escrevia sobre isso, com longos textos e indignação, enfatizando seu papel superior como guardiã do herdeiro de Marcel e sua longa experiência em administrar a casa dele. Ele também não lera essa carta até o final, embora ainda restassem três páginas.

No entanto, tinha sido informado — por Jane em outra carta — que sua prima Isabelle, que também vivia em Redcliffe com o marido (a desculpa sendo que a marquesa era idosa, frágil e precisava da filha por perto para prestar cuidados), também estava tentando impor uma autoridade sobre a administração da casa — autoridade esta que ela de forma alguma possuía. Também estava planejando um casamento luxuoso para sua filha mais nova, Margaret, sem dúvida às custas de Marcel, e ninguém ainda tinha respondido à pergunta perfeitamente razoável de Jane sobre onde o casal planejava morar após o casamento. Ele tinha parado de ler, mas claramente precisava ir lá em pessoa, embora preferisse estar se dirigindo para o Polo Norte, a menos que houvesse um lugar mais distante e remoto. O Polo Sul?

O administrador reclamava que o sr. Morrow e o filho estavam tentando interferir na administração da propriedade com ideias asininas. O homem tinha sido muito diplomático ao usar essa exata palavra, mas Marcel o entendia muito bem. Até a governanta havia escrito para perguntar se realmente era desejo dele que a cozinheira servisse desjejuns tardios e de qualidade inferior — dos quais estavam reclamando algumas pessoas que ela não seria desrespeitosa a ponto de dizer o nome —, porque ela era obrigada, junto com todos os outros criados, que tinham coisas melhores a fazer em suas manhãs, a comparecer a orações matinais com a família na sala de visitas por meia hora, às vezes mais.

Havia apenas uma maneira de interromper o fluxo de tais cartas, e ele estava fazendo justamente isso. Mas não tinha pressa, mesmo assim. Um dia ou dois a mais ou a menos não seriam de grande consequência. Pelo menos nenhuma outra carta poderia alcançá-lo enquanto estivesse na estrada.

O nível de barulho aumentou, e com ele veio um aumento de gargalhadas com a chegada de mais três homens, um dos quais reclamou que seus pés estavam cheios de bolhas de tanto dançar e que só conheciam uma cura certa para isso.

— Traga a cerveja — ele bradou alegremente para o estalajadeiro. — Uma jarra, rapaz, e nada de suas canecas.

E então havia os gêmeos, que foram criados no molde de sua tia e seu tio maternos. Adeline se reviraria no túmulo se pudesse saber. Ele também se reviraria no seu se já estivesse nele. Teria que fazer algo sobre isso, embora nem o diabo soubesse o quê. Talvez fosse tarde demais para tomar alguma medida significativa. E talvez fosse bom que não estivessem se parecendo com o pai. Ou com a mãe, pensou ele, com um alarme culpado. O problema de ficar acordado até tarde era que a mente se tornava indisciplinada e sentimental. Não que fosse mesmo muito tarde. Sua noite provavelmente estaria apenas começando agora se ele estivesse em Londres. Apenas parecia tarde.

Ele subiu depois de meia hora e se despiu em seu quarto. Amarrou um roupão de seda na cintura e atravessou o corredor até o aposento de Viola Kingsley. Estaria a porta destrancada? Ou não estaria? Ele se perguntou por que havia lhe dado tempo para se acalmar e pensar sobre o que estava prestes a fazer. Aquilo tinha sido atípico e tolo da sua parte. Por que acender uma fogueira para aquecer um quarto, afinal, e depois deixar todas as janelas e portas abertas para o frio do inverno?

Mas tinha feito isso, ele sabia, porque ela não era, de forma alguma, seu tipo usual de mulher. Não duvidava da virtude de Viola Kingsley, não apenas porque ela havia rejeitado seus avanços quatorze anos antes, mas porque... Bem, havia algo nela. Ela era uma mulher virtuosa, tudo bem, um fato que normalmente diminuiria qualquer centelha de interesse que Marcel pudesse ter por ela. E então havia sua idade. Ela não podia ser mais do que um ou dois anos mais nova do que ele. Poderia até ser mais velha. Ele não tinha preferências por mocinhas novas, mas pouquíssimas de suas mulheres tinham mais de trinta anos.

Estivera apaixonado por ela quatorze anos antes? Parecia altamente improvável e muito atípico de sua parte. Seu orgulho tinha sido ferido, no entanto. Não havia como negar. Talvez isso explicasse aquele dia — e aquela noite. Talvez quisesse a satisfação de tê-la sem exercer qualquer tipo de coerção. Se a porta estivesse destrancada, ela teria tomado a decisão sozinha com a cabeça fria, induzida pela meia hora na própria companhia.

Mas estava destrancada?

Ele girou a maçaneta lentamente e — esperava — em silêncio. Não tinha desejo de acordá-la e alarmá-la se ela tivesse pegado no sono. Nem de fazer papel de idiota. Empurrou suavemente para dentro. Não estava trancada. Ela também não estava na cama: estava em pé de frente para a janela, embora estivesse escuro lá fora. As nuvens deviam ter se movido para encobrir a lua e as estrelas. Havia uma vela acesa na cômoda atrás dela. Viola olhou por cima do ombro para ele.

Vestia uma camisola branca, não muito diferente de qualquer vestido que ela pudesse ter usado, exceto que caía solta a partir do busto. O decote era modesto. As mangas eram curtas. Tinha soltado e penteado o cabelo para que caísse em ondas cor de mel sobre seus ombros e até a metade da cintura.

A luxúria, que ele havia mantido sob controle para a hipótese de a porta estar trancada, irrompeu. Ele fechou a porta e a trancou antes de caminhar, despreocupado, na direção dela e puxar as cortinas da janela. Ele baixou a cabeça e a beijou.

Viola deu um passo em sua direção, como tinha feito na margem do rio, e entrelaçou os braços em sua cintura enquanto sustentava o beijo e o aprofundava. Era diferente desta vez. Não havia espartilhos por baixo da camisola para disfarçar as curvas suaves da cintura e do quadril ou para realçar seus seios. E ele não tinha camadas de roupas sob a fina seda de seu roupão. Saboreou o abraço, o calor do corpo dela, o leve aroma fragrante, a sensação das coxas, abdômen e seios pressionados contra seu peito, enquanto levava uma das mãos a se enroscar nos cabelos para segurar a parte de trás da cabeça dela, e a outra descia por suas costas, aproximando-a mais. Seus lábios provocavam os dela. Sua língua lhe explorava a boca e encontrava os pontos de prazer. Ela o sugava suavemente.

Ele não tinha pressa. Não estavam em busca do alívio para a luxúria. Raramente esse era o motivo. Ele havia lhe prometido uma noite de prazer da qual não se arrependeria, e era exatamente o que ele lhe daria. Não cinco minutos, dez ou meia hora, mas uma noite inteira. Era raro que houvesse antecipado uma noite de sexo com tanta expectativa. Talvez porque suspeitasse de que ela não tinha muita experiência, como a maioria das mulheres com quem ele se relacionava. Um pensamento estranho quando ela provavelmente havia sido casada por mais de vinte anos. Será que houvera alguém mais além de Riverdale? Duvidava. O que levava à pergunta: Por que ele? Apenas por causa daquele estranho conjunto de circunstâncias? Porque ela via a situação como uma espécie de tempo longe da realidade, fora do âmbito normal de seus padrões morais?

Não é que ela não fosse ciente de sua reputação, do fato de que ele tinha poucos escrúpulos e nenhum coração. Ele não tinha nada a oferecer, na verdade, exceto seu corpo e sua experiência na cama. Seria o suficiente para ela? Mas se não fosse, o problema era dela, não dele. Afinal, ele havia lhe dado tempo suficiente para escolher de forma diferente.

Marcel recuou a cabeça e olhou nos olhos dela — sonhadores com desejo e azuis, mesmo nas sombras projetadas pela vela.

— Tem certeza, Viola? — ele perguntou. Que raios era isso?

— Tenho.

Foram as únicas palavras que trocaram na primeira hora daquela noite, além de alguns murmúrios indecifráveis enquanto se uniam. Já estavam na cama àquela altura, as cobertas empurradas para o pé, a vela ainda acesa, a camisola e o roupão de seda em um amontoado no chão.

Ela era quente. Ansiosa e desinibida. Tendo tomado sua decisão, ela se entregou com abandono e exigiu prazer em troca. Ele a fez desacelerar, mostrando que o prazer dado e recebido com mãos, dedos, boca, língua e até dentes era tão sensual quanto o clímax final. E procurando os pontos de prazer em seu corpo e guiando-a aos pontos de prazer no dele.

Quando enfim se uniram, com ela deitada de costas primeiro e ele vindo entre suas coxas, ela estava molhada e pronta, e ele estava duro e ansioso. Mas mesmo assim ele os fez desacelerar, movimentando-se com estocadas calculadas, evitando uma longa profundidade até os momentos finais, deslizando as mãos por baixo dela enquanto ela se erguia em sua direção e acompanhava seu ritmo.

E então o impulso final rumo ao prazer compartilhado e derradeiro, e a pequena sensação de esquecimento que sempre vinha após as melhores uniões carnais.

Certamente, essa era a melhor das melhores.

Ele permaneceu sobre ela por vários momentos, seu peso pressionando-a no colchão enquanto seu batimento cardíaco diminuía e a consciência retornava. Ela estava quente, relaxada e suada embaixo do seu corpo. Ele saiu de cima dela e alcançou as cobertas antes de se acomodar ao seu lado e lhe deslizar um braço sob o pescoço.

A condessa de Riverdale. Viola Kingsley. Ele ainda não podia acreditar completamente. A espera de quatorze anos tinha valido a pena. Não que ele fosse possuí-la assim naquele tempo, mesmo se ela tivesse concordado. Ela era uma dama casada — aparentemente casada, verdade fosse dita.

Ela estava dormindo. Seu cabelo estava desarrumado; o rosto, corado; os lábios, levemente entreabertos. Ela havia puxado o lençol para cobrir os seios, em uma tentativa tardia de modéstia. Sob as cobertas, o corpo nu tocava o seu, do peito aos tornozelos. Ela era bela de todas as possíveis maneiras que uma mulher poderia ser bela. Quatorze anos não haviam roubado nada de seu encanto. Apenas somado a ele.

Que destino estranho os havia colocado juntos ali, um dos cavalos que ele alugara com uma ferradura solta; a carruagem alugada dela com um eixo trincado? Ele ainda não sabia o nome nem da vila, nem da estalagem, mas não acreditava em destino ou coincidência. Acontecera e eles haviam tirado o máximo proveito — estavam tirando. A noite ainda estava longe de acabar. Era provável que ainda nem fosse meia-noite.

Havia muito prazer a ser vivido.

As ruidosas festividades continuavam lá embaixo. E não havia pressa.

Viola não dormiu pesado, embora talvez tivesse cochilado por alguns minutos, exausta e saciada. Fazia tempo demais e nunca tinha sido como aquela noite. Ah, nem de longe. Seria risível até tentar comparar.

Sabia sem dúvida alguma que cometera um erro grave. Permitira algo vívido em sua vida, algo... alegre, e ela nunca, nunca seria capaz de esquecer. Por um tempo, talvez não quisesse, mas decerto o faria. Pois viver intensamente e encontrar alegria não eram algo que estava disponível para ela. Qualquer possibilidade disso havia sido destruída quando tinha dezessete anos e se casara com Humphrey, e não havia mudança no mundo e na persona que havia criado para si desde então.

Sua vida se tornaria monótona, decorosa e irrepreensível novamente pela manhã e por todos os seus amanhãs subsequentes. Ela fugira de Bath numa tentativa de escapar do que acontecera nos últimos dois anos, quando tudo havia se acumulado em seu espírito e se tornado demais para ela. Talvez também quisesse escapar de tudo o que acontecera antes disso. Talvez quisesse escapar de toda a sua vida, até de si mesma. E algo — chamaria de destino? — tinha organizado tudo aquilo. Ela fugira de sua realidade habitual naquela tarde, quando tinha ido à festa de colheita da vila com um libertino conhecido e aproveitado cada momento vívido. Fugira ainda mais longe naquela noite, quando dançara com ele no campo da vila e o beijara na margem do rio e deixara sua porta destrancada. Contudo, se *era* o destino que havia preparado aquele dia, ela não tinha certeza se havia sido gentil com ela. Talvez não tivesse a intenção de ser. Talvez pretendesse ensinar-lhe uma lição dura. Pois não havia escape permanente. No fim das contas, teria que levar a si mesma para onde quer que fosse, e não havia como mudar seu próprio ser, exceto por breves momentos nostálgicos e desafiadores.

Mas, oh — *ela não se arrependia*.

Ainda não. E por que antecipar a tristeza e a culpa?

Devia ter cochilado novamente. Acordou com o toque da mão dele deslizando de leve por seu corpo, entre os seios, sobre um deles, por baixo. O sr. Lamarr pressionou a ponta do polegar sobre o mamilo e acariciou tão suavemente que ela sentiu mais o efeito do que o toque. O desejo a atingiu, tanto por dentro quanto por fora, fazendo com que tanto seu útero quanto sua garganta doessem.

Ela virou a cabeça no braço dele e viu o sr. Lamarr, de cabelos prateados nas têmporas, austero, cínico, com quem nenhuma mulher sensata se envolveria pessoalmente. Mas quase no mesmo momento ela viu Marcel, o amante com quem encontrara fuga, prazer e nenhum perigo. Exceto pelo conhecimento certo de um futuro mais sombrio do que nunca.

E o resto da noite.

Percebeu de repente que a estalagem havia ficado em silêncio e não havia mais som de música vindo de fora. Devia ter cochilado por mais tempo do que pensava. O tempo passava. Aquela noite estava passando.

Ele a beijou.

E novamente ela se maravilhou que beijos e toques pudessem ser tão leves, tão aparentemente preguiçosos e, no entanto, tão propositais também. Pois não havia dúvida em sua mente de que cada toque dele — de palma, pontas dos dedos, lábios e língua — era conhecido, deliberado e projetado para trazê-la novamente à plena prontidão. Não que fosse ser uma tarefa difícil. Ela se virou para o lado e o tocou, uma de suas mãos se espalhando sobre o peito dele com sua leve cobertura de pelos, enquanto a outra se movia sobre o corpo, sentindo a dureza dos músculos, o calor pulsante dentro. Ela nunca havia tocado o corpo de um homem...

— Viola — ele murmurou contra seus lábios, e segurou sua mão pelo pulso e a moveu para baixo entre eles. Primeiro, ela recuou diante da ideia, depois o tocou de leve e, em seguida, fechou a mão ao redor dele. Longo, grosso, duro. Mas já sabia disso. Ela o tinha provado dentro dela. Era diferente tocá-lo com a mão, no entanto. Com o polegar, ela acariciou a ponta, e ele inspirou lenta e audivelmente e moveu a boca para seu pescoço e deslizou a mão entre as coxas para fazer magia com seus dedos lá.

Desta vez, ele a ergueu em cima dele e deslizou as mãos pelas coxas dela para segurar atrás dos joelhos e trazê-los para abraçar seus quadris. Ela se ajoelhou sobre ele, espalhando as mãos sobre seu peito e fitando-o. A vela ainda queimava na cômoda. Ele a encarou, os olhos escuros e semicerrados, e ela percebeu pela primeira vez que estava nua e sem constrangimento. Deveria estar. Odiava ser vista nua, até mesmo por sua criada. Na verdade, ninguém mais a tinha visto sem roupas desde que era criança. E ela não era mais jovem.

Marcel era perfeito fisicamente. Parecia injusto, embora ela não se sentisse envergonhada por suas próprias imperfeições. Depois do dia seguinte, provavelmente nunca mais o veria, e duvidava de que ele se lembrasse disso ou dela por muito tempo. Não alimentaria ilusões. Porém, com ela seria diferente. Ela sempre se lembraria. Não importava. Tinha tomado sua decisão bem conscientemente e sem qualquer coerção da parte dele. Muito pelo contrário.

E não estava arrependida. *Não se arrependeria.*

— Monte em mim — ele disse, a voz suave. — Monte em mim, Viola. Monte em mim até cansar.

Mesmo as palavras eram escolhidas deliberadamente, ditas deliberadamente. Pois o desejo, já fervilhando dentro dela, aumentou. Seus mamilos se contraíram e assim fizeram seus músculos internos, opondo-se à dor do desejo. E não importava que ela estivesse dolorida tão logo após a última vez, ou que nunca tivesse ocorrido a ela que a mulher pudesse tomar a iniciativa em um encontro sexual. Ela se abaixou até senti-lo, circulou ao redor dele até que estivesse ali na sua abertura e se abaixou sobre ele, lentamente, saboreando cada momento, cada sensação, até estar preenchida. Contraiu os músculos ao redor dele, regozijando-se com o sibilo da inspiração brusca do sr. Lamarr.

— Feiticeira — ele sussurrou.

E ela cavalgou enquanto ele permanecia imóvel. E cavalgou e cavalgou, os olhos fechados, as mãos apoiadas no peito dele, toda a sua concentração *lá* onde o prazer delicioso se transformava em ardor delicioso. Ela fez movimentos circulares com os quadris, esfregando-se nele enquanto cavalgava, até pensar que certamente enlouqueceria e parecia que ele devia ser feito de granito...

Até ficar claro que ele não era. As mãos dele foram para seus quadris e a puxaram com força para baixo, mantendo-a imóvel enquanto ele pressionava mais fundo do que parecia possível e a dor explodiu em algo que certamente seria insuportável até... não ser mais. Sua mente teve uma imagem vívida de uma rosa explodindo sob a luz do sol para revelar toda a glória de sua beleza interior, e então a imagem se foi junto com qualquer outro pensamento coerente.

Ele relaxou embaixo dela, o peito úmido de suor, a respiração ofegante e audível. Ele olhava para cima, fitando-a com olhos preguiçosos.

— A magnífica Lady Riverdale — murmurou.

O perigoso sr. Lamarr. Mas ela não pronunciou as palavras em voz alta ou o corrigiu por lhe dar um nome incorreto. Viola se esticou sobre ele, virando a cabeça em seu ombro enquanto ele puxava os lençóis com um pé e os trazia de volta sobre seus corpos. Ainda estavam unidos.

Que estranho que a vida pudesse ser assim e ela nunca ficara sabendo. Não de verdade. Talvez tivesse imaginado o que a paixão deveria ser, mas a imaginação era inadequada. Era necessário sentir. Algumas pessoas passavam toda a vida assim? *Vivas?* Será que ele passava? Uma noite como essa não deveria, é claro, ser muito diferente para ele. Não deveria haver nada tão incomum. Era apenas parte de seu modo normal de ser.

Mas ela não queria pensar nisso. Não era como se não soubesse. Não havia mais sentido agora em lamentar o fato de ter se envolvido com um homem que nunca se envolveria com ela.

Porém, ela nunca esqueceria. Mesmo quando quisesse, ela nunca esqueceria.

Amaram-se a noite toda. Ela testou sua resistência, assim como ele a dela, mas ambos mostraram-se à altura do desafio. No entanto, o amanhã se aproximava inexoravelmente deles. De fato, o amanhã já era hoje. Mal ele percebeu que a vela havia se apagado, e já estava ciente do amanhecer clareando a janela atrás das cortinas e, então, da luz do dia iluminando o quarto.

Era um deplorável quarto de estalagem. O papel de parede estava desbotado quase até a extinção, e havia verdadeiras rachaduras no teto — rachaduras que envolviam apenas a tinta lá em cima e não a estrutura, esperava ele. O quarto cheirava levemente a coisas velhas. E menos levemente a sexo.

Tinha sido bom. Muito bom mesmo. Talvez o melhor. Ele mal tinha dormido. Por que desperdiçar uma noite que oferecera — e proporcionara — tanto prazer? Ela era inexperiente, ele descobrira logo. Não houve surpresa real ali. Ela também era desprovida de inibições. Isso tinha sido um pouco mais surpreendente quando ele às vezes pensara nela — depois de sua rejeição e um tanto quanto maldosamente, ele tinha que confessar — como uma rainha do gelo. Mas é claro que ele muitas vezes se perguntara se sua dignidade sempre fria era um mero véu sobre um barril de pólvora de paixão.

Sim, era.

Ela estava de lado, virada de costas para ele, e ele também se virou e se aconchegou a ela, de conchinha, com um braço sobre sua cintura. Ela dormira mais do que ele.

Naquele dia seguiriam caminhos separados. E na próxima primavera, muito provavelmente, ele teria Estelle na Capital com ele, fazendo sua estreia durante a Temporada. E se Estelle fosse estar lá, então — Deus o livrasse disso — Jane Morrow estaria lá como sua patrocinadora e dama de companhia oficial. Marcel teria que ser muito mais circunspecto sobre seu próprio comportamento. Não seria capaz de continuar com seu modo de vida habitual quando isso pudesse afetar as chances de sua filha de fazer um bom casamento.

Viola nem estaria na Capital na próxima primavera. Por culpa própria, ela havia caído em desgraça com alguns membros do *ton* e não era mais aceita incondicionalmente como a condessa de Riverdale costumava ser. Ela não tinha sido vista em Londres desde logo após a morte de Riverdale, ou, se tivesse, ele não havia ouvido falar. Era improvável que ela retornasse.

Portanto, não havia chance de um caso contínuo com ela. Talvez fosse melhor assim, no entanto. Ele duvidava de que ela conhecesse as regras não escritas do envolvimento casual. Seu término inevitável poderia ser complicado. E, para ser completamente honesto consigo mesmo, ele não tinha certeza se poderia encarar um caso com ela tão superficialmente como fazia com outras mulheres. Não tinha certeza do que queria dizer com isso, e decerto não ia se atormentar com o pensamento exatamente naquele momento.

Ela inspirou profundamente e soltou um suspiro satisfeito. Sua mão veio sobre a dele ao redor de sua cintura.

— Luz do dia — ela resmungou alguns momentos depois. Não parecia muito contente.

— É uma abominação, não é? — concordou ele.

Ela virou-se para deitar de costas para olhá-lo melhor.

— Como você vai para casa? — ela perguntou.

— Ah, estamos antecipando o dia, sim? Não faço ideia, mas duvido muito de que eu fique preso aqui pelo resto dos meus dias, por mais atraente que seja a perspectiva se eu pudesse ter uma companheira de infortúnio da minha escolha. Isso é improvável, no entanto. Dei um passeio pelo pátio ontem enquanto esperava para ir dançar com uma certa dama. O cocheiro daquele veículo contratado estava confiante de que estaria pronto para partir até o meio da manhã. Você estará em casa antes do anoitecer.

— Desde que um par de rodas não caia.

— Está ansiosa para chegar em casa?

— Claro — ela disse, parecendo indizivelmente taciturna.

— E quem está esperando por você lá? — ele perguntou.

— Ninguém. Apenas paz e sossego. Deixei toda a minha família em Bath, exceto meu filho, que recentemente retornou à Península para se juntar novamente ao seu regimento. Deixei minhas filhas, meu genro e netos. Deixei minha mãe, meu irmão e sua esposa. Deixei todos os Westcott, que vieram para o batizado do meu netinho mais novo. Eu tinha que sair.

Tinha que?

— Família demais? — ele perguntou. — Conheço esse sentimento.

— Parece tão ingrato falar assim. Eu amo muito meus filhos e netos, e todos os outros também. Os Westcott, em particular, têm sido incansavelmente solidários e gentis desde a descoberta de que não sou realmente uma deles, afinal. Mas... eu tinha que sair.

— Em uma carruagem alugada — disse ele. — Ninguém ofereceu uma particular para o seu uso? E serviçais para acompanhá-la? — Eles pareciam um bando soturno, sua família.

— Eu tinha a minha própria carruagem comigo — ela explicou. — Deixei para Abigail, minha filha mais nova. Ela mora comigo em Hinsford. Ofereceram-me o empréstimo de várias outras. Acho que até ofendi alguns sentimentos recusando, mas... eu tinha que sair.

Ele estava começando a entender um pouco melhor o que acontecera na tarde anterior. E na noite anterior. Parecia para ele que, cercada por sua família amorosa e preocupada, ela havia tido um colapso nervoso.

Ele conhecia tudo sobre isso — colapsos nervosos, isto é.

— Está ansioso para voltar para casa? — ela indagou.

— Está cheia de... pessoas. Família. Todos que precisam ser organizados e colocados em seu lugar. Por mim. Tenho uma aversão severa a ser forçado a me esforçar em assuntos domésticos.

— É o suficiente para fazer alguém querer fugir e se esconder, não é? — Ela sorriu.

Ah, aquele sorriso. Tão raro com ela.

— De fato — concordou.

Ele a beijou e se perguntou se poderiam ou deveriam fazer amor novamente. Quantas vezes somariam? Cinco? Seis?

Isso importava? A noite estava praticamente acabada, e não haveria outra. Pelo menos, não com ela. Havia algo de melancólico no pensamento, embora a melancolia não fosse algo que ele costumasse se permitir. Fizeram amor mais uma vez.

6

Viola estava sentada na sala de jantar outra vez, tomando o desjejum. A carruagem estava pronta para retomar a viagem. Chegaria em casa bem antes do anoitecer, a menos que houvesse outro acidente. Um de seus ovos estava muito mole; o outro, muito duro. A torrada estava seca; o café, muito amargo. Ou seria tudo apenas coisa da cabeça dela? Será que, na verdade, não havia nada de errado com a comida? Seu estômago estava um pouco enjoado. Ela comia apenas porque achava que deveria antes de embarcar em uma jornada um pouco longa.

E talvez para provar a si mesma que estava bem, que tivera alguns dias ruins seguidos por um dia e noite inesperadamente agradáveis e agora estava alegremente de volta ao normal. Talvez ela conseguisse se convencer disso quando estivesse a caminho de fato. Não sabia se o veria de novo antes de partir. Ele tinha saído do quarto dela havia uma hora sem dar qualquer indicação de pretender vê-la em sua partida ou não. Não pressionaria o assunto. Não aguardaria na esperança de que ele descesse, e não bateria à porta dele. Quando estivesse pronta para sair, simplesmente partiria.

Ela pousou a xícara de café com uma careta. Tinha adicionado mais leite para amenizar o amargor e agora estava fraco demais.

É o suficiente para fazer alguém querer fugir e se esconder, não é?, ela tinha dito mais cedo, antes de fazerem amor pela última vez. Supunha que continuaria a se esconder, como tinha feito por toda a sua vida adulta, bem no fundo de si mesma. Mergulhara ainda mais fundo após a grande catástrofe que se seguiu à morte de Humphrey — apenas para que tudo saísse dela sem motivo aparente há alguns dias. Pressionaria tudo isso de volta para dentro e ainda mais fundo a partir daquele dia, e iria para dentro junto. Iria tão fundo que ninguém jamais a encontraria novamente. Talvez ela nem mesmo se encontrasse mais.

O pensamento fez com que mordesse o lábio superior para evitar chorar — ou rir — e por um momento ela achou que o pânico estava prestes a voltar. Mas a porta da sala de jantar se abriu e a salvou.

— Bom dia — cumprimentou ele, todo formal e elegante. — Ou será que já disse isso?

— Bom dia — respondeu ela.

O dono da estalagem entrou apressado atrás dele e indicou uma mesa um pouco afastada da de Viola.

— Talvez, sr. Lamarr — ela disse —, gostaria de se juntar a mim?

— Obrigado. Eu gostaria.

O dono da estalagem foi buscar mais torradas e café.

— Nada mais — Marcel falou firmemente quando o homem tentou sugerir ovos, bife e rins.

Conversaram sobre o tempo até que o dono da estalagem voltou e foi embora novamente. Viola não sabia se estava feliz por Marcel ter descido ou se teria preferido que ele ficasse em seu quarto até depois que ela tivesse ido embora. Seu estômago se contraiu com a pequena quantidade de comida que havia comido.

Ela odiava despedidas, em especial quando eram para sempre.

— Bem, Viola. — Ele estava recostado na cadeira, os dedos de uma das mãos brincando com o monóculo, um hábito que estava se tornando familiar para ela. Ele não fez nenhum esforço para passar manteiga na torrada.

— Bem. — Viola esforçou-se para sorrir. Nunca havia nada para dizer quando havia todo o mundo para dizer. Ela teve que lembrar a si mesma de que a situação não era nada incomum para ele.

— Bem — ele disse suavemente outra vez. — *Devemos* fugir?

O absurdo da sugestão a atingiu no mesmo momento em que uma grande onda de saudade a invadiu. Ah, se apenas...

Se ao menos a vida fosse tão simples assim.

— Por que não? — ela indagou, o tom leve.

— Viajaremos na sua monstruosidade de carruagem alugada até que possamos substituí-la por algo muito mais confiável. E então iremos para algum lugar, qualquer lugar, todos os lugares até estarmos prontos para voltar. Na próxima semana, no próximo mês, no próximo ano. Quando o desejo de fugir se esgotar, se é que isso alguma vez acontecerá.

— Bem, eu gostaria de ver meus netos novamente antes que cresçam.

— Então voltaremos em quatorze anos — declarou ele. — Todo o tempo que não passamos juntos desde que você me deu ordens de ir embora.

— E para onde exatamente iremos? — ela perguntou. — *Algum lugar, qualquer lugar, todos os lugares* soa um pouco vago.

— Mas tentador, é preciso admitir. Não há limites para onde podemos ir. Escócia? As Highlands, é claro. País de Gales? À vista do Monte Snowdon ou do Castelo de Harlech. Irlanda? Estados Unidos? Devonshire? Tenho uma casa lá, aninhada em uma encosta acima de um vale fluvial, não muito longe do mar. Um lugar ideal para uma fuga. Ninguém mais mora nas proximidades. Vamos para lá para começar, e se não for longe o suficiente, então seguiremos em frente. Não há destinos permanentes na terra da fuga.

— Isso seria um título esplêndido para uma história infantil. "A Terra da Fuga." Embora eu não tenha certeza se ensinaria uma lição valiosa na vida.

— Por que não? — ele perguntou. — Não precisam todas as pessoas, especialmente as crianças, escapar de suas vidas de vez em quando, ou o tempo todo? Mesmo que seja apenas através da imaginação? Por que as pessoas leem? Ou ouvem música? Ou viajam?

— Ou dançam. — Ele ainda não tinha tocado no desjejum ou mesmo no café. — Você lê?

— Sou melhor em fugir — ele retrucou.

— Pode-se fugir com a leitura. Você mesmo disse isso.

— Mas é muito fácil ser interrompido quando se está lendo — contrapôs Marcel. — Ou ouvindo música. Ou viajando de acordo com um itinerário planejado, previamente compartilhado para a conveniência de todos os parentes e amigos que podem desejar se juntar a você ou chamá-la de volta com alguma desculpa frágil.

— Ah. Não enviaríamos nenhum aviso da nossa intenção para nossas

ALGUÉM PARA SE IMPORTAR 83

famílias, então? Nada para acalmar suas ansiedades, caso sintam nossa falta?

— É exatamente por isso que se chama fugir — afirmou ele. — Minha família não pensará na casa em Devonshire, mesmo supondo que pensem em alguma coisa, o que é muito improvável. Já sua família nem mesmo sabe sobre ela. Ou sobre mim.

Ele estava olhando fixamente para ela, e Viola voltou a sentir aquela onda de anseio.

— Como você torna tudo tão tentador... — ela disse com um suspiro.

— Mas...? — Ele ergueu as sobrancelhas.

— Sim, mas — disse ela. — É hora de eu partir. Hora de ir para casa.

— Você é uma covarde, Viola? — questionou ele.

E pela primeira vez — oh, que tola, quando lidava com um homem que ela bem sabia ser egoísta, imprudente e um ser livre —, pela primeira vez, lhe ocorreu que talvez ele estivesse falando sério. Que ele estivesse realmente lhe pedindo para fugir com ele para sua remota casa à beira-mar. Sem dar uma palavra para suas famílias. Sem qualquer plano de longo prazo. Sem qualquer consideração cuidadosa. Ele estava sugerindo seriamente que ela fizesse a coisa mais irresponsável que já tinha feito em sua vida.

— Está falando sério — afirmou ela.

— Sobre você ser uma covarde? Como você se classificaria, Viola? Uma mulher virtuosa, devotada? A que propósito serve sua virtude? E virtuosa segundo quais padrões? Devotada a quê ou a quem? A uma família que permitiu que você saísse de Bath sozinha quando está claramente em profundo desconforto?

— Eu não estou em desconforto — ela protestou. Oh, com certeza ela não havia mostrado nenhum sinal externo... Mas lhe dissera que tivera de fugir, que havia rejeitado todas as ofertas de uma carruagem emprestada e de serviçais. Não era do seu feitio confidenciar tanto a um completo estranho.

— Talvez não tenha sido claro para eles. Talvez apenas acreditassem que você estava sendo teimosa e deliberadamente difícil. Talvez não tenham percebido seu desconforto. Você é muito boa em se esconder dentro de si mesma, não é?

Todo o seu interior se contraiu, e ela ficou fria. Como ele sabia...? O que ele pensava...?

— O que mais eu deveria fazer? — indagou, ofendida. — O que mais eu poderia ter feito em toda a minha vida? Ser um fardo emocional, histérico, vaporoso para todos que me conhecem?

— Muitas mulheres são. Esse comportamento é um pedido de ajuda, ou pelo menos de atenção. Mas não você. Você escolheu durante toda a sua vida manter uma postura firme e uma espinha rígida. Você tem caráter, Viola, e isso é admirável. Mas até mesmo pessoas fortes têm seus limites de resistência. Você atingiu o seu, eu acredito.

Como ele poderia conhecê-la tão bem quando não a conhecia de verdade?

— E a resposta é jogar toda a responsabilidade ao vento e fugir com você sem uma palavra para ninguém? Pelo prazer de mais dias e noites como os de ontem?

Ele inclinou ligeiramente a cabeça para um lado em aparente pensamento, e seus olhos se estreitaram.

— Em uma palavra, sim — concluiu ele. — Por que acabar com algo que foi tão agradável quando não desejamos ou precisamos acabar com isso? Por que não prolongar o prazer até alcançar seu limite natural? Porque alcançará, sabe? Toda paixão tem um arco. Devemos aproveitá-la enquanto dura e nos separar amigavelmente, sem dor ou arrependimento, quando acabar. No frigir dos ovos, você deve mais a si mesma do que a qualquer outra pessoa, por mais que ame todos esses alguéns, e por mais que eles a amem.

Ah, ela sabia muito bem o que estava acontecendo. Suas palavras eram muito mais perigosas do que o envolvimento físico durante a noite. Pois o envolvimento havia sido apenas sensação física e emoção. Já as palavras apelavam para sua razão e pareciam, na superfície ao menos, muito persuasivas. No entanto, era pura e simples sedução.

Quando ela já havia feito algo apenas por si mesma? Tudo em sua criação e experiência de vida a haviam ensinado que agradar a si mesma era o maior tipo de egoísmo. Sua vida como mulher sempre tivera apenas dois princípios orientadores: dever e dignidade. Dever para com sua família, dignidade diante da sociedade. E para onde isso a havia levado? O amor que sua família sentia por ela era suficiente? Eles *precisavam* dela? Mesmo Abigail? Mesmo Harry? Viola morreria por qualquer um deles — ela sabia que sim — se isso aliviasse a dor deles e lhes garantisse uma vida feliz, mas isso não poderia ser feito. Sua morte não aliviaria a vida de sua família de forma alguma. Eles de algum modo forjariam suas próprias vidas sem qualquer ajuda real de sua parte.

Quem morreria por ela? Ou renunciaria a toda gratificação pessoal por ela? Talvez seus filhos. Talvez sua mãe. Até mesmo seu irmão. Mas faria alguma diferença? Ela desejaria tal sacrifício? Nunca lhe ocorreu que pudesse precisar de alguém que se *importasse* com ela. Ela não precisava.

Por que ela não poderia cuidar de si mesma, então? Onde o egoísmo terminava e a necessidade de viver sua preciosa e única vida começava?

Quem sofreria se ela fugisse com Marcel Lamarr por um curto período?

Mas estaria ela apenas reagindo previsivelmente ao que reconhecia como uma sedução experiente? Dançando como um fantoche nos cordões dele? Racionalizando?

— Sim — ela disse em resposta às suas próprias perguntas, mas pronunciou a palavra em voz alta, e sua voz soou bastante firme. — Vamos fazer isso. Vamos fugir.

Marcel Lamarr, marquês de Dorchester — ele havia omitido o título ao assinar o registro da estalagem —, examinou o eixo da carruagem alugada. Era novo e parecia estar em condições adequadas. Observou atentamente os cavalos, que já estavam presos à carruagem, sem realmente levantar as pernas para examinar as ferraduras, e os julgou como criaturas miseráveis, embora provavelmente adequadas para a tarefa designada, pelo menos por alguns quilômetros. Ignorou a aparência exterior desgastada do veículo e abriu a porta mais próxima. Assentos manchados e gastos, desfiando nas bordas, encontraram seu olhar desaprovador, e um cheiro de mofo atingiu seu nariz.

— Preciso da senhora aqui fora e dentro da carruagem sem mais delongas — disse uma voz impaciente e impertinente por trás dele. O cocheiro, presumia, vestindo peças sujas de linho por baixo de um casaco manchado e mal ajustado, e um chapéu de aparência oleosa sobre cabelos de aparência oleosa.

O marquês de Dorchester virou-se e olhou o homem de cima a baixo, seus olhos se movendo da cabeça oleosa para as botas arranhadas e enlameadas e de volta outra vez.

— Precisa? — indagou ele.

O cocheiro havia congelado no lugar, e Marcel teve a satisfação de ver medo em seus olhos quando ele arrancou o chapéu e o segurou no peito com as duas mãos.

— Se for do agrado de Vossa Excelência — falou ele. — Preciso levar a senhora para o destino dela e retornar para Bath para mais negócios amanhã. É o meu sustento. Vossa Excelência, senhor — ele acrescentou.

— A senhora virá quando estiver pronta — Marcel informou. — Até lá, você esperará, seja por cinco minutos ou cinco horas. Quando ela vier, você nos levará para a cidade mais próxima. Fui informado de que fica a treze quilômetros de distância. Lá, a senhora e eu mudaremos para outra carruagem. Nós nos absteremos de exigir o reembolso pela porção não utilizada da tarifa que a senhora pagou adiantado e de exigir compensação pelo gasto extra que ela teve como resultado de sua negligência em deixar Bath com um veículo defeituoso. Talvez, se você se comportar com decoro profissional a partir deste momento, eu possa lhe pagar um pequeno bônus antes que siga com seus cavalos na direção de Bath e de mais negócios. Espero ter sido claro.

O homem balançou a cabeça, puxou sua mecha oleosa e pareceu não encontrar a língua.

— Foi o que pensei — murmurou o marquês, enquanto caminhava

de volta para dentro da estalagem, a fim de dar instruções para que sua bagagem fosse carregada na carruagem alugada e para que alguém fosse enviado para descer as malas da srta. Kingsley. Ele esperava que seu nariz sobrevivesse à jornada de treze quilômetros à frente, sem mencionar sua coluna e todos os outros ossos do seu corpo. Apostaria que não havia uma mola em funcionamento naquele veículo, e as estradas inglesas já não eram gentis com aqueles que viajavam em veículos com as molas em dia.

Ela havia aceitado. Talvez não repetisse o "sim" quando chegasse a hora de trocar carruagens, é claro, mas ele arriscaria e lhe daria a escolha. Nunca tinha sido o seu estilo arrastar mulheres pelos cabelos apenas para atender aos seus desejos. Mas, de qualquer maneira, ela completaria sua jornada em uma carruagem que oferecesse limpeza e conforto e sob a proteção de um condutor competente e deferente. Se ela escolhesse retornar sozinha para casa, ele também enviaria uma criada com ela. Sua família claramente não havia insistido. Ele iria.

Marcel ficou surpreso e satisfeito por ela ter dito "sim". Já fazia muito tempo que ele tivera um caso prolongado com qualquer mulher. Nunca havia fugido para desfrutar de um. Nunca levara uma mulher para a casa de campo em Devonshire. Ele próprio não passava muito tempo lá. Pertencia a uma tia-avó sem filhos, em cujo colo ele aparentemente subira sem ser convidado quando tinha três anos. Ela o havia adorado para sempre e deixara tudo para ele quando morreu. Era mesmo um local remoto, um fato que não havia tornado o lugar querido para ele até o momento. Se Marcel não fosse inerentemente preguiçoso com esses assuntos, decerto teria vendido a propriedade muito tempo antes, mas agora estava feliz por não o ter feito. Tinha uma certa vontade de escapar para lá com uma amante que considerasse capaz de despertar seu interesse por pelo menos uma ou duas semanas. Caberia a ele, é claro, garantir que despertasse o interesse dela pelo tempo que ela mantivesse o interesse nele.

Estavam a caminho, menos de meia hora depois, sentados lado a lado no assento terrivelmente duro, com o máximo de espaço entre eles que ela poderia conseguir ao agarrar a alça desfiada ao lado de sua cabeça.

— O cocheiro concordou em nos levar até Devonshire? — perguntou ela.

— Deus nos livre. Acho que eu poderia terminar com um caso permanente de tremedeira se permitisse algo assim. Você deve ser feita de um material resistente para ter vindo de Bath até aqui, Viola. Vamos encontrar algo melhor para alugar assim que pudermos. Se confiar muito nessa alça, sabe, ela pode falhar e se romper, catapultando você para o meu lado do assento.

— Tudo isso parece muito... estranho — disse ela, à guisa de explicação.

Sim, era estranho. Até para ele mesmo, era estranho.

Ela não largou a alça. Nem relaxou a tensão em seu corpo. Nem tentou iniciar mais conversa. Ele suspeitava de que, em outra hora ou algo assim, estariam seguindo caminhos separados: ela em uma carruagem para sua casa; ele em outra para a dele.

Só que na noite anterior ela havia deixado sua porta destrancada.

Pararam em uma estalagem de aparência respeitável em uma cidade movimentada do campo. Ele a instalou em um salão privativo sob os cuidados de um sorridente e reverente estalajadeiro e uma sorridente e impecavelmente vestida criada antes de dispensar o cocheiro de Bath com um generoso bônus que este não tinha feito nada para merecer. Logo depois disso, ele se juntou a ela para uma xícara de café. Ela parecia bastante pálida e sombria.

— Há uma carruagem aqui para alugar — falou ele. — É simples, mas limpa e parece funcional. Tem até algumas molas. Também há cavalos de qualidade decente para uma etapa ou duas. Suspeito que haja mais e melhores em outro lugar da cidade. Você precisa me dizer o que deseja, Viola. Devo alugar duas carruagens e enviar você para casa em uma delas? Ou será uma carruagem para nos levar a Devonshire?

Ela colocou sua xícara de lado, prestando atenção no que estava fazendo.

— Toda manhã — iniciou ela — desde o desjejum, tenho tentado pensar em uma maneira de lhe dizer que mudei de ideia.

— Ah — disse ele, e inclinou-se para trás na cadeira.

Ela ergueu os olhos para Marcel.

— Não faz parte da minha natureza — continuou Viola — buscar o que eu quero.

— Então somos completamente incompatíveis. Não faz parte da minha natureza fazer qualquer outra coisa. O que você vê no seu futuro, Viola? Como será a sua vida?

— Segura. Respeitável. Tenho amigos e vizinhos em Hinsford. Tenho minhas filhas, meu genro e meus netos. Talvez haja mais. Abigail certamente se casará, com o tempo. E talvez Harry...

— Seu filho? — ele indagou quando ela parou abruptamente.

— Talvez ele sobreviva às guerras. Talvez volte para casa e se case e... Mas eu não devo dizer *talvez*. Ele *vai* voltar para casa.

— E você vai se casar novamente? — ele perguntou.

— Oh, céus, não. Embora a palavra *novamente* não se aplique, não é mesmo? Outro casamento, mesmo um real desta vez, é a última coisa que eu quero. Além disso, quem ia me querer?

Em nome da respeitabilidade, ela viveria o resto de sua vida muito solitária, então? Mas provavelmente sempre tinha sido assim. Solitária e tediosa. Muitas vezes parecia ser o destino de uma mulher suportar. Simplesmente isso. Marcel estava muito feliz por não ser uma mulher.

Ele não quebrou o silêncio que se estendia entre eles enquanto ela segurava a xícara com ambas as mãos, mas não bebia.

— Eu queria — ela disse uma vez, mas não continuou. — Eu queria — ela falou um minuto depois — poder ser egoísta como você. — Viola olhou para cima para ele e corou. — Peço desculpas. Eu estava falando sozinha.

Ainda assim, ele nada disse. Ela olhou de volta para a xícara.

— Eu ia querer voltar. — Ela colocou a xícara no pires e olhou para ele outra vez. — Eu não gostaria de fugir para sempre, mas não seria para sempre, certo? Nós nos cansaríamos um do outro depois de um tempo. Você mesmo disse isso. Uma semana, talvez? Duas?

Algumas mulheres acreditavam em permanência, em "felizes para sempre" e todo esse absurdo. Ele já acreditara nisso também, uma vez, e olhe onde isso o havia levado. Ele sempre deixou claro para qualquer mulher com quem estava começando um relacionamento que não seria para sempre ou nem mesmo por muito tempo. Não era crueldade. Cruel seria prometer "para sempre" e não conseguir mais do que algumas semanas.

— Seria bom enquanto durasse — disse ele.

— Como o dia e a noite de ontem?

— Não posso prometer joias todos os dias. Eu ficaria falido.

— Nem mesmo pérolas? — ela perguntou e... sorriu.

Ele poderia, pensou, se apaixonar por aquele sorriso. De novo. Ele havia se apaixonado por aquele sorriso havia quatorze anos. Estranho. No dia anterior, ele não conseguia se lembrar de ela ter sorrido, mas ela devia ter sorrido. Ele se apaixonou pelo sorriso dela. E por ela. Devia ainda ter sobrado vestígios de seu antigo eu quando a conheceu, para que ele usasse essa frase em sua própria mente.

— Talvez uma única pérola a cada dois dias — falou ele.

— Um bracelete para combinar com meu colar e brincos. Quantas pérolas, você acha? Doze? Vinte e quatro dias, então. Estaríamos cansados um do outro até lá?

— Se não, acrescentaremos um anel de pérolas. E talvez aquela tornozeleira a que você resistiu ontem.

Ela fechou os olhos brevemente.

— Uma carruagem só — decidiu ela. — Alugue uma.

— Vou encontrar uma melhor do que essa estalagem tem a oferecer — ele respondeu, levantando-se.

— Eu esperarei — ela prometeu.

Ele ficou fora por uma hora. Uma hora para mudar de ideia, mas ela não mudaria. Em vez disso, usou o tempo para escrever notas breves, uma para Camille e Abigail em Bath e outra para a sra. Sullivan, sua governanta em Hinsford. Não podia, afinal, conciliar com sua consciência a ideia de desaparecer sem uma palavra para ninguém. Disse às filhas que estava indo para algum lugar privado por um tempo — talvez por uma ou duas semanas — e que não deveriam se preocupar. Ela escreveria assim que voltasse. Informou à sra. Sullivan que seu retorno a Hinsford havia sido adiado indefinidamente e que escreveria de novo antes de retornar para casa. Ela se desculpou pelo inconveniente que devia ter causado quando não chegou no dia anterior.

Entregou as cartas para a criada que a estava servindo, juntamente com dinheiro para cobrir o custo da postagem e uma gorjeta adicional. A moça as colocou no bolso do avental e prometeu, com um sorriso caloroso, enviá-las imediatamente.

E assim Viola esperava para fugir. Desaparecer onde ninguém a encontraria. Fazer algo apenas para si mesma. Não ia mais pensar se estava sendo egoísta e autoindulgente. Não ia pensar nas implicações morais do que estava fazendo — e havia feito na noite anterior. Não tinha prejudicado ninguém — exceto talvez a si mesma — e não o faria por ir embora por um tempo. Não ia pensar em ter seus sentimentos feridos ou sobre o que aconteceria depois. Pensaria nisso quando chegasse a hora. Tinha vivido uma vida de retidão e propriedade máximas e havia sido machucada mesmo assim. E não tinha ilusões. O caso chegaria ao fim e isso seria tudo. Se ela acabasse infeliz — bem, o que haveria de tão novo nisso?

Marcel voltou com uma carruagem de viagem preta com detalhes em amarelo, elegante e brilhante por ainda ser nova. E ele tinha vindo com cavalos de qualidade definitivamente superior aos disponíveis na maioria das estalagens, incluindo essa onde se encontram. Ele também trouxe um cocheiro corpulento, que era barbeado, bem-cuidado, elegantemente vestido e discretamente deferente.

— Você não alugou isso — Viola disse quando pisou no pátio interno. — Você comprou.

Ele ergueu as sobrancelhas daquele jeito arrogante que tinha e estendeu a mão para ajudá-la a subir os degraus. As malas, ela pôde ver, já estavam amarradas atrás. Como seria ter tanto dinheiro? Mas houvera um tempo em que ela sabia o que era isso. Parecia muito tempo atrás. Ele havia se deixado ficar preso na estalagem no dia anterior ao enviar sua própria carruagem com seu irmão — *para que pudesse passar o resto do dia com ela*. E resolvera seu dilema naquele dia simplesmente comprando uma carruagem nova.

— O cocheiro vem com o veículo? — ela perguntou quando ele entrou depois dela e se sentou ao seu lado. — Você o contratou também?

— Pareceu sensato. Se eu o tivesse contratado apenas para a jornada, teria que pagar a passagem de volta dele de diligência, e isso poderia sobrecarregar meu bolso. Além disso, e se desejarmos usar a carruagem enquanto estivermos em Devonshire? Ou fugir para o País de Gales ou Escócia? Você se sentaria ao meu lado se eu fosse forçado a pegar as rédeas sozinho? Eu poderia morrer de solidão se você não o fizesse.

— Muito bem — disse ela. — Foi uma pergunta tola. — Uma passagem de diligência poderia sobrecarregar seu bolso, mas o salário de um cocheiro por um tempo indeterminado, não?

O cocheiro recolheu os degraus e fechou a porta.

Momentos depois, a carruagem começou a se mover sobre molas que obviamente eram excelentes. Havia o agradável cheiro de veículo novo dentro — madeira, couro e tecido. E foi tomada por um conforto luxuoso instantâneo.

Ele pegou a mão dela na sua e entrelaçou seus dedos — como havia feito na noite anterior, antes de voltarem para a estalagem. E ele baixou a cabeça e a beijou.

— A correia ao lado da sua cabeça parece muito mais confiável do que a da outra carruagem — falou ele. — Mas espero que você não ache necessário usá-la. Eu sou o mesmo homem que era ontem à noite. O mesmo homem que serei esta noite.

Eram palavras deliberadamente sedutoras e, é claro, tiveram um efeito imediato sobre o corpo dela. Viola sentiu a dor do desejo, como ele sabia muito bem que aconteceria. Sua cabeça ainda estava virada para ela, seus olhos escuros, aparentemente preguiçosos, fixos nos dela, mas não precisava mais lutar contra a sedução. Ela havia se rendido a isso. E nem era sedução, pois sedução implicava que não estivesse ciente do que estava acontecendo e seria uma vítima relutante se fosse o caso. Ela estava completamente ciente, e era totalmente cúmplice.

Havia algo libertador no pensamento.

— O quê? — indagou ela. — Você não melhora com a prática? — Ela teve a satisfação de ver uma expressão surpresa e inesperada no rosto dele antes que ele risse. E, meu Deus, ela não acreditava tê-lo visto ou ouvido rir antes. O riso o fez parecer mais jovem, menos duro, mais humano — seja lá o que ela quisesse dizer com isso.

Na estalagem que haviam acabado de deixar para trás, a criada que havia recebido as cartas de Viola e a generosa gorjeta foi chamada para algum trabalho agitado na cozinha antes que pudesse ir ao escritório e ao ponto de coleta do correio. E, por má sorte, o cotovelo da ajudante da cozinheira ao seu lado fez com que uma tigela de molho derramasse na frente de seu vestido e avental. Ela foi enviada para se trocar com pressa, já que ainda era urgentemente necessária na cozinha. Assim, jogou as roupas manchadas no cesto de roupa suja no caminho de volta ao trabalho e se esqueceu das cartas até algumas horas depois, quando já era tarde demais para salvá-las. Estas saíram da tina de lavanderia ainda dentro do bolso do avental, mas reduzidas a um emaranhado encharcado.

Era impossível alisar o emaranhado para se assemelhar a algo parecido com papel, muito menos as páginas individuais. E mesmo que fosse possível, não havia palavras para serem lidas. A tinta havia transformado o interior do bolso e parte do lado de fora também em um cinza e preto mesclados e arruinado um avental perfeitamente bom.

A pobre garota se sentiu bastante mal, não menos porque o custo de um novo avental seria descontado de seu salário, mas também não confessou que o emaranhado encharcado eram cartas confiadas a ela por uma cliente que já havia partido. Ela alegou, em vez disso, que era uma carta que ela havia escrito para sua irmã, que trabalhava em uma casa particular a vinte quilômetros de distância.

As cartas provavelmente não eram importantes, de qualquer maneira.

Cartas raramente eram. Ou assim ela consolava sua consciência.

7

Eles foram com calma. Não havia pressa, afinal. Estavam *fugindo*, mas não *para* algo em particular. A jornada era tão importante quanto o destino. Paravam por motivos práticos — para trocar de cavalos, para partilhar das refeições. Essas últimas eram feitas com calma, e às vezes eles caminhavam depois se o lugar onde paravam parecesse interessante. Exploraram um castelo, descendo até os calabouços por longas escadas de pedra espiraladas, e depois subindo até as ameias da mesma forma, para observar a paisagem ao redor, o vento ameaçando levar a cartola de Marcel para o próximo condado. Olharam igrejas e cemitérios. Ela gostava de ler todos os antigos monumentos e lápides para descobrir a idade das pessoas enterradas ali e como eram aparentadas umas às outras. Gostava de descobrir a relação que tinham com outras pessoas no cemitério.

— Você tem uma mente mórbida — Marcel disse a ela.

— Não tenho — ela protestou. — Cemitérios me lembram da continuidade da vida, da família e da comunidade. Neste cemitério, os mesmos quatro ou cinco sobrenomes não param de aparecer. Você notou? Tenho certeza de que se perguntássemos na vila, encontraríamos os mesmos sobrenomes predominando ainda hoje. Não é fascinante?

— Maravilhosamente, sim. — Ele a favoreceu com um olhar deliberadamente vazio. — Decerto pareceria indicar que as pessoas, em geral, não fugiam muito.

— Ou então fogem, mas depois retornam, como faremos depois de um tempo.

— Espera-se que seja um bom tempo — continuou ele.

Ele não tinha pressa de pensar em voltar. Depois de alguns dias e noites com sua companhia, ele ainda estava encantado por Viola. Era uma palavra estranha a que surgiu em sua mente — *encantado* —, mas nenhuma outra mais apropriada se apresentou. *Tomado de luxúria* era muito vulgar e não capturava exatamente como ele se sentia.

Às vezes, passeavam por mercados e frequentemente compravam frivolidades baratas que o teriam repelido, e provavelmente a ela também, quando em um estado mental mais racional. Ele lhe comprou uma bolsa verde-ervilha de cordões para guardar as compras, como aquelas que outras mulheres estavam carregando, e um chapéu de algodão azul-celeste para o sol, com uma aba larga e caída e uma proteção para o pescoço. Ele sugeriu que procurassem um banquinho de três pernas para combinar com ele e um balde e uma vaca leiteira, mas ela o chamou de bobo e apontou que não conseguiriam enfiar a vaca na carruagem e seria irracional esperar que a bovina trotasse atrás e ainda estivesse pronta para encher o balde com leite sempre que parassem. Ele concordou.

Viola lhe comprou um guarda-chuva preto com horríveis borlas douradas na borda, que pingavam água por toda parte, principalmente no pescoço do portador quando ele tentava mantê-lo sobre si e sua companheira em um dia chuvoso. Ela sugeriu que ele o guardasse para uso futuro como sombrinha. Ele sugeriu que cortasse as borlas, mas não o fez. Marcel comprou para si um bastão de madeira nodoso e resistente com o qual poderia andar pelas colinas de Devon como um camponês experiente. O bastão se partiu ao meio com um estalo alto, mais tarde naquela noite, no quarto da hospedaria, quando Marcel apoiou nele o mínimo de peso. Felizmente para sua própria dignidade, ele manteve o equilíbrio, mas Viola desabou em risos na beira de sua cama mesmo assim e ele sacudiu o toco serrilhado para ela e talvez teria se apaixonado se fosse vinte anos mais jovem e vinte vezes mais tolo.

— Paguei um bom dinheiro por isso, senhora — ele declarou.

— Você pagou quase nada por isso — ela o lembrou. — Mesmo assim, seu custo-benefício foi nenhum, e eu me solidarizo.

— Muito útil a sua solidariedade... — resmungou ele.

— Pobrezinho de você — disse ela, abrindo os braços de maneira ampla. — Deixe-me mostrar.

Pobrezinho?

Ele se livrou dos restos de seu bastão rústico e deixou que ela mostrasse.

Quando estavam na estrada, às vezes ficavam em silêncio, mas era um silêncio companheiro. Frequentemente, sentavam-se de mãos dadas, os ombros se tocando. Às vezes ela cochilava, a cabeça no ombro dele. Ele nunca conseguira dormir em uma carruagem em movimento. Uma vez, sugeriu que baixassem as cortinas de couro e fizessem amor, mas havia limites para o que poderia esperar da ex-condessa de Riverdale. Ela disse um firme "não" e não se deixou persuadir.

— Pudica — acusou ele.

— Concordo — retrucou ela.

Não havia resposta para isso. Mulher esperta por não tentar vencê-lo numa troca de insultos. Ele admirou intencionalmente a paisagem em vez de fazer amor com Viola.

— Incomodado? — ela perguntou depois de algum tempo.

— Muito — respondeu ele.

Sua cabeça ficou voltada para ele por alguns momentos, provavelmente para descobrir se ele estava falando sério. Então ela se virou e admirou a paisagem do seu próprio lado da carruagem.

— Seria decididamente desconfortável — disse ela, depois de um tempo.

— E indigno — acrescentou ele.

— E isso também.

Um momento depois, ela riu baixinho e se acomodou para dormir no ombro dele, mas nunca fizeram amor em sua nova carruagem.

Às vezes conversavam. Marcel foi cauteloso com a conversa no início. Ele não conversava com mulheres. Isto é, não conversas *de verdade*. Francamente, ele não estava interessado nas mulheres como pessoas, embora, para ser justo consigo mesmo, também não esperasse que elas se interessassem por ele como pessoa. Suas relações com as mulheres deveriam satisfazer uma necessidade muito específica na vida delas e na sua. Não que ele não gostasse delas ou não as respeitasse, assim como não acreditava que elas não gostassem dele ou não o respeitassem. Era só que... Bem, ele não tinha interesse em relacionamentos. Mais uma vez, para ser justo consigo mesmo, também evitava amizades próximas com homens. Tinha numerosos conhecidos com quem mantinha boas relações, mas nenhum a quem revelasse sua alma. O mero pensamento disso era um anátema para ele.

Falaram sobre suas famílias. Ou, pelo menos, ela falou. Viola obviamente sentia um profundo apego à família, embora Marcel se perguntasse se eles sabiam o quanto os sentimentos dela eram profundos. Ela poderia ser muito reservada e muito fria nos seus modos. Muitas vezes ele se perguntou quanto sentimento havia por trás daquela reserva. Ele já havia descoberto a paixão, mas também havia emoções genuínas.

Seu coração estava dilacerado pela preocupação com o filho, o capitão de um regimento de artilharia na Península. Ela não expressava exatamente seus sentimentos nessas palavras, mas não foi difícil interpretar o que tinha dito dessa maneira. Ela falou de sua filha mais velha com esperança, que havia sido destituída do título e posição na sociedade e do noivado depois que sua ilegitimidade foi exposta. Aparentemente, ela havia lecionado em uma escola de orfanato e depois se casado com um professor e artista que acabara de herdar uma modesta fortuna e uma casa nos arredores de Bath. Tudo parecia muito complicado para ele. O casal havia adotado duas das crianças do orfanato e recentemente tivera um bebê também — a razão de Viola estar em Bath. Eles haviam aberto sua casa como uma espécie de local de retiro/conferência/concerto/galeria, que estava sempre movimentada e repleta de pessoas. Tipos artísticos, Marcel supôs. Tudo parecia bastante horrível, mas, aparentemente, a filha estava feliz, uma indicação disso era que ela andava descalça com mais frequência do que calçada.

— Suponho — disse ele — que seu antigo eu teria estremecido de horror ao simples pensamento de alguém, exceto sua criada, ver seus *pés*.

— Sim — confirmou ela, aparentemente tendo levado a pergunta a sério.

Ela estava preocupada com a filha mais nova, que havia sido privada, com seu título e status social, de qualquer chance de debutar em uma Temporada em Londres e de toda esperança de contrair o tipo de casamento que ela crescera esperando. A mocinha era aparentemente doce, gentil e aceitava bastante sua sorte na vida — um fato que preocupava Viola profundamente.

— Talvez ela esteja mesmo — concordou ele. — Aceitando, quero dizer. — As mulheres não foram criadas para aceitar qualquer coisa que a vida quisesse lançar em seu caminho? Maldição, mas ele estava feliz outra vez por não ter nascido mulher.

Ela lançou-lhe um olhar expressivo e ele a beijou com força para não ter que olhar em seus olhos profundamente ofendidos. Meu Deus, ele não precisava disso. Havia fugido com ela para que pudessem deixar todas as suas preocupações para trás por um tempo, esquecer tudo, exceto um ao outro e o prazer que poderiam obter um do outro e do ambiente ao seu redor. Para que pudessem desfrutar de uma ou três semanas de vida sem estresse e repleta de sexo sensual.

No entanto, quando terminou de beijá-la e sentou-se novamente ao seu lado, pegou-lhe a mão e a colocou em sua coxa, virou a cabeça para olhar para o rosto dela e tacitamente a encorajou a continuar falando. Sentiu que ela precisava conversar, e ocorreu-lhe que ninguém parecia ansioso para conversar com ele — a menos que o enchessem de reclamações, isto é, e apelos para que ele fizesse algo para consertar a situação.

Viola tinha ido a Londres no início do ano para assistir ao casamento do novo conde de Riverdale. Marcel não ouvira falar de ela estar na cidade. Viola fora a convite específico do próprio conde — aquele mesmo que havia usurpado o título de seu filho, embora não fosse culpa dele —, um convite endossado pela mãe da irmã do conde. A noiva também havia escrito para insistir que ela fosse, embora a mulher estivesse prestes a assumir o título que pertencera a Viola por mais de vinte anos.

Estaria ela zombando de Viola? Marcel não conhecia a nova condessa, mas sentiu-se instantaneamente tendencioso contra ela. Por que Viola tinha comparecido? Obrigação? Dignidade? Orgulho? Bom Deus.

— Deve ter sido doloroso para você — disse ele.

— Às vezes, fazer o que é mais doloroso é a única coisa que resta a fazer.

— Sim? — continuou ele, olhando-a com certo espanto. — Sempre pensei que fosse a última coisa a fazer. Certamente a dor deve ser evitada a todo custo.

— Eu tentei por um tempo. Eu fugi. Fugi de Londres e depois de Hinsford Manor, que não era mais minha nem de Harry. Até fugi das minhas filhas, com a explicação de que era para o bem delas que elas morassem com minha mãe em Bath, e não comigo. Fugi para Dorset para ficar com meu irmão. Ele é clérigo e ainda era viúvo na época, mas fugir não foi suficiente, pois levei a minha pessoa e a minha dor comigo. Por fim, tive que voltar e enfrentar pelo menos parte disso. Às vezes ainda acho difícil olhar nos olhos de minhas filhas... e de meu filho. Ele ficou em casa por alguns meses este ano, recuperando-se de ferimentos graves.

— Suponho que se sentiu culpada. Correção: suponho que se sinta culpada.

— Suponho que sim, vez ou outra — admitiu. — Como se eu devesse saber, mas principalmente eu senti... principalmente eu me sinto impotente. Eu morreria por eles se, ao fazê-lo, pudesse lhes garantir a felicidade, mas nem mesmo isso seria suficiente. Não há de fato nada que eu possa fazer por eles.

— Exceto amá-los — disse Marcel. Ora, de onde tinha vindo isso?

— O amor também nunca parece ser suficiente — objetou ela. — Dizem que é tudo, mas não tenho certeza se acredito nisso.

Ele se sentiu um pouco gelado. Essa não era a primeira vez que ela fugia. Viola carregara consigo toda a sua perplexidade, dor e culpa na primeira vez. E desta? O próprio fato de ela estar falando sobre isso sugeria que não tinha vindo desimpedida, como ele. Será que ele devia mesmo estar fazendo isso? No entanto, Marcel não fez nenhum esforço para interromper o fluxo das palavras de Viola. Ergueu as mãos entrelaçadas e tocou os lábios no dorso da mão dela. Manteve os olhos fixos no seu rosto.

Ela estava contando que tinha ido a Londres e feito amizade com a nova condessa de Riverdale.

Que diabos? Ela gostava de se punir?

— Era possível? — ele perguntou.

— Eles são uma família adorável. Alexander é bom, gentil e tem um forte senso de dever e responsabilidade. Wren é calorosa, sincera e verdadeiramente generosa. Ela também é forte e independente. É uma mulher de negócios rica por mérito próprio e continua a ser, com a bênção de Alexander. Eles resumem para mim o que um verdadeiro casamento deveria ser, embora poucos o sejam.

Ah, sim. Agora ele se lembrava de ter lido a respeito. Riverdale havia se casado com a herdeira das porcelanas Heyden, considerada fabulosamente rica.

— Você acha impossível odiá-los, então — concluiu ele. — Deve ser um grande aborrecimento.

Ela lançou um olhar de espanto e incompreensão para ele e então... sorriu.

— Bem — continuou ela. — Suponho que seria um conforto se eu pudesse não gostar deles, mas não posso. Nada do que aconteceu foi culpa deles. Alexander ficou genuinamente consternado quando lhe disseram que o título era dele. Eu sei. Eu estava lá. Não consigo deixar de gostar de nenhum dos Westcott. Nada disso foi culpa deles, e eles fizeram de tudo para nos trazer de volta à família. Todos viajaram para Bath várias vezes nos últimos dois anos por nossa causa. Eles estão lá agora para passar algumas semanas juntos após o batizado do filho de Camille e Joel.

— Mas você não usa o nome Westcott.

— Não. — Ela encolheu os ombros.

— E quando a conheci, você estava fugindo novamente de toda essa bondade, generosidade e amor.

— Sim — confirmou ela. — De novo. Eu não tinha pensado dessa forma. E agora... mais uma vez. Talvez eu tenha acabado de me tornar alguém que vive fugindo. Alguém que se esquiva da realidade.

— A realidade pode ser muito superestimada — disse ele.

Ela suspirou e eles ficaram em silêncio por um tempo. Árvores altas ao longo da estrada em ambos os lados obscureciam a visão dos campos e prados além e impediam grande parte da luz solar.

— E você, Marcel? Do que você está fugindo?

Ele ouvira com inesperado interesse o emaranhado de amor, esperança, drama, medo e tédio que era a vida de Viola, mas ouvir era uma coisa passiva. A vida era dela; não lhe dizia respeito diretamente. Ele não tinha nenhum interesse real nos filhos dela, na mãe, no irmão ou nos Westcott — exceto na medida em que a afetavam. Não que estivesse interessado em carregar os fardos dela e torná-los seus. Na verdade, era um pouco alarmante perceber que ela os trouxera consigo naquela jornada de prazer supostamente insensato, mas era apenas por ter passado por tais experiências e ter se envolvido nesses relacionamentos que ela era a pessoa que era agora, ele percebeu num instante de estranha clareza. E, de alguma forma, Marcel estava interessado na pessoa que era Viola Kingsley. Seu interesse por ela deveria ser inteiramente relacionado ao sexo para que o caso continuasse fiel ao tipo ao qual pertencia, mas não parecia se assemelhar a tipo nenhum. Vinha sendo algo atípico desde o início.

Do que ele estava fugindo?

— Apenas o tédio de um grupo de familiares reunido em casa — disse ele. — Há muitas mulheres rivais lá. E homens que querem assumir o comando na minha ausência, e um administrador que reclama deles. E uma governanta que está resmungando por ser forçada a rezar. É um lugar a ser evitado sempre que possível, embora só ocasionalmente eu me sinta obrigado a aparecer para afirmar minha autoridade.

— E isso funciona? — ela perguntou.

— Ah, com certeza. — Ele a fitou com as sobrancelhas levantadas. — Eu não tolero tolos se puder evitar. Não os tolero de forma alguma, para falar a verdade.

— Sua família e criados são tolos? — emendou ela.

Marcel pensou um pouco sobre o assunto.

— Percebo que terei de escolher minhas palavras com cuidado quando for lhe falar, Viola. Não, eles não são tolos. Pelo menos, nem todos são. São apenas... tediosos. Considera uma palavra mais aceitável?

— Não conheço as pessoas envolvidas. São todos parentes seus? Você não tem filhos? Decerto seus próprios filhos não são tediosos.

Ele suspirou e acomodou os ombros no canto do assento da carruagem, interpondo uma pequena distância entre eles, então cruzou os braços sobre o peito.

— Não são. Mas aqueles que estão encarregados deles os tornariam tediosos se pudessem.

— Mas e eles podem? — ela perguntou. — Você não é responsável por eles?

— Talvez eu seja entediante, Viola.

— Quantos anos eles têm? — Não estava disposta a ser dissuadida, ao que parecia.

— Dezessete, quase dezoito.

— Todos? — Foi a vez de Viola erguer as sobrancelhas.

— Dois — disse ele. — Gêmeos. Uma moça e um rapaz.

— E eles não... — Ela não prosseguiu; ele colocou um dedo sobre seus lábios. Já bastava.

— Estou fugindo. Com você. Tenho comigo a bagagem necessária na forma de algumas mudas de roupa e meu equipamento de barbear. É tudo de que preciso. E de sua companhia, mas não suas perguntas investigativas.

— Só meu corpo — falou ela, afastando-se do dedo silenciador.

— Isso — ele proferiu suavemente, cruzando os braços outra vez — foi desnecessário.

— Foi mesmo? — ela perguntou.

— Suponho que agora embarcamos em um *affair* totalmente satisfatório e você queira mais?

— Como a maioria das mulheres? — Ela sorriu, mas a expressão não alcançou seus olhos. — Isso é o que sua pergunta implica. Não, Marcel, não quero possuir sua alma. Eu certamente não quero possuir o seu nome, mas um *affair* é só... — Ela parou e franziu a testa.

— Sexo? — completou ele. — Mas o sexo é muito prazeroso quando é bom, Viola. Como acredito que você vai concordar.

— Sim — disse ela, recostando a cabeça nas almofadas e fechando os olhos. Excluindo-o. Deixando-o se sentindo um tanto superficial por não querer nada além de sexo naquela breve fuga da responsabilidade. Ela era a rainha do gelo da memória, lábios em uma linha fina e reta. Ele a queria.

— Nenhum deles sentirá nossa falta — afirmou Marcel depois de alguns minutos de silêncio irritado... irritado do seu ponto de vista, pelo menos. Ela parecia perfeitamente serena, exceto pelos lábios. Quase poderia ter pensado que ela havia cochilado, só que sua cabeça não caiu para o lado. — Você percebe, Viola? Nenhum dos numerosos membros da sua família notará que você se foi. Eles acham que você voltou para onde diabos mora...

— Hinsford Manor — completou ela, sem abrir os olhos.

— Hinsford Manor — repetiu ele. — Eles continuarão a se divertir em Bath e não pensarão mais em você.

Ela não fez nenhum comentário sobre isso. Não havia nenhum protesto a fazer. Viola sabia que ele estava certo.

— E ninguém sentirá minha falta — continuou ele. — Quando André chegar com a notícia de que fiquei pelo caminho, mas que vou chegar quando for o momento, eles darão um suspiro coletivo de alívio e continuarão com suas vidas. Suas vidas tediosas e às vezes turbulentas. E todos eles me escreverão outra carta de reclamação e depois reclamarão uns com os outros quando perceberem que não há para onde enviá-la.

Os lábios dela suavizaram e se curvaram nos cantos, sugerindo um sorriso.

— Você está incomodado.

Ele franziu os lábios e olhou para ela, mas ela não lhe deu a satisfação de abrir os olhos. E ele não lhe daria a satisfação de dizer mais uma palavra, nem mesmo para negar a acusação.

Marcel não estava incomodado.

Depois de alguns minutos, a cabeça de Viola inclinou-se para a esquerda. Ele descruzou os braços, afastou-se do canto e levantou a cabeça dela para descansar em seu ombro.

Acabavam de ter sua primeira briga.

Mas ele estava certo. Ninguém sentiria falta deles. E ele *não* iria começar a sentir pena de si mesmo por causa disso. Embora se permitisse alguma pequena indignação da parte dela. Seus familiares a haviam deixado partir — em uma carruagem alugada, ainda por cima — quando a ferida aberta do que ela havia sofrido alguns anos antes ainda nem começava a cicatrizar. Eles a deixaram partir e nem sentiriam falta dela.

Marcel sentiria falta dela quando ela o deixasse, pensou. O que era, claro, um total absurdo.

8

A família de Viola começou a dar falta dela poucos dias depois, quando não veio nenhuma carta de Hampshire informando que ela havia chegado em casa em segurança. Não era do seu feitio não informar pelo menos às filhas, em especial quando devia perceber que elas estariam mais ansiosas do que o habitual. Elas haviam tentado tudo o que puderam para dissuadi-la de partir em uma carruagem alugada, sem nenhum criado para proteção ou companhia, para não mencionar a respeitabilidade.

Desde então, Camille e Abigail haviam escrito para ela. O mesmo fizera a avó materna das duas, a cunhada de Viola pelo lado Kingsley da família e as ex-cunhadas pelo lado Westcott, segundo Camille e Abigail descobriram quando mencionaram o assunto durante um jantar de família na casa de sua avó, no Royal Crescent. E o mesmo fizeram Wren, a condessa de Riverdale, e Elizabeth, Lady Overfield, cunhada de Wren, irmã de Alexander. Afinal, um dos deveres diários de uma dama era escrever cartas, e todas estavam preocupadas com Viola e sua decisão abrupta de voltar para casa logo após o batizado do neto.

Pouco mais de uma semana depois de sua partida, finalmente chegou uma carta de Hinsford, endereçada a Camille e Abigail. Estava ao lado do prato de Camille na sala matinal quando elas chegaram juntas, vindas diretamente do berçário. Não era de sua mãe, porém, mas da sra. Sullivan, a governanta, que explicou que havia adquirido uma pilha enorme de provisões na expectativa do retorno da senhora condessa à casa — ela se recusava categoricamente a parar de se dirigir a Viola dessa forma, mesmo depois que o título já não lhe pertence mais. Ela doou a maior parte da comida depois de alguns dias, antes que estragasse, como tinha certeza de que a senhora condessa gostaria que ela fizesse. Era incomum que a senhora condessa não a informasse que havia mudado de ideia sobre vir, mas a sra. Sullivan não ficou muito preocupada até que uma série de cartas começaram a chegar para ela, todas de Bath. Sua pergunta para a sra. Cunningham e para a srta. Westcott, então, se ela pudesse ter a ousadia, era esta: Se a senhora condessa não estava em Bath nem em Hinsford, onde ela estava?

A constatação de que a mãe não havia chegado em casa nem escrito para explicar o motivo era realmente alarmante para as irmãs. Joel Cunningham encontrou-as muito agitadas quando entrou na sala matinal, cinco minutos depois delas, com um sorriso alegre no rosto e cumprimentos de bom dia nos lábios.

— Mamãe desapareceu — anunciou Camille sem preâmbulos, com a carta aberta na mão e o rosto pálido. — Ela ainda não chegou em casa e não escreveu nem para nós nem para a sra. Sullivan.

— Eu *sabia* que deveria ter ido com ela — lamentou Abigail. — Ela estava se comportando de maneira muito estranha: todos nós percebemos. Como não poderíamos? Ela foi abrupta e até rude com alguns de nós, e ela nunca é nenhuma dessas coisas. Foi egoísta da minha parte permanecer aqui e deixá-la ir sozinha.

— Não foi isso — Joel assegurou-lhe. — Acho que ela realmente queria ficar sozinha por um tempo, Abby. Pois bem, para onde ela teria ido se não fosse para casa? Ficar com algum parente?

Ambas as damas olharam para ele sem entender.

— Mas todo mundo está aqui em Bath — disse Camille.

— Certo. — Ele esfregou as mãos. — Alguma amiga em particular, então?

— Não há ninguém que não viva a poucos quilômetros de Hinsford — respondeu Abigail. — Não há nenhum lugar para onde ela pudesse ter ido.

— Bem, claramente — falou ele —, há *algum* lugar. Ela não pode apenas ter desaparecido da face da Terra.

— Mas ela nem *escreveu*. — Abigail cobriu a boca com uma das mãos enquanto lágrimas brotavam de seus olhos e ameaçavam transbordar.

— Talvez ela já tenha chegado — tentou Camille, entregando a carta ao marido e fazendo um esforço visível para se recompor. — Talvez tenha havido problemas com o transporte e ela tenha se atrasado. Ouso dizer que ela já está em casa.

— Mas uma *semana* inteira? E se foi isso, por que ela não *escreveu*? — insistiu Abigail.

Ninguém conseguia pensar em uma explicação. Camille colocou um braço sobre os ombros da irmã enquanto Joel lia a carta com a testa franzida. No entanto, não houve mais esclarecimentos nessa única página.

— Eu lhe digo o que farei — disse ele, dobrando o papel enquanto falava. — Irei a Bath e verei se a carruagem alugada que a levou regressou. Se tiver regressado, falarei com o homem que a conduziu. Ele certamente saberá para onde ela foi.

— Ah, sim — concordou Camille com visível alívio enquanto Abigail olhava esperançosa para seu cunhado. — Claro que ele saberá. Vamos encontrá-lo.

Seguiu-se uma discussão sobre se ele iria sozinho, como desejava fazer por uma questão de rapidez, ou se sua esposa e cunhada o acompanhariam. Como ele ressaltou, se Camille fosse, ela teria que levar Jacob consigo, já que era impossível prever quanto tempo demorariam, e se Jacob fosse, seria difícil deixar Sarah e Winifred para trás. No final, todos conseguiram o que queriam. Joel seguiu na frente a cavalo, e o resto da família seguiu na carruagem, pois, como Abigail apontou, a avó deles gostaria de saber sobre a carta e o que Joel havia descoberto, assim como o resto da família, que estava hospedada no Royal York.

Joel desceu a longa colina até Bath e deixou o cavalo num estábulo antes de partir a pé. Passou pela Abadia de Bath no caminho e foi saudado por alguém de um grupo de pessoas que conversavam do lado de fora do Pump Room. Ele reconheceu Anna, sua amiga mais querida de quando eram crianças juntos no orfanato e por vários anos depois. Ela agora era a duquesa de Netherby. O duque estava com ela, assim como a tia de Camille, Louise, a duquesa viúva de Netherby, e Elizabeth, a viúva Lady Overfield. Ele hesitou por um momento, mas depois se virou na direção deles e retribuiu o abraço de Anna quando ela se adiantou para cumprimentá-lo.

— Parece que você está com muita pressa para alguma coisa — falou ela.

— Há alguma coisa errada, Joel? — Elizabeth perguntou, uma expressão preocupada no rosto. — Alguma das crianças?

— Camille e Abby estão extremamente preocupadas. Recebi uma carta esta manhã da governanta de Hinsford. Ela quer saber onde está minha sogra. Ela ainda não havia chegado lá.

— Carruagens alugadas são uma abominação — disse a duquesa viúva de Netherby. — Pode ter certeza de que quebrou em algum lugar. Viola deveria ter aceitado o empréstimo da minha carruagem. Não tenho utilidade para ela enquanto estou aqui, como me esforcei para explicar, mas, por mais que eu ame Viola, devo dizer que ela é uma das mulheres mais teimosas que conheço. Ela estava determinada e decidida a fazer as coisas do seu jeito.

— Mas por que ela não escreveu para dizer isso? — Anna perguntou.

— Ouso dizer — respondeu Avery, o duque de Netherby — que antes de o atrasarmos, Joel estava vindo exigir respostas do cocheiro que a conduzia.

— Eu estava — confirmou Joel. — Ainda estou. Isto é, se a carruagem voltou.

— *Se*. — A mão de Anna foi parar na garganta.

— Irei com você, Joel — declarou Avery. — Isto é, se você me der licença, meu amor.

— Ah, sim, vá, Avery — insistiu Anna. — Voltaremos ao hotel e esperaremos para ouvir o que você vai descobrir. Céus, mas o que será que poderia ter acontecido?

— Camille e Abigail estão a caminho do Royal Crescent — avisou Joel. — Estavam preocupadas demais para esperar em casa.

— Então iremos para lá também e esperaremos por você — disse a duquesa viúva.

O cocheiro que conduzia a carruagem alugada não estava presente quando chegaram ao escritório da empresa. Ele estava conduzindo um cliente, mas era local e ele poderia voltar a qualquer momento. *A qualquer momento* provou durar o intervalo de uma hora. Quando finalmente chegou, o homem tirou o chapéu oleoso para coçar o cabelo oleoso depois de Joel o ter chamado e explicado por que estava ali.

— Perdi um cliente que pagava bem aqui por causa daquela corrida — contou ele. — Tive que substituir o eixo, foi o que fiz, embora o antigo não estivesse exatamente quebrado. Não estava bom o bastante para consertar, no entanto. Perdi um dia inteiro e uma pilha de dinheiro. Aquele cavalheiro também não compensou o dia que perdi. Suponho que o salário de um dia não faça diferença para gente como ele. Para alguns a vida é fácil.

— O cavalheiro? — indagou Joel.

— Minha carruagem não era boa o suficiente para o sr. Grã-fino — declarou o cocheiro amargamente. — Ah, não, para ele não. Ele teve que procurar outra, e ele foi, mesmo depois que fui trocar o eixo. Ele me fez levá-lo para onde pudesse encontrar uma. Só espero que tenha sido espoliado e que todas as rodas tenham caído antes de percorrer oito quilômetros.

— Você saiu de Bath com a srta. Kingsley — disse Joel. — Quem é esse cavalheiro de quem você fala? E o que aconteceu com a srta. Kingsley depois do acidente com o eixo?

O cocheiro coçou a cabeça novamente.

— Nunca vi mais gordo. Mas ele achava que era o rei da Inglaterra, ah, ele achava. Ela estava com ele quando o levei à cidade depois que a carruagem foi consertada. Ele teve a coragem de dizer que não insistiria para que eu ressarcisse o custo da noite na estalagem. Acredita nisso? Espero que, depois de deixá-los, eles não tenham encontrado mais nada para alugar de onde pudessem cair as rodas. Seria muito útil para ele, se eles ficassem presos lá pelo resto da vida.

— Meu temperamento ficaria consideravelmente mais feliz se você limitasse seus comentários a responder às perguntas que lhe foram feitas — falou Avery, olhando para o homem com lânguido desfavor. — Onde exatamente ocorreu esse leve acidente com o eixo? Onde exatamente a srta. Kingsley ficou presa durante a noite? Para qual localidade você a levou junto com o misterioso estranho no dia seguinte?

Ele coçou a cabeça mais um pouco.

— Para alguma aldeia — respondeu o cocheiro, vagamente. — Não consigo me lembrar de como se chamava, se é que algum dia soube. Eles estavam realizando uma grande feira lá por causa de uma coisa ou outra. O telhado da igreja, talvez. — Lembrou-se, no entanto, do nome da cidade para onde levara os seus passageiros no dia seguinte. — Eu realmente deveria ter recebido mais pelo meu trabalho — acrescentou, olhando para Joel com os olhos semicerrados. — Essa viagem me custou muito.

— Acredito que você se saiu bem — Joel disse a ele. — Sua viagem, pela qual foi pago integralmente, foi interrompida quando você não foi mais obrigado a percorrer toda a distância, e a srta. Kingsley aparentemente não insistiu nem no reembolso pela parte não percorrida da viagem nem em ressarcimento pela noite inesperada que ela foi forçada a passar em uma estalagem. Ela disse alguma coisa para você no dia seguinte? Sobre quem era o cavalheiro ou para onde ela planejava ir em outra carruagem?

Mas não havia mais informações a serem extraídas do homem, e ele não deu mais nenhuma pista sobre as perdas que sofrera durante a malfadada viagem. Ele pareceu um tanto desconcertado com a menção lânguida de Avery ao seu temperamento infeliz e ao severo descontentamento de Joel.

Quando Joel e Avery chegaram à casa da sra. Kingsley, no Royal Crescent, encontraram todos os membros de ambas as famílias reunidos na sala de visitas, todos parecendo igualmente ansiosos, com exceção das crianças. Jacob dormia nos braços de Abigail, e Sarah, a mais nova das filhas adotivas de Camille e Joel, estava enrolada no colo da mãe, oscilando entre o sono e a vigília, embora houvesse despertado o suficiente para cumprimentar o pai com um largo sorriso. Winifred, a mais velha das filhas adotivas, fazia cócegas e passava a mão na cabeça careca de Josephine, a bebê de Anna e Avery.

Assim que Joel deu seu relatório, toda a família teria saído em disparada em perseguição a Viola e ao misterioso cavalheiro, que rapidamente assumiu proporções sinistras aos olhos de muitos deles, se Avery não tivesse imposto o silêncio e a razão sobre o grupo reunido com o simples levantar de um dedo. Ele então observou que se assemelhariam a um circo itinerante e decerto se moveriam pelo campo na velocidade de uma caravana dessas se todos fossem juntos.

— Eu irei sozinho — declarou Joel.

— Eu também irei, Joel — disse-lhe Alexander, o conde de Riverdale. — Afinal, sou o chefe da família e você pode precisar de ajuda. Esse... o homem é uma incógnita.

— Você não vai sem mim, Joel — Abigail anunciou com uma voz ligeiramente trêmula. — Eu me culpo por tudo isso. Se tivesse ido com mamãe, tudo teria sido diferente.

— Se ela tivesse levado minha carruagem e alguns criados corpulentos e uma criada — falou sua tia Louise, a duquesa viúva —, tudo certamente teria sido diferente. Eles teriam lidado com as pretensões desse homem, seja ele quem for, e o mandado embora com uma lição.

— Eu vou com você — insistiu Abigail.

— E eu irei acompanhá-la para lhe dar apoio, Abby — decidiu Elizabeth, Lady Overfield. — Oh, não me olhe desse jeito, Alex. É claro que Abby quer procurar a mãe dela. E é claro que outra dama deve ir com ela. Wren não pode ir nessa condição. Por que não sua irmã, então? E, Joel, *não* me olhe desse jeito. Todos nós podemos ser necessários de uma forma ou de outra.

— Eu acho que isso é sensato, Elizabeth — ponderou Lady Matilda Westcott, a mais velha das ex-cunhadas de Viola, com sua voz estridente. — Seria muito impróprio que dois cavalheiros fossem sozinhos, mesmo sendo parentes de Viola. O que eles fariam quando a encontrassem? E estaria fora de questão Abigail ir com eles sem uma dama de companhia.

Isso resolveu o assunto. Todos os quatro iriam em sua busca, embora fosse muito possível que as pistas esfriassem na cidade onde Viola tinha sido vista pela última vez. Para onde ela havia ido, ninguém poderia imaginar. *Ou com quem.* Essa era a questão que mais vinha à tona.

Partiram antes do meio da tarde na carruagem do conde, sob os acenos dos outros membros da família reunidos do lado de fora da casa, no Royal Crescent. Alguns choraram, incluindo Camille e Winifred. Sarah agarrou-se às saias de Camille, parecendo emocionada depois que seu pai a abraçou, beijou e subiu na carruagem sem levá-la consigo. Jacob estava dormindo novamente nos braços de sua tia-avó Mary Kingsley.

A ausência de Marcel, marquês de Dorchester, não foi notada a princípio. André chegou devidamente a Redcliffe Court, trazendo consigo a explicação de que seu irmão tinha sido inevitavelmente detido, mas que o seguiria em breve. Ninguém o bombardeou com perguntas embaraçosas. Ninguém ficou particularmente surpreso; não significava, porém que todos estavam felizes.

Jane e Charles Morrow, como Marcel previra, ficaram mais aliviados do que decepcionados com o atraso. Eles não gostavam do cunhado. Pior ainda, tinham fortes reservas morais sobre a possível influência dele sobre os filhos. Se Adeline não fosse uma tola e uma parva, garantiam-se muitas vezes um ao outro, ela teria se casado com alguém de fibra moral mais forte e não haveria perigo de seus filhos caírem no pecado e na libertinagem. No entanto, ela tinha sido ao mesmo tempo tola e parva, e eles só podiam esperar que as visitas do cunhado permanecessem breves e pouco frequentes e que a força da sua própria influência moral sobre a sobrinha e o sobrinho se mostrasse mais forte do que o efeito da hereditariedade.

A marquesa — tia idosa de Marcel — e Isabelle — Lady Ortt, a filha da anciã — estavam mais divididas em seus sentimentos. Por um lado, estavam desapontadas por terem que esperar mais tempo pelo retorno do marquês e pela dura reprimenda que ele certamente administraria aos arrivistas Morrow, que se comportavam diante de todo o mundo como se fossem donos de Redcliffe e de tudo e todos ali. As duas senhoras detestavam profundamente o casal. Lorde Ortt apenas ficava fora do caminho deles e não tinha opinião conhecida sobre Marcel, a quem evitava ainda mais diligentemente quando por acaso estavam sob o mesmo teto. Por outro lado, a viúva e a filha estavam profundamente imersas no planejamento de um casamento cada vez mais elaborado para Margaret, a filha mais nova de Isabelle, e ambas nutriam uma ansiedade torturante de que o marquês, sem dizer uma palavra, mas com um mero levantamento de suas sobrancelhas, daquela maneira que ele expressava desagrado, poderia significar a ruína de seus esquemas cuidadosamente elaborados.

André ficou razoavelmente contente, pelo menos no início, em esconder-se dos seus credores e da vergonha das suas dívidas de jogo até que o seu irmão decidisse regressar à casa.

Eram os gêmeos normalmente plácidos e dóceis que eram o problema.

Todas as senhoras estavam na sala quando André chegou, ocupadas com bordados, frivolitês ou tricô. Lorde Ortt também estava lá, com a cabeça escondida atrás de um jornal. E Bertrand Lamarr, visconde de Watley, estava lendo um livro até que o som de uma carruagem se aproximando fez com que todos erguessem a cabeça. Ele se levantou e foi olhar pela janela.

— É ele, Bert? — Lady Estelle Lamarr perguntou ansiosamente.

— Parece a carruagem dele — disse este. — É sim.

Estelle teria descido correndo para receber o pai no terraço, mas olhou primeiro para a tia, e esta senhora balançou levemente a cabeça e sorriu com ternura. Não era apropriado que uma jovem saísse correndo pela casa, demonstrando emoções desenfreadas. Estelle olhou para Bertrand, que havia se afastado da janela, e uma mensagem silenciosa passou entre eles, como acontecia com frequência. Não eram gêmeos idênticos, é claro, então não havia aquele vínculo quase psíquico que muitos gêmeos idênticos compartilhavam. No entanto, eles se conheciam muito bem, sendo quase inseparáveis desde o nascimento. Estelle voltou sua atenção para o bordado e Bertrand permaneceu onde estava, por mais que tivesse adorado descer pessoalmente para receber o pai.

Lorde Ortt saiu da sala sem ser notado.

E então o tio deles, André, entrou na sala. Sozinho.

— Papai não está com o senhor? — Estelle indagou, claramente consternada.

Foi então que ele deu sua vaga explicação sobre o inevitável atraso de seu irmão.

— Mas ele escreveu para dizer que estava a caminho — disse Estelle. — Planejei uma festa aqui para o aniversário de quarenta anos dele na semana seguinte. Implorei à tia Jane que me deixasse fazer isso, e ela disse que seria um bom treinamento para mim.

— Acredito que ele estará aqui muito antes disso — André assegurou-lhe alegremente. — Como vai, tia Olwen? Isabelle? Margaret? — Ele percorreu a sala, curvando-se para cada uma das damas.

— Eu sabia que ele não viria — disse Bertrand. — Eu lhe avisei, Stell.

— Oh, você não avisou — ela protestou.

— E eu avisei que seu pai às vezes é imprevisível — respondeu tia Jane, gentilmente. — Eu avisei a você também, Estelle, que ele podia não ficar tão feliz quanto você espera com a perspectiva de uma festa em sua homenagem aqui no campo. A companhia certamente parecerá insípida para um homem com o gosto dele. Provavelmente será melhor se ele não chegar a tempo, embora eu odeie ver você rejeitada e desapontada.

— Sim, tia Jane — falou Estelle, enquanto retomava o trabalho no bordado.

— Ele nunca nos *rejeitou* — corrigiu Bertrand, mas falou baixo o suficiente para que sua tia não ouvisse de fato ou sabiamente optasse por não comentar.

O pai deles ainda não tinha vindo, depois de uma semana, nem enviado um recado para dizer quando estaria lá — se é que viria. Estelle ficou cada vez mais infeliz à medida que a esperança de que ele chegaria a tempo para seu aniversário diminuía. Bertrand, infeliz por si mesmo, mas ainda mais infeliz por causa da irmã, abordou o tio André sobre a verdadeira causa do atraso inevitável — e depois relatou à irmã no quarto dela.

Quando ele terminou, Estelle sentia uma raiva inusitada — ela havia aprendido que uma dama nunca permitia que sentimentos fortes roubassem sua dignidade serena.

— Suponho — disse ela — que se ele partiu com o tio André e depois decidiu ficar em *alguma aldeia esquecida por Deus* (foram essas as palavras exatas dele, Bert?), sem sua carruagem, só pode haver uma de duas explicações.

— Ele encontrou um jogo de cartas, uma briga de galos ou algo assim — completou Bertrand.

— Ou uma *mulher*. — Ela falou com grande amargura.

— Eu digo, Stell, tia Jane teria um ataque de raiva se pudesse ouvir você dizer isso.

Seus olhos estavam cheios de lágrimas quando ela ergueu o rosto para o irmão.

— Acho que era uma mulher — opinou ela.

— Você está pensando o que eu estou pensando? — ele perguntou, depois que se entreolharam apenas por alguns momentos. As narinas de Bertrand dilataram-se com uma raiva repentina, para combinar com as dela.

— Sim, certamente estou — confirmou ela. — É hora de irmos *encontrá-lo*. E trazê-lo para casa. Ele *não* vai estragar a única festa que já planejei. Ele simplesmente *não* vai. Para mim, já *basta*.

— Esse é o espírito, Stell — disse ele, batendo com a mão no ombro dela e apertando. — Não somos mais crianças. É hora de nos afirmarmos. Vamos encontrar o tio André novamente. Ele estava na sala de bilhar há cinco minutos.

E ainda estava.

— Ele pode estar em qualquer lugar agora — respondeu André, marcando o final do taco com giz, como se esperasse poder retomar seu jogo solitário. — Eu realmente não consigo imaginá-lo permanecendo naquela aldeia por mais de um ou dois dias, no máximo. Só Deus sabe para onde ele foi depois de sair de lá ou onde está agora. Nunca ninguém sabe nada a respeito do seu pai.

Mas eles foram mesmo assim. Partiram no dia seguinte para uma viagem que sabiam que poderia muito bem ser infrutífera. Quatro deles. Estelle e Bertrand insistiram que o tio os acompanhasse para levá-los à aldeia onde havia deixado o pai, pois ele não conseguia se lembrar do nome. Para ser justo, ele foi sem grandes protestos. Redcliffe não oferecia muito em termos de entretenimento ou companhia agradável, mas André não podia ir a lugar nenhum sozinho, já que seus bolsos estavam, infelizmente, desprovidos, e os credores poderiam atacar se ele fosse para seu apartamento em Londres ou para qualquer um de seus lugares habituais. E era do próprio interesse de André, bem como do sobrinho e da sobrinha, encontrar o irmão e convencê-lo a voltar para casa e cumprir a promessa de emprestar o dinheiro para quitar sua dívida mais urgente. A quarta na companhia deles era Jane Morrow, que os seguiu após o fracasso de todas as suas tentativas de dissuadir, ordenar, persuadir e ameaçar dois jovens que nunca antes em suas vidas lhe haviam causado problemas nem por um momento sequer.

— Não consigo imaginar o que aconteceu com eles — queixou-se ela ao marido quando ele também não conseguiu convencer a sobrinha e o sobrinho de sua esposa. — A menos que seja o sangue ruim finalmente aparecendo. No entanto, farei tudo o que estiver ao meu alcance para evitar que isso prevaleça, pelo bem de Adeline. Ah, eu poderia torcer alegremente o pescoço daquele homem, e posso fazer mesmo isso se o encontrarmos, o que é muito improvável. Seria mais fácil encontrar uma agulha num palheiro, creio.

Ela estava mais irritada do que conseguia se lembrar desde que Adeline insistira em se casar com um jovem cuja única reivindicação à fama, além de sua extraordinária beleza, era o espírito incontrolável. Nessa ocasião, ela até ameaçara lavar as mãos em relação aos gêmeos se eles desafiassem seus desejos, mas ela foi. O dever estava fortemente arraigado nela para ser ignorado. Ah, e carinho também, embora ela não gostasse de admitir qualquer sentimento gentil por crianças tão desobedientes.

Mas ela teria uma ou duas palavras a dizer ao cunhado na próxima vez que o visse, embora soubesse muito bem que ele simplesmente *olharia* para ela daquele jeito, passaria o dedo na haste do monóculo e a faria se sentir como um verme rastejando pela terra diante dos pés dele.

Como ele ousava decepcionar seus filhos?

9

O marquês de Dorchester tinha um homem de negócios contratado para administrar seus investimentos e inúmeras propriedades, entre elas a casa de campo em Devonshire. Ele considerava o homem íntegro, honesto e confiável e, portanto, não se preocupava muito com detalhes. No entanto, parecia recordar que a propriedade em Devonshire era cuidada e mantida por uma governanta residente e um faz-tudo, convenientemente marido e mulher, que permaneceram lá após a morte de sua tia-avó. Ele não conseguia se lembrar do nome deles quando enviou uma carta notificando-os de sua chegada iminente com uma convidada e de sua intenção de permanecer lá por mais ou menos duas semanas. Havia endereçado a carta simplesmente à governanta. Pelo que se lembrava de algumas visitas de infância, não havia outras moradias por perto, e a cidade mais próxima ficava a vários quilômetros a oeste. Chegar até lá implicava uma viagem longa e tediosa de carruagem em direção ao norte, até um vau e uma ponte robusta sobre o rio, ou uma descida mais direta pela encosta íngreme abaixo da casa, a pé ou a cavalo, até uma estreita ponte de pedra e um caminho íngreme de subida do outro lado.

Em ambos os casos, não se corria simplesmente até a cidade para comprar um ou dois itens sempre que a vontade exigia. Não pareceria sensato, então, chegar sem avisar, para a descoberta de que praticamente não havia comida em casa ou outros suprimentos essenciais.

Chegaram em uma tarde quente e ensolarada, embora antes houvesse um toque de outono no ar. Era exatamente como Marcel se lembrava, embora tivesse esquecido a pequena aldeia no lado leste do vale, mais perto da casa do que a cidade do outro lado. A aldeia era, na verdade, pouco mais que uma igreja, uma taverna e um aglomerado de casas, porém, numa ligeira inclinação do terreno com vista para o mar. O que as pessoas que moravam lá faziam para ganhar a vida e para se divertir, ninguém sabia. Seu palpite era que a taverna tinha um comércio estrondoso, e talvez a igreja também.

O vale em si era obscurecido para o observador por uma ligeira elevação e alguns aglomerados de árvores, até que alguém se deparava com ele de repente, uma ampla faixa de vegetação cortada na terra com um rio fluindo no fundo. Suas longas encostas eram acarpetadas por samambaias verdes e sombreadas por árvores, algumas das quais começavam a mostrar sinais de outono. A casa, tal como ele se lembrava, ficava perto da encosta da colina, longe o suficiente do declive para ficar invisível até que se pudesse avistar todo o vale mergulhando sob os pés. Não tinha jardim privado, embora os seus muros de pedra estivessem enfeitados com hera e outras trepadeiras. O vale era o seu jardim.

Havia um caminho até lá para a carruagem. Uma larga estrada de terra aproximava-se dele a alguma distância ao norte, em vez de diretamente acima, a fim de minimizar a inclinação. De fato, era deveras impressionante se alguém favorecesse a vida rural remota. Ou se estivesse procurando um ninho de amor aconchegante onde fosse improvável ser distraído ou perturbado.

Para seus propósitos, era a verdadeira perfeição.

— Meu Deus. — Viola inclinou-se para a frente em seu assento enquanto a carruagem subia a colina e começava a descer cuidadosamente até a casa. — Isso é magnífico, Marcel. — Ela olhava de um lado para o outro pelas janelas, tentando ver tudo ao mesmo tempo.

E realmente era. Chamar a casa de chalé era um tanto enganoso, pois não se tratava de um casebre. Contudo, também não era uma mansão. Havia seis — ou seriam oito? — quartos no andar de cima e o número equivalente de cômodos no andar de baixo, com decorações variadas feitas na época de sua tia-avó e com nomes como sala de estar, sala de costura, sala matinal e sala de escrita. Era construída em pedra amarelada, com telhado de telhas e águas-furtadas, presumivelmente pertencentes aos aposentos dos empregados. As plantas que cresciam nas paredes pareciam bem-cuidadas. Um fio de fumaça subia direto para o céu vindo de uma ampla chaminé. Havia um estábulo de um lado e um galinheiro.

— Que casa linda — elogiou ela. — Mas decerto deve ter sido construída originalmente por um recluso. Não há outro edifício à vista.

— Ou por um romântico — disse ele. — Talvez por um homem que desejasse escapar dos incômodos da vida com uma mulher de sua escolha.

Ela virou a cabeça para olhar para ele. Houvera uma estranha tensão entre eles durante todo o dia, sabendo que estavam se aproximando de seu destino. Marcel estava pensando que talvez não devesse ter sugerido esse lugar ou qualquer destino específico, pois a própria natureza da fuga certamente não implicava nenhuma direção fixa, mas antes uma constante perambulação de seguir em frente, conforme a inclinação o conduzia. Eles haviam experimentado os prazeres disso no caminho até ali.

— Talvez — disse ela — estejamos sendo desrespeitosos com a memória de sua tia-avó.

— A tradição familiar diz... — ele continuou — ... E isso é sussurrado por trás de mãos, devo acrescentar, mas as crianças têm os ouvidos atentos quando ouvem sussurros. Segundo a tradição familiar, ela viveu aqui durante anos e anos com outra mulher, eufemisticamente conhecida como sua melhor amiga e companheira, até que a outra mulher morreu. E então ela viveu aqui, solitária e, sem dúvida, sozinha e suficientemente respeitável para ser visitada por familiares. Respeitável *e* rica. Foi durante esses últimos anos que fui trazido para cá e subi em seu colo, em seu coração... e em sua boa vontade.

A carruagem havia parado, e uma mulher rechonchuda de bochechas vermelhas, com um toucado e um avental branco impecável amarrado em um vestido volumoso, estava parada na soleira de pedra em frente à porta aberta, sorrindo e fazendo reverências enquanto o cocheiro abria a porta e abaixava os degraus.

— Bom dia, senhor — cumprimentou ela quando Marcel desceu à base de terra endurecida diante da porta. — Recebi sua carta e ontem mandei Jimmy para a cidade com uma lista do tamanho do seu braço. Tenho um ensopado de carne e legumes borbulhando no fogão, pronto assim que o senhor estiver com fome, e pão fresquinho para acompanhar, e tomei a liberdade de contratar Maisie, da aldeia, a filha da sobrinha de Jimmy, para me ajudar a colocar lençóis limpos nas camas, bater os tapetes, espanar os móveis e lustrar as ferrarias, embora eu sempre faça isso uma vez a cada quinze dias, de qualquer maneira. Com sua permissão, vou continuar com ela enquanto o senhor estiver aqui, a fim de ajudar no trabalho extra. Jimmy consertou a porta da cocheira e o vazamento no telhado, limpou todas as baias para os cavalos extras e conseguiu muita palha fresca e ração para eles. E como vai, senhora? Ouso dizer que a senhora está pronta para uma boa xícara de chá e alguns dos meus scones frescos. Jimmy pegou mais chá ontem e eu enchi a caixinha, então haverá bastante sempre que a senhora quiser um bule.

Marcel procurou a haste do seu monóculo.

— Boa tarde — disse Viola. — Eu sou Viola Kingsley.

— Edna Prewitt, senhora — devolveu a governanta, fazendo uma reverência de novo. — É uma satisfação conhecê-la e ter alguém para se hospedar na casa novamente. Já faz muito tempo, como sempre digo ao Jimmy. Maisie pode ajudá-la se a senhora não tiver trazido uma criada. Ela faz uma maravilha no cabelo. E não fica tagarelando o tempo todo, o que ouso dizer que as mulheres nem sempre apreciam.

Marcel estava com o monóculo a meio caminho do olho.

— Uma xícara de chá seria muito bem-vinda, sra. Prewitt — aceitou Viola. — E talvez um ou dois scones. Não mais que isso. Não gostaríamos de estragar nosso apetite pelo seu ensopado, que tem um cheiro maravilhoso daqui.

— Cheira melhor lá dentro — respondeu a governanta. — E o que estou fazendo, mantendo-os aqui fora quando vocês devem querer se instalar em seus quartos e lavar as mãos? Jimmy sempre diz que falo demais, mas queria recebê-los adequadamente e fazer com que se sentissem em casa, mesmo sendo a *sua* casa, não é, senhor? Mas o senhor não vem para cá há tanto tempo que senti que precisava...

— Obrigado, sra. Prewitt — agradeceu ele. — Gostaríamos de fato de lavar as mãos.

Bom Deus.

Ela subiu as escadas na frente deles e indicou um quarto para ele antes de levar Viola para outro. Estavam lado a lado, ambos os quartos voltados para o vale.

— Vou pedir a Maisie que traga duas jarras de água quente, sra. Kingsley, senhora. — Ele a ouviu dizer antes de descer correndo as escadas. — Está tudo pronto. Sempre tenho bastante à mão porque nunca se sabe quando a gente vai precisar, e se tem uma coisa que odeio é ter que me lavar em água fria. E lavar a louça.

Marcel entrou no quarto de Viola depois que a mulher saiu.

Ela estava parada na janela, olhando para fora.

— Ela não pareceu ofendida — disse Viola.

— Ofendida? — Ele foi ficar ao lado dela na janela e baixou a cabeça para olhar em seu rosto. — *Ofendida*, Viola? Por que ela deveria estar? Ela é uma criada.

Viola não desviou o olhar para ele.

— Existe uma cor mais calmante que o verde? — indagou. Parecia uma pergunta retórica e ele não tentou responder. — As flores seriam supérfluas aqui, não é, quando a natureza é tão prolífica com o verde? Pareceriam quase berrantes. Tudo isso é muito mais adorável do que eu imaginava. — Marcel ouviu a garota entrando em seu quarto. Em seguida, a moça entrou no de Viola e colocou uma jarra de água no lavatório antes de fazer uma reverência. Ela não começou a conversar, porém, o que foi um alívio.

— Obrigada, Maisie — disse Viola, virando-se para ela, e a garota fez outra reverência antes de sair. Parecia uma versão mais jovem de sua tia-avó, até mesmo nas bochechas rosadas. Uma versão *silenciosa* de sua tia-avó. Embora, pensando bem, ela não fosse parente de sangue da sra. Prewitt, não? Ela era sobrinha-neta de Jimmy. Devia ser uma aparência saudável do campo que elas partilhavam.

— Viola — ele perguntou —, você está se arrependendo?

Ela olhou para ele antes de voltar para a janela e abrir metade para deixar entrar ar fresco, o canto dos pássaros e o som distante da água corrente. Fechou os olhos e inspirou devagar. No geral, ela havia se mostrado alegre durante a viagem, disposta a se divertir e a desfrutar da presença dele.

— Nunca fiz nada assim antes — ela respondeu. — Mulheres virtuosas não fazem, você sabe. Somos ensinadas que nossa felicidade reside na virtude e no cumprimento de nosso dever com alegre dignidade. Somente os homens podem fazer o que quiserem, enquanto as mulheres olham para o outro lado e... suportam.

— Por que mais mulheres simplesmente não se matam?

— Porque não sabemos agir diferente.

— Você acredita que se tornou uma mulher *não* virtuosa, então?

— Ah, eu mais do que acredito nisso. Abandonei conscientemente a virtude e entrei no desconhecido. Tudo isso é... normal para você, Marcel. Não lhe ocorreria se arrepender ou se perguntar sobre as implicações morais do que está fazendo ou o efeito que isso terá no seu caráter pelo resto da vida. Não é nada normal para mim. Não me arrependo do que fiz. Também não aplaudo minha ousadia, mas não me engano. Eu estou aqui. Fazendo isso por mim. O futuro decidirá como serei afetada por tudo o que decidi fazer. Não pensarei nisso até chegar a esse futuro. Seria melhor se você não continuasse perguntando. Eu estou aqui. Por escolha. Seus criados não parecem escandalizados. E eu estou encantada com esse chalé e com tudo que há para ver.

— Você está encantada comigo? — ele indagou.

Quando ela olhou para ele desta vez, seus olhos sorriam.

— Você parece um garotinho implorando por aprovação.

Diabos, até parece! Ele estendeu a mão e puxou-a para seus braços antes de beijá-la completamente.

— Sim — ela disse contra sua boca quando ele suavizou o abraço. — Estou encantada com você, mas preciso muito lavar as mãos, a portas fechadas, por favor. E então gostaria daquela xícara de chá que a sra. Prewitt está preparando para nós.

E assim dispensado, ele retirou-se para seu quarto até que ela estivesse pronta para descer novamente.

Você parece um garotinho implorando por aprovação.

Bom Deus!

A janela do quarto de dormir de Viola ficou entreaberta a noite toda. Naquele momento, ela a abriu e ficou diante do vão, respirando o ar fresco do outono enquanto apertava mais o xale sobre os ombros. Havia trilhas de neblina no vale e um céu azul-pálido acima. Certamente era impossível chegar mais perto do paraíso enquanto ainda estivesse viva. Ela permitiu ao seu coração uma fonte consciente de felicidade...

... e se perguntou se havia alguma carta de Harry esperando por ela em casa. *Ou uma carta sobre Harry*. Será que seu irmão, sua cunhada e todos os Westcott ainda estariam em Bath, celebrando a família? Pois era isso que eles vinham fazendo cada vez mais nos últimos dois anos, desde a grande catástrofe, que poderia facilmente tê-los dividido em amarga desunião. Por um momento, arrependeu-se de ter saído de Bath tão abruptamente e, assim, ter estragado um pouco as coisas para todos.

Isso era muito típico dela. Muito típico. Mesmo agora, depois de tomar a decisão consciente de fazer algo por si mesma, não conseguia parar de olhar para trás e temer ter incomodado ou magoado outras pessoas. Não havia *ferido* ninguém. E ninguém se preocuparia indevidamente. Gostaria de poder voltar e reescrever aquela carta para Camille e Abigail, no entanto. Deveria ter explicado que tinha feito amizade com uma pessoa e sido persuadida a passar algumas semanas na casa dela. Elas se perguntariam, mas não se preocupariam. Enfim, pelo menos ela havia escrito, e elas saberiam que ela não tinha simplesmente desaparecido da face da Terra.

E então poderia se permitir esse tempo de pura... felicidade. Talvez fosse uma palavra precipitada de se usar, e uma coisa precipitada de sentir, mas porque não? Era para isso que ela havia fugido. Era por isso que seu coração certamente ansiara durante toda a sua vida. Simplesmente ser feliz, ainda que de forma passageira. Não era tão tola a ponto de acreditar no felizes para sempre. Não significava que a felicidade devia ser rejeitada quando oferecida por momentos breves e vívidos, como estava acontecendo naquele momento.

Ah, isso realmente era o paraíso. As samambaias acima da névoa brilhavam úmidas à luz do sol da manhã.

— Alguma coisa — disse uma voz atrás dela — está me lembrando dos dias de inverno na escola, quando éramos arrancados de nossas camas todas as manhãs, em uma hora indecente, para darmos vinte voltas nos campos de jogos antes de voltarmos para um banho refrescante em água gélida e descermos até a capela de pedra, onde não havia aquecimento, para meia hora de orações e arengas morais do diretor. Acredito que deve ser... Sim, de fato é. É o ar do Ártico que entra por aquela janela.

Viola se virou para sorrir para ele. Marcel estava deitado nu na cama dela, os dedos entrelaçados atrás da cabeça, as cobertas amontoadas sobre os quadris.

— Você é uma planta de estufa, Marcel? — ela lhe perguntou. — Quero ir lá fora. Quero correr nas samambaias. Quero correr através da névoa. Quero ficar no meio daquela ponte, girar lentamente e respirar a maravilha de tudo isso. Uma festa para os sentidos.

— Percebo um problema de compatibilidade — ele murmurou e fechou os olhos, mas não fez nenhum movimento para se cobrir.

— Foi você quem quis dançar no gramado da vila — ela o lembrou.

— Ah, mas isso foi um meio para atingir um fim — disse ele, com os olhos ainda fechados. — Eu esperava atrair você para a cama.

— Foi um truque que funcionou como um sonho — respondeu ela, voltando-se para a janela. — Espero que esteja orgulhoso de si mesmo.

— De fato, estou. — Viola pulou ligeiramente, pois a voz dele surgiu logo atrás dela, e seus braços a envolveram e a puxaram de volta para ele. — Foi um dos maiores sucessos da minha vida.

— Não o maior? Estou arrasada. — Ela descansou a cabeça em seu ombro e suspirou de contentamento.

— Viola, isso é um pouco parecido com fechar as portas do estábulo depois que o cavalo fugiu, suponho, mas você conhece, e pratica, maneiras de evitar a concepção?

Ela ficou muito feliz por ele não poder ver seu rosto. Raramente tinha ficado mais envergonhada em sua vida. As mulheres nunca discutiam... mesmo umas com as outras, mas por que o pudor ainda a perseguia quando ela estava ali com seu amante nu, em um ninho de amor remoto, na manhã seguinte a uma noite de amor?

— Eu parei de ter minhas... — Por Deus. Ela tentou colocar de outra forma. — Deixei de ser fértil há alguns anos, depois de toda a perturbação. Nunca mais voltou. Eu não vou conceber.

— Não foi muito jovem para que isso acontecesse? — ele perguntou.

— Sim, acredito que sim. Eu tinha quarenta anos.

— Ah, então estou me deitando com uma mulher mais velha, não é? — disse ele. — Vou passar por esse temido marco em pouco tempo. No momento, ainda estou na minha jovial casa dos trinta.

Ela fez a subtração mentalmente. Marcel tinha apenas vinte e cinco anos quando flertou com Viola e seduziu de maneira tão incisiva seu eu de vinte e oito anos. Ele devia ser muito jovem quando se casou e quando a esposa morreu. Marcel não parecia o tipo de homem que se casaria jovem. Será que era essencialmente o mesmo homem que era agora? Teria ele se casado por razões práticas, talvez, como ela? Ou havia passado por uma mudança um tanto drástica? Mas ele não falava sobre sua família, nem mesmo sobre os filhos. Gêmeos. Um menino e uma menina.

Era estranho como alguém que ela sempre resumira em um único rótulo — *libertino* —, e na suposição de que não havia mais nada para saber, tornara-se uma pessoa, embora ainda não soubesse quase nada sobre ele. Ele era um homem misterioso, de profundezas que ela suspeitava serem sombrias. Embora pudesse estar errada. No entanto, não precisava conhecê-lo, exceto desta forma: como o amante com quem ela fugira de sua vida triste por um breve período. Seria bom se não investigasse mais profundamente. O objetivo desse idílio não era se conhecerem, mas sim *aproveitarem* a presença um do outro.

Parecia muito superficial dito dessa forma.

Isso importava? Às vezes, o espírito humano precisava das águas rasas. A luz do sol dançava nas águas rasas, mas era absorvida sem deixar vestígios pelas profundezas.

— Aquelas samambaias vão estar molhadas — falou ele — e na

altura dos joelhos. Vão bater em você de todas as direções e com toda a sua umidade fria e espirrar nas suas mãos e seu rosto e lhe causar um desconforto indescritível.

— Covarde.

— Eu tenho botas — retrucou ele. — Aposto que não.

— Eu tenho sapatos resistentes — contrapôs ela. — Eles vão secar, e as bainhas das minhas roupas, também. A minha pessoa também. Eu vou para lá. Se preferir ficar aqui, mordiscando sua torrada...

— Dez minutos — disse ele, pegando seu roupão do chão e caminhando em direção à porta. — Eu a encontrarei lá embaixo. Apenas esteja avisada. Não quero ouvir nenhum choramingo ou reclamação durante a hora seguinte ou mais.

Ela mostrou a língua para ele, algo que nunca se lembrava de ter feito antes, mesmo quando criança, mas ele não se virou para ver.

Dez minutos depois, ela o viu descer, todo elegante e prático, num sobretudo com camadas demais para contar de relance e botas de cano alto que brilhavam, engraxadas, e chegavam quase até os joelhos. Ela esperava que ele morresse de calor antes de voltarem para casa. Esperava que suas botas fossem arruinadas sem possibilidade de reparo. Ela sorriu para ele e sentiu aquela onda de felicidade outra vez.

— Uma mulher pontual — declarou ele. — Não, uma mulher que chega antes da hora. Uma raridade, de fato.

— Você nunca foi uma mulher na *minha* casa, sr. Lamarr.

Ele fez uma reverência cortês, destrancou e abriu a porta e ofereceu o braço.

Eles caminharam calmamente ao longo da plataforma de terra que os levaria até o topo do vale, se continuassem. No entanto, ela não queria subir ao topo. Tinha visto a paisagem de lá no dia anterior. Ela tirou a mão do braço dele e saiu do caminho entre as samambaias. De fato, a vegetação chegava até os joelhos; algumas samambaias eram até mais altas que isso, e, sim, estavam lindamente cobertas de umidade, como ela vira da janela. A umidade não parecia tão bonita quando transferida para o vestido, para a capa e até mesmo para as meias e pernas. Ainda havia um frio no ar, mas também havia calor no sol e a promessa de mais uma linda tarde.

— Está satisfeita, senhora? — ele perguntou, todo justo e presunçoso dentro de suas botas de cano alto. — Devemos voltar para o desjejum?

Ela abriu um amplo sorriso para ele e voltou para o vale. Então abriu bem os braços, ergueu o rosto para o céu, gritou de alegria e começou a correr ladeira abaixo. Não demorou muito para descobrirem que não era tão fácil quanto parecia. O tapete de samambaias sugeria um declive suave, mas o chão embaixo delas era tudo menos isso. Também estava esponjoso por causa da névoa e do orvalho. A encosta era muito mais íngreme do que parecia vista de cima, e certamente mais longa. Depois de alguns momentos, Viola precisou de ambas as mãos para segurar as saias a fim de não tropeçar. Com os olhos, tentou traçar um caminho à frente, mas era virtualmente impossível enxergar todas as subidas e descidas, pedras e manchas de lama. Até as árvores pingavam água. Ela se pegou rindo desamparada. Era isso ou gritar. De alguma forma, conseguiu manter os pés no chão durante toda a descida, mas ficou muito grata pelo fato de a encosta se nivelar até uma margem gramada, por alguns metros, desse lado do rio. Conseguiu diminuir o passo a tempo de se salvar do choque de um mergulho matinal.

Meu Deus, ela nem sabia nadar.

E quando antes ela havia se comportado com tão pouco respeito pela dignidade, pelo decoro e até pela segurança? Provavelmente nunca. Havia muitas colinas em Bath. Nunca havia descido correndo por nenhuma delas quando criança. Ou aberto os braços, gritado ou rido sem preocupações.

Ele ainda estava no terraço onde ela o deixara, com os braços cruzados sobre o peito, parecendo bonito, viril e desaprovador. Oh, meu Deus, oh, meu Deus, quando ela se sentira tão livre? Quando se sentira tão feliz? Houvera momentos fugazes: seu primeiro amor aos dezesseis anos, o nascimento dos filhos, o casamento de Camille, o batizado de Jacob... Em toda a sua vida, não conseguia se lembrar de nenhum outro momento assim até valsar no parque do vilarejo.

Todos os dias desde então foram repletos de momentos que inspiravam os mesmos sentimentos. E todas as noites, também.

Marcel estava descendo a encosta com passos comedidos e grande dignidade.

— Você arruinou minha manhã — disse ele quando estava perto o suficiente para ser ouvido. — Eu estava esperando pelo barulho gigante e pelo grito de quando você caísse na água.

— E você teria corrido ao resgate como um cavaleiro errante.

— Devo alertá-la, senhora, para não fazer de mim um galante herói na sua imaginação.

Ela teve a satisfação de ver que as calças amareladas de Marcel estavam molhadas acima das botas, bem como a parte inferior do casaco. Ela estava encharcada quase até a cintura e não havia nada remotamente quente na umidade. Seus pés, meio congelados, chapinhavam dentro dos sapatos.

— Ainda deseja fazer sua pirueta extasiada na ponte, presumo? — perguntou ele, oferecendo seu braço.

Estava a alguma distância.

— Talvez devêssemos guardar essa alegria para outro dia. O desjejum parece uma ideia adorável, não?

— Parecia ainda mais adorável visto do topo da colina — continuou Marcel.

— Acredito que você não gosta da vida no campo, não é, Marcel?

— Não sou conhecido por vagar pelos meus campos admirando minhas lavouras — admitiu ele —, com um cão de caça fiel ofegante em meus calcanhares.

— Como você pode olhar para este vale — disse, indicando-o com um braço — e não sentir alguma coisa...? Aqui? — Ela deu batidinhas em seu coração.

— Prefiro olhar para a mulher no vale — respondeu ele, com os olhos seguindo a mão dela.

— Prefere? — Ela o encarou, seu rosto duro e cínico, seus olhos escuros e de pálpebras pesadas insondáveis, e, apesar de sua resolução anterior, perguntou-se o que havia por trás deles. Ou *quem* estava por trás.

Ele colocou as mãos na cintura dela, puxou-a para si e beijou-a de boca aberta — um beijo demorado. A boca era quente em contraste com a frieza desconfortável de sua pessoa.

Você não deve se apaixonar, alertou a voz interior da razão. *Você realmente não deve.*

Ah, mas não há medo disso, ela protestou em silêncio. *Estou apenas desfrutando de uma breve fuga da minha vida.*

— Existe uma lei da dualidade que insiste — disse ele —, como muitas vezes insistem as leis, que tudo o que sobe deve descer. Às vezes, porém, quando menos se quer que a lei se reverta, isso acontece.

Ela olhou para a encosta da colina, para a casa de campo, tão idílica e pitoresca entre as árvores, samambaias e trepadeiras adornando suas paredes. Também parecia acolhedor com a janela do quarto aberta e uma linha de fumaça saindo da chaminé. Algumas das folhas ao redor deles estavam mudando de cor.

— Parece uma subida bastante longa — ela admitiu.

Viola estava sem fôlego no meio do caminho e teve que parar e se agarrar a um tronco de árvore enquanto fingia ter parado para admirar a vista. Estava sem fôlego novamente, no topo, e bufando sem a menor elegância. Ele respirava como se tivesse acabado de dar um passeio pela Bond Street, em Londres — só que suas botas haviam perdido um pouco do brilho.

— Suas bochechas estão rosadas, Viola. E o seu nariz também, talvez não de uma maneira tão bonita.

— Galanteria realmente não é o seu forte, é?

— Como eu avisei — ele a lembrou. — Acredito que seria mais correto descrever seu nariz como *adoravelmente* rosado.

— Oh, muito bem — disse ela, e virou-se para precedê-lo na casa.

— Nunca permita dizerem — ele murmurou atrás dela — que eu não sou rápido no pensamento.

Ela riu.

ALGUÉM PARA SE IMPORTAR 131

10

Depois de uma semana no chalé, Marcel descobriu, com certa surpresa, não apenas que ainda estava profundamente imerso naquele seu novo *affair*, mas também que estava se divertindo bastante. Não apenas gostando do caso — isso ele já esperava. Nunca demorava muito para pôr fim a qualquer envolvimento de que *não* estivesse gostando. Não, ele estava gostando...

Quando pensou em vir para a casa de campo em Devonshire, pareceu-lhe que era o lugar ideal para a condução ininterrupta desse envolvimento. Ele os imaginara confortavelmente abrigados na casa, o vale apenas como o cenário isolado que os colocaria longe de olhares indiscretos, das distrações da civilização e do curso normal de suas vidas. Nem em um milhão de anos sua família pensaria em procurá-lo ali, mesmo que por alguma razão incompreensível eles considerassem a possibilidade de procurá-lo, e a família dela nem sequer saberia de sua existência.

Ele *não* havia considerado o lugar em termos de beleza natural selvagem e ar fresco — às vezes frio — e de caminhadas revigorantes e conversas que levassem sua mente ao limite. O próprio pensamento o teria feito hesitar.

Estava certo em sua expectativa principal. Desfrutaram de longas noites de prazeres sensuais, que ainda nem haviam começado a incomodá-lo. Muito pelo contrário, de fato. Estava até ficando um pouco desconfortável com a possibilidade de isso nunca acontecer, embora ele estivesse sendo ridículo, é claro. A qualquer momento ele ficaria inquieto, não apenas para retornar à civilização, mas para recuperar sua liberdade e poder procurar ao seu redor alguma nova fonte de prazer.

Os prazeres sexuais, no entanto, limitavam-se às noites, enquanto os dias eram preenchidos com quase nada além do envolvente ar livre, que Deus o ajudasse. Subiam e desciam as encostas íngremes do vale em ambos os lados do rio, como outras pessoas subiam e desciam escadas dentro de uma casa. Andavam por caminhos e por *não* caminhos e promontórios acidentados. Quase foram soprados rumo à glória certa tarde, enquanto caminhavam pelo topo de penhascos imponentes com vista para o mar, o vento forte em seus rostos antes de voltarem para casa. Certa manhã, eles caminharam até a aldeia e desceram por ela um lance íngreme de degraus toscos e uma queda igualmente íngreme de pedras grandes e seixos menores até uma pequena enseada arenosa. Tudo o que conseguiram naquela ocasião foi areia dentro dos sapatos dela e na parte externa das botas dele, e areia dentro de cada peça de roupa, no corpo e até nos cabelos. Ah, e depois houve o enorme prazer de voltar para a aldeia e de lá para o chalé.

— Você está tentando gastar minhas pernas até chegar aos joelhos, Viola? — ele perguntou quando estavam quase em casa, mas ela apenas riu dele. Ela fez muito disso durante a semana: rir dele. Ah, e com ele também.

Ele se deleitava por demais da risada dela. Ainda mais em seus sorrisos.

— Quero caminhar ao longo do rio até o mar um dia — disse ela. — Espero que suas pernas não fiquem gastas até o joelho, Marcel. Você ficaria mais baixo do que eu, e eu não gostaria disso.

— Eu acho que você ia gostar da sensação de poder que a elevação sobre mim lhe traria — respondeu ele, e ela riu novamente.

E eles conversaram. Estavam parados no meio da ponte um dia, no final de sua primeira semana lá, quando ela executou a pirueta há muito prometida e fez os comentários esperados sobre a beleza deslumbrante do ambiente. Na verdade, ele concordou com ela, embora não tenha aberto os braços, com uma expressão de êxtase no rosto, ao se virar uma vez. Ele teria ficado muito contente em permanecer ali na companhia silenciosa dela, com todos os seus sentidos vivos. Meu Deus, ele tinha sentidos dos quais nunca havia suspeitado antes, mas ela decidiu conversar.

— Por que você acha que nascemos? — ela perguntou, seus braços descansando ao longo do parapeito da ponte na altura da cintura, enquanto olhava para a água. — Qual você acha que é o objetivo de tudo isso?

Se qualquer outra mulher lhe tivesse feito perguntas tão estúpidas, ele a teria colocado em sua carruagem sem mais delongas, levado os cavalos na direção de Londres e a perdido em algum ponto no meio do lugar mais movimentado, para nunca mais ser encontrada.

— Suponho que nascemos porque nossos pais gostaram um do outro certa noite, nove meses ou mais antes de nascermos — disse ele. — E o objetivo de tudo isso é que, assim, o mundo permanecerá povoado e não expiraremos como espécie.

Ela escolheu levar a sério sua irreverência. Não estava mais olhando para a água ou para os vales que os rodeavam. Estava olhando para ele, e ele estava começando a acreditar na mentira colossal de que seu nariz rosado era adorável.

— Mas por quê? — ela indagou. — Por que perpetuar deliberadamente algo se não tem valor inerente?

Suas palavras eram um pouco assustadoras se ela quisesse dizer que a vida humana realmente não valia a pena ser vivida. Ele não havia pensado muito no assunto. Pelo menos não por muitos anos. E particularmente não queria quebrar esse hábito.

— Você teve filhos — ele a lembrou.

— Sim, porque isso era esperado de mim. Era meu dever. Camille foi uma decepção para Humphrey porque não era o herdeiro que ele esperava. E depois de Harry, Abigail foi uma decepção porque ela não seria um herdeiro de reserva.

— Era apenas dever? — Ele ergueu as sobrancelhas.

— Bem, não. — Ela se virou para olhar com a testa franzida ao longo do rio na direção do mar, que não era visível dali. — Eles foram minha alegria.

— Sua *única* alegria? — ele perguntou. — As únicas coisas que deram sentido à sua vida?

Ela considerou sua resposta, os dedos enluvados esfregando as pedras para frente e para trás.

— Sim. Quase, mas por que eu me sentia feliz quando estava apenas entregando-os a todas as dores que os aguardavam nesta vida?

— As vidas deles não têm sido nada além de miséria, então?

— Camille era uma criança infeliz — ela respondeu. — Queria o que não podia ter: o amor e a aprovação do pai. Ela está feliz agora. Tão feliz que quase temo por ela. Harry insiste que estar na Península sendo constantemente alvo de tiros é uma grande diversão enquanto eu espero em casa com medo constante de quais serão as notícias da próxima vez que ele mandá-las ou que alguém as mandar a respeito dele. Abigail é doce, quieta e serena, e temo o que está por trás de tudo isso e o que o futuro reserva para ela. — Com isso, Viola se virou para ele abruptamente. — Por que você teve filhos, Marcel?

— Porque eu era jovem e casado e isso aconteceu no curso natural do que os jovens casados fazem — disse ele. E ele tinha ficado tão alegre que ainda não suportava pensar nisso.

— Você já se sentiu oprimido pelo fardo da paternidade? Não porque não os ama, mas *porque* você os ama?

Ele realmente *não* queria falar sobre esses assuntos. Não era para isso que tinha vindo ali. Havia fugido com ela por uma semana ou três de prazer. Prazer, *não razão*. Tinha vindo porque não queria voltar para casa e ver provas do seu próprio fracasso como pai e como ser humano. Eles eram quase adultos, Estelle e Bertrand, aqueles bebês muito adorados.

Eles eram quase adultos.

Marcel olhou para ela, o ressentimento se misturando com outra coisa que ele não tentou analisar. Ela levantou ambas as mãos e segurou-lhe o rosto com elas. Então, passou os polegares enluvados pelas bochechas dele. Por um momento, ele temeu que estivessem molhados, mas não estavam.

— Às vezes — falou ela —, seu rosto fica duro e seus olhos ficam opacos, e sinto quase medo.

— De mim? — indagou ele.

— De não conseguir enxergá-lo.

Ele não perguntou o que ela queria dizer; não queria saber.

— Eu não era apto para criar meus filhos — ele continuou secamente. — Ainda não sou, embora eles já quase não precisem mais ser criados. Eles têm dezessete anos.

— *Quem* os cria? — ela perguntou.

— A tia e o tio deles. A irmã de minha falecida esposa e o marido dela. E sim, eles *eram* aptos e *são* aptos e meus filhos são ótimos jovens que serão ótimos e dignos adultos. — Não era sempre que ele admitia que Jane e Charles tinham sido bons para seus filhos.

— Você os ama? — Sua voz era um mero sopro de som.

Ele agarrou-a pelos pulsos sem muita delicadeza e tirou as mãos dela do rosto.

— Essa é uma pergunta típica de *mulher*. Eu os gerei e me certifiquei de que recebessem os devidos cuidados. Forneci um lar e os meios para que crescessem de acordo com sua posição na vida. Eu os visito duas vezes por ano desde que tinham um ano de idade. Cuidarei para que estejam adequadamente estabelecidos na vida, e então meu trabalho, tal como tem sido, estará feito. — Ele ainda estava lhe segurando os pulsos.

— Você estava indo vê-los. — Os olhos de Viola, maldição, estavam cheios de lágrimas.

— Eles ainda estarão lá quando...

— Quando terminarmos? — disse ela, quando ele parou abruptamente.

— Eu me ressinto disso, Viola. Viemos aqui para fugir, para deixar a nossa vida cotidiana para trás, para desfrutar da companhia um do outro, não para desnudar as nossas almas.

— Gostei da sua companhia — ela falou suavemente.

— Pretérito? — Não lhe ocorreu que talvez ela se cansasse dele antes que ele se cansasse dela. Arrogante da sua parte, esse pensamento. E alarmante se fosse verdade.

— Não, não é passado. Quando perguntei sobre o propósito da vida, não esperava realmente uma resposta. Perguntei porque às vezes podemos ser felizes, tão vividamente felizes que tudo parece ter sentido. Tão felizes que nos sentimos extremamente contentes por termos nascido. Uma felicidade tão intensa nunca dura, é claro, e mesmo o que existe dela muitas vezes acontece às custas da consciência e da responsabilidade. Fiquei muito feliz com você.

Ele sentiu aquele desconforto novamente e soltou os pulsos dela. Viola ainda estava usando o pretérito.

— Ah, você não deve temer — disse ela com um sorriso fugaz. — Acabei de admitir que sei que isso não pode durar, mas será que os momentos fugazes são suficientes, Marcel? Tempos como estes são suficientes para fazer valer a pena viver toda a vida?

Ele suspirou e colocou as mãos nos ombros dela brevemente antes de pegá-la frouxamente em seus braços.

— Para cima e para baixo, para baixo e para cima, luz e sombra, felicidade e infelicidade. Eles são vida, Viola. *Por que* estamos tão aparentemente indefesos diante desses opostos, eu não sei. Não sou filósofo, mas buscar a felicidade, ou o prazer, evitando a dor, é da natureza humana. Não há nada de egoísta nisso.

— Felicidade e prazer são a mesma coisa para você. Procurá-los nunca é egoísta? E quanto ao dever?

— Suponho... na verdade, eu *sei* que você passou mais de vinte anos de sua vida ignorando o fato de que Riverdale era um canalha de primeira ordem e mantendo as aparências diante de sua família e do *ton*. Cumprindo seu dever. Sendo altruísta. E infeliz.

— Tolice da minha parte, não? Eu deveria ter tido um caso com você. Eu queria, sabe? — Ela apoiou o lado da cabeça no ombro dele.

Ele foi pego de surpresa pela admissão.

— Não, você não deveria. Essa não era você, Viola. E não era quem eu era. Você não teria tido um caso comigo porque era casada, *aparentemente* casada, e tinha filhos pequenos. Eu não teria tido um caso com você porque você era casada. Eu não teria feito mais do que flertar.

— Não teria? — Ela recuou a cabeça para olhar em seu rosto. Parecia surpresa. — Você tinha alguns princípios, então?

Algo nele ficou frio.

— Muitos poucos — respondeu. — Princípios são tediosos, Viola. Interferem na gratificação pessoal.

— Mas às vezes eles fazem parte de quem uma pessoa é — disse ela. — Você nunca seduziu uma mulher casada?

Ele ergueu as duas sobrancelhas.

— Nunca *seduzi* nenhuma mulher. Acontece, por alguma razão que ainda não compreendi, que um número lisonjeiramente grande delas deseja compartilhar minha cama sem a necessidade de terem sido seduzidas para lá. Não, nunca me deitei com uma mulher casada, exceto com minha esposa.

Ela sorriu fugazmente outra vez, mas não aproveitou a abertura que ele involuntariamente lhe ofereceu. Não perguntou sobre Adeline.

— Pode parecer estranho — disse ela —, mas não acredito que tenha sido ativamente infeliz durante todos aqueles anos do meu casamento. Pelo menos não o tempo todo, ou mesmo na maior parte do tempo. Foi só depois, quando percebi que toda a minha vida tinha sido uma concha vazia, e quando os meus filhos ficaram irreparavelmente prejudicados, que vi o vazio daqueles anos. Eu tinha quarenta anos, provavelmente mais da metade da minha vida já havia passado, mas se eu pudesse voltar e revivê-los, não posso pensar que os viveria de forma diferente. Que estragos eu teria causado em tantas vidas, inclusive na minha, se tivesse me comportado exatamente como queria? E eu nunca teria sido feliz. Agora é um pouco diferente.

— Apenas um pouco?

— Ainda há pessoas a serem prejudicadas — respondeu ela.

— Este é apenas um breve idílio, Viola — ele a lembrou.

— Sim — concordou ela. Ele a abraçou e a beijou profundamente, sentindo que, de alguma forma, esse era o começo do fim. Ainda não era o fim. Eles ainda não haviam terminado um com o outro, mas alguma esquina havia sido dobrada e eles começaram a jornada de volta ao ponto de partida.

— Não acredito que esteja disposto a esperar por esta noite — falou ele contra os lábios dela. Aproximava-se do meio da tarde. Eles tinham vindo àquele lugar depois do almoço.

— Eu também não.

E assim o caso recomeçou como vinha acontecendo havia uma semana e mais — exceto pelo fato de que não faziam amor com frequência durante o dia. Subiram juntos a encosta da colina até a casa de campo, foram para a cama e fizeram amor lento, habilidoso e maravilhosamente satisfatório.

Talvez com apenas uma ponta de desespero.

O tempo mudou durante a noite. Ficou mais frio e tempestuoso. As nuvens pairavam baixas sobre o vale e havia aguaceiros frequentes e fortes. Mais árvores estavam mudando de cor.

— O outono sempre me deixa um pouco triste — comentou Viola, certa manhã durante o desjejum, em um breve intervalo de sol. — É muito lindo, mas muito fugaz. Sabe-se que o inverno não está longe.

— E a primavera não vai muito além disso — falou ele, encolhendo os ombros.

— É verdade. Mas às vezes parece muito distante.

— Viola — disse ele, estendendo a mão por cima da mesa para pegar a dela. — Há muito a ser dito sobre o inverno. Dias chuvosos, dias de neve, dias frios. — Ele sorriu de repente e o coração dela deu um salto. — Nada a fazer a não ser ficar em casa e amar.

Ele quis dizer *fazer* amor, é claro. Marcel não sabia muito ou nada sobre amor. Embora isso talvez fosse injusto e não necessariamente certo. Ela teria dito isso dele há cerca de uma semana com alguma confiança. Agora não tinha tanta certeza. Marcel não queria falar sobre seus filhos ou sobre seu breve casamento quando jovem. A própria reticência sugeriu a ela que havia dor ali. E onde havia dor, talvez houvesse amor. Ele havia negligenciado os filhos desde que eram bebês — não materialmente, mas de maneiras que importavam. Ele os *visitava* duas vezes por ano. Era um verbo estranho de usar para designar o tempo que passava com os próprios filhos. E a palavra sugeria uma permanência de dias ou breves semanas, em vez de meses.

Humphrey negligenciara seus filhos. Ele não os amava. Viola sempre pensava que ele mal tinha consciência da existência deles. Às vezes, quando ela e eles estavam em Hinsford e ele em outro lugar — Londres, Brighton ou onde quer que fosse durante suas frequentes ausências —, ele não voltava para casa nem escrevia durante semanas a fio. Perdera os primeiros passos, os primeiros dentes e os aniversários. Será que a negligência de Marcel com os filhos era dessa natureza? Suspeitava de que não. Talvez fosse porque ela não queria acreditar que sua negligência provinha da indiferença. Queria acreditar que havia uma pessoa escondida por trás do exterior bonito, severo e muitas vezes cínico que tanto a cativara.

Talvez fosse apenas porque ela precisava acreditar que existia. Para o próprio bem. Talvez precisasse acreditar que ele não era insensível, como ela sempre pensara. Ela havia deixado de lado tudo em que acreditava sobre si mesma para vir até ali com ele por algumas semanas intensas de... amor.

Nada a fazer a não ser amar.

— Sempre há coisas para fazer — disse ela. — Ler, pintar, desenhar, fazer música, conversar, escrever, tomar ar, costurar, bordar.

— E fazer amor — complementou ele.

— E fazer amor. — Ela sorriu. Ah, como ia ficar sem isso quando acabasse? Como havia passado sem durante a maior parte de sua vida adulta?

— *Tomar ar?* — Ele estremeceu. — Não basta você insistir em dormir com a janela aberta? Ou é isso que você quis dizer com *tomar ar*?

— Não. Eu quis dizer caminhar, cavalgar ou andar de carruagem. Sim, mesmo no inverno. Talvez visitando vizinhos e amigos.

— E ainda assim, você diz que a ideia da aproximação do inverno a deixa triste.

Seria muitas vezes pior este ano. Estaria sem ele. Será que estava apenas carente? Ou estava apaixonada? Bem, é claro que estava *apaixonada* por ele, mas o *amava*? Havia um mundo de diferença, mas como poderia? Ele lhe dera poucos motivos preciosos para amá-lo. Ela realmente não o conhecia, e ele estava se certificando e garantindo que ela nunca o conhecesse.

Viola se perguntava se ele sentia solidão.

— Está chovendo de novo — comentou ele, e ela virou a cabeça para olhar pela janela. — Nem mesmo você pode querer sair com esse tempo.

Não. Ela não tinha botas. Além disso, estava frio, ventoso e úmido. Um tempo miserável. No entanto, aconchegante de se olhar.

— Seu silêncio é ameaçador — disse ele. — Por favor, não me diga que as samambaias estão chamando você de novo, Viola. Meu instinto de galantaria seria severamente posto à prova. Suspeito de que me sentiria compelido a segui-la até lá. — Ele tirou a mão da dela para terminar o desjejum.

— Não desejo sair.

Passaram dois dias inteiros dentro de casa, aproveitando o calor das lareiras e do carvão. Eles liam — a tia-avó de Marcel era leitora e deixara uma parede inteira de estantes na sala de escrita, todas cheias de livros. Jogaram cartas com um baralho desbotado que descobriram na escrivaninha. Até tentaram fazer charadas e continuaram assim por uma hora antes que ela caísse na gargalhada e ele lhe dissesse que ela havia perdido a famosa dignidade que ele sempre admirou; ela jogou uma almofada nele. Eles conversaram. Ela lhe contou sobre sua infância em Bath, incidentes nos quais não pensava havia anos. Ele contou sobre várias façanhas de arrepiar os cabelos nas quais desempenhara um papel importante enquanto estava em Oxford. Ela suspeitava de que as histórias eram muito embelezadas, embora talvez não fossem. E certamente eram divertidas. Eles se beijaram, calorosa e languidamente, mas nunca foram além dos beijos, já que o sr. ou a sra. Prewitt não paravam de entrar na sala depois de bater muito perfunctoriamente: ele para trazer carvões novos para a lareira; ela para trazer um suprimento constante de chá ou café com biscoitos, bolos ou scones. Ela inevitavelmente ficava para conversar — ou melhor, para proferir um de seus monólogos — enquanto servia as bebidas e colocava comida para eles.

Às vezes, Viola cochilava, com o braço dele em volta dos seus ombros, enquanto se sentavam lado a lado no sofá. Ele lhe dissera que nunca conseguiria dormir a menos que estivesse deitado na cama, mas uma vez, quando ela acordou, a respiração dele era suspeitamente profunda, quase à beira de um ronco. Ela ficou quieta e sorriu para o fogo enquanto se entregava a um daqueles momentos de felicidade total.

Olharam para o vale e para o tempo lá fora. Ou ela o fez, pelo menos, aninhada no banco da janela, os joelhos dobrados diante do corpo, os braços cruzados sobre eles — o tipo de pose casual que ela nunca se permitira antes. O vale era infinitamente belo, mesmo quando as nuvens pairavam sobre ele e o vento e a chuva o fustigavam.

E se ela... E se *eles* vivessem ali o tempo todo? Ela continuaria encantada com tudo aquilo? Ou se tornaria tedioso e confinante? Mas nunca isso, certamente. Ela poderia ser feliz ali para sempre, mas... isolada de tudo o que conhecia? De *todos* que conhecia?

E ela foi atacada por uma pontada de medo que beirava o terror por Harry. E por uma dor surda de amor pelas filhas. Camille ainda estava saindo descalça? Abigail ainda estava gostando de estar em Bath? E seus *netos*. Jacob já estava dormindo por longos períodos à noite? Teria Winifred terminado de ler *O Peregrino*? E ela ainda sentia necessidade de resumir cada capítulo para quem quisesse ouvir? Ah, Viola estava sempre, *sempre* disposta a ouvir. Sarah ainda gostava de abraços e carinhos? *Será que havia uma carta de Harry?*

Uma mão se fechou calorosamente sobre seu ombro, e ela a cobriu com a sua e virou a cabeça para sorrir para ele.

— Que invenção maravilhosa é o vidro — disse ele. — Pode-se observar a inclemência das intempéries enquanto se desfruta de todo o conforto do interior.

Ele fingia não gostar de ar fresco e de atividades ao ar livre só para a diversão dela, Viola suspeitava. Não acreditou nem por um momento que ele fosse a planta de estufa que fingia ser — e uma vez ela o acusara de ser.

— Hum. — Ela virou a cabeça para beijar as costas da mão dele.

— O que você quer da vida, Viola? — indagou ele. — O que você *mais* quer?

Não era típico dele fazer tais perguntas. Ele devia estar de bom humor. Ela virou a cabeça para olhar pela janela uma vez mais. Não era fácil responder. As perguntas mais simples raramente eram. O *que* ela queria? Felicidade? Mas isso era muito vago. Amor? Ainda muito vago. Significado?

Mas ninguém jamais explicaria o significado da vida para ela. O que, então? Não conseguia se concentrar em nada específico. Exceto...

— Alguém para se importar — disse ela. — Somos todos identificados por rótulos, Marcel? Sempre fui filha ou irmã, esposa, mãe, cunhada, avó, condessa, sogra. Talvez seja por isso que fiquei tão desorientada quando a verdade veio à tona após a morte de Humphrey e alguns desses rótulos foram arrancados de mim, até mesmo meu nome. Ah, eu sei que há pessoas que se importam comigo. Não tenho autopiedade o suficiente para imaginar que não sou amada e nem apreciada. Sou muito abençoada com família e amigos, mas... Bem, vai parecer como se eu tivesse pena de mim mesma de qualquer maneira. Parece-me que nunca houve ninguém que se importasse *comigo*, a pessoa que habita na filha, na mãe e em todo o resto. Ninguém sequer me conhece. Todo mundo pensa que sim, mas ninguém realmente conhece. Às vezes parece que nem eu mesma. Sinto muito. Não sei bem do que estou falando, mas você perguntou.

— Eu perguntei, de fato. — A mão dele segurava seu ombro com mais força.

A chuva havia parado. Por alguns momentos houve um vislumbre do céu azul através de uma fresta nas nuvens. Algumas folhas multicoloridas, arrancadas cedo demais dos galhos, estavam espalhadas sobre as samambaias, que se agitavam violentamente ao vento.

— E você? O que você mais quer da vida, Marcel?

— Prazer — respondeu ele, depois de alguns momentos de silêncio. — É a única coisa sensata a desejar. — E, no entanto, parecia-lhe que havia uma espécie de desolação na sua voz.

— Como este? — ela perguntou, apoiando o rosto na mão dele. — Esta fuga?

— Sim. Precisamente assim. Venha para a cama, Viola.

Foi a única vez que foram para a cama durante esses dois dias, embora tivessem se retirado cedo nas duas noites. Ele fez amor com ela em silêncio e mais rapidamente do que de costume, sem as longas preliminares em que era tão hábil. No entanto, ela chegou a um clímax devastador alguns momentos antes dele — Marcel sempre esperava por ela. Ele saiu de cima dela quase imediatamente, mas manteve os braços ao redor do seu corpo enquanto puxava as cobertas para cima deles. Ele colocou a cabeça dela em seu ombro e encostou o rosto no topo de sua cabeça antes de ambos fingirem dormir. Ela tinha certeza de que era fingimento de ambos os lados.

Havia tanto prazer, tanta... vivacidade nesses dias de paixão física que ela estava vivendo. Não estava nem perto de se sentir farta dele. Nunca estaria. Sabia disso agora, sem qualquer dúvida. E ele ainda não havia terminado com ela. Ela saberia se ele estivesse. Ela sentiria retraimento, perda de intensidade e interesse. Ele não terminara com ela, mas havia algo...

Uma pontada de melancolia insinuara-se no relacionamento deles com o outono.

Ela suspeitava — não, ela *sabia* — que haviam chegado ao começo do fim.

11

A carruagem do conde de Riverdale fez um excelente progresso depois de sair de Bath e chegou sem incidentes ao vilarejo onde Viola tinha sido vista pela última vez. Não sabiam o nome da estalagem onde o cocheiro contratado deixara os passageiros, é verdade, mas não demoraram muito para encontrá-la. Estavam lá no meio da noite. O estalajadeiro lembrou-se dos dois passageiros em questão, uma dama e um cavalheiro. Não se lembrava do nome deles, porém, se é que já o tinha ouvido. Eles não alugaram um quarto e, portanto, não assinaram o registro. A razão pela qual ele se lembrava era que o cavalheiro havia feito perguntas sobre o aluguel de uma carruagem, e havia uma ali, perfeitamente decente. Muito mais decente do que aquela em que haviam chegado, isso era certo, mas o cavalheiro tinha ido até a cidade de qualquer maneira para providenciar algo melhor e voltou com uma carruagem e cavalos novinhos em folha — e até um cocheiro para conduzi-la. A esposa do cavalheiro permanecera na estalagem, tomando café na sala privada. O estalajadeiro não tinha ideia de para onde eles tinham ido depois de partirem. Talvez um dos cavalariços que estava de serviço naquele momento se lembrasse, ou talvez a criada que atendia a senhora tivesse ouvido alguma coisa, mas ela estava de folga agora.

O grupo de Bath alugou quartos para passar a noite e, depois de um desjejum bem cedo, na manhã seguinte, Joel e Alexander foram para a cidade, enquanto Abigail e Elizabeth tomavam outra xícara de café na sala privada e interrogavam a criada, que havia sido enviada para lá pelo estalajadeiro. Ela estava pálida e com olhos arregalados enquanto fazia uma reverência.

— Sim, eu me lembro dela, minha senhora — disse ela, dirigindo-se a Elizabeth. — Ela estava esperando o cavalheiro voltar, mas não me lembro do nome deles. Eu não acho que tenha dito.

— Ela não deixou mensagem? — Elizabeth perguntou, esperançosa.

Se a garota hesitasse por um momento, nenhuma das duas ouvintes notaria ou faria alguma coisa a respeito.

— Não, milady — ela falou enquanto suas mãos torciam as laterais do avental: o novo, que lhe custara tão caro em seu salário. — Mas não teria deixado uma mensagem comigo, de qualquer maneira. Eu só trouxe o café. A senhorita poderia perguntar na recepção.

— Ela não chegou em casa naquele dia nem em nenhum outro dia desde então — explicou Abigail — e estamos preocupados.

— Se está preocupada com ela, milady — perguntou a empregada, franzindo a testa —, como é que não sabe o nome dela?

— Eu sei o nome dela — disse Abigail. — Ela é minha mãe. É o cavalheiro cujo nome não sabemos.

— Ohhh — a garota falou quando a compreensão se fez... e, com ela, a fofoca para a cozinha quando retornasse.

— Ouso dizer que ele era irmão ou primo dela — complementou Elizabeth com um rápido olhar para Abigail, que corou e estava mordendo o lábio. — Ambos moram não muito longe daqui. E seria muito típico de qualquer um deles não pensar em nos avisar.

— Sim, seria — acrescentou Abigail. — Especialmente tio Ernest. Tenho certeza de que você está certa, prima Elizabeth.

A criada retirou-se para a cozinha, mas afinal não compartilhou a fofoca suculenta que acabara de ouvir. Estava se sentindo ainda mais enjoada do que quando descobrira que as cartas que a dama lhe confiara haviam virado polpa no tanque da roupa suja. Obviamente eram cartas importantes. Aquele cavalheiro terrivelmente arrogante e de aparência assustadora que estivera com a senhora *não* era seu marido, como ela e todos os demais presumiam, e a empregada não acreditou nem por um momento na história do irmão ou primo. Afinal, por que ele ia querer carruagem e cavalos novos se morasse perto? Não, a dama estava fugindo com ele, fosse ele quem fosse. Embora tivesse escrito para alguém — para duas pessoas, na verdade —, provavelmente para que não se preocupassem com ela.

Não demorou muito para que Joel e Alexander descobrissem onde o misterioso cavalheiro havia comprado sua carruagem e seus cavalos. Ele havia oferecido emprego ao seu novo cocheiro no mesmo local, mas nem mesmo o vendedor da carruagem sabia o nome do cavalheiro nem para onde pretendia ir com a carruagem. Ninguém na estalagem também sabia a resposta para as perguntas, embora nenhum dos cavalariços tenha pensado em mencionar aquele que estava ausente porque era seu dia de folga. Ninguém conseguia se lembrar da direção que a carruagem havia tomado ao sair da estalagem.

— Norte, sul, leste ou oeste — disse Alexander quando ele e Joel voltaram para a sala. — Podemos fazer a nossa escolha.

— E todos os pontos intermediários — acrescentou Elizabeth enquanto seu irmão fazia uma careta.

— Quem era ele? — Abigail apoiou os cotovelos na mesa e cobriu o rosto com as mãos. — Quem *é* ele? E por que ela estava com ele? Para onde estavam indo? Por que ela não *escreveu*? Por que não escreveu desde então?

Eram perguntas retóricas. Abigail não esperava uma resposta. Nenhum deles teria nada para oferecer, mesmo que ela tivesse. Joel deu um tapinha no ombro dela enquanto trocava olhares sombrios com Alexander.

— Londres parece o destino mais provável — sugeriu Alexander.

— Ah, você acha, Alex? — Elizabeth estava franzindo a testa, pensativa. — Parece-me o lugar mais improvável que Viola concordaria em ir. Ela evitou a Capital por dois anos, exceto por aquela breve visita no início deste ano para seu casamento. E ela parecia não ver a hora de partir depois disso, embora todos nós tentássemos convencê-la a ficar mais tempo.

— Onde então? — ele perguntou.

Mas ela não tinha sugestão melhor para oferecer.

— Ela estava da mesma forma em Bath depois do batizado de Jacob — disse Joel. — Ela não via a hora de partir. Vinha sendo sufocada pelo amor desde então... desde que Anna havia sido convocada para Londres e tudo mudou para muitos de nós.

— *Sufocada?* — Abigail baixou as mãos e virou o rosto pálido e carrancudo para o cunhado.

— Sim, acho que é a palavra certa — respondeu ele. — Tudo o que alguém conseguiu pensar em fazer foi estender a mão para ela, e para você e Camille também, Abby, com garantias de que todos vocês ainda são amados e ainda são parte integrante da família Westcott. Talvez eu possa ver um pouco mais claramente do que qualquer um de vocês porque vim de fora recentemente. Vocês não reagiram todos da mesma maneira. Camille tomou coragem e marchou até o orfanato para dar aulas onde Anna havia ensinado, determinada a refazer a si mesma e ao seu mundo. Anna reuniu coragem e entrou no mundo da alta sociedade, tão estranho para uma garota que cresceu em um orfanato. Ela ainda teve a coragem de se apaixonar por Avery e se casar com ele. Não tenho certeza sobre você, Abby, mas, ao contrário de Camille e Anna, sua mãe não se esforçou para superar essas mudanças. Ela se manteve reservada. Ela foi sufocada. Eu vi. Toda a família está preocupada com ela, mas a resposta de todos tem sido simplesmente amá-la mais.

— O que a sufocou — Abigail disse em voz baixa.

— Amor não é suficiente? — Elizabeth indagou com um suspiro. — Oh, como a vida é terrivelmente complexa. Deveria ser simples. O amor devia resolver todos os problemas, mas é claro que isso não acontece. O problema é... o que mais existe além do amor?

— É dar algum espaço a ela — disse Joel.

— Espaço — repetiu Alexander, servindo-se de café morno do bule de café, que ainda estava sobre a mesa. — Você quer dizer qualquer lugar do mundo que não seja Hinsford ou Bath, Joel?

Abigail gemeu e colocou a mão sobre a boca.

— Ah, com certeza precisamos encontrá-la, para nossa paz de espírito — falou Joel. — Mas assim que conseguirmos e pudermos nos assegurar, sem qualquer dúvida, de que ela esteja segura e onde deseja estar, então devemos permitir que permaneça lá sem ser perturbada. Vocês todos não concordam?

— Com um homem que ela conhecera um dia antes de fugir com ele — Alexander declarou, sua voz estranhamente áspera.

Abigail gemeu uma vez mais.

— Talvez ela o conhecesse, Alex — opinou Elizabeth.

— Isso torna a situação mais aceitável? — ele perguntou.

— Alex. — Abigail estava segurando a borda da mesa e olhando fixamente para ele com um rosto ainda mais pálido do que antes, mas agora com linhas teimosas. — Não permitirei que ninguém julgue minha mãe, nem mesmo você. Você pode ser o chefe da família Westcott, mas, estritamente falando, mamãe não é e nunca foi uma Westcott. E mesmo que ela fosse... Ah, mesmo que ela fosse, eu concordo com Joel.

Joel segurou-lhe o ombro novamente e Elizabeth deu um tapinha em sua mão.

— Sinto muito, Abigail — desculpou-se Alexander, passando os dedos de uma das mãos pelos cabelos. — Você está perfeitamente certa. Joel também. Sinto muito. Wren diria que estou voltando ao meu eu natural. Quero sempre gerir e proteger as pessoas próximas de mim, especialmente as mulheres. Wren tem sido boa para mim, embora muitas vezes eu precise ser lembrado, mas vamos procurar sua mãe.

— Onde? — ela perguntou.

Decidiram pegar a estrada para Londres e perderam um dia e meio viajando para o leste, parando em todas as estalagens e tavernas prováveis e até mesmo em algumas improváveis para perguntar se alguém tinha visto uma carruagem preta novinha em folha com detalhes amarelos e uma dama de cabelos loiros, de meia-idade e um cavalheiro alto e moreno; mas embora várias pessoas tivessem visto carruagens de cores, desenhos ou acabamentos diferentes transportando um cavalheiro e uma dama — ou, num caso, duas damas e uma criança —, nenhuma delas ajudou.

— *Alguém* deve tê-los visto — disse Joel quando pararam para trocar de cavalos e almoçar tarde. — É impossível que tenham viajado tão longe em total invisibilidade.

— Cheguei à mesma conclusão — falou Elizabeth. — Eles não vieram por aqui.

Sempre havia a chance, é claro, de que alguém na aldeia ou cidade mais próxima se lembrasse, mas eles estiveram naquele jogo a manhã inteira.

— Foi minha sugestão que viéssemos por aqui — declarou Alexander.

— Agora a minha sugestão é que voltemos e tomemos um caminho diferente. Alguém discorda?

Ninguém o fez.

Demorou menos para retornar ao vilarejo onde Viola fora vista pela última vez, mas mesmo assim a viagem pareceu uma jornada sem fim. Desta vez, quando chegaram lá, porém, tiveram mais sorte. O cavalariço cujo dia de folga coincidira com a última parada ali estava novamente de serviço e lembrou-se do cocheiro da nova carruagem dizendo que se dirigiam para o oeste. O cocheiro fez questão de ressaltar isso porque esperava que eles não fossem para Londres, um lugar barulhento, imundo e fedorento onde ele estivera apenas uma vez e esperava nunca mais voltar.

E assim a carruagem de Alexandre partiu finalmente na direção certa, embora a *região oeste* fosse uma descrição bastante vaga de um destino. Poderia ser Somerset, Devonshire, Cornualha, País de Gales ou mesmo Gloucestershire. Tiveram de proceder, como antes, parando com muito mais frequência do que gostariam, perguntando sobre a carruagem e seus ocupantes. Pelo menos desta vez, porém, suas perguntas deram resultados. Um passo de cada vez, eles chegaram a Devonshire.

— Poderíamos ter viajado com a mesma rapidez — disse Joel certa tarde, um tanto frustrado — se tivéssemos abordado um caracol em Bath e lhe dito para se mover em seu ritmo mais rápido.

— Mas estaríamos um pouco apertados andando nas costas dele — respondeu Elizabeth, com um brilho nos olhos.

— E a concha teria sido um assento duro — acrescentou Alexander. — Até onde sei, não existem molas sob as conchas dos caracóis.

— De qualquer forma, nunca vi nenhum para alugar em Bath — falou Abigail. — Você teria que ir caçar um, Joel.

Mas, na verdade, era difícil manter o senso de humor quando pareciam estar viajando desde sempre e ainda não sabiam quando ou se chegariam ao fim da viagem — ou o que descobririam quando ou se lá chegassem.

Ela fugiu com um homem, Abigail não parava de pensar. *O que Camille vai pensar? E Harry, se ele descobrir?* Harry mataria o homem.

Duas vezes.

Para começar, a carruagem de Redcliffe estava vários dias atrás da do conde de Riverdale, embora tenha diminuído gradualmente a distância. A princípio, a busca foi lenta, e André lamentou não ter insistido em trazer a carruagem do irmão ou pelo menos o cocheiro. Não lhe foi tão fácil, como esperava, reconhecer o lugar onde deixara Marcel. A maioria das aldeias lhe pareciam essencialmente iguais, e ele não havia observado paisagens e pontos de referência com o tipo de atenção que lhes prestaria se soubesse que teria de encontrar o caminho de volta. Quando finalmente chegaram ao caminho certo, porém, ele o reconheceu com certo alívio e bateu no painel frontal para sinalizar ao cocheiro que parasse em frente à pousada no final da rua.

O marquês de Dorchester não estava mais lá, é claro, e nunca estivera lá com esse nome, mas o estalajadeiro reconheceu André e pôde informá-lo de que o sr. Lamarr realmente passara a noite lá — e partira na manhã seguinte com a srta. Kingsley.

André desejou ter acomodado as senhoras, e talvez Bertrand também, na sala de jantar antes de fazer perguntas.

— O quê? — perguntou Jane Morrow. — E quem, posso perguntar, é a srta. Kingsley? Bertrand, leve sua irmã em um desses quartos atrás de nós, por gentileza. Ela estará pronta para um lanche.

Mas era tarde demais para protegê-los do escândalo iminente. Nenhum dos gêmeos se moveu.

— Ela é uma conhecida dele — explicou André. — E minha. Uma dama perfeitamente respeitável, Jane. Ouso dizer que ela lhe deu carona até algum lugar onde ele pudesse alugar uma carruagem para seu próprio uso, já que eu havia voltado na dele.

Jane não ia questionar o irmão arruinado de seu cunhado enquanto o estalajadeiro fosse um espectador interessado — ou onde sua sobrinha e sobrinho pudessem ouvir, mas sua mente vacilou. *Por que* exatamente Dorchester havia tirado seu irmão e sua carruagem do caminho? E quem exatamente era essa mulher que André insistia ser respeitável? Seria respeitável levar na carruagem um homem que não era marido? E *os dois tinham passado a noite na pousada?* Em quartos separados? Ah, ela deveria ter trancado os gêmeos em seus quartos em casa e embarcado nessa viagem com Charles e André.

O estalajadeiro conseguiu orientá-los na direção da cidade para onde a carruagem alugada da srta. Kingsley havia rumado.

— Mas para onde ele foi a partir de lá? — Estelle perguntou a ninguém em particular. — Por que ele não voltou para casa, como havia prometido que faria?

Jane conseguiu pensar em um motivo excelente, mas manteve a calma.

André esfregou a lateral do nariz com um dedo e também se calou.

— Acredito que algo aconteceu que o fez mudar de ideia, Stell — disse Bertrand. — Talvez a gente descubra o que é quando chegarmos a essa cidade.

Jane Morrow olhou para André com os olhos semicerrados enquanto os gêmeos subiam novamente na carruagem.

— Você sabia sobre aquela mulher — ela falou baixinho o suficiente para não ser ouvida pelos sobrinhos. — Você não deveria tê-los trazido aqui. Suponho que não lhe ocorreu que era altamente impróprio fazê-lo. Você não é melhor que seu irmão.

— Ora — ele reagiu, indignado. — Eu não os trouxe aqui. Eu não tinha nenhuma vontade de vir. Era lógico que Marcel já teria partido há muito tempo. Foram *eles* que *me* trouxeram.

— Nós realmente não temos escolha agora — respondeu ela, levantando a voz para se dirigir aos gêmeos dentro da carruagem —, a não ser voltar para casa e esperar lá por seu pai. Ele virá em seu próprio tempo. Ele sempre faz isso.

— Mas a festa... — protestou Estelle.

— Temos uma escolha, tia Jane — disse Bertrand. — Podemos ir e descobrir para onde ele foi, ou pelo menos tentar. Chegamos até aqui. Por que voltar agora sem pelo menos fazer um esforço para localizá-lo?

Jane poderia ter oferecido uma resposta muito boa, mas como poderia falar sem rodeios com seus dois jovens pupilos?

— Ele provavelmente está ocupado e ficará ressentido com a intrusão — falou ela.

— Você acha que ele está com aquela mulher, tia Jane — afirmou Estelle. — Bem, e se ele estiver? Ouso dizer que não é a primeira vez e nem será a última, mas quero que ele saiba que organizei uma festa de aniversário para ele. Quero dizer-lhe pessoalmente que ele foi... inconveniente comigo.

Sua tia olhou para ela com certa exasperação. Era muito estranho que Estelle fosse teimosa. Que pena que as crianças tinham que crescer.

— Continuamos com a busca, então? — perguntou André alegremente, oferecendo a mão para ajudar Jane a subir na carruagem.

— Sim — Estelle e Bertrand responderam em uníssono.

Depois disso, a perseguição foi relativamente fácil. Encontraram a estalagem onde a carruagem alugada da srta. Kingsley havia deixado seus passageiros e, sem precisar sair da estalagem, souberam da carruagem recém-adquirida. Conversaram com o cavalariço, que sabia que direção a carruagem havia tomado — tanto com a dama quanto com o cavalheiro a bordo. Todos os piores temores de Jane foram confirmados. O mesmo cavalariço foi bastante gentil ao mencionar que outras quatro pessoas — dois cavalheiros e duas damas — tinham ido atrás da mesma carruagem dois dias antes. Ainda mais gentilmente, ele também lhes deu uma descrição da carruagem em questão.

Depois disso, era apenas uma questão de seguir uma trilha que brilhava diante deles. Quase todas as pessoas com quem conversaram lembravam-se de uma ou outra das duas carruagens ou, em muitos casos, de ambas. Eles tiveram ainda a certeza de que estavam indo na direção certa quando André de repente se lembrou de algo.

— Ah, ora — ele disse com um estalar alto de dedos. — Aposto que Marc foi para o chalé.

— Chalé? — indagou Jane.

E André contou a história que sua mãe lhe contara sobre a tia-avó paterna que se interessou por Marcel quando ele era criança, muito antes do próprio André nascer, e que ela o tornara seu herdeiro e deixara para ele sua casa, que ficava em algum lugar nos confins de Devonshire.

— Parece um lugar provável para se levar uma pu... — André começou antes de ser interrompido, tarde demais, por um olhar penetrante de Jane e uma cotovelada intensa nas costelas.

— Uma *mulher* — falou Estelle. — *Onde* em Devonshire, tio André?

Ele esfregou um lado do nariz, mas o gesto não despertou mais sua memória. Ou talvez, ele admitiu, nunca tivesse ficado sabendo. Perto do mar, talvez?

Isso foi de muito pouca ajuda.

12

O céu clareou e o vento diminuiu, pelo menos no vale. As encostas e o fundo do declive tiveram um dia para secar. Era hora de sair de novo, anunciou Viola, para fazer uma longa e rápida caminhada ao longo do vale até o mar.

— Haverá lama — previu Marcel.

— Isso pode ser contornado — disse ela. — Covarde.

Acabou não sendo a caminhada rápida que ela esperava. O fundo do vale ao lado do rio estava, na melhor das hipóteses, esponjoso depois de toda a chuva, e lamacento, na pior. Em alguns lugares, galhos velhos e mortos e até mesmo troncos de árvores inteiros e apodrecidos estavam espalhados pelo que, para começo de conversa, não era realmente um caminho. Era tudo muito selvagem e coberto de vegetação. Era possível, até mesmo provável, que ninguém tivesse caminhado ali durante anos. Mas, de qualquer forma, foi um exercício estimulante, pois contornavam obstáculos, escalavam alguns deles, evitavam o pior da lama e paravam frequentemente apenas para observar a glória que eram as árvores do início do outono e para ouvir os pássaros.

— Não é incrível — disse ela — como eles fazem tanto barulho, mas são quase invisíveis?

— Incrível — ele concordou com a voz deliberadamente monótona que usava sempre que desejava brincar com o entusiasmo dela.

Não foi suficiente para dissuadi-la. Ela descobrira esse entusiasmo nas últimas semanas e se perguntava por que durante toda a vida considerara tão importante reprimi-lo em nome da dignidade.

Levaram mais de uma hora para chegar à areia da praia — e ao vento novamente. Inclinava-se sobre o mar, vindo do sudoeste, sem obstruções, agitando as ondas, tirando o fôlego e esmagando as roupas contra eles. Ele teve que segurar o chapéu. O rio, ao se alargar para fluir em riachos rasos até o mar, cortava a praia em duas. Caminhavam pelo seu lado, de mãos dadas, sem falar. Muitas vezes isso não acontecia, mas nunca era porque ficavam sem ter o que dizer. Às vezes, poderia haver uma sensação mais amigável no silêncio do que na conversa. Altos penhascos erguiam-se de um lado deles. O mar se estendia até o infinito, do outro.

— Estou feliz que a casa tenha sido construída no vale, longe de tudo isso — disse ela.

— Você não gosta do mar? — ele perguntou.

— Ah, eu gosto. — Ela tirou a mão da dele e se virou para ver todo o panorama. A praia se estendia por quilômetros em ambas as direções. Ondas infinitamente longas quebravam em espuma e fluíam para a areia molhada a alguma distância antes de serem sugadas de volta para as profundezas. O ar estava frio e salgado. Uma gaivota solitária, fustigada pelo vento, gritou tristemente, ou assim parecia. Viola não deveria atribuir sentimentos humanos a outras criaturas. — Mas não acredito que gostaria de morar perto disso. É muito... sujeito a intempéries.

— Nisso pelo menos estamos de acordo. — Ele parou na frente dela e baixou a cabeça para beijá-la. Viola se inclinou para ele e retribuiu o beijo, buscando conforto e esquecimento nele, bem como calor. Tinham sido tão boas essas semanas. As melhores de sua vida. Ah, de longe as melhores. Por que, então, havia um fio de melancolia afetando seu ânimo nos últimos dias, como uma nota de baixo levemente pulsante em uma melodia leve e alegre?

— *Pelo menos?* — indagou ela. — Não estamos de acordo sobre a maioria dos assuntos?

Viola não quis dizer isso como uma pergunta séria. Não tinha certeza se ele havia levado a pergunta a sério. Só que de repente parecia pairar entre eles como algo tangível. Não eram eles, em quase todos os aspectos importantes, muito diferentes um do outro? Era fácil ignorar esse fato básico para um breve idílio de um caso romântico, mas não permaneceria mascarado para sempre. Felizmente eles não tinham o para sempre.

Felizmente?

Ela deu um passo para o lado, lutando contra um certo pânico inexplicável.

— Vou caminhar até a beira da areia molhada — avisou.

Eu vou... Não *vamos*... Não foi deliberado. Talvez ele não tivesse entendido dessa forma, mas não veio com ela. Ele permaneceu onde estava ou seguiu em frente. Ela não olhou para trás para ver. As coisas sempre tinham sido assim? Ele saberia. Ela não. Será que alguém simplesmente *sabia* de repente, sem aviso ou qualquer motivo específico, que tudo havia acabado? *Não havia* razão. Ela estava desesperadamente feliz ali. Estava profundamente satisfeita com o relacionamento deles, se é que poderia ser chamado assim, mas é claro que poderia, por mais breve que fosse. Viola era revigorada por sua companhia, e sua vida havia sido renovada em suas relações carnais. Ela ainda não sabia como ficaria sem ele quando tudo acabasse.

Em breve, muito em breve, ela descobriria.

Ela parou quando chegou à beira da areia molhada. A maré devia estar baixando, mas a areia que cobria há pouco ainda não havia secado. Brilhava com umidade em alguns lugares. Ela se sentia isolada ali, longe de tudo, exceto de seus pensamentos. Não se virou para olhar para trás. O vento açoitava-a impiedosamente.

Suas filhas estariam começando a se preocupar. Ela não dera nenhuma pista de onde estava indo ou com quem, apenas que estava *indo*. Estariam começando a se perguntar o que fariam se ela nunca mais voltasse. Ela não escrevera novamente desde a chegada. Sua grande fuga se parecia cada vez mais com seu grande egoísmo. E estava começando a se preocupar com elas, ou pelo menos a se perguntar como elas estavam. Sentia falta delas. Sentia falta dos netos, ou pelo menos das notícias frequentes que sempre recebia deles nas cartas de Camille.

Estava preocupada com Harry. Sempre, sempre, sempre. Uma preocupação inútil. Não havia nada que ela pudesse fazer para garantir a segurança dele, mas deveria pelo menos estar lá para ler qualquer carta que chegasse da Península. Oh, as guerras nunca acabariam?

E o que tinha acontecido com seu núcleo moral? A moralidade tinha sido uma bússola em sua vida até... há quanto tempo? Duas semanas? Três? Estava perdendo a noção do tempo, mas naquele momento ela estava vivendo uma vida de pecado. Ou será que estava mesmo? Era pecado amar um homem e permitir que ele a amasse? Mas não era amor o que havia entre eles. Era luxúria.

Parecia mais do que luxúria, mas era autoengano. Ele nunca tinha fingido que fosse algo mais do que um envolvimento normal para ele. Há quantos dias ele tinha dito que o que mais queria da vida era o prazer? Ela sabia disso desde o início, no entanto. Não havia sido enganada. Viera com ele porque também queria prazer.

Porque ela o desejara antes e ainda o desejava agora.

Ergueu o rosto para o vento e fechou os olhos. Uma gaivota — a mesma? — gritou tristemente outra vez. Ela se sentia horrível e desprezivelmente solitária, mas não merecia coisa melhor. Ela se virou e caminhou de volta pela praia. Marcel estava seguramente no mesmo lugar onde o havia deixado. Ela parou a uma curta distância.

— Preciso ir para casa — disse. E então sentiu um pânico puro e visceral.

Ele parecia muito grande, com a cartola firmemente presa à cabeça, o sobretudo de muitas camadas e as botas de cano alto. Ele parecia distante, austero. Seus olhos, quase fechados como costumavam ser, pareciam mais escuros do que o normal à sombra da aba do chapéu. Ele parecia curiosamente um estranho, um estranho bastante sombrio.

— Fico feliz que você tenha dito isso primeiro, Viola — afirmou ele. — Nunca gosto de fazer minhas mulheres sofrerem.

Até mesmo sua voz leve e discreta soava estranha. Ela se sentiu magoada, de qualquer maneira. Será que ele pretendia isso, machucá-la, mesmo negando qualquer desejo de fazê-lo? Ou estava apenas falando a verdade? Estaria cansado dela e feliz por ela ter anunciado o fim do *affair* antes que ele mesmo tivesse que fazê-lo.

— Sinto falta da minha família — falou ela. — Eles ficarão preocupados comigo.

— Achei que você tivesse dito que havia escrito para eles.

Ela mencionara isso logo após a chegada.

— Mas sem qualquer detalhe ou explicação. E já se passaram mais de duas semanas.

— Já? É incrível como o tempo voa quando alguém está imerso no prazer.

Ele a estava insultando? Não havia insulto nas palavras em si, mas algo em seu tom a gelou.

— Foi um prazer — disse ela.

— De fato — ele concordou. — Raramente conheci melhor.

Essa palavra, *raramente*, havia sido escolhida a dedo para afetá-la? Mas ela não tinha motivos para ficar ofendida. Aquilo nunca tinha sido outra coisa senão um *affair*, e só para ela era algo de importância.

— Você ficará feliz em voltar para casa, para seus filhos — declarou ela.

— Claro que ficarei. Vou precisar recuperar um pouco da minha energia. Você quase me exauriu, Viola.

Ah, ele a *estava* insultando. Da maneira mais sutil. Ele estava lhe dizendo que ela tinha sido uma amante completamente satisfatória, mas que agora estava pronto para passar para a próxima — ou estaria depois de um curto período de recuperação. Ele estava sugerindo que ela era insaciável — como tinha sido.

— Não precisa haver nenhuma amargura em nossa separação, não é? — ela perguntou.

— Amargura? — Ele ergueu as sobrancelhas e levantou uma das mãos como se fosse agarrar a haste de seu monóculo, mas estava escondido debaixo do sobretudo. — Eu certamente espero nunca despertar amargura em nenhuma de minhas mulheres, Viola. Iremos nos separar como amigos, e espero que você tenha boas lembranças de nossa ligação depois de retornar à respeitabilidade de sua vida.

... nenhuma de minhas mulheres.

Ele não fez menção a nenhuma boa lembrança que teria. Dentro de um mês, ele provavelmente teria se esquecido completamente dela.

Viola sabia disso desde o início.

— Amanhã? — indagou ela. — Vamos voltar para casa amanhã?

Ele não respondeu por alguns momentos. Seu rosto parecia-se um pouco com granito, os olhos duros e opacos. E, por mais tola que fosse, esperava que ele implorasse por mais alguns dias.

— Com estas noites mais longas, suponho que seria mais sensato esperar até amanhã — disse ele. — Sim, sairemos bem cedo.

Foi como um tapa na cara. Ele teria preferido partir naquele mesmo dia.

Levaram menos de uma hora para voltar ao vale. Não pararam para olhar em volta, ouvir os pássaros ou recuperar o fôlego. Contornaram poças de lama e subiram em galhos de árvores caídos sem fazer barulho — e sem se tocar. A única vez que ele parou para ajudá-la a subir no tronco de uma árvore, ela fingiu não notar a mão dele. Na vez seguinte, ele não ofereceu. Não trocaram mais uma palavra.

Eles não brigaram. Não havia razão no mundo por que não deveriam mais conversar amigavelmente e facilitar a vida um do outro. Afinal, havia o resto do dia para viver, a noite e quantos dias fossem necessários na viagem de volta. Ela gostaria que ele a levasse para Bath, em vez de Hinsford. Decerto não levariam muitos dias para chegar lá. Não viajariam da maneira vagarosa que tinham empregado na viagem de vinda.

Mas cada hora pareceria uma eternidade. Ela não havia pensado nisso. Quando pensou no fim do relacionamento, ela se imaginou de volta em casa, sozinha e retomando os fios de sua vida. Não havia pensado no percurso de um lugar ao outro. Viola se perguntou se deveria sugerir viajar de diligência desde a cidade do outro lado do vale.

Mas pareceria um insulto da parte dela.

Ele parou de andar de repente e praguejou de maneira tão surpreendente que ela também parou e o olhou com surpresa, mas Marcel não estava olhando para ela. Ele estava olhando, com os olhos estreitos, para o alto, o chalé, que acabara de surgir no horizonte. Ela olhou para lá também e congelou.

Havia uma carruagem estacionada na plataforma de terra em frente à porta. Não a sua carruagem. E nada local também, com certeza. Era muito grandiosa. Ainda estavam muito longe para enxergar qualquer detalhe, mas...

— Temos companhia — disse ele, as palavras saindo entre seus dentes e soando selvagens.

— Quem? — ela perguntou tolamente. Como se pudesse esperar que ele soubesse mais do que ela. Mas no momento em que ela fez a pergunta, três figuras apareceram: dois homens e uma mulher.

Um dos homens era Alexander.

O outro — Joel? — estava apontando na direção deles.

A mulher era Abigail.

Marcel praguejou cruelmente outra vez — e outra vez não se desculpou.

Ele praguejou em silêncio para si mesmo enquanto subiam a encosta em direção ao chalé. Como *diabos* haviam encontrado aquele lugar? Viola admitiu ter escrito para as filhas enquanto ele estava comprando a carruagem que os trouxera até ali, mas ela lhe garantira que tinha dito apenas que iria viajar por uma ou duas semanas — e ele acreditara nela. Marcel reconheceu o brasão na porta da carruagem de Riverdale antes de reconhecer o próprio homem. Chefe da família Westcott, nada menos. E não tinha dúvidas de que a jovem era uma das filhas dela. Seus olhos confirmaram a suspeita enquanto se aproximavam. Ela se parecia um pouco com Viola. Ele nunca tinha visto o outro homem antes, mas apostava que seria o genro professor-artista.

Seu considerável arsenal de linguagem profana estava esgotado. Ele começou a repetir os mesmos insultos. Aquela colina parecia ficar mais íngreme e mais longa cada vez que ele a subia. Viola tinha ido um pouco à frente dele. A pergunta que Viola fizera — *Quem?* — alguns minutos antes tinha sido a única palavra que ela havia pronunciado desde a saída da praia.

Ele se perguntou se escolheriam pistolas na madrugada do dia seguinte e qual dos dois homens reivindicaria a honra. Que desastre seria enfiar uma bala no coração de um parente de Viola ou dar-lhe um golpe no braço direito ao fim do *affair*. Ou talvez o parente o matasse. Talvez aquilo estivesse prestes a se transformar numa tragédia romântica — com elementos cômicos.

A jovem saiu da plataforma de terra e mergulhou até os joelhos entre as samambaias. Era toda esbelta, olhos grandes e pele pálida com duas manchas de cor nas bochechas e vulnerabilidade ansiosa. Não, não era parecida com a mãe, exceto na cor e numa certa semelhança de traços. Mesmo pela visão que tinha dela, ele sabia que Viola havia vestido o manto de sua habitual dignidade fria. Houve um momento em que elas poderiam ter corrido para os braços uma da outra, mas a menina hesitou e Viola não pressionou; assim, acabaram apenas de mãos dadas por alguns momentos.

— Mamãe? — disse a jovem. Sua voz estridente e um pouco trêmula. Provavelmente não era sua voz habitual.

— Abby — falou Viola. — Minha querida. Eu estava prestes a repreendê-la por ter vindo sozinha com Alexander e Joel. Ou melhor, eu estava prestes a repreendê-los por terem trazido você, mas vejo que Elizabeth teve o bom senso de vir também.

Outra dama relativamente mais velha saiu de trás da carruagem. Devia ter acabado de sair da casa. Parecia vagamente familiar, embora ele não conseguisse lembrar o nome dela no momento. Elizabeth Alguma Coisa.

— Viola — ela disse com um sorriso caloroso. — Como é bom vê-la. E você está com uma boa aparência. Que lugar lindo e de tirar o fôlego é esse. — Uma dama sensata, tentando criar alguma normalidade naquela situação, como se ela e seus companheiros tivessem apenas vindo tomar chá enquanto estavam de passagem.

Os homens não tiraram os olhos de Marcel.

— E assim o mistério está resolvido — declarou o conde de Riverdale, com a voz dura e fria. — Dorchester. O marquês de Dorchester — explicou ao homem ao seu lado.

Viola virou a cabeça bruscamente e olhou para Marcel com olhos arregalados e surpresos. Ele encolheu os ombros.

— Riverdale? — disse ele. — Por que demorou tanto?

— Mamãe — falou a dama. Era Abigail, a filha mais nova, então. — Mas o que foi que aconteceu? Por que a senhora não foi para casa? Por que veio para cá? Por que veio com... *ele*? Por que não nos *escreveu*? Andamos muito preocupados. Toda a família.

— Eu deveria ter escrito de novo — respondeu Viola — para explicar que estava bastante segura na casa de um amigo. Foi negligente de minha parte não fazer isso, Abby. Mas... vir atrás de mim assim? Como vocês me encontraram?

— *De novo?* — Abigail perguntou. — Como assim, *de novo*?

— Bem. — Viola parecia um pouco confusa. — Você deveria ter recebido o recado que enviei para você e Camille. E a sra. Sullivan deveria ter recebido o dela.

A cor havia desaparecido das bochechas da jovem, deixando seu rosto uniformemente pálido.

— Não — ela disse, sua voz pouco mais que um sussurro. — Nenhuma de nós recebeu.

Riverdale não estava distraído. Ele não tirou os olhos de Marcel. Nem o outro homem. Pareciam dois anjos vingadores, se é que Marcel já tinha visto algum. E com certeza...

— Vou querer satisfação por isso, Dorchester — falou Riverdale, suavemente.

— Então você terá que pegar seu lugar na fila depois de mim — disse o outro homem. — Você pode ser o chefe da família Westcott, Alexander, mas a dama é *mãe* de Camille. Minha sogra.

Eles haviam chamado a atenção das senhoras.

— Isso é um absurdo, Joel — reagiu Viola. — Você também, Alexander. Eu não fui sequestrada. Eu vim aqui por minha própria vontade. E não sou uma garota inexperiente para ser mimada pelos homens da família. Tenho quarenta e dois anos.

Riverdale voltou seu olhar frio para ela.

— Oh, mamãe — reagiu Abigail. — Como a senhora *pôde*?

— Sugiro que todos entremos e vejamos se a simpática governanta está disposta a preparar um bule de chá para todos nós — falou a mulher chamada Elizabeth. — Há um fogo muito bem-vindo queimando na lareira da sala.

Todos a ignoraram.

— Não é um absurdo, mamãe — disse o genro de Viola. Marcel não conseguia se lembrar de seu nome. Ele já o tinha ouvido? — O que a senhora fez deixou Camille chateada. E Abby. E Winifred, que tem idade suficiente para entender algumas coisas. E sua mãe e seu irmão, que é um *clérigo*. E toda a família Westcott, que considera a senhora um dos seus, embora às vezes a senhora se comporte como se preferisse que não o fizessem. Não é absurdo desejar punir o homem que a desencaminhou.

— Joel — começou Viola, e sua voz agora também estava fria.

— Eu acredito... — disse Marcel com a voz bastante suave, que ele sabia que sempre conseguia a atenção que desejava. A voz não falhou com ele nesse momento. Todos pararam de falar e voltaram sua atenção para ele. Atenção *hostil*, talvez, mas mesmo assim atenção. — Acredito que todos estão equivocados, Viola. Você deve me apresentar à sua família em instantes, mas primeiro precisamos realmente explicar que estamos noivos, que estávamos noivos antes mesmo de começarmos nossa jornada até aqui.

Por alguns momentos, a cena fora do chalé deve ter parecido um quadro bem planejado. Ninguém se moveu ou disse nada. Antes que Viola pudesse se libertar do feitiço que suas palavras lançaram, ele se aproximou dela, pegou-lhe a mão, entrelaçou seus dedos com bastante força e levou-a aos lábios.

— Nosso afeto é de longa data — continuou ele. — Para usar a linguagem vulgar, nos apaixonamos numa época em que a honra não permitia que nenhum de nós admitisse isso... ou que nos víssemos novamente. No entanto, nos reencontramos em uma certa pousada rural há algumas semanas, quando cada um de nós ficou preso lá por problemas de carruagem. Não demorou mais do que uma troca de olhares para reacender uma paixão que nunca havia morrido realmente. Antes que aquele dia terminasse, decidimos não passar mais um dia de nossas vidas separados. Ficamos noivos. Tomamos a decisão impulsiva, embora talvez precipitada, de fugir para cá para celebrar nossa felicidade a sós por um breve período antes de iniciar o longo processo de informar nossas famílias, fazer os anúncios necessários e planejar um casamento. Não foi assim, meu amor?

Ele finalmente olhou para o rosto dela. Estava tão pálido quanto o de sua filha. Pálido e totalmente inexpressivo. Os olhos de Viola encontraram os dele. Ela olhou e então... sorriu.

— Não posso nem culpar você pela precipitação de tudo isso, Marcel — disse ela. — Fui eu quem primeiro sugeriu que fugíssemos.

— Ah, mas não apresentei um único argumento em contrário, não foi? Aceitaremos a responsabilidade mútua, então. Apresente-me à sua família, meu amor.

Sua filha era Abigail Westcott. A dama mais velha — embora ainda fosse mais nova que ele e Viola — era Lady Overfield, irmã de Riverdale. E, sim, ele a tinha visto algumas vezes em Londres, embora não acreditasse que tivessem sido formalmente apresentados até o momento. Ele conhecia seu falecido marido. O genro era Joel Cunningham.

— Mamãe — falou Abigail —, a senhora vai *se casar* com o marquês de Dorchester?

— Viola... — Riverdale começou.

— Elizabeth é a mais sensata entre nós — afirmou Viola na voz firme e fria da ex-condessa de Riverdale. — Vamos entrar e tomar um chá. Está frio aqui fora. Todos nós poderemos falar tanto quanto desejarmos uma vez que estivermos resolvidos quanto ao fogo.

Ela retirou a mão de Marcel e lançou-lhe um olhar frio e vazio, que não o enganou nem por um momento. Sob as camadas praticadas de graciosa dignidade, ela estava furiosa.

Ela achava que ele não?

Ele raramente estivera mais irado em sua vida. Talvez nunca.

Marcel não seguiu de imediato todos os outros até a sala. Ele subiu, provavelmente para tirar o chapéu e o sobretudo. Viola o seguiu, dando a desculpa de que precisava lavar as mãos, pentear os cabelos e trocar os sapatos. Ela o seguiu até seu quarto e fechou a porta. Ele se virou para encará-la, as sobrancelhas levantadas e as pálpebras semicerradas dando ao rosto uma aparência arrogante, quase zombeteira. Era o olhar que ele costumava apresentar à sociedade.

— *Marquês de Dorchester?* — indagou ela. De todas as coisas com as quais ela poderia ter começado, foi o detalhe que, de alguma forma, mais doía. *Quem* era esse homem com quem ela estava tendo um caso? Ela o conhecia?

Ele encolheu os ombros novamente como havia feito lá fora.

— Meu tio morreu há dois anos. Era um homem muito velho. Ouso dizer que não pôde evitar. Acontece que eu era o próximo na linha de fogo, já que em todos os seus longos anos ele havia gerado apenas filhas. Sempre considerei o título um apêndice incômodo, mas o que deveria fazer? Não acredito que teria convencido alguém de que meu irmão era mais velho que eu.

Ela deixou passar. Havia muito mais. *Muito.*

— O que você quis dizer — disse ela — ao anunciar que estamos *noivos*? A própria ideia é risível.

— Risível? — Ele falava suavemente, como sempre fazia em público, embora ela fosse a única pessoa no quarto. — Você me ofende, Viola. Não sou mais do que uma figura divertida aos seus olhos?

— Alexander deve saber que isso é ridículo. Elizabeth deve saber. Todos, o mundo inteiro saberá disso se a notícia se espalhar.

— A notícia certamente será divulgada, meu amor — respondeu ele. — O casamento de um aristocrata sempre é notícia. Há pouca privacidade quando se é o marquês de Dorchester. Ou a marquesa.

— Você não pode estar falando *sério*. Você mal poderia esperar até amanhã para se livrar de mim.

— Eu disse isso, Viola? — ele rebateu de uma forma dolorosa que pareceu zombeteira. — Que deselegante de minha parte. Eu chamaria você de mentirosa, mas seria igualmente deselegante. O que devo dizer?

— Você não quer *se casar* comigo.

O olhar zombeteiro desapareceu e foi substituído por algo mais sombrio.

— O que eu *quero não tem mais qualquer significado* — declarou ele. — Da mesma forma que o que *você* quer. Começamos uma grande indiscrição há algumas semanas, Viola, e fomos apanhados. Agora temos de pagar o preço.

— Isso é um absurdo e você deve ter consciência. Alexander não dirá uma palavra sobre nada disso. Nem os outros.

— Deixe-me ver. Riverdale vai sussurrar isso para a esposa *dele*. Cunningham contará à esposa, e ela e a srta. Abigail Westcott informarão sua mãe no mais estrito sigilo. Sua mãe informará seu irmão. Todos os Westcott, que estão tão preocupados com você, terão que ter suas mentes tranquilizadas, e meu palpite é que não lhes serão contadas mentiras e que, mesmo que sejam, eles as perceberão em um instante. Os criados ouvirão a história, como inevitavelmente ouvem. E os empregados contarão na mais estrita confidencialidade a outros empregados, que o transmitirão aos seus empregadores. Meu ponto está ficando claro? Sua virtude foi comprometida, Viola, e eu sou o aliciador. Devo, então, como ocasionalmente consigo, fazer a coisa honrosa e me casar com você. Você não tem motivos para reclamar. *Eu não escrevi para a minha* família. A *minha* família não apareceu aqui cuspindo fogo e enxofre, não é?

Ambos ouviram ao mesmo tempo. Teria sido difícil não o fazer, apesar de a janela estar fechada. O vale normalmente era muito silencioso. Viola apressou-se a olhar para fora, esperando ver que era apenas a carruagem de Alexander sendo retirada do caminho, mas ainda estava fora das portas da casa, não tendo sido dadas ordens para que cuidassem dela. Não, o que ouviram foi a chegada de outra carruagem. Parada na entrada, ainda parcialmente na encosta. Marcel havia se colocado ao lado dela. Ele praguejou, como havia feito no vale.

O cocheiro desceu da boleia para abrir a porta e descer os degraus. Uma figura familiar desceu e olhou para o vale. Era o jovem cavalheiro que estivera com Marcel naquela pousada. Seu irmão. Mas ele não estava sozinho. Um rapaz muito mais jovem, na verdade não mais que um menino, alto, esbelto, moreno, com todas as promessas de uma beleza de partir o coração, saiu de trás dele e virou-se para auxiliar uma senhora mais velha e depois uma mera menina, cujo rosto estava escondido pela aba do *bonnet*.

— Às vezes — disse Marcel —, a farsa no final de uma peça é exagerada e perde qualquer qualidade divertida que pudesse ter de outra forma. Você já observou isso, Viola?

A minha família não apareceu aqui cuspindo fogo e enxofre, não é?

Aparentemente, sim.

13

O que diabos tinha dado em André para que viesse até ali — e trouxesse Estelle e Bertrand, dentre todas as pessoas? E *Jane*. O mundo havia enlouquecido? Marcel afastou-se da janela, desceu as escadas e saiu para onde paravam as carruagens, do lado de fora.

— É o que eu digo — ouviu André dizer —, não há outro edifício à vista. Este deve ser o lugar mais solitário do planeta. Eu não conseguia me imaginar querendo passar muito tempo aqui.

— Felizmente, talvez — falou Marcel —, você não tenha sido convidado para isso, André.

— Ah, é o que eu digo. — Seu irmão se virou para encará-lo. — Você *está* mesmo aqui, Marc.

Os outros também se viraram em sua direção. Jane era calada e ereta, um olhar e uma postura que ela certamente reservava para ele. Ela não fingia gostar dele ou aprová-lo e nunca o tinha feito desde o momento em que ele anunciara sua intenção de se casar com Adeline. Bertrand, esbelto e muito alto depois de um súbito estirão de crescimento há alguns anos, deu alguns passos em sua direção. Estelle, menor, mas igualmente esbelta, rosto estreito, olhos grandes, não muito bonita, mas com potencial para uma beleza extraordinária, veio andando em direção a ele de uma maneira que era certamente proibida nas regras de Jane para a conduta e comportamento adequado de jovens damas.

— Pai! — ela gritou, e ele percebeu, com alguma surpresa, que ela estava furiosamente zangada. — O senhor estragou tudo. O senhor *disse* que estava voltando para casa, e eu *acreditei*, por mais tolo que fosse. Eu já deveria saber que o senhor nunca faz o que diz que vai fazer. Acreditei no senhor porque seria seu aniversário especial e pensei que gostaria de passá-lo conosco. Organizei uma festa para surpreender o senhor... a minha primeira. Planejei tudo nos mínimos detalhes. Fiz longas listas para não esquecer de nada. *E o senhor não veio.* No lugar, mandou tio André para casa na sua carruagem, o que demonstrava que o senhor não tinha intenção alguma de vir. O que *eu nem ligo*, mas não deveria ter dito que viria, para começo de conversa. Vim procurá-lo porque queria que o senhor soubesse que nunca acreditarei em mais nenhuma palavra do que disser... Nunca! Mas está tudo bem, porque *não me importo*.

Marcel ficou surpreso demais para pegar o monóculo. Ele acabara de ouvir possivelmente mais palavras de sua filha do que em todos os quase dezoito anos desde que ela havia nascido.

— Minha irmã está chateada, senhor — Bertrand contou a ele. — Ela colocou todo o seu coração e alma no planejamento daquela festa para surpreendê-lo.

— Estelle, meu amor — Jane estava dizendo —, essa não é a maneira como uma jovem dama fala com seu p...

— Silêncio — Marcel falou com a voz suave, e ela parou abruptamente. André estava pigarreando.

— Bom dia, srta. Kingsley — cumprimentou ele e, com um olhar por cima do ombro, Marcel percebeu que ela realmente havia saído, embora mantivesse distância.

— Quem... — Estelle parecia ainda mais tempestuosa quando seus olhos foram para além dele, fixando Viola, mas ele ergueu a mão e ela também ficou em silêncio.

Ele se virou e estendeu um braço para Viola e observou-a se aproximar, coberta da fria dignidade do mármore.

— Minha família também nos encontrou — ele avisou a ela — quando estávamos prestes a partir para procurá-los. A sra. Morrow é irmã de minha falecida esposa e tem sido a principal responsável pelos meus filhos desde o falecimento de Adeline. André é meu irmão. Estelle e Bertrand são meus filhos.

André assentiu cordialmente. Os outros ficaram parados como estátuas enquanto Viola inclinava a cabeça e desejava a todos uma boa tarde.

— Conheço a srta. Kingsley e a admiro há muitos anos — continuou Marcel, voltando sua atenção para eles. — Quando nos encontramos novamente por acaso, há algumas semanas, não precisávamos mais esconder nosso respeito um pelo outro e ela concordou em se casar comigo. Deveríamos ter informado imediatamente a família dela e a minha, é claro. Deveríamos ter feito um anúncio público do nosso noivado e começado a planejar o nosso casamento. Isso é o que deveríamos ter feito. O que realmente decidimos foi passar algumas semanas a sós juntos.

As narinas de Jane dilataram-se, embora ela permanecesse em silêncio.

Ele pegou a mão de Viola e a levou aos lábios. Estava gelada.

— Foi imprudente e autoindulgente de nossa parte — disse ela. — Uma das minhas filhas chegou aqui há pouco tempo com meu genro e outros membros da minha família, e vocês não ficaram muito atrás deles. Devemos desculpas a todos.

Os olhos escuros de Estelle se arregalaram enquanto ela olhava de um para o outro e, por um momento, Marcel pensou que ela estava mais furiosa do que nunca, mas então, numa total inversão de humor, ela sorriu — um sorriso radiante.

— Papai? — ela falou. — O senhor vai *se casar*? Então voltará a morar em casa. O tempo todo. — A princípio, Marcel pensou que ela se lançaria sobre ele, mas ela simplesmente balançou onde estava e colocou as mãos sem luvas sobre o peito. Estavam com os nós dos dedos brancos.

Ele não conseguia se lembrar de uma ocasião em que algum de seus filhos o tivesse tocado voluntariamente. Não conseguia se lembrar de uma ocasião em que os tivesse abraçado ou beijado, exceto durante aquele primeiro ano mágico antes da morte de Adeline. Não conseguia se lembrar de qualquer um deles chamando-o de "papai".

Bertrand estava se curvando rigidamente.

— Parabéns, senhor. Parabéns, senhora.

— Ah, é o que eu digo — falou André.

Jane continuou sem dizer nada.

— O dia está frio — comentou Viola. — Entrem. Estamos todos prestes a tomar chá na sala. Há uma lareira acesa lá dentro. Sra. Morrow, deixe-me lhe mostrar o caminho.

— *Srta.* Kingsley? — Jane indagou sem se mover. — A senhorita tem uma filha?

— Duas. E um filho. E três netos. Há uma história por trás de tudo isso que terei prazer em compartilhar com a senhora depois de colocar uma xícara de chá quente em suas mãos. Venha. Marcel, traga seus filhos e o sr. Lamarr.

— A srta. Kingsley já foi uma Westcott, Jane — explicou André —, e condessa de Riverdale.

Jane permitiu-se ser levada para dentro de casa. Estelle seguiu com Bertrand, passando a mão pelo braço dele. André demorou-se e sorriu para o irmão.

— É o que eu digo, Marc — ele falou —, a chegada de duas famílias vingadoras finalmente pegou você na ratoeira do pároco?

— Espero — disse Marcel, suavemente — que você tenha um bom motivo para trazer meus filhos aqui, André. — Mas como diabos ele sabia para onde ir?

— Foi terrivelmente difícil encontrar você. Poderíamos ter levado mais um ou dois dias para chegar aqui se a família da srta. Kingsley não tivesse deixado uma trilha gritante para seguirmos. Quais deles vieram, além de uma de suas filhas e de seu genro?

Marcel ignorou a pergunta.

— Por que você os trouxe? — insistiu. — Eles têm *dezessete* anos, André, e tiveram a educação mais rigorosa e restrita.

— De quem é a culpa? — rebateu André. — Eu não trouxe ninguém, Marc. Foram *eles* que *me* trouxeram. Acho que sua pequena Estelle está crescendo. Eu nunca a vi chateada antes ou qualquer coisa além de uma garota plácida e quieta. Depois de mais ou menos uma semana se preocupando e esperando sua chegada a cada hora de cada dia, ela teria vindo procurá-lo sozinha se não tivesse conseguido convencer mais ninguém a acompanhá-la. Bertrand teria vindo com ela, é claro, e Jane não teve escolha senão trancar a menina em seu quarto e alimentá-la com pão e água. Eles me arrastaram porque eu poderia levá-los até onde você foi visto pela última vez, embora aquela aldeia fosse difícil de encontrar. Todas são parecidas. Como eu poderia saber que você não apenas desfrutou da srta. Kingsley por uma ou duas noites antes de sair sozinho para algum outro lugar em busca de mais diversão? Afinal, você não é conhecido por relacionamentos que duram mais do que alguns dias.

— É melhor entrarmos — disse Marcel, secamente. Ele preferiria fazer qualquer outra coisa no mundo. Por dois alfinetes, ele era capaz de selar um dos cavalos nos estábulos e cavalgar em direção ao horizonte mais distante, mas Estelle estava ali. E Bertrand.

— Você adquiriu uma algema na perna. — André sorriu novamente. — Esta será a piada do *ton*, Marc.

— Se eu souber que a srta. Kingsley está sendo alvo de algum rumor desagradável — falou Marcel, enquanto seguiam os outros para dentro do chalé —, alguém vai responder a mim, André.

Mas seu irmão apenas riu.

O que foi realmente estranho na hora seguinte, pensou Viola, mais tarde, ao relembrar o acontecimento, foi que rapidamente se tornou uma ocasião social perfeitamente civilizada, um grupo de pessoas representando duas famílias, sentadas juntas na sala de uma casa de campo tomando chá e comendo bolos juntos e conversando sobre a zona rural de Devonshire, o estado das estradas, a beleza isolada do vale, o conforto robusto do chalé e o casamento que se aproximava. Ela se perguntou se alguém havia notado que ela e Marcel não participavam muito daquela parte específica da conversa — ou de qualquer outra, aliás.

Viola pelo menos pôde ocupar-se servindo o chá e distribuindo os bolos, tendo assegurado à sra. Prewitt que sua presença não era necessária. Marcel limitou-se a ficar de pé, primeiro diante do fogo e depois junto à janela, embora não cedesse a qualquer tentação que pudesse ter sentido de virar as costas e olhar para fora.

Ele parecia austero, qualquer coisa que pudesse sentir bem escondida dentro de si, mas o mesmo aconteceu com ela. Ela recorreu a um comportamento que tinha sido uma segunda natureza para ela durante os mais de vinte anos de seu casamento. Desempenhou o papel de anfitriã graciosa.

Eles se casariam em Londres — na St. George's, na Hanover Square, é claro, onde todos os casamentos da sociedade eram celebrados durante os meses da Temporada. Alexander havia sugerido. Era onde ele e Wren tinham se casado no início daquele ano, apesar, ou talvez por causa, do fato de Wren ter vivido quase toda a sua vida reclusa, com o rosto escondido atrás de um véu pesado para mascarar a marca de nascença que cobria praticamente todo um lado da face. Talvez Alexander pensasse que a única maneira de silenciar qualquer escândalo que pudesse surgir em resposta a esse súbito anúncio de casamento fosse escancará-lo e realizar o casamento ali.

Ninguém mais gostou da ideia. Viola teria vetado de qualquer maneira se seus desejos tivessem sido consultados. Eles se casariam ali com licença especial, na igreja da aldeia ou no vilarejo mais próximo, assim que fosse possível, com a presença de oito membros de suas famílias — para acrescentar um ar de respeitabilidade, é claro, embora a sra. Morrow, de quem foi a sugestão, não o tivesse dito.

Joel não gostou dessa ideia. Ninguém mais parecia entusiasmado com ela também.

— Camille vai querer ir ao casamento da mãe — disse Joel. — E a sra. Kingsley vai querer comparecer ao casamento da filha.

Eles se casariam em Bath, então, onde todos poderiam vir e encontrar bons hotéis para se hospedar. Talvez em Bath Abbey, onde Camille e Joel haviam se casado no ano anterior. Afinal, Bath era o lar original de Viola. A sugestão foi feita por Abigail, que estava quieta e indiferente até falar. Joel, Alexander e Elizabeth encararam a sugestão com algum favor, mas os outros, não. Seria muito impessoal com todos os convidados espalhados por Bath em vários hotéis, sendo que nem a noiva nem o noivo tinham casa própria lá.

Eles se casariam em Redcliffe Court, decidiu Lady Estelle Lamarr. Ela parecia ser a única que contemplava o casamento com algum entusiasmo. Era porque ela esperava que o casamento acalmasse o pai e o mantivesse em casa, percebeu Viola com o coração apertado. A garota, de uma forma ou de outra, acabaria sofrendo terrivelmente. Era provável que já carregasse uma vida inteira de dor dentro dela. O casamento seria solenizado nas semanas vindouras e substituiria a festa de aniversário que ela havia planejado. Ela adaptaria os planos e os expandiria. Seria um desafio maravilhoso — e Bertrand ajudaria. Tinha certeza de que sua tia também ajudaria, embora ela mesma fosse assumir a liderança.

— Vou organizar um grande café da manhã de casamento — declarou ela, sorrindo para todos os rostos solenes ao seu redor — no salão de baile.

— Um casamento na escala que você imagina seria impossível de planejar tão rapidamente, Estelle — explicou sua tia. — Você não tem ideia de todo o trabalho que isso envolveria, meu amor. E a tia e a prima do seu pai já estão planejando o casamento de Margaret. Planos muito elaborados e caros, devo acrescentar.

— O casamento deve ser celebrado em Brambledean Court — opinou Alexander. — Na época do Natal. É o local apropriado para isso, já que Viola já foi condessa de Riverdale e Brambledean foi sua residência oficial. E minha esposa e eu somos as pessoas adequadas para sediar o evento, já que sou o chefe da família Westcott. Wren ficará encantada. Ela e Viola tornaram-se amigas especiais no início deste ano. E haverá muito tempo entre agora e o Natal para fazer todos os planos necessários e enviar os convites.

Viola não se preocupou em salientar que não era uma Westcott.

— Parece uma excelente ideia, Alex — elogiou Elizabeth. — E como agora você está começando a restaurar Brambledean ao seu antigo esplendor, poderá fazer uma espécie de festa de inauguração no Natal e no casamento de Viola e Lorde Dorchester.

— Acho que a sugestão do conde de Riverdale é a mais sábia, Estelle — opinou a sra. Morrow.

— Sim, tia — aceitou a menina, mas de repente parecia desanimada. Elizabeth devia ter notado isso também.

— O que eu sugeriria — disse ela — é que você converta a festa de aniversário que planejou com tanto cuidado em uma festa de noivado, Lady

Estelle. Ainda poderia ser uma festa de aniversário, embora talvez um pouco atrasada.

O rosto da garota se iluminou em resposta.

— Oh, é uma ideia esplêndida, Lady Overfield. Não é, Bert? Não é, papai?

Ele entrou na conversa pela primeira vez.

— Estou aprendendo rapidamente — falou ele, com a voz suave e lânguida — que um casamento pertence a todos, exceto aos noivos. Organize sua festa, Estelle. Organize seu casamento de Natal, Riverdale. Farei minha parte participando de ambos. Minha noiva, não duvido, fará o mesmo.

— Claro — respondeu Viola.

E assim tudo ficou resolvido: uma festa de noivado em Redcliffe nas próximas semanas, um casamento em Brambledean no Natal.

Haveria uma turbulência horrível, pensou Viola, e alguns sentimentos feridos quando nenhum dos eventos acontecesse. Ela olhou de Abigail para Estelle e depois para Bertrand.

Pois era claro que não havia noivado.

E não haveria casamento.

Era evidente para todos que, apesar de o chalé ter oito quartos e de todos poderem se espremer neles, não era realmente uma ideia prática que todos passassem a noite ali. A princípio, foi sugerido que Marcel e sua família se mudassem para uma pousada no vilarejo do outro lado do rio, enquanto Viola e sua família permanecessem na casa de campo. No final das contas, foi decidido, entretanto, que os homens se mudariam para a cidade e as mulheres permaneceriam onde estavam. De qualquer forma, Marcel deveria deixar a própria casa, provavelmente porque era considerado impróprio para ele dormir sob o mesmo teto que sua noiva.

Riverdale tomou a decisão final, explicando que precisava conversar em particular com Dorchester. Marcel presumiu que seria interrogado sobre a sua elegibilidade por um homem dez anos mais novo e com uma posição social inferior à sua — mas com toda a maldita dignidade de chefe de família, sem dúvida.

Então eles partiram, os cinco amontoados na carruagem de Riverdale, para uma pousada que, felizmente, poderia fornecer um quarto para cada um. Jantaram juntos carne cozida, batatas e repolho. E conversaram sobre uma variedade de assuntos, mas nenhum dos quais abordava noivados, casamentos ou luas de mel antes do casamento. Foi tudo muito amável e muito civilizado, mas depois de terem terminado o pudim de sebo com alguma coisa regada que não era creme, mas também não era nada reconhecível, André levantou-se e deu um tapinha no ombro de Bertrand.

— Venha, Bert — chamou ele. — Vamos ver o que a taverna tem a oferecer. Ouso dizer que seu pai não se oporá a que você beba um copo de cerveja. Junte-se a nós, Cunningham.

— Obrigado — disse Joel Cunningham —, mas permanecerei aqui.

Então ele teria dois interrogadores, não é? Marcel recostou-se na cadeira e brincou com a asa da xícara de café enquanto tio e sobrinho saíam da sala de jantar.

Ele ainda estava se sentindo selvagem.

Vou caminhar até a beira da areia molhada e, sem mais nem menos, com a escolha de um pronome no singular — *eu*, quando ela poderia ter dito *vamos*? —, ele sentiu o arrepio de um final. Ele a deixara ir sozinha e ficou observando-a por não saber quanto tempo até que ela se virasse e voltasse.

Preciso ir para casa, ela disse então, e ele soube imediatamente por que as palavras o haviam perturbado tanto. Era a primeira vez — ele tinha quase certeza disso — que a mulher envolvida em um de seus casos era quem terminava o relacionamento. Assim como ela havia encerrado um flerte inicial quatorze anos antes, dizendo-lhe para ir embora. Ele não havia aprendido a lição naquela ocasião?

Claramente não. Havia se comportado mal na praia. Havia sido ferido e, portanto, decidiu ferir em troca. Ah, apenas em palavras e insinuações, é claro. Ele não havia encostado um dedo nela, mas será que essa era realmente a sua intenção? Devolver dor por dor? Ele sabia que sim.

E agora estavam condenados a passar o resto de suas vidas juntos. Ou pelo menos passar o resto da vida casados, o que não era necessariamente a mesma coisa. Ele falou antes que Riverdale pudesse iniciar o discurso que sem dúvida havia preparado.

— Tenho título e fortuna — disse ele. — A falta de qualquer um dos dois por parte da dama não importa mais do que o estalar dos meus dedos. A falta de fortuna da filha será remediada. E a dama, se for necessária qualquer lembrança disso, é maior de idade e não precisa de permissão de ninguém para se casar com quem ela escolher.

— A filha — falou Cunningham — tem um nome.

— A dama também — acrescentou Riverdale.

Ao que parecia, as luvas haviam caído e ele fora escalado para o papel de vilão. Marcel ergueu a xícara e tomou um gole de café, que estava muito fraco e muito frio. Por que diabos nenhum deles havia pensado em trazer vinho ou Porto?

— Vou me casar com Viola na época do Natal, provavelmente em Brambledean. Será um casamento válido. Não tenho nenhuma esposa secreta escondida em algum lugar. Cuidarei de todas as necessidades dela pelo resto da vida e tomarei providências para deixá-la protegida no caso de eu falecer antes dela. A srta. Abigail Westcott será bem-vinda em minha casa e terá um sustento mais do que adequado.

— *Todas* as necessidades dela? — indagou Riverdale. Era uma pergunta feita com calma e cortesia, mas era puro veneno, decidiu Marcel. Ele estava começando a não gostar daquele conde tão correto e tão zeloso, que não era parente de sangue de Viola, nem mesmo parente por casamento.

Foi preciso esforço para não responder como ele gostaria. Não precisava da boa vontade de nenhum parente de Viola. Poderia viver muito bem sem isso, na verdade, mas ela, não. Ela havia provado isso na praia. Viola estava sentindo falta deles, droga. Ela os escolhera em detrimento dele.

— *Todas* — disse ele, com ênfase comedida.

— Abigail é ilegítima — revelou Cunningham —, assim como minha esposa. Assim como eu sou. Você está disposto a manchar a reputação de seus filhos fazendo com que ela more em sua casa com eles?

Marcel olhou para o homem com um novo respeito. Ele queria a resposta para uma pergunta que a delicadeza poderia muito bem ter levado todos eles a ignorar — até que mais tarde se tornasse um possível problema.

— E minha sogra manteve um casamento bígamo por mais de vinte anos — acrescentou Cunningham. — Embora não tenha sido culpa dela, o *ton* tem se inclinado a tratá-la como trataria um doente contagioso. Você está disposto a enfrentar o que isso pode significar depois do seu casamento?

— Se o *ton* tratar a minha esposa com menos do que o respeito devido à marquesa de Dorchester — disse Marcel —, então o *ton* terá que se ver comigo. E posso garantir que essas não são palavras vãs. E trato com desprezo qualquer ideia de que a ilegitimidade de Abigail de alguma forma a desqualifique para tomar parte plenamente do tipo de vida para a qual foi criada.

Todos se entreolharam por alguns momentos.

— Não houve noivado, não é mesmo? — Riverdale indagou finalmente. — Até que você nos viu do lado de fora da casa, lá no vale, esta tarde.

— Isso importa? — Marcel perguntou.

— Importa — respondeu Cunningham. — Ela é minha sogra. Minha esposa e minha cunhada a amam muito. Minhas filhas também. Tenho por ela o mais profundo carinho. Se o preço da felicidade dela for algum acordo feito entre nós dez para contar uma história plausível e nunca divulgar toda a verdade, então estou preparado para pagá-lo.

Riverdale não disse nada.

Era sua saída, pensou Marcel. E a de Viola também. Uma saída para uma situação intolerável para ambos. Ninguém precisaria saber da desgraça dela, embora fosse ridículo encarar um caso que uma mulher com mais de quarenta anos havia iniciado livremente e desfrutado imensamente — até que não estava mais gostando. Ninguém precisava saber, exceto as oito pessoas que os haviam encontrado no chalé naquela tarde. E — como ele havia dito a Viola antes — todas as pessoas a quem aqueles oito confiariam a verdade, e todas as pessoas a quem *eles* confiariam. E a sobrinha-neta dos

Prewitt e Jimmy Prewitt.

Além disso, supunha que no fundo ele era um cavalheiro, e no coração de todo cavalheiro, mesmo parcialmente digno desse nome, havia um núcleo de honra.

— Sua sogra será feliz comigo — disse ele a Cunningham, olhando para Riverdale. — Eu cuidarei disso.

Eles pareciam longe de estar convencidos. Marcel deveria ter deixado por isso mesmo.

— Eu me apaixonei por ela há quatorze anos — acrescentou, embelezando a história que havia contado anteriormente no chalé — e ela por mim, embora fosse uma esposa muito zelosa para admitir tal coisa na época. Ela me mandou embora antes que nossa atração pudesse ser expressa em palavras ou ações, e eu fui. Ela era uma dama casada... ou assim pensávamos. Às vezes, porém, se for real, o amor não morre; apenas permanece adormecido.

— Pelo que sei sobre sua reputação, Dorchester — disse Riverdale —, sua definição de *amor não é a minha*.

— Ah — reagiu Marcel —, então tenho outra palavra para meu dicionário. Pretendo escrever um, você sabe, embora Viola esteja cética, já que até agora só tive uma palavra para escrever nele: o verbo *alegrificar*. Agora posso adicionar *amor* com todos os seus inúmeros significados e nuances de significado. Apenas uma palavra deve servir para várias páginas, não acha? — Ele estava ficando com raiva. Deliberadamente respirou devagar algumas vezes.

— Eu aceitaria sua garantia de que a tratará com honra — falou Cunningham.

A raiva quase quebrou seu controle — até que ele percebeu o que estava acontecendo ali. Estava na presença de um amor muito real. Ali estavam dois homens, nenhum dos quais com qualquer relação de sangue com Viola, mas *ambos se importavam*. Porque ela era um membro de sua família, e a família era importante para eles. A família ficava unida e defendia os seus.

Por alguns instantes, ele se sentiu indescritivelmente desolado. O que desperdiçara em nome da culpa e da auto-aversão e de ficar fora do caminho daquilo que não era digno de reivindicar como seu?

— Você tem minha garantia — ele respondeu secamente. — Suponho que esteja falando de fidelidade. Você tem minha garantia.

— Talvez — disse Riverdale — você também devesse adicionar a palavra *fidelidade* ao seu dicionário, Dorchester. Tem muito mais significados do que o óbvio.

Marcel levantou-se.

— Devo resgatar meu filho da taverna — avisou ele — e da chance de ele estar provando a cerveja à vontade demais.

Eles não fizeram nenhum movimento para segui-lo.

Marcel poderia alegremente quebrar algumas cadeiras, mesas e janelas, ponderou, mas acabou por não conseguir aliviar os seus sentimentos repreendendo Bertrand ou André. Seu filho estava bebendo água.

— Bert nunca toca em álcool — disse André, dando um tapinha no ombro do menino — nem pretende fazê-lo. Acredito que já é hora, Marc, de você resgatá-lo das garras de seu tio e de sua tia.

Marcel olhou para o filho, cujas narinas estavam ligeiramente dilatadas, mas não disse nada. Marcel concordou com o irmão — será? E ele desejou que André não tivesse adotado o apelido carinhoso de Estelle para seu irmão gêmeo.

— Bertrand tem dezessete anos. Quase dezoito. Creio que tem idade suficiente para tomar as próprias decisões.

Seu filho lançou-lhe um olhar indecifrável antes de pegar o copo. Marcel devia ter sido parecido com Bertrand quando tinha dezessete anos, pensou. E, sim, com idade suficiente para tomar suas próprias decisões, boas ou más. Sua raiva foi convertida em melancolia.

Mas ele ainda desejava poder quebrar algumas cadeiras.

A noite no chalé foi longa e indescritivelmente tediosa, embora, de alguma forma, a civilidade tenha sido mantida. Talvez, pensou Viola quando tudo acabou, fosse porque todas eram mulheres e tinham sido educadas para lidar até mesmo com as situações sociais mais embaraçosas.

Embora não pudesse haver nada muito mais embaraçoso do que isso.

A sra. Morrow foi friamente civilizada, mas Viola não podia culpá-la pela hostilidade que obviamente fervia logo abaixo da superfície de suas boas maneiras. Ela estava sendo forçada a ficar na companhia de uma mulher que deveria considerar abaixo do desprezo. E apesar do fato de ela não ter mostrado nenhuma emoção real, pareceu a Viola que a mulher amava sua sobrinha, que ela havia criado quase desde o nascimento. Os modos modestos e dóceis de Lady Estelle Lamarr na presença das mais velhas eram uma prova do treinamento de sua tia.

O treinamento e a longa experiência de Viola como anfitriã do *ton* também foram muito úteis para ela. Ela foi capaz de chegar à situação horrível de ser anfitriã de uma casa que pertencia a seu amante. Foi capaz de organizar o jantar e o chá e de conversar com facilidade e prática.

Elizabeth, como sempre, era uma joia de amabilidade calorosa e conversa sensata. Ela conseguiu encontrar pontos em comum sobre uma série de tópicos caros ao coração da sra. Morrow e conseguiu atrair Lady Estelle para alguma conversa. Foi Elizabeth quem lhe disse que ela e Abigail seriam irmãs após o casamento de seus pais. Estelle, que passara a noite olhando para Abigail com evidente interesse e admiração, pareceu subitamente satisfeita.

— Ah, sim — reagiu ela, dirigindo-se a Abigail. — E você virá morar conosco, é claro. Talvez seremos amigas especiais. Tenho primos em Redcliffe, mas nenhum deles jamais foi como uma irmã ou irmão, exceto Bert, é claro. Muitas vezes pensei que teria gostado de ter uma irmã se minha mãe não tivesse morrido.

Abby foi gentil, embora obviamente estivesse muito infeliz.

— É adorável ter uma irmã — disse ela. — Sempre fui próxima de Camille, minha irmã mais velha, mas ela está casada agora... com Joel, que você conheceu antes... e não a vejo tanto quanto gostaria. E tenho uma meia-irmã, que conheci há apenas alguns anos. Ela é Anna, a duquesa de Netherby.

— Será um grande prazer conhecer todas elas — respondeu a menina. — Eu desejei, ah, por anos e anos, que papai se casasse novamente e voltasse para casa para ficar.

Viola foi para a cama sentindo-se mais infeliz do que dois anos antes. E sua cama parecia muito vasta e vazia. Esperava que Abigail viesse para uma conversa particular, mas isso não aconteceu. E isso a fez se sentir ainda mais infeliz. Abby estava muito magoada, ao que parecia, até mesmo para confrontos.

E aquela pobre criança, a filha dele, a quem ele havia negligenciado tão descaradamente durante toda a vida. A quem ele havia negligenciado recentemente depois de avisar que ia voltar para casa. Ela ficaria ainda mais magoada quando descobrisse que afinal não haveria casamento e que seu pai não iria para casa em definitivo. E o menino também. Ele se parecia dolorosamente com um Marcel muito jovem — e o chamava de *senhor*.

Fico feliz que você tenha dito isso primeiro, Viola. Nunca gosto de fazer minhas mulheres sofrerem.

Foi o que ele disse na praia quando ela lhe comunicou que precisava voltar para casa.

Minhas mulheres.

Reduzindo-a a nada mais do que uma amante temporária, tal como todas as outras que a precederam.

O que, claro, ela era. Como ela sabia desde o início, mas colocar isso em palavras dessa forma era um insulto deliberado. E, por mais tola que fosse, ela permitiu que doesse.

Apenas uma hora depois ele anunciara o noivado.

Bem. Ele não teria as coisas do seu jeito. Não houvera noivado e não haveria casamento. Ela seria muito clara sobre isso e bastante irredutível. Abalaria seu orgulho, talvez, embora ele também sentisse um enorme alívio.

Marcel não queria o casamento mais do que ela.

Era a última coisa que Viola queria.

14

Pelo menos, pensou Marcel, durante a longa jornada de volta para casa, ele tinha sua própria carruagem para viajar, embora André insistisse em lhe fazer companhia.

— É frustrante tentar ficar confinado muito perto de Jane Morrow — explicou ele. — Seria difícil encontrar uma mulher com mais cara de enterro, Marc. Cada vez que ela olha para mim, é com um olhar que diz que não sou melhor do que um sapo prestes a escapar de debaixo de uma pedra e que, se ela desejasse, eu ficaria debaixo dessa pedra pela próxima eternidade ou mais. Não sei como Estelle e Bertrand aguentam.

— Eles não tiveram escolha — disse Marcel, ríspido.

— Você está de mau humor — observou seu irmão, alegremente. — Já está se sentindo apaixonado, não é, Marc, depois de se separar de sua senhora por... o quê? Uma hora? — Ele sorriu. — Ou está apenas sentindo o laço apertar seu pescoço?

— Deixe-me esclarecer uma coisa. Você pode falar sobre o tempo, se precisar falar alguma coisa, ou sobre sua própria saúde ou a de algum ou de todos os seus conhecidos. Você pode falar sobre política, guerra, arte, religião, todos os livros que nunca leu ou sobre astronomia. Você pode até falar sobre meu noivado e o estado do meu coração. Isto é, *se* você gostar de conversar sozinho enquanto caminha ao longo de uma estrada vazia ou corre ao longo dela para tentar alcançar a outra carruagem. O que você *não* pode fazer é falar sobre qualquer desses assuntos dentro desta carruagem ou em qualquer outro lugar que eu possa ouvir. E tenho uma audição excelente.

André continuou a sorrir, mas manteve a calma.

Outra coisa feliz na viagem foi que Jane estava tão empenhada em chegar ao final dela quanto Marcel e, portanto, tão ansiosa quanto para continuar viajando até o dia estar tão escuro que não era possível mais prosseguir com segurança. Ela insistiu que Estelle viajasse com ela, e Marcel não discutiu. Bertrand optou por permanecer com sua irmã. Talvez ele tivesse escolhido a outra carruagem, de qualquer maneira.

A festa de aniversário que virou noivado aconteceria dentro de três semanas, bem depois do aniversário real de Marcel. Ele não tinha certeza se Estelle notara que ninguém mais além dela sentia entusiasmo pela ocasião vindoura. Ela continuou com seus planos mesmo depois que Viola a informou de que viria e traria a filha mais nova consigo, se Abigail desejasse, mas que não se poderia esperar que mais ninguém de sua família comparecesse.

— Todos passaram recentemente algumas semanas em Bath para o batizado do meu neto — explicou ela com bastante gentileza. — O Natal chegará antes que percebamos e todos eles desejarão ir para Brambledean. Seria demais esperar que viajassem também para Redcliffe Court.

Estelle ficou desapontada, embora tivesse se animado quando Abigail lhe garantiu que de fato acompanharia a mãe.

— Então, terei você só para mim por um tempo — dissera a filha — e terei a oportunidade de conhecê-la melhor antes de nos tornarmos irmãs.

Marcel sabia muito bem o que Viola estava tramando, é claro.

Em meio a toda a agitação da partida, depois que os homens haviam retornado ao chalé logo após o desjejum, ela insistira que conversassem em particular. Eles haviam descido um pouco a colina entre as samambaias antes que ele parasse e cruzasse os braços.

— Parece que estou tendo um pesadelo acordada — ela falara, friamente. — Embora eu tenha apreciado sua bravura ontem, foi desnecessária e complica muito a situação. Foi uma vergonha sermos encontrados aqui juntos, especialmente pelos nossos filhos, mas ninguém ia fazer alarde. Ah, houve rumores de Alexander e Joel sobre um duelo, mas eu teria acabado com essa bobagem em questão de instantes. Meu Deus, a mera ideia! Nenhuma dessas pessoas espalharia a história, e se alguma delas o fizesse, e daí? Não tenho grande reputação a perder, e você tem uma reputação que só seria melhorada.

— Você acredita que perdeu sua reputação junto com seu casamento há dois anos, então? — ele havia perguntado.

Ela fizera um gesto impaciente com uma das mãos.

— Não é preciso muito quando se lida com o *ton* e quando se é mulher. Eu não me importo. E se a minha família e mesmo os Westcott, *que não são a minha família*, não conseguem aceitar o fato de que, aos quarenta e dois anos, sou livre para reservar um pouco de tempo para mim e para gastá-lo da maneira que quiser e com quem eu escolher, então eles têm um problema. Esse problema não é meu.

— Acredito, Viola — dissera ele —, que você está se enganando.

— Se eu estiver enganada — rebatera ela —, não é da sua conta. Eu não sou da sua conta. Não vou me casar com você, Marcel. Seria mais gentil, especialmente para sua filha, se todos fossem informados desse fato antes de partirmos.

No entanto, não havia ameaçado ir e fazer isso sozinha. Será que ela havia se dado conta? Por que não subira a colina para fazer exatamente o que exigia? Afinal de contas, ele também não tinha nenhum desejo de se vincular novamente ao matrimônio e de viver dócil e domesticado em Redcliffe pelo resto de sua vida, fingindo para si mesmo que ela não se cansara dele, mesmo antes de ficarem noivos.

— Os cavalos estão ansiosos — afirmara Marcel — e todos os humanos na casa também. Retomaremos esta discussão, se necessário, em Redcliffe.

— Será tarde demais, então — ela decidira. — Será de conhecimento geral que estamos noivos, mesmo que nenhum anúncio oficial tenha sido feito. Estelle terá planejado sua festa e enviado convites. Não se importa que os sentimentos dela sejam feridos mais terrivelmente do que já foram?

— É por causa dos meus filhos e por causa dos seus também que devemos fazer o que é decente, Viola, a despeito de nossos próprios sentimentos sobre o assunto.

— Desde quando — ela lhe perguntara, a incredulidade em pessoa — você se importa um pouco sequer com os sentimentos de seus filhos?

Era uma boa pergunta.

Desde que Estelle o havia chamado de *papai* no dia anterior, talvez. Antes disso, ela só o chamara de *pai* e, durante toda a sua vida, ela raramente havia levantado os olhos para Marcel ou falado com ele além das respostas monossilábicas a quaisquer perguntas diretas que ele fizesse. Muitas vezes ele se perguntava se ela tinha medo ou se simplesmente não gostava dele. Marcel quase sempre reduzia suas visitas a um período mais curto do que planejara. Bertrand ainda o chamava de *senhor* e ainda se comportava com rígidas boas maneiras.

— É uma pergunta justa — dissera ele, forçando-se a falar com fria arrogância, em vez de se permitir atacar com amargura. — Considere meu lado autocrata, então, essa minha insistência em não frustrar minha vontade. Você se casará comigo, Viola, para seu próprio bem e de seus filhos. Pode não se importar com a perda de sua própria reputação, embora eu não tenha certeza se acredito em você, ou mesmo se sua reputação foi perdida, mas tenho certeza de que você se preocupa com os filhos. Quer que eles tenham que lidar com mais um escândalo para acumular com o outro com que lidaram há tão pouco tempo? Deseja que ouçam sua mãe ser chamada de meretriz?

Ele tinha ouvido a inspiração aguda de Viola.

— Como você ousa! — ela reagira.

— Você vê? — Ele erguera as sobrancelhas. — Não falarei mais sobre o assunto. Vejo você em Northamptonshire, Viola. Cada dia entre agora e esse dia parecerá uma semana.

— Você é um mestre no escárnio. — Ela não havia se saído tão bem quanto ele. Não conseguia esconder a amargura de sua voz.

Ele se perguntou o que teria acontecido com o homem que era havia apenas três semanas — o homem que não se importava nem um pouco com o que alguém pensasse ou dissesse dele, o homem que olhava para o mundo e suas regras, convenções e julgamentos com indiferença cínica. No entanto, sua mente evitou quaisquer respostas que pudessem surgir.

Se ao menos tivesse mais alguns dias... e mais algumas noites. Ele decerto a teria superado e, sem dúvida, tomado um rumo diferente após a chegada dos grupos de busca. Teria pensado em todas as discussões havidas — e algumas não havidas — para evitar ter que se casar com ela. Ou talvez não tivesse usado nenhum argumento — seria mais do seu feitio. Se tivesse sido forçado a um duelo com Riverdale ou Cunningham, teria atirado para o alto com desprezo e assumido o risco de seja lá o que eles escolhessem fazer — e o risco da precisão de sua mira.

Será que havia rompido com sua prática habitual e então insistido no casamento por causa de algum desejo remanescente? Desde sua última noite juntos, sentia falta dela de uma maneira que o corroía, e lhe ocorria que a última vez que havia sentido algo semelhante tinha sido com Viola ao seu lado, a mão dela sobre a sua, a cabeça dela às vezes no seu ombro, com toda a sua gloriosa escapada ainda pela frente.

Ele se sentiu cruel.

Era um sentimento que ameaçava se tornar habitual.

Todos tinham permanecido em Bath. Foi a humilhação definitiva. Até mesmo Michael, irmão de Viola, havia ficado, embora tivesse tido de tomar providências apressadas para que outro clérigo desempenhasse suas funções na sua paróquia. Para aqueles que se hospedaram no hotel Royal York, foi uma enorme despesa extra não planejada.

A carruagem parou primeiro na casa de Joel, antes de descer para Bath. Camille, que devia estar atenta, saiu correndo com sua sapatilha fina, apesar do frio, Sarah equilibrada em um quadril, Winifred logo atrás dela. Ela abraçou a mãe avidamente com um braço só assim que os pés de Viola tocaram o chão sólido.

— Mamãe! — ela gritou. — Oh, mamãe, estou doente de preocupação. Ah, mamãe. Ando tão preocupada. Onde a senhora esteve?

— Papai! — Sarah estava exclamando enquanto estendia os braços e se afastava de Camille.

E esta era a filha que superava a mãe, havia apenas alguns anos, com um comportamento muito correto e friamente controlado?

Havia um grupo de estranhos no gramado, amontoados em capas quentes diante de seus cavaletes enquanto trabalhavam em suas pinturas.

— Ela escreveu, Cam! — exclamou Abigail, descendo da carruagem sem ajuda, pois Joel estava distraído, primeiro por Winifred, que passou um braço em volta de sua cintura e levantou um rosto radiante para ele, e depois por Sarah, que apertou seus braços firmemente em volta do pescoço dele e deu-lhe um beijo estaladiço nos lábios. — Para nós e para a sra. Sullivan. De alguma forma, ambas as cartas foram perdidas. Mamãe está *noiva*, Cam.

E, afinal de contas, Viola não conseguiu esclarecer as coisas, como pretendia fazer no momento em que chegou. Nem Camille nem o resto da família, quando todos chegaram em casa dentro de uma hora, ficaram emocionados com o anúncio, especialmente quando souberam a identidade de seu noivo. A despeito disso, nenhum deles protestou em voz alta, exigiu ou mesmo sugeriu que ela mudasse de ideia. Antes que fosse tarde demais. Pois não havia como esconder o fato de que ela e o marquês de Dorchester tinham vivido juntos durante algumas semanas antes de Alexander e os outros a encontrarem, embora ninguém falasse sobre isso. Todos acreditaram, ou fingiram acreditar, na história de que eles estavam noivos antes de decidirem passar algum tempo a sós em Devonshire e que, portanto, seu comportamento era menos escandaloso do que teria sido de outra forma.

Afinal de contas, era impossível dizer a verdade, embora ela tivesse se preparado durante toda a viagem de retorno para fazer exatamente isso. Aquelas eram pessoas decentes, muito amadas e respeitáveis — a mãe, bem conhecida durante a maior parte da sua vida na sociedade de Bath; o irmão, um homem do clero, e sua esposa; a condessa viúva de Riverdale, sua ex-sogra, que aos setenta e um anos tinha feito um esforço para vir até Bath; suas ex-cunhadas; Avery, duque de Netherby, que já tinha sido o tutor de Harry, e sua duquesa, Anna, a única filha legítima de Humphrey; Jessica, meia-irmã de Avery e a amiga mais querida de Abigail.

E suas próprias filhas. E seus netos. Se todos eles não tivessem sofrido o suficiente nos últimos dois anos sem... Como ele havia formulado? Mas não foi necessário grande esforço de memória para lembrar. Seus filhos não haviam sofrido o suficiente sem que sua mãe fosse conhecida como meretriz?

Ela o odiava, ela o odiava, ela o odiava.

Ela acreditava que realmente odiava.

E *não* se casaria com ele, mas agora não era hora de anunciar isso.

Quando seria a hora, então?

Oh, ela estava sendo punida com justiça. Não tinha ninguém para culpar além de si mesma por sua própria infelicidade. O problema é que às vezes arrastamos pessoas inocentes para a nossa própria miséria e culpa.

Marcel. Ela fechou os olhos por um momento enquanto o barulho da conversa prosseguia ao seu redor na sala de estar de Camille e Joel. Por que tiveram que ficar presos na mesma pousada? Qual era a probabilidade disso?

Por que você ficou em vez de ir embora com seu irmão?

Por que falou comigo?

Por que eu respondi?

Ela sentiu um ombro pressionado contra seu braço e abriu os olhos para sorrir para Winifred e abraçá-la ao redor dos ombros magros.

— Terminei *O Peregrino*, vovó — disse ela. — Foi muito instrutivo. Está orgulhosa de mim? Pode me ajudar a escolher meu próximo livro?

Enquanto ainda estavam juntas na casa de campo em Devonshire, Estelle havia pedido a Abigail uma lista de todos os membros de sua família e onde moravam. Abigail e sua mãe deveriam vir para a festa, e o pai de Estelle lhe dissera que isso seria suficiente para tornar a parte da celebração correspondente ao noivado uma grande ocasião para os vizinhos. Bertrand concordou que era tudo o que ela poderia razoavelmente esperar quando o casamento em si aconteceria em apenas alguns meses e envolveria todos de ambas as famílias na viagem até Brambledean, em Wiltshire. Tia Jane lembrou à sobrinha de que essa era a primeira festa que ela organizava e que era um empreendimento extraordinariamente ambicioso, da maneira como fosse.

— Qualquer coisa em uma escala maior simplesmente sobrecarregaria você, meu amor — falou ela, com bastante gentileza. — Você não tem ideia.

Estelle obedientemente pegou a lista de convidados feita para a festa de aniversário de seu pai e acrescentou os nomes da srta. Kingsley e de Abigail Westcott. Teria acrescentado a tia Annemarie e o tio William Cornish, que moravam a apenas trinta quilômetros de distância, se não tivesse notado que, é claro, seus nomes já estavam lá. Se todos viessem, como certamente aconteceria, seriam bem mais de trinta pessoas. Isso incluía as treze pessoas que já moravam na casa, é verdade, mas mesmo assim era um número impressionante para uma festa no campo, em outubro. Era tudo muito emocionante.

Mas, ah, não foi tão emocionante quanto seria se…

Tendo descoberto suas asas muito recentemente, Estelle estava ansiosa para abri-las outra vez e ver se conseguia voar. Era quase uma mulher, mesmo que ainda não tivesse completado dezoito anos. Ela queria… Bem. Sem qualquer expectativa real de sucesso, acrescentou a lista de Abigail à sua e iniciou a laboriosa tarefa de redigir os convites. Recusou toda ajuda, embora Bertrand e tia Jane oferecessem, e até mesmo a prima Ellen, filha de tia Jane.

Em Bath, Camille entregou o convite a Joel sem qualquer comentário e observou o rosto do marido enquanto lia.

— A menos que minha memória esteja falhando — disse ele —, não temos nenhuma reserva oficial aqui para essa semana.

— Não temos — confirmou ela.

— Seria uma longa jornada para as crianças.

— E para nós. — Ela sorriu para ele. — E você voltou recentemente de outra longa viagem, pobrezinho.

— Winifred ficaria emocionada — falou Joel.

— Sim — ela concordou. — Sarah também. E Jacob ia dormir.

— Talvez sua avó Kingsley queira vir conosco. Espero que ela também tenha sido convidada.

— Lembro-me do marquês de Dorchester dos meses de primavera que costumava passar em Londres, embora ele fosse o simples sr. Lamarr na época. Ele é assombrosamente bonito.

— *Assombrosamente?*

— Sim — confirmou Camille. — Assombrosamente. Suponho que você não tenha percebido. Ainda acho difícil acreditar que mamãe vai se casar com ele.

— Ou com qualquer pessoa?

— Suponho que sim — respondeu ela, depois de pensar a respeito. — É difícil imaginar uma mãe querendo se casar com alguém. Nós vamos, então?

— Claro.

E é claro que a sra. Kingsley, mãe de Viola, ficou feliz em acompanhá-los.

— Preciso dar uma olhada naquele rapaz — declarou ela. — Não gosto das poucas coisas que já ouvi dele.

Em Dorsetshire, o reverendo Michael Kingsley conversou com a esposa. Ele acabara de tirar uma licença muito mais longa do que pretendia de início. Tinham ido a Bath supostamente por alguns dias para assistir ao batizado de seu sobrinho-neto e ficaram algumas semanas após o desaparecimento de sua irmã. Ele precisaria se ausentar novamente no Natal — a pior época, com exceção da Páscoa, para um homem com sua vocação —, para comparecer ao casamento de Viola. De fato, não contava com argumentos sólidos para justificar a ida até a distante região de Northamptonshire em outubro só para assistir à festa de noivado dela.

— Será que eu *poderia*, Mary? — ele perguntou.

— Ela é sua única irmã — lembrou-lhe a esposa. — Quando veio morar com você aqui por um tempo, alguns anos atrás, ela estava terrivelmente magoada. Estava toda trancada dentro de si, como me lembro de você me dizer. E eu concordei, embora não fôssemos casados na época e eu não a visse muito. Você quer ir, não é? Você quer vê-la. Está preocupado.

— Riverdale, seu marido, era a forma mais abjeta de vida humana — contou ele — e posso ser perdoado por fazer tal julgamento sobre um irmão mortal. Eu não suportava estar a menos de quinze quilômetros dele. Consequentemente, e para minha vergonha, não vi muito Viola durante aqueles anos, nem a meus sobrinhos. Não posso suportar a ideia de que ela possa estar cometendo o mesmo erro novamente, Mary. Falei com o atual Riverdale enquanto ainda estávamos em Bath e com Lorde Molenor, marido de uma das irmãs Westcott, você deve se lembrar, e com o duque de Netherby. Dorchester é o tipo que nenhum homem sensato desejaria para sua filha ou irmã, mas não há nada que eu possa fazer, não é, se ela estiver determinada a ficar com ele?

— Exceto estar lá — disse Mary. — Você não pode ter certeza de que sua presença será insignificante, Michael. No mínimo, garantirá a Viola que ela é amada e que sua família se preocupa. E talvez você fique surpreso. Talvez, todos os seus medos sejam dissipados. Afinal de contas, o marquês está disposto a fazer o que é decente.

— Mas só porque ele foi pego em flagrante.

— Você não sabe disso — afirmou ela, pegando a mão dele por sobre a mesa do desjejum. — Você ficará infeliz se não for, Michael. Sentirá que de alguma forma falhou com ela.

— De novo. — Ele franziu a testa.

— Além disso — prosseguiu ela, sorrindo para o marido —, mal posso esperar até o Natal para ter meu primeiro vislumbre do notório marquês de Dorchester. Camille me disse que ele é assombrosamente bonito.

— *Assombrosamente?*

— A exata palavra que ela usou.

Foi Mary quem se sentou um pouco mais tarde para escrever uma nota de aceite enquanto o marido permanecia atrás da cadeira. Ele estava com as mãos cruzadas nas costas, um franzido entre as sobrancelhas, enquanto resistia à tentação inadequada de se inclinar para beijar-lhe a nuca.

Em Morland Abbey, residência rural do duque de Netherby, Louise Archer, nascida Westcott, a duquesa viúva, acenou no ar o seu convite enquanto o duque e a duquesa se juntavam a ela e à filha de Louise, Jessica, à mesa do desjejum.

— Você também recebeu um desses — disse ela, indicando a pequena pilha de correspondências que havia sido colocada entre o prato de Anna e o de Avery.

— Estou tomado de alegria — informou Avery à madrasta, com a voz transpirando tédio. — E o que exatamente recebemos também? Pode evitar que Anna tenha que ler por si mesma.

— Um convite para Redcliffe Court — respondeu Jessica, de uma vez —, para uma festa de noivado de tia Viola e do marquês de Dorchester. Achei que apenas tia Viola e Abby tivessem sido convidadas, mas acho que todos nós fomos. Lady Estelle Lamarr não enviaria convites para nós e deixaria de convidar o resto da família, certo? Precisamos ir, mamãe. Por favor, por favor, Avery. Mal posso esperar para ver o marquês. Camille diz que ele é assombrosamente bonito, embora deva ser *velho*.

— Meu amor — disse sua mãe em tom de censura.

— *Assombrosamente?* — O monóculo de Avery pairou perto do olho.

— Foi exatamente a palavra que ela usou — contou Jessica.

Ele parecia angustiado.

— Seria uma longa jornada para Josephine — ponderou Avery, olhando para Anna.

— Ela sempre viajou bem — falou Anna. — Além disso, eu realmente preciso conhecer esse homem assombrosamente bonito. É muito tempo esperar até o Natal.

— Devo dizer — acrescentou Louise — que Camille escolheu a palavra perfeita para descrever o homem. Não posso, contudo, gostar da ideia de Viola se casar com ele. Talvez minhas irmãs e eu possamos dar um susto nele, embora duvide de que ele seja um homem facilmente intimidável.

— Devo responder ao convite por todos nós? — Anna perguntou.

— Sim, faça isso — aceitou a viúva enquanto a filha segurava as mãos com força na beirada da mesa. — Não terei paz com Jessica se negar a ela o prazer. Além disso, não posso negar a mim mesma.

Em Brambledean Court, Wren encontrou Alexander no escritório do administrador da propriedade e mostrou-lhe o convite. Ele disse algumas palavras ao administrador e a seguiu até o salão principal antes de lê-lo.

— Você não deve fazer nenhuma viagem desnecessária enquanto estiver em uma condição delicada — disse ele.

— Não *devo*? — Ela estava sorrindo.

Alexander olhou para cima bruscamente.

— Estou sendo o autocrata enfadonho de novo?

— *Delicada?* — Ela ergueu as sobrancelhas.

— Você está grávida, Wren. — Ele olhou para ela com tristeza. — Para mim você é delicada. Meu filho também... *nosso* filho. Vocês dois revelam meus piores instintos de mimar e proteger.

— Ou o seu melhor. — Ela colocou a mão em seu braço. — Nunca me senti melhor em minha vida, Alexander. E você *é* o chefe da família.

— Se esse atributo fosse uma coisa física — falou ele com um suspiro —, eu o atiraria do penhasco mais alto nas profundezas do oceano.

— Mas não é. — Os olhos dela brilharam para ele.

— Mas não é. — Ele suspirou novamente. — Deixe-me ir sozinho. Você permanecerá aqui.

— Eu definharia sem você. — Os olhos dela estavam rindo agora. — E você definharia sem mim. Admita.

— Que exagero — ele protestou. — Mas eu ficaria terrivelmente incomodado e contrariado. — Alex sorriu de repente. — Suponho que você queira conhecer o infame marquês antes do Natal.

— Camille o descreveu como assombrosamente bonito.

— Ela realmente fez isso? — questionou Alexander. — *Assombrosamente?* Suponho que ele tenha um jeito de incutir medo em qualquer um que tenda a ser intimidado por pretensões.

— Mas você não é. Meu herói. — Ela riu, e ele riu com ela.

— Nós vamos, então? — perguntou ele. — Tem certeza, Wren?

— Gosto muito de Viola. Ela não ficou muito tempo em Londres quando nos casamos, mas houve um vínculo instantâneo entre nós. Além de sua mãe e sua irmã, que foram incrivelmente gentis comigo desde o início, Viola foi como a primeira amiga de verdade que tive na vida. Estou um pouco chateada com ela, pois temo que as circunstâncias a estejam forçando a fazer algo que ela não quer exatamente. Não posso fazer nada sobre isso, é claro, mas posso... *estar lá. Não há muito a oferecer, não é?*

— Pode ser tudo. Por que estamos aqui há tanto tempo? Você terá vertigem. Vai responder ao convite? E dizer que vai?

— Eu vou. — Ela o beijou na bochecha. — Pode voltar ao que estava fazendo.

— Tenho sua permissão, não é?

— O senhor tem — respondeu ela. — O senhor deve ter notado que eu também posso ser uma autocrata enfadonha.

Em Riddings Park, Kent, residência de Alexander até ele herdar o título de conde de Riverdale e também a propriedade de Brambledean, a sra. Althea Westcott, sua mãe, leu o convite em voz alta para Elizabeth.

— Devo ter visto o marquês de Dorchester uma centena de vezes ao longo dos anos — disse ela —, mas não consigo, de jeito nenhum, ligar o nome à pessoa.

— Mesmo que Camille o descreva como assombrosamente bonito, mamãe? — perguntou Elizabeth, seus olhos brilhando. — E ela também está certa. Tenho que concordar com ela. Ele é bonito e causa assombro. Eu não gostaria de contrariar sua vontade. E ele não era o marquês de Dorchester até alguns anos atrás. Era simplesmente o sr. Lamarr.

— Viola está louca por concordar em se casar com ele? — sua mãe indagou.

Elizabeth pensou sobre isso.

— Não — falou ela, embora houvesse alguma hesitação em sua voz. — Embora o casamento tenha, sem dúvida, sido forçado sobre eles... meu Deus, o filho e a filha dele, ambos jovenzinhos, bem como a filha dela estavam entre nós oito que os encontramos lá. *Foi-lhes* imposto, mas não tenho a certeza de que não teriam chegado ao mesmo desfecho por conta própria, com o tempo. Há algo... Pode me chamar de romântica, se quiser. É só que existe... algo. As palavras me fugiram esta manhã.

— Eles estão apaixonados?

— Oh, não tenho certeza disso, mamãe. Ele definitivamente não é o tipo de homem que alguém esperaria que se apaixonasse. É amplamente aceito, com base em boas evidências, que ele é um homem sem coração. E não tenho certeza se Viola é o tipo de mulher que se apaixona. Ela é disciplinada demais, algo que lhe foi tão imposto durante toda a sua vida adulta que pode muito bem ter se tornado arraigado, eu receio. Mas... Bem...

— Tem *alguma coisa* — declarou a mãe, sorrindo.

— Exatamente as palavras que eu estava procurando. Obrigada, mamãe. — Elizabeth sorriu. — Há algo. Nós vamos, então?

— Decerto — respondeu sua mãe. — Alguma vez houve alguma dúvida?

No norte da Inglaterra, Mildred Wayne, nascida Westcott, ainda estava em seu quarto de vestir dando os últimos retoques no penteado matinal, quando Lorde Molenor, seu marido, entrou com o convite pendurado em uma das mãos. Ele esperou até que a esposa dispensasse a criada.

— A jovem filha de Dorchester está nos convidando para uma certa festa de noivado de seu pai com Viola em Redcliffe — anunciou ele. — Acabamos de voltar de Bath. Com os meninos na escola, talvez se comportando bem, talvez não, temos mais de dois meses de felicidade conjugal tranquila pela frente antes de partirmos todos para Brambledean a fim de passar o Natal e comparecer ao casamento, mas suponho que você insistirá em ir para Redcliffe também.

— Bem, meu Deus, Thomas — falou ela, dando uma última olhada em sua imagem antes de se afastar do espelho, aparentemente satisfeita. — Claro.

— Claro — disse ele com falsa mansidão, e ofereceu o braço para acompanhá-la até o desjejum. — E você pode responder ao convite, Mildred.

— Claro — repetiu ela. — Não é o que eu sempre faço?

Ele pensou nisso durante o tempo que levaram para descer cinco degraus.

— Sempre — confirmou.

E na casa da condessa viúva de Riverdale, uma das menores propriedades vinculadas do conde, Lady Matilda Westcott, a irmã solteirona mais velha de Humphrey, o falecido conde de Riverdale, ofereceu à mãe os sais aromáticos que retirou da retícula de brocado que ela levava consigo para todos os lugares, a fim de estar preparada para todas as emergências.

— Nós não vamos, é claro — disse ela. — A senhora não deve ficar chateada, mamãe. Escreverei e recusarei o convite assim que terminarmos de comer.

— Guarde isso — decidiu a mãe, batendo impacientemente no frasco de sais. — O cheiro faz com que minha torrada tenha um gosto horrível. Viola é uma integrante importante desta família, Matilda. Foi casada com Humphrey por vinte e três anos antes de ele morrer. Não foi culpa dela que o casamento se revelasse irregular. Eu a amei como uma filha durante vinte e cinco anos e continuarei a amá-la até ir para o túmulo. O que preciso saber é se ela está cometendo um erro tolo. De novo. Pelo que sei, esse rapaz tem uma reputação tão vergonhosa quanto a de Humphrey.

— Eu não saberia, mamãe — respondeu Lady Matilda, segurando o frasco de sais sobre a bolsa, relutante em soltá-lo. — Sempre fui zelosa em evitá-lo e a cavalheiros como ele, que realmente não merecem ser chamados assim. E ele também não é tão jovem, mas Viola não tem escolha, sabe? — Ela corou profundamente. — Eles foram pegos vivendo juntos em pecado.

— Ah! — exclamou a viúva. — Bom para Viola. Já era hora daquela garota botar um pouco as manguinhas de fora, mas estou preocupada com o fato de ela se casar com o libertino. Por que deveria fazê-lo quando tudo o que fez foi se divertir um pouco? Metade do *ton*, a metade feminina, não sentirá nada além de inveja secreta se algum dia descobrir, o que ouso dizer que acontecerá. Nós vamos, Matilda. Pode escrever para Lady Estelle. Não, eu mesma escreverei. Quero dar uma boa olhada nesse rapaz. Se eu não gostar do que vir, direi isso a ele. E direi a Viola que ela é uma parva.

— Mamãe — protestou Lady Matilda. — A senhora está ficando agitada demais. Sabe o que o seu médico...

— Ele não é nada além de um charlatão — disse a viúva, sinalizando assim o fim de toda a discussão.

15

Depois de duas semanas em casa, Marcel ainda se sentia como uma fera enjaulada. Nunca passara tanto tempo em Redcliffe antes. Na ocasião, porém, já estava na propriedade por tempo o bastante para descobrir algo perturbador sobre si mesmo. Não era nada além de um fraco. Era uma constatação desagradável para um homem que sempre havia se orgulhado de ser exatamente o oposto.

Havia voltado para casa para se afirmar, para restaurar a ordem em sua residência, para pôr fim a todas as brigas mesquinhas, para tornar-se senhor de seu próprio domínio. Mas, ao final das duas semanas, duvidava de que tinha conseguido alguma coisa — e isso foi antes mesmo de sua vida ser ainda mais perturbada pela chegada de Viola Kingsley.

Sua tia Olwen, a marquesa, era uma senhora muito idosa. Não se locomovia com muita facilidade, mas sua mente era aguçada e havia algo de majestoso em sua figura pesada. Sua filha, a prima Isabelle, Lady Ortt, era uma loira exagerada que estava ficando grisalha e gostava de intimidar todos ao seu redor, inclusive a própria filha, Margaret. E isso também incluía o marido. Irwin, o Lorde Ortt, era um indivíduo magro, um quarto de cabeça mais baixo que a esposa, com cabelos louros recuados, um queixo que nunca tinha sido outra coisa senão recuado e um pomo de adão que balançava com uma frequência infeliz, uma vez que ele engolia em seco sempre que estava nervoso e estava habitualmente nervoso.

Deveria ter sido a coisa mais fácil do mundo reuni-los e anunciar que todos se mudariam para a casa de viuvez. Não teria sequer sido um pronunciamento cruel. A casa de viuvez ficava dentro do parque, a um quilômetro e meio da casa principal, do outro lado do lago. Era de tamanho considerável e estava em bom estado — ele dera uma volta até lá e examinara por si mesmo. Havia espaço de sobra para todos eles. Estariam longe da constante perturbação da presença de Jane e Charles Morrow na casa com seus filhos adultos.

— Essas pessoas — Isabelle disse a Marcel quando nenhuma delas estava ao alcance da voz para se defender — não possuem um único título entre elas todas, primo Marcel, e nem sequer são da família Lamarr, apenas parentes de sua falecida esposa.

— Que era uma Lamarr — ele a lembrou. — E eles são os guardiões nomeados de minha filha e meu herdeiro.

Isabelle parecia um tanto desconcertada, talvez pelo tom e pelo fato de ele estar segurando o monóculo logo abaixo do nível dos olhos. Ela não estava pronta para admitir a derrota, no entanto.

— Mas eles não têm precedência sobre mamãe ou sobre mim e Irwin. Às vezes eles se comportam como se tivessem.

— Dei uma olhada na casa de viuvez esta manhã — contou ele em um aparente *non sequitur*, embora tenha ficado rapidamente claro que ambas as senhoras entendiam suas implicações perfeitamente bem.

— Foi construída perto demais do lago — falou sua tia. — Lá seria ruim demais para meus problemas reumáticos.

— Temos o casamento da querida Margaret com Sir Jonathan Billings, no início de dezembro — disse Isabelle. — A casa vai ficar cheia de convidados. Você não estava aqui para nos consultar quando começou seus planos, Marcel, mas não poderia invejar um casamento condizente com a posição e a fortuna dela.

Não, Marcel não poderia, embora se perguntasse por que, se Ortt possuía uma fortuna própria, este vivia da fortuna de Marcel em Redcliffe e não organizava um grande casamento para sua filha em sua própria casa. Marcel certamente abordaria esse assunto e a mudança para a casa de viuvez após o casamento de Margaret, mas parecia um mau momento para fazê-lo agora, com os planos para a cerimônia bem avançados. Contudo, não pôde evitar a sensação incômoda de que, se fosse o homem que pensava ser, não teria esperado nem uma hora.

Os filhos de Jane e Charles Morrow — seus sobrinhos — já eram adultos. Oliver tinha sete ou oito anos quando os gêmeos nasceram e Ellen era apenas alguns anos mais nova. No entanto, ambos estavam permanentemente abrigados em Redcliffe. Marcel pretendia conversar com eles, ou com o jovem, pelo menos. Ellen era a preocupação de sua mãe, embora fosse difícil saber por que ela ainda não era casada. Ela não era nem arrebatadoramente bonita nem notavelmente vivaz, mas também não era o oposto disso. Charles Morrow, embora não fosse pobre, não era um homem notavelmente rico. Seu filho decerto não poderia permitir-se uma vida de ociosidade permanente, a menos que continuasse morando em Redcliffe, claro. Isso estava fora de questão. Marcel iria morar ali — com a esposa.

Um assunto sobre o qual sua mente preferia não se debruçar.

Oliver gostava de passear pela propriedade com o administrador de Marcel, dando opiniões, sugestões e conselhos não solicitados, que em mais de uma ocasião Charles tentara converter em ordens — algo de que o administrador se ressentia, como era de se esperar.

O assunto deveria ter sido fácil de resolver. Marcel deveria ter apoiado seu administrador, aconselhado Charles a não interferir onde não deveria e dado ordens de partida ao sobrinho. Porém, nada era fácil nos dias de hoje. Pois a verdade era que, depois de algumas longas conversas com seu administrador e de um pouco de caminhada pelas fazendas, e depois de um olhar atento aos livros, cujas atividades mostravam estar severamente em mau estado, Marcel não pôde deixar de chegar à conclusão de que o seu sobrinho tinha razão. O administrador era um homem idoso, não exatamente trêmulo, mas decerto obstinado e já passado de seu auge, e inconsciente do fato de que seus domínios não estavam mais funcionando de forma tão eficiente ou mesmo tão sensata quanto deveriam.

O que ele realmente precisava fazer, Marcel percebeu, era demitir o administrador e contratar um novo — e depois dar ordens ao sobrinho para ir embora. Escreveria para seu agente de negócios em Londres quando tivesse um momento. Estava parcialmente consciente, é claro, de que tinha vários momentos. A vida no interior não era exatamente caracterizada por uma agenda agitada. Escreveria depois dessa festa infernal, então. Entretanto, notou que Bertrand gostava bastante do seu primo mais velho e olhava para ele com alguma admiração. E Charles, embora um pouco empolado, era um tipo decente e que, sem dúvida, tinha boas intenções.

André permanecera em Redcliffe, apesar de não haver lá nada que pudesse entreter um homem dos seus gostos. Marcel pagou todas as suas dívidas e aumentou a renda que ele recebia do espólio, mas nada fez para forçar uma solução permanente para o problema da extravagância e da jogatina do irmão. Como André havia salientado, era um defeito familiar, embora Marcel tivesse controlado o seu próprio hábito, diabos. Ele não teve escolha. Tinha dois filhos para sustentar muito antes de herdar o título e a fortuna. Sua renda, embora mais que adequada, não era ilimitada.

A governanta, apoiada de perto pela cozinheira, queixava-se de que era esperado demais delas — *por gente demais*. Os planos de casamento de Lady Ortt para a filha estavam se tornando cada vez mais exigentes, *embora ela não fosse e nunca tivesse sido a dona da casa*. A sra. Morrow constantemente se recusava a ouvir falar de contratar outros criados, pois aqueles que já trabalhavam lá nunca pareciam muito ocupados. *Como se não bastasse*, a sra. Morrow exigia que todos participassem das orações matinais na sala de visitas, antes do café da manhã, todos os dias. *E como se não bastasse, agora* havia uma festa que Lady Estelle estava planejando...

Os problemas delas, pelo menos, Marcel era capaz de resolver.

— Só há uma pessoa nesta casa com autoridade para dar ordens — disse ele, olhando-as com certo espanto e com as sobrancelhas levantadas. — Vocês estão olhando para essa pessoa. Se precisar de criados extras em casa, sra. Crutchley, então contrate. Se precisar de criados extras na cozinha, sra. Jones, então informe a sra. Crutchley e ela providenciará. E a partir deste momento, a participação nas orações matinais será voluntária. — Ele havia se ausentado voluntariamente da provação diária desde seu retorno. — Vou informar a sra. Morrow. Isso seria tudo?

Parecia que sim. Ambas as mulheres fizeram reverências, agradeceram ao senhor marquês e seguiram caminho, parecendo satisfeitas.

Foi um pequeno sucesso entre muitas fraquezas.

E agora isso.

Ele encontrou Jane e Estelle na sala matinal certo dia, duas semanas depois de sua chegada. Havia entrado lá em busca de um livro deixado em algum lugar, mas agora não conseguia se lembrar de onde. Ambas estavam de pé, Jane perto da janela, Estelle não muito longe da porta. Só conseguia vê-la parcialmente de perfil, mas ela era a imagem do dócil desânimo. Sua tia, por outro lado, parecia majestosa e irritada. Agitava uma carta com uma das mãos enquanto segurava mais duas ou três na outra. Ela parou no meio do discurso quando a porta se abriu. Estelle, significativamente, não se virou.

— Eu realmente não sei o que aconteceu com Estelle ultimamente — disse Jane quando ele entrou na sala e fechou a porta atrás de si. — Ela sempre foi a garota mais obediente e dócil. Nunca me deu problemas nem uma vez sequer, mas primeiro ela insistiu em persegui-lo até Devonshire, uma decisão da qual sem dúvida se arrependeu amargamente desde então. Depois ela insistiu nesta *festa*, que até você deve admitir que é excessiva, Marcel.

— Eu devo? — ele perguntou, a voz baixa.

— E agora — Jane continuou sem perceber o perigo em seu tom —, ela foi além dos limites. Estou sem saber o que fazer. Uma simples punição parece inadequada, embora algumas horas ou mesmo um dia inteiro de reflexão silenciosa em seu quarto decerto não fariam mal, mas tudo isso... — Ela acenou com a carta que ainda estava suspensa em uma das mãos e depois acenou com as outras também. — Tudo isso é irreparável, Marcel. Ela fez tudo sozinha, sem procurar o conselho de ninguém, e também fez às escondidas, sem que ninguém percebesse. Estou extremamente irritada. Charles ficará furioso quando eu o informar. Você sem dúvida também ficará.

— Eu ficarei? — Ele entrou na sala e ficou de frente para a filha, posicionando-se entre ela e a tia. — E o que você fez, Estelle, de tão hediondo?

— Ela... — Jane começou, mas ele ergueu a mão sem se virar.

— Estelle?

A menina não levantou os olhos para ele.

— Sinto muito, pai — contou ela. — Escrevi convites que não tinha permissão para escrever.

Ela voltara a chamá-lo de "pai". Vinha fazendo isso desde que tinham chegado em casa.

— Para sua festa? — ele perguntou. — Por que você precisaria de permissão quando o evento é seu?

— Marcel — chamou Jane. — Estelle ainda é uma *criança*. Você parece esquecer-se disso.

— Não me esqueço de nada. A mãe dela tinha a mesma idade quando se casou comigo.

Um grande silêncio vindo de trás lhe assegurou de que sua cunhada não estava tão disposta assim a travar uma discussão. Estelle ergueu os olhos para o rosto dele por um momento antes de baixá-los novamente.

— Eu queria que todos viessem — explicou ela. — Queria que fosse uma festa de noivado adequada, uma verdadeira celebração. Abigail me deu todos os nomes naquela noite no chalé, mas eu não esperava que todos aceitassem o convite. Só esperava que alguns deles o fizessem; a irmã de Abigail, talvez, com o sr. Cunningham. Eu não teria ficado surpresa se nenhum deles tivesse vindo ou mesmo respondido.

Bom Deus!

— E alguns deles virão? — indagou ele.

— Enviei nove convites. Recebi cinco respostas ontem e anteontem. Mais quatro chegaram hoje. Tia Jane as viu antes de eu descer esta manhã. Atrasei-me quando uma das fitas na parte de trás do meu vestido se partiu.

— Entendo — disse ele. — E quantos aceitaram?

Marcel quase não ouviu a resposta, mas ela repetiu um pouco mais alto.

— Todos — respondeu ela.

Todos...?

Ele ergueu a mão novamente quando ouviu Jane respirar fundo.

— E quando — ele perguntou — você pretendia revelar essa informação?

Demorou algum tempo até que ela respondesse. Ele esperou.

— Não sei. Fiquei um pouco assustada. — Mas ela olhou para cima de repente e parecia-se mais com a filhinha furiosa que praticamente havia se lançado sobre ele do lado de fora da cabana, em Devonshire. — Não estou arrependida de ter feito isso, papai. Se eu tivesse perguntado, tia Jane não teria deixado. O senhor teria dito não, mas eles deveriam estar aqui, ou pelo menos ter a oportunidade de estar aqui. Eles serão sua família. Serão minha família e de Bert. Quero-os aqui pelo bem da srta. Kingsley e de Abigail. Deveria ser uma celebração para ambas as famílias, não apenas para a nossa. Ah, eu sei que o casamento vai ser assim, mas quero todos *aqui*. Se o senhor está com raiva de mim, eu...

Ele ergueu a mão e ela ficou em silêncio. Se ele *estava* com raiva? Havia uma parte sua que esperava que, de alguma forma, pudesse escapar desse casamento? Na época, tinha sido muito bom fazer a coisa honrosa, até mesmo insistir nisso quando Viola resistiu, mas agora? Para dizer a verdade, ele evitava pensar nela e naquilo — *naquilo* sendo seu noivado e seu casamento iminentes. E quando não conseguiu bloquear todos os pensamentos, talvez tivesse considerado que, se ela viesse sozinha ou apenas com a filha mais nova como companhia, e se ainda tivesse uma opinião tão contrária ao casamento quanto na última vez que haviam conversado, então talvez...

Se houvesse alguma esperança tênue e persistente, esta agora havia sido arrancada dele. O bando todo estava prestes a cair sobre Redcliffe para celebrar seu noivado. A menos que todos pretendessem vir para fervê-lo em óleo quente ou expressar seu descontentamento. Era uma possibilidade distinta, mas não contaria com isso. De qualquer forma, havia perdido o controle sobre sua vida e sobre a condução de seus negócios. De novo.

— Por que eu ficaria com raiva de você? — ele perguntou. — Mas sua tia acredita que você deveria ser punida, Estelle, e não posso deixar de concordar.

Ela baixou os olhos outra vez e se postou humildemente diante dele. E, meu Deus, pensou ele, era *assim* que ela havia sido criada? Era assim que todas as jovens eram criadas? Estelle deveria vir contra ele com os dois punhos em riste e os dois olhos faiscando. Era assim que a mãe dela teria se comportado.

— Você vai encontrar a sra. Crutchley assim que eu terminar de falar e confessar tudo a ela — disse Marcel. — E então encontrará a sra. Jones e confessará tudo a *ela* também. E então vai gastar a sola das suas sapatilhas e colocar a mão na massa para ajudá-las a se preparar para esta casa cheia dos convidados ilustres que esperamos. Mesmo que isso signifique ficar de joelhos e esfregar o chão em alguns lugares.

— Marcel... — Jane protestou atrás dele. Ele a ignorou.

Os olhos de Estelle voaram para os dele novamente, e ela sorriu radiante, transformando-se em uma moça de considerável beleza, a pequena atrevida.

— Sim, papai — aceitou ela, e saiu da sala antes que ele pudesse tomar fôlego para dizer mais alguma coisa.

Marcel saiu a passos largos atrás dela antes que Jane pudesse proferir um sermão.

Sua mente recitava todas as blasfêmias e os palavrões que já ouvira. De novo. Ele até inventou alguns palavrões extras.

E sim, ele era um fraco abjeto.

Quando Viola voltou para casa em Hinsford, em sua própria carruagem e desta vez com seus próprios criados, pediu a Abigail que permanecesse com Camille, Joel e as crianças. Ela era feliz ali, Viola sabia, com a irmã, as sobrinhas, o sobrinho e com as constantes idas e vindas de artistas, músicos, escritores e crianças do orfanato, entre outros. Abigail insistiu em voltar para casa com a mãe, entretanto.

O que Viola realmente esperava era ir sozinha para Redcliffe. À medida que os dias passavam, os acontecimentos daquelas poucas semanas tornavam-se cada vez mais irreais na sua mente e a situação em que ela se encontrava tornava-se cada vez mais intolerável. Por que *diabos* ela não falara por si mesma em Devonshire e dissera à sua própria família e à dele que eles poderiam fazer o que quisessem com a descoberta, mas que não haveria casamento? Será que ela realmente se importava que seu comportamento pudesse ser objeto de fofocas nas salas de visitas durante semanas ou meses? Ela não mais se misturava com a sociedade educada, exceto no pequeno círculo de amigos e vizinhos perto de casa. O que era dito sobre ela em outro lugar não lhe faria mal.

Por que não havia enfrentado Marcel com mais força e se recusado terminantemente a ser intimidada? Afinal, não era como se ele quisesse se casar com ela. Era apenas seu senso de honra que o levara àquilo, e ela duvidava de que até mesmo isso fosse ter importância para ele se seus filhos não estivessem entre aqueles que apareceram na cena. Exceto que ele havia anunciado o noivado antes da chegada dos filhos. Teria ele feito isso por causa de Abby, então? Decerto não teria sido porque ele temia um duelo contra Alexander ou Joel.

Mas é claro que a razão pela qual ela não havia falado era precisamente a razão pela qual ele o tinha feito em seu lugar. *Seus filhos os tinham descoberto* e seus filhos deveriam ser protegidos da natureza sórdida do que tinham visto. Deveriam ser persuadidos de que tudo era, na verdade, quase respeitável, já que seus pais estavam noivos e já estavam noivos antes mesmo de chegarem lá.

Que agora eles devessem acabar com a farsa do noivado era, claro, imperativo, mas deviam encontrar uma maneira de fazê-lo que causasse o mínimo de dor a seus filhos. Qualquer dor que causasse a si mesma seria totalmente merecida. Uma coisa era explodir depois de anos de disciplina e infelicidade geral e de dois anos de intensa miséria e de tomar a decisão impulsiva de fugir por um curto período com um homem renomado por ser mulherengo. Outra era ser apanhada em flagrante e, assim, transmitir sua miséria aos filhos, que já tinham sofrido o suficiente, e aos filhos dele, que lhe pareciam muito inocentes e, portanto, vulneráveis. Ela não estava, infelizmente, sozinha neste mundo. Quem é que tinha dito...? Ela lera em algum lugar. Willian Shakespeare? John Milton? Não, John Donne. Ele havia escrito algo no sentido de que nenhum homem era uma ilha, que todos faziam parte do continente, que o sofrimento de todos afetava todos os outros. Ela desejou poder se lembrar da passagem completa. Havia algo sobre um sino tocando e alguém mandando perguntar pela morte de quem ele dobrava. *O sino dobra por ti.* Ela conseguia se lembrar dessas palavras exatas, pelo menos.

Ele estava certo, o sr. Donne. A grande aventura de Viola também havia sido seu grande egoísmo.

Mas ela se libertaria. Tinha que se libertar. Não deveria combinar um erro com outro muito pior. Desejou, então, que Abigail tivesse escolhido permanecer em Bath com Camille, para que ela pudesse fazer isso sozinha. Porém, não era para ser assim e deveria tirar o melhor proveito da situação.

Houve duas semanas de chuva quase implacável depois que retornaram a Hinsford, mas finalmente o céu havia clareado e, desde então, desfrutavam de um clima fresco e glorioso com as árvores em toda a glória de suas cores outonais. Era o momento perfeito para viajar, pensou Viola. Era uma pena que ela temesse o fim da viagem.

Incomodava-a o breve contato que travara com os filhos dele. Lady Estelle Lamarr, com as emoções extremamente variadas de uma dama muito jovem e a óbvia mágoa que sentia pela imprevisibilidade do pai, era particularmente vulnerável a qualquer coisa que pudesse lhe causar dor. Seu gêmeo parecia ser exatamente o oposto: um jovem quieto, digno e controlado. Viola suspeitava, porém, de que ele era muito mais parecido com a irmã do que aparentava. Tinha sido Estelle quem organizara a festa de noivado. Viola esperava que os planos não fossem tão elaborados e que a lista de convidados não fosse tão extensa, embora nenhuma das duas coisas fosse muito provável para um entretenimento campestre. Felizmente — muito felizmente —, também seria uma festa de aniversário um pouco atrasada para seu pai. Ainda poderia continuar assim, mesmo após o fim do noivado. A menina ficaria desapontada, no entanto. Ela era a única entre as oito pessoas que havia parecido incondicionalmente encantada ao saber que seu pai estava prestes a se casar. Presumira, é claro, que se ele se casasse, ele se estabeleceria em Redcliffe e lhe daria o tipo de vida doméstica que ela provavelmente sempre havia desejado. Viola era capaz de esganar Marcel alegremente só por isso. Era difícil perdoar pais que não assumiam nenhuma responsabilidade pelos filhos, exceto — em alguns casos — uma responsabilidade monetária. Como se isso fosse de alguma forma adequado.

Mas não poderia se casar com ele apenas para agradar Estelle.

Harry ainda não sabia, embora Viola tivesse escrito para ele. Havia considerado omitir a notícia de seu suposto noivado, na esperança de que ele nunca soubesse, mas ela não era a única que lhe escrevia. Camille e Abigail escreviam com frequência. O mesmo acontecia com a jovem Jessica e provavelmente com algumas tias e uma ou ambas as avós. Seria impossível mantê-lo no escuro. Havia uma carta esperando por ela quando voltou para casa e outra chegou dois dias depois. Ela as chamava de cartas, mas eram as habituais notas breves e alegres de Harry, nas quais ele afirmava estar se divertindo imensamente, conhecendo muitos sujeitos importantes e vendo muitos lugares impressionantes. Dificilmente se poderia imaginar que ele estava no meio de uma guerra cruel, mas não havia sentido em se preocupar.

Ou melhor, não fazia sentido em tentar *não* se preocupar.

— Acho que deve ser aqui, mamãe — disse Abigail e, com certeza, a carruagem estava fazendo uma curva fechada pouco antes de uma aldeia, rumo a uma entrada larga e arborizada, parcialmente acarpetada com folhas caídas, embora houvesse muito mais ainda nas árvores.

Serpentearam pela floresta por alguns minutos antes de emergirem entre gramados ondulados e pontilhados de árvores que se estendiam em ambas as direções. A grama havia sido limpa de todas as folhas recém-caídas. Viola pôde ver marcas de ancinhos em sua superfície.

E a casa. Ela a vislumbrou por um momento antes que o caminho que conduzia os veículos à entrada fizesse uma curva. Era uma enorme estrutura clássica de pedra cinzenta com um pórtico de pilares e um lance de largos degraus de pedra que conduziam a enormes portas frontais. Fora construída para impressionar, talvez até mesmo para inspirar admiração em visitantes e peticionários. Viola podia sentir seu coração batendo mais rápido. Estava muito feliz com os longos anos de experiência que tivera em lidar com situações que preferia evitar. Permaneceu aparentemente calma e distante, enquanto Abigail estava sentada com o nariz quase tocando a janela, olhando para a frente.

— Devem ter-nos visto nos aproximando — falou ela. — Lá está o marquês de Dorchester. E Lady Estelle. E o visconde de Watley.

Por um momento, Viola não conseguiu se lembrar de quem era o visconde de Watley, mas é claro que era o título de cortesia de Bertrand como herdeiro de seu pai.

E então a carruagem virou antes de diminuir a velocidade e parar abaixo do pórtico. Ela podia ver por si mesma que havia, de fato, um grupo de recepção esperando por eles.

Enxergava apenas um deles.

Seu estômago se apertou com força e tentou dar uma cambalhota, tudo ao mesmo tempo, deixando-a sem fôlego e nauseada. Ele estava vestido de forma tão imaculada quanto poderia para uma recepção em Carlton House com o príncipe de Gales. Mantinha seu porte austero e não sorria. Seria ridículo dizer que ela tinha esquecido como ele era bonito. Claro que não tinha. Era só que...

... ah, ela tinha esquecido.

Foi ele quem se adiantou para abrir a porta da carruagem e descer os degraus. Marcel estendeu a mão para ajudá-la a descer e... ah, ela havia esquecido a intensidade sombria de seus olhos. E a sensação de tirar o fôlego que era a mão dele fechando-se sobre a sua.

— Viola — ele disse com aquela voz leve e calma que ela sempre conseguia sentir como uma carícia na espinha. — Bem-vinda a Redcliffe. — Ele ainda não estava sorrindo. Ela também não. Quando estava parada no terraço de paralelepípedos diante dele, ele levou sua mão aos lábios e, ah...

Ela o conhecia intimamente. Ela conhecia seu corpo, sua voz, seus maneirismos, seus gostos e desgostos. Até mesmo sua mente. No entanto, era como um sonho o processo de conhecê-lo. O austero aristocrata que estava diante dela era um estranho. Ela não o conhecia de jeito nenhum.

— Obrigada — respondeu Viola.

Seu filho, ela sabia, estava ajudando Abigail a descer da carruagem. A filha estava corada, com olhos brilhantes e cheia de energia reprimida.

— Srta. Kingsley — falou ela, correndo para o lado do pai e sorrindo calorosamente para Viola. — Finalmente. Achei que as três semanas nunca passariam. Pareceram mais três meses. A senhorita é a primeira a chegar, é claro. Eu tinha certeza de que gostaria de passar um dia ou mais apenas conosco e com papai antes de toda a agitação.

— Foi muito atencioso da sua parte. — Viola sorriu para a garota. — Espero que você não tenha tido muito trabalho.

— Tia Annemarie e tio William chegarão amanhã — avisou Estelle. — E todos os outros também chegarão se não houver mau tempo para atrasá-los.

Todos os outros?

— Mal posso esperar para conhecer todos eles — continuou Estelle. — Sua outra filha e os filhos dela, sua mãe, a condessa de Riverdale, o duque e a duquesa de Netherby, o... ah, todo mundo.

Os olhos de Viola encontraram os de Marcel, que estavam semicerrados e vazios — talvez com um toque de zombaria em suas profundezas.

— Pela expressão da srta. Kingsley — disse ele —, acho que tudo isso é novidade para ela, Estelle.

— Ah, Abigail. — Estelle virou-se para abraçar a filha de Viola. — Como é lindo vê-la de novo. Mal posso esperar...

Viola parou de ouvir. Ela olhou nos olhos de Marcel.

— Foi obra sua? — ela perguntou.

— Ah, de forma alguma — respondeu ele, erguendo as sobrancelhas. — Parece que tenho uma filha que saiu da sala de aula e do casulo e não esperou acostumar-se às suas asas antes de abri-las e alçar voo.

Viola estava sem palavras.

Ele ofereceu o braço e indicou os degraus até as portas da frente.

Até sua mente estava sem palavras.

16

Só depois que Estelle levou os recém-chegados para seus respectivos quartos e eles voltaram para a sala de visitas, meia hora depois, ocorreu a Marcel que ele estava se lembrando de Viola como ela era quatorze anos antes: jovem e esbelta, apesar de ter três filhos pequenos, equilibrada e friamente digna. Era quase como se seu coração tivesse apagado toda a lembrança dela divertindo-se naquela feira do vilarejo, enfeitada com as joias espalhafatosas que ele havia lhe comprado, valsando no parque, exigindo que parassem em cada castelo, igreja e mercado pelo qual passassem em sua viagem tranquila para Devonshire, comprando para ele um guarda-chuva preto apenas porque as horríveis borlas douradas a divertiam, rindo no quarto da pousada quando o bastão de madeira dele se partiu em dois, correndo colina abaixo por entre as samambaias com os braços bem abertos, fazendo piruetas na ponte, reluzindo de animação, fazendo amor com prazer desinibido.

Tudo voltou à tona agora junto com sua figura um pouco mais madura e seu rosto menos jovem e adorável. E ele se lembrou, e sentiu novamente, que a achava mais atraente agora do que antes, talvez porque tivesse envelhecido junto com ela. Viola era agora simplesmente linda. Talvez até mesmo perfeita.

E com as lembranças daquelas semanas veio toda a força da compreensão de que ele ainda não a havia esquecido. Deveria ter ficado feliz em perceber isso. Afinal, ela seria sua esposa. Mas ele não queria um casamento em que houvesse sentimentos envolvidos — de nenhum dos lados. Uma algema na perna era uma coisa. A perda de si mesmo era outra, e parecia-lhe que perderia algo de si mesmo se não conseguisse superá-la. A luxúria seria aceitável. E luxúria era tudo o que ele sentia por qualquer mulher desde Adeline. Durante quase vinte anos ele tinha sido livre, seguro, seu próprio mestre e senhor de seu mundo. Gostava das coisas assim.

Ele se ressentia profundamente do fato de Viola Kingsley ameaçar seu mundo.

Todos estavam reunidos na sala de visitas para uma apresentação formal à noiva. Ele a encontrou na porta, fez uma leve reverência formal e ofereceu as costas da mão. Ela colocou a sua levemente sobre a dele e Marcel a conduziu primeiro até sua tia Olwen, a marquesa, sentada pomposamente em sua grande cadeira perto da lareira.

— Entendo, srta. Kingsley — disse a tia —, que a senhorita teve a infelicidade de descobrir, após a morte do conde de Riverdale, que seu casamento com ele tinha sido bígamo.

— Foi algo perturbador de descobrir, senhora — respondeu Viola. — Para meus filhos mais do que para mim.

Isso foi tudo o que ela — ou qualquer outra pessoa — falou sobre o assunto. Viola não se envolveu em explicações e garantias de que havia sido uma vítima inocente. Ela era, de fato e até o fim, a mesma condessa de Riverdale como ele a conhecia. Parecia perfeitamente relaxada enquanto ele continuava a conduzi-la. Ela repetia o nome de todos a quem era apresentada — um recurso para lembrar, é claro — e disse tudo o que era apropriado. Seus modos eram impecáveis e sua postura, equilibrada.

Depois de feitas todas as apresentações, ela sentou-se entre Charles Morrow, de um lado, e a prima Isabelle, do outro, aceitou uma xícara de chá de Ellen Morrow com um aceno de agradecimento e começou uma conversa educada com ambas.

Enquanto isso, sua filha era conduzida por Estelle diante dos olhos um tanto cautelosos de seus parentes, como se temessem que sua ilegitimidade pudesse de alguma forma contaminar Estelle.

Ele não havia superado Viola. Por Deus, não havia. Ele queria fugir com ela novamente, mas desta vez para tão longe que eles nunca mais encontrassem o caminho de casa ou desejassem fazê-lo. Ele ansiava por aqueles dias e noites em que não havia nada em que pensar, nada sobre o que meditar, exceto um no outro. Não havia sentido em querer, no entanto. Ele havia percebido o afastamento gradual dela durante os últimos dois dias no chalé, mesmo antes do confronto final na praia. O prazer tornara-se menos agradável para ela. *Ele* havia se tornado menos agradável. Ela lhe dissera que estava tudo acabado, que ia para casa.

Ele não a havia superado, mas ela, sim, havia superado Marcel.

A atmosfera na sala de visitas era sufocante e a conversa, intolerável. Margaret se juntou à mãe e estava contando a Viola sobre os planos para seu casamento com Sir Jonathan Billings no início de dezembro. Os outros jovens — os gêmeos, Abigail Westcott, Oliver e Ellen Morrow — estavam juntos em um grupo e conversavam bem alto e nem sempre um de cada vez. André estava conversando com Irwin, Lorde Ortt. E o silêncio contido de Jane enquanto ela permanecia sentada atrás da bandeja de chá, mesmo depois de todos terem sido servidos e a maioria ter tomado uma segunda xícara, era de alguma forma tão alto quanto qualquer um dos sons reais na sala.

Marcel levantou-se abruptamente.

— Viola — chamou ele —, venha dar um passeio lá fora comigo.

Ela olhou para ele com alguma surpresa antes de seus olhos se desviarem para a janela.

— Está quase escuro lá fora, Marcel — Jane apontou.

— O ocaso mal começou — disse sua tia, apenas para contradizer Jane, suspeitava Marcel. Ele ignorou as duas.

— Obrigada. — Viola levantou-se. — Vou buscar uma capa e um *bonnet*.

— Vista-se bem — aconselhou Isabelle. — Quando o dia escurece nesta época do ano, pode parecer que estamos no meio do inverno lá fora.

— Farei isso — prometeu Viola, e saiu da sala sem olhar mais para Marcel. Ele a seguiu sem prestar atenção ao sorriso de André.

Ela estava usando botas de cano curto quando desceu as escadas, cinco minutos depois, e uma longa capa cinza de inverno, um *bonnet* e luvas de pelica. Seus olhos encontraram os dele, mas ela não sorriu. Nenhum deles falou até que o lacaio de plantão no corredor lhes abriu a porta e a fechou quando passaram.

Na verdade, estava mais claro lá fora do que parecia na sala de visitas. Ele apontou para o caminho à esquerda enquanto desciam os degraus. A trilha serpenteava pelos gramados, entre carvalhos e faias espraiados em direção a florestas mais densas e ao lago e à casa de viuvez, mais além. Naquele dia, no entanto, não iriam tão longe quanto a floresta. A escuridão chegava bem cedo nessa época tão avançada do ano, e a escuridão no interior poderia ser total.

Ele procurou em sua mente algo para dizer depois que ela pegou seu braço e eles seguiram o caminho, mas não conseguiu pensar em um abençoado nada. Não era nada do seu feitio, e ele se ressentia disso. Ele se ressentia *dela*, o que era bastante ilógico e ainda mais injusto. Ele quase a odiava — ao mesmo tempo em que não a esquecera. Se não tomasse cuidado, pensou, estaria tendo um ataque de raiva infantil, jogando-se no chão e batendo os calcanhares e os punhos no caminho. E isso seria mais do que um pouco alarmante.

Ela assumiu a responsabilidade de escolher um tema de conversa, a partir do que ele tinha dito.

— É *insuportável* — disse ela, e ele percebeu que sua voz vibrava de raiva.

— Isto? — Havia vários "istos" aos quais ela poderia estar se referindo.

— Toda a minha família e os Westcott virão aqui amanhã — falou ela. — *Todos?* Minha mãe? Meu *irmão*? A condessa viúva, minha ex-sogra, que está na casa dos setenta? Todos eles virão?

— Se quisermos acreditar em suas respostas aos convites, sim.

— É intolerável — ela insistiu. — Você deveria ter proibido.

— Os convites foram enviados e os aceites recebidos antes que eu soubesse — disse ele. — Eu ou qualquer outra pessoa, diga-se de passagem. Jane estava com o rosto púrpura quando a encontrei. Ela havia acabado de interceptar algumas das respostas. Não tenho certeza se Estelle contou nem mesmo para Bertrand, o que seria muito surpreendente.

— Então você deveria ter acabado com isso assim que soube. Você *não* tem controle sobre seus filhos?

Ele estava ficando um pouco irritado agora também.

— Imagino que seria inaceitável até mesmo para o notório marquês de

Dorchester cancelar o convite de convidados quando eles já tinham aceitado por escrito. E Estelle fez isso com as melhores intenções, sabe? Ela queria agradar você. Por mais estranho que possa parecer, ela realmente gosta de você.

Ela parecia não ter ouvido essas últimas palavras.

— Por que não me disse que é o marquês de Dorchester?

Eles não haviam lidado com esse assunto antes? Talvez não.

— Por alguma razão que ainda não compreendi as pessoas tratam o marquês de Dorchester de forma bastante diferente da forma como tratam o sr. Lamarr. Achei que você poderia me tratar de maneira diferente.

— Você pensou que eu poderia ficar assustada?

— Você ficaria? — Ele não conseguia ver o rosto dela completamente sob a aba do *bonnet*.

— Sim — respondeu ela.

Ele ficou um pouco surpreso, embora tivesse ocultado a verdade dela exatamente por esse motivo.

— Por quê? — ele perguntou.

— Eu não era exatamente uma mulher caída quando você me reencontrou, Marcel, mas eu era e sou uma mulher *maculada*. Vivi, embora sem saber, num casamento bígamo durante vinte e três anos. Dei à luz três filhos ilegítimos. Retomei meu nome de solteira quando descobri a verdade e me retirei para uma vida tranquila, o mais longe possível do *ton*. O mais perto que cheguei de voltar desde então foi na primavera passada, quando fui a Londres para o casamento de Alexander e Wren. Fui ao teatro com eles uma noite. Não foi uma experiência agradável, embora não tenha havido nenhuma exclamação de indignação quando entrei no camarote do duque de Netherby. Fiquei feliz por me retirar para minha vida tranquila novamente. E então, há algumas semanas, descobri que você é um marquês.

— Você fugiu *comigo*, não com o marquês — disse ele. — Assim como fugi com *você*, não com a maculada ex-condessa de Riverdale. Mas que palavra ridícula, Viola... *maculada*.

ALGUÉM PARA SE IMPORTAR 221

— Você tomou uma decisão baseada em informações prévias. Eu, não. Você ocultou informações pertinentes de mim. — Sua voz tremia um pouco novamente, um sinal claro de que ela ainda estava furiosa.

— Você não teria gostado tanto de mim se soubesse que estava fazendo amor com o marquês de Dorchester? — Pararam sob os galhos de uma grande faia. — Ele faz amor da mesma forma que Marcel Lamarr. Se nosso ninho de amor não tivesse sido descoberto com nós dois mais ou menos nele, meu título teria feito diferença, Viola? Se você tivesse descoberto esse fato depois de voltar para casa? Teria feito diferença?

— Mas não foi isso que aconteceu. Fomos descobertos e você fez aquele anúncio estúpido de que estávamos noivos, e agora veja a bagunça em que estamos.

— *Estúpido?* — indagou ele. — E *estamos* em uma bagunça?

— Sim, estúpido — confirmou ela, seus olhos brilhando também agora. — Devíamos ter contado a simples verdade: tínhamos ido lá para uma ou duas semanas de relaxamento e que estávamos prestes a voltar para casa. Deixe-os fazer o que quiserem. Meu Deus, não somos crianças nem mesmo jovens adultos. Não era da conta deles o motivo de estarmos lá. E qualquer desconforto e constrangimento já teriam passado. Nós dois estaríamos livres.

— E viveríamos felizes para sempre — disse ele.

— E viveríamos *separados* para sempre — corrigiu ela — como havíamos planejado e como desejávamos. Tínhamos chegado ao fim, Marcel, mas o seu estúpido anúncio complicou e prolongou tudo. E agora *isso*. — Ela gesticulou com um braço em direção à casa. — Minha própria família e todos os Westcott chegarão amanhã para celebrar nosso noivado em grande estilo. Você entende de que maneira tornou a vida impossível para mim?

Ele olhou para ela com olhos semicerrados e um coração frio.

— Você teria prazer em dormir comigo — falou ele —, mas não em se casar comigo?

— Oh, estúpido — reagiu ela. — *Estúpido*. — Parecia ser a palavra favorita do dia.

— Você provavelmente sobreviverá à provação de se casar com um marquês. Na verdade, é uma grande vitória para você; ou pelo menos é o que o *ton* certamente dirá.

O crepúsculo realmente estava se aproximando deles agora. Agravada pela sombra da velha árvore, isso dificultava qualquer visão clara de seu rosto. Mas cada linha do seu corpo sugeria indignação.

— Seu arrogante... — Ela não conseguia encontrar um substantivo suficientemente ferrenho para somar ao adjetivo.

— Desgraçado? — ele sugeriu.

— Sim — disse ela, sua voz mais fria do que o ar do entardecer. — Seu desgraçado arrogante.

Ele se perguntou se essas palavras já haviam passado por seus lábios antes.

— Por querer se casar com você? Sou então tão inferior a você, Viola, que não posso aspirar à sua mão?

Ela olhou fixamente para ele e depois voltou-se para a casa, obviamente exasperada. Mas antes que ela pudesse dar mais de um passo, ele estendeu a mão para agarrar seu braço.

— *Sou?* — ele lhe perguntou novamente e pôde sentir sua fúria diminuir.

— Marcel, é impossível. Você viu a reação da sua própria família em relação a mim, para não mencionar Abigail, na sala de estar. Consegue se imaginar me levando para Londres? Durante a Temporada? Não se pode permitir que isso aconteça. E por razões mais pessoais não se pode permitir que isso prossiga. Teremos que pensar em alguma saída e não será fácil, principalmente agora. *Nós dois* precisamos pensar. Estou perfeitamente ciente de que você não deseja este casamento tanto quanto eu.

— Posso pensar em uma razão pela qual eu poderia achar esse casamento muito tolerável.

— Oh, a vida não é só... *isso* — ela retrucou.

— Sexo?

— Sim — disse ela. — A vida não é só sexo.

— Mas uma parte importante é.

— Sexo *monogâmico*? — ela perguntou, e mesmo na penumbra ele pôde ver que os olhos dela estavam fixos diretamente nos seus.

Era algo com o qual ele havia se comprometido uma vez. Um dia, havia muito tempo. Era algo que ele evitava assiduamente desde a morte de Adeline. Era algo...

— Achei que não — respondeu ela secamente e, desta vez, quando se dirigiu para a casa, ele não tentou impedi-la. Ele acompanhou-a depois de alcançá-la, mas eles não disseram mais uma palavra.

Na manhã seguinte, depois do desjejum, Bertrand Lamarr, visconde de Watley, ofereceu-se para mostrar o lago para Viola e Abigail, o que ele explicou ficar localizado entre as árvores a leste da casa. Seus modos eram rígidos e formais, e Viola suspeitou de que ele tinha feito a oferta mais por dever do que por vontade. Mas as aparências deviam ser preservadas, pelo menos por enquanto. Ela disse que ficaria encantada. Seu pai, ele contou, estaria ocupado por mais ou menos uma hora com o administrador da propriedade. Lady Estelle decidiu vir também, pois não se esperava que nenhum dos convidados chegasse antes do meio da tarde.

As duas jovens caminharam à frente, de braços dados. Parecia que Estelle era quem falava mais, embora Abigail estivesse sorrindo. Viola não sabia bem como a filha se sentia diante de toda aquela situação. Por mais estranho que pudesse parecer, elas de alguma forma haviam evitado o tema do noivado de Viola e o que levara a isso durante as três semanas anteriores à sua vinda para Redcliffe. Exteriormente, sua relação não tinha mudado, mas havia uma certa restrição entre as duas.

Bertrand e Viola seguiam atrás. Ele não ofereceu o braço, mas manteve as mãos para trás. Entretanto, caminhava ao lado dela, acompanhando seus passos e inclinando a cabeça educadamente em sua direção enquanto ela falava. E ele tinha uma conversa pronta — alguns detalhes sobre o parque, perguntas sobre Hinsford, uma esperança de que suas acomodações ali fossem satisfatórias. Ele estava perfeitamente disposto a responder às perguntas dela. Tinham morado em Elm Court, em East Sussex, até dois anos atrás, quando se mudaram para cá. Ele tivera lá um tutor, um estudioso aposentado que morava perto e lhe dera excelentes instruções em todas as disciplinas, especialmente nos clássicos e na história clássica. Ter que deixar seu tutor para trás era o que ele mais lamentava ao vir para Redcliffe. Desde então, compartilhava a governanta de sua irmã, uma senhora digna que o forçava a dedicar mais tempo e esforço à matéria de que ele menos gostava, a matemática.

— Serei eternamente grato a ela por isso — acrescentou, com toda a seriedade. — Acredito que as crianças, e também os adultos, deveriam estar sempre dispostos e ansiosos para expandir os limites das suas mentes em direções desconfortáveis, bem como em direções confortáveis.

— A maioria das pessoas — disse Viola com um brilho nos olhos — não se sente confortável com *nenhum* esforço mental, Lorde Watley.

— Oh, por favor, pode me chamar de Bertrand.

Passaram pela faia onde ela brigara com Marcel na noite anterior e seguiram em direção ao bosque e depois entre as árvores. O caminho era largo, embora no momento estivesse quase obliterado pelas folhas caídas, que estalavam sob os pés. Havia uma adorável sensação de reclusão.

Bertrand iria para Oxford no ano seguinte e estava imensamente ansioso por isso, embora nunca tivesse ficado longe de casa para frequentar a escola e sem dúvida ficaria bastante nervoso no início. E significaria deixar Estelle para trás.

— Você é muito próximo da sua irmã? — Viola perguntou.

— Fomos companheiros constantes durante toda a nossa vida — explicou ele. — Sempre existiram nossos primos, é claro, mas eles são mais velhos que nós. Não muitos anos, é verdade, mas disseram-me que a diferença de idade parece muito maior para as crianças do que para os adultos. Estelle e eu temos a mesma idade. Somos gêmeos.

— Qual de vocês é o mais velho?

— Estelle, por trinta e cinco minutos. Nunca me permitiram esquecer esse fato e nunca esquecerei, ouso dizer. — Ele lhe lançou um sorriso e, por um momento, pareceu o garoto bonito que era. E muito, muito parecido com seu pai. Estaria vendo Marcel como ele era aos dezessete anos? Mas nenhum pai se reproduzia exatamente no filho, e ela duvidava de que Marcel alguma vez tivesse tido a seriedade mental e os modos que o filho tinha. Havia estudado na Universidade de Oxford, mas parecia ter usado seu tempo lá apenas para se meter em encrencas, ou melhor, para evitar os problemas que suas loucas façanhas deveriam ter lhe causado. Ela duvidava de que ele alguma vez tivesse levado seus estudos a sério. Embora fosse um leitor, ela se lembrava.

Chegaram ao lago de repente e inesperadamente. Era cercado por um bosque, um grande corpo de água em forma de rim — naquele dia muito calmo —, cuja superfície imóvel refletia as inúmeras cores das folhas das árvores. À frente deles havia um trecho inclinado de solo arenoso, que provavelmente era usado como praia durante o verão, e uma casa de barcos à direita. A floresta, entretanto, não cercava completamente o lago. Do outro lado, parte dela havia sido limpa para dar lugar a uma casa com grandes janelas e um jardim que descia até a água. Não se parecia em nada com a casa de Devonshire, mas tinha algo de semelhante. Seu tamanho, talvez. A localização isolada, talvez. Não havia outro edifício à vista além da casa de barcos.

— A casa de viuvez — disse Bertrand. — Eu a amo. Sempre me dá um pouco de saudade de casa.

— De Elm Court? — ela perguntou.

— Sim — afirmou ele. — Tia Jane acredita que minha tia-avó Olwen deveria se mudar para cá e dá dicas frequentes nesse sentido. É para isso que foi construída, como a senhorita pode ver: como uma casa de *viuvez* para os membros mais velhos da família depois que um novo marquês se muda para Redcliffe.

— Mas ela não quer morar aqui? — Viola perguntou.

— Não — ele respondeu. — Mas acho que talvez seja mais porque prima Isabelle não quer se mudar para cá. Talvez ela se sinta diferente depois que Margaret se casar e se mudar com o marido. Contudo, não tenho certeza se os sentimentos dela vão importar. Eles realmente devem se mudar para cá depois do casamento do meu pai.

Ficaram olhando para o lago e para a casa além dele, enquanto Estelle e Abigail caminhavam em direção à água. E Viola abordou o assunto que vinha evitando com a própria filha.

— Como você se sente sobre isso, Bertrand? — ela perguntou. — Sobre o casamento do seu pai comigo, quero dizer. E, por favor, seja honesto.

— Oh, como eu poderia ser?

Viola estremeceu por dentro, mas era de honestidade que ela precisava. Queria estar armada com munição na próxima vez que atacasse Marcel.

— Simplesmente sendo.

— Estou furioso com ele — disse Bertrand após um breve silêncio, sua voz calmamente intensa. — Tudo sempre só girou em torno dele. Ele supostamente estava muito angustiado com a morte de nossa mãe para passar algum tempo conosco quando éramos crianças. Ele ainda estava muito angustiado quando crescemos um pouco. Mas ouvimos coisas. As crianças ouvem, sabe, não importa o quanto sejam bem protegidas do mundo... e éramos muito protegidos do mundo. Ouvimos coisas que não o faziam parecer muito angustiado. Estelle estava decidida a lhe dar uma festa de aniversário de quarenta anos este ano. Tentei avisá-la. Tia Jane também. Mas ela não quis ouvir. E então escolheu ficar *encantada* quando o encontramos e ele anunciou seu noivado. Ela *ainda* está encantada. Eu nunca a vi assim... efervescente. Ela sempre foi quieta e dócil, exceto às vezes quando estávamos sozinhos. Ela acha que tudo ficará bem agora, mesmo que nossa infância tenha acabado. Provavelmente se casará no próximo ano ou depois e eu irei embora. Mas ela ainda acredita no felizes para sempre. Ainda acredita *nele*. Ele não tinha intenção de se casar com a senhorita, não é?

Ora, ora. Quando alguém pede honestidade, é melhor estar preparado para recebê-la. Viola tentou formular uma resposta adequada, mas não conseguiu pensar em nada para dizer.

— Por favor, seja honesta — pediu ele, repetindo o que ela havia lhe dito.

— Não — respondeu ela. — O que fizemos foi muito egoísta, Bertrand. Não tentarei lhe explicar por que senti a enorme necessidade de escapar por um breve período e por que aproveitei a oportunidade quando ela se apresentou. Não há razão para você gostar do que está acontecendo. Eu não sabia que vocês estavam esperando tão ansiosamente pelo retorno do seu pai em casa; acredito que você estava esperando tão ansiosamente quanto sua irmã. Parecia inofensiva aquela fuga, parecia que não dizia respeito a ninguém além de nós dois. Eu deveria ter pensado melhor. Pensei recentemente em algo que John Donne escreveu em um de seus ensaios.

— *Nenhum homem é uma ilha?* — ele perguntou, surpreendendo-a.

— Sim — confirmou Viola. — Acabei magoando minha família e seu pai acabou magoando a dele. Ele não é totalmente egoísta, Bertrand. Assim que viu Abigail do lado de fora daquela casa, ele acreditou que deveria fazer uma reparação. E assim que ele viu você e sua irmã, sua determinação endureceu. Não foi por si mesmo que ele fez esse anúncio e nem por mim. A princípio pensei que era para mim, para proteger minha reputação. Mas não acredito que ele tivesse dito isso se Abigail não tivesse vindo com meu genro e os outros. Ele fez isso por você, por sua irmã e por Abigail. Sinto muito. Não, isso é muito fácil de dizer. As desculpas geralmente não são.

— Ele disse que vocês se apaixonaram anos atrás. Isso era verdade?

Ela hesitou.

— Sim. Mas eu era casada naquela época, ou pensava que era, e ambos respeitávamos esse vínculo matrimonial. *Nós dois.* Não havia nada entre nós então, exceto aqueles sentimentos, aos quais resistimos ao evitar um ao outro.

— Obrigado — disse ele após um breve silêncio. — Gostaria de dar uma volta até a casa de viuvez?

Abigail e Estelle estavam dando voltas pelo lado de fora.

Será que deveria lhe contar, pensou Viola, que não ia se casar com o pai dele? Ou seria injusto com Marcel antes de terem decidido como aquilo deveria ser feito?

— Sim — respondeu ela, mas antes que pudessem retomar a caminhada, os dois se viraram ao ouvir passos nas folhas atrás deles. Era Marcel.

Ela o havia evitado na noite anterior, depois que tinham voltado para casa. E não o tinha visto naquela manhã. Ele já estava trancado com seu administrador quando ela desceu para tomar café da manhã com Abigail, temendo vê-lo novamente.

Ele tinha a mesma aparência de Devonshire, com trajes quentes: seu sobretudo de muitas capas e botas de cano alto, a cartola firmemente colocada na cabeça. Ela sentiu suas entranhas se revirarem, ao mesmo tempo em que se desprezava pela consciência prazerosa que a simples visão dele despertava nela. Não, *não* era prazeroso. Não quando era algo que envolvia apenas seu corpo, enquanto sua mente e seu próprio ser lhe diziam o contrário. Se ela estava apaixonada por ele, então estar apaixonada era algo estúpido e nada a ser desejado e desfrutado.

Seus olhos encontraram os dela antes de passar para o filho. E naquele olhar, desprotegido no primeiro momento, ela leu algo que tocou seu coração e abalou sua determinação mais uma vez, embora ela não conseguisse definir um nome para aquilo. Orgulho? Amor? Anseio? Ele via algo de si mesmo no menino? Algo melhor do que ele mesmo?

— Obrigado, Bertrand — disse ele —, por receber nossa convidada.

Seu filho estava rígido e formal novamente quando inclinou a cabeça.

— Foi um prazer, senhor — afirmou o rapaz.

Marcel olhou para o outro lado do lago, para onde sua filha apontava para cima, em direção à chaminé ou ao telhado da casa de viuvez, ou talvez para uma janela superior, enquanto Abigail olhava para cima também.

— Você gostaria de ver a casa de viuvez? — ele perguntou a Viola.

— Bertrand estava prestes a me acompanhar até lá — anunciou ela.

— Bom. — Ele ofereceu-lhe o braço. — E eu trouxe a chave. É uma casa agradável. Às vezes penso que talvez devesse me mudar para lá se minha tia não quiser. Com meus filhos. E você. — Seus olhos pousaram sobre ela quando ela deslizou a mão por seu braço.

— O que acha, Bertrand?

ALGUÉM PARA SE IMPORTAR 229

— Acho que ser o marquês de Dorchester impõe obrigações que exigem que o senhor viva na casa principal — disse seu filho, enquanto seguiam pelo caminho ao redor do lago.

— Em vez da casa de viuvez ou de uma em qualquer outro lugar — falou o pai. — Não se pode escapar do dever, então? Ou não deveríamos?

— Só posso falar por mim mesmo, senhor. Viver na casa de viuvez, ou em qualquer lugar, com o senhor e sua esposa seria a realização de um sonho para Estelle.

Viola sentiu uma leve contração no braço de Marcel.

— Você não acredita em sonhos? — ele perguntou ao filho.

Bertrand não respondeu por alguns momentos.

— Eu acredito em sonhos, senhor — disse ele. — Também acredito na realidade do fato de que muito poucos deles se tornam realidade.

Os olhos de Marcel se voltaram para Viola.

— E o que você acha, meu amor? — ele indagou.

— Os sonhos não podem se tornar realidade se o sonhador não tiver a determinação de torná-los realidade — respondeu ela.

— A determinação — falou Marcel. — É o suficiente?

Ninguém se atreveu a responder, e a pergunta pairou como algo tangível sobre suas cabeças.

17

Viola subiu com os jovens para ver os quartos. Marcel podia ouvi-los conversando lá em cima — todos os quatro. Ele havia perdido aquela época em que a voz de seu filho havia mudado de menino para jovem. E perdera a mudança da filha, que passara de uma menina recatada e um tanto inexpressiva para uma jovem ansiosa e enérgica, embora suspeitasse de que essa mudança tivesse sido muito mais recente. Na verdade, talvez ele não tivesse perdido nada. Talvez tudo tenha começado com a decepção dela por ele não ter voltado para casa quando disse que voltaria, e a raiva resultante a tivesse levado à idade adulta.

Ele permanecera lá embaixo, na sala de visitas — se a sala em que se encontrava pudesse ser dignificada com um nome tão grandioso. Era uma sala de estar grande, mas também aconchegante — ou seria se houvesse fogo na lareira. Do jeito que estava, ele sentia-se contente por ter mantido o sobretudo quando tirou o chapéu e as luvas depois de entrar. Ficou olhando pela grande janela para a floresta e o lago e para a casa de barcos e mais florestas além. Algo em tudo isso o lembrou da casa de campo, onde tinha sido tão feliz.

Feliz?

Essa era uma palavra estranha de usar. Ele havia se divertido lá. Enormemente. Poderia ter ficado pelo menos mais uma semana sem se entediar e sem se sentir inquieto — se ela não tivesse se tornado cada vez mais entediada e inquieta e se suas famílias não os houvessem flagrado naquele momento.

Ele também tinha sido *feliz lá, droga.* Marcel enfiou as mãos nos bolsos para se aquecer e ouviu as vozes, embora não conseguisse ouvir as palavras reais, vindas de cima, e sentiu vontade de... chorar?

Que diabos?

O que diabos tinha feito com sua vida?

Ele tinha aproveitado — era isso.

Viver na casa de viuvez, ou em qualquer lugar, com o senhor e sua esposa seria a realização de um sonho para Estelle.

Eu acredito em sonhos... Também acredito na realidade do fato de que muito poucos deles se tornam realidade.

Os sonhos não podem se tornar realidade se o sonhador não tiver a determinação de torná-los realidade.

Era estranho como uma decisão aparentemente insignificante podia causar turbulência e perturbar todo o curso da vida de uma pessoa. Menos de dois meses antes, num impulso do momento, ele decidira mandar André para casa na carruagem, enquanto ele ficaria para falar com a ex-condessa de Riverdale, convencê-la a passar a tarde com ele na feira da aldeia, seduzi-la a passar a noite com ele. Uma pequena decisão, bastante condizente com o que tinha sido sua vida nos últimos dezessete anos.

E levara a isso.

Se tivesse decidido de forma diferente e se contentado apenas em acenar educadamente para ela do outro lado da taverna e da sala de jantar antes de sair com seu irmão, ele teria voltado para casa, sofrendo o horror indescritível da festa de aniversário que Estelle havia planejado e depois desaparecido em busca de novas diversões. Estaria seguro.

— Não consigo entender por que minha tia-avó Olwen não quer vir morar aqui — disse Estelle atrás dele. — Eu viria no lugar dela. Eu poderia ser muito feliz aqui, papai. Não é tão pequena assim, é? São oito quartos. Mas é aconchegante.

Ele se virou da janela.

— E o que você faria para se divertir? — ele perguntou.

Ela olhou fixamente para ele antes de encolher os ombros.

— O que eu faço agora? Eu poderia ler, pintar, bordar e escrever no meu diário, fazer visitas e receber visitantes tão facilmente aqui quanto lá. Mas seria pacífico aqui. Seria mais como um lar.

— A casa de viuvez não é tão isolada da civilização como pode parecer — explicou Bertrand a Viola e sua filha. — Logo entre as árvores atrás daqui, há estábulos e uma cocheira, vazia agora, é claro, mas ainda bastante útil, e um caminho largo que se liga com a estrada principal.

— Venha ver os estábulos — sugeriu Estelle, e ela saiu da sala na frente. Abigail e Bertrand a seguiram. Marcel não se mexeu e Viola também não. A porta da frente abriu e fechou.

Eles se entreolharam por vários momentos de silêncio.

— Esta casa lhe traz lembranças? — ele perguntou, apontando para a janela e a vista além. — Mesmo que tênues?

— De Devonshire? Sim. Mas estávamos sozinhos lá.

— Foi bom. Não foi?

Ela virou a cabeça para olhar pela janela.

— Foi sim — respondeu Viola. — Foi exatamente o que pretendia ser, Marcel: uma breve fuga de nossas vidas. Nunca pretendemos que se tornasse algo permanente. Nem você nem eu queríamos isso. E tudo seguiu seu curso. Você me disse na praia que o fato de eu ter dito que queria ir para casa o salvou de ter que me fazer sofrer. Você me disse que odiava fazer suas mulheres sofrerem.

Bom Deus! Ele realmente tinha dito isso? Sabia que sim.

— Será que eu poderia ter sido tão rude? — ele indagou mesmo assim.

— Você estava apenas sendo honesto. Eu sei que você tem outras mulheres, Marcel, e sempre teve... e sempre terá, ouso dizer. Não tive ilusões quando decidi fugir com você. Foi um acordo temporário e fiquei satisfeita com ele. O que eu não estou contente é com... com isso.

— A parte do *para sempre é imprecisa* — disse ele. — Quando eu me casar, Viola, será para todo o sempre. Até que a morte nos separe.

Ela desviou o olhar da janela e virou a cabeça para ele, com a testa franzida.

— O que aconteceu? — ela questionou.

Ele ergueu as sobrancelhas e sentiu um arrepio no coração.

Marcel sabia o que ela queria saber.

— O que aconteceu com o seu casamento? — ela explicou. — Com sua esposa. Como ela morreu?

Ele não queria falar sobre isso. Não queria pensar sobre isso. O ar na sala de repente pareceu rarefeito demais para respirar.

— Ela caiu de uma janela do andar de cima, no terraço abaixo — contou, o tom seco. — Morreu na hora. — Ele virou-se de frente para a janela, embora agora não tivesse consciência da vista além dela. Marcel quis que Viola fosse embora, seguisse os jovens. Mas não conseguia ouvi-la partir. Então ele adicionou o detalhe final. — Eu a matei.

Silêncio. Exceto pelas batidas surdas do seu próprio coração em seus ouvidos. Ele desejou estar sentado. Desejou estar sozinho. Desejou estar morto também. Ele desejou...

— Você não pode deixar as coisas assim — ela disse, atrás dele, e ele se virou novamente para encará-la, a fúria quase o cegando.

— Por que não? — perguntou ele. — O que aconteceu não é da sua conta, Viola. A menos que pense que posso fazer a mesma coisa quando me cansar de você ou quando você me irritar. Vá embora, ou posso fazer isso agora.

Sua carranca estava de volta.

— Sinto muito. Lamento ter aberto uma ferida tão profunda, mas você deve me contar.

— Por quê? Você está determinada a não se casar comigo, ao que parece. E mesmo que mude de ideia, não é da sua conta se intrometer no meu primeiro casamento. Eu não me intrometo no seu.

— Como posso acreditar que você a matou, se não foi enforcado nem passou algum tempo na prisão?

— Foi considerado um acidente. Um trágico acidente. Deixe isso para lá, Viola. Não vou falar sobre esse assunto. Nunca. Por enquanto, você se cansou de mim em Devonshire antes que eu me cansasse de você. Você não queria ser salva do escândalo quando voltássemos para o chalé. Teria preferido que o escândalo viesse a público em vez de se comprometer comigo. Você não mudou de ideia desde então e deixou isso perfeitamente claro ontem à noite. Então. Faça o anúncio hoje, amanhã, quando quiser. Não vou tentar impedi-la.

Foi um momento terrível perceber que partiria o coração dele, que provavelmente já havia partido. Quando ele de repente tinha adquirido um coração? Talvez ela não tivesse realmente pretendido rejeitá-lo; talvez não se ressentisse tanto do noivado como dizia; talvez...

Talvez nada. Ela havia sido perfeitamente clara.

Marcel só poderia fazer papel de idiota dizendo-lhe agora que não a havia superado, que não acreditava que algum dia conseguiria. Só poderia se tornar um incômodo implorando que ela se casasse com ele mesmo assim. Embora soubesse, pelo bem dos seus filhos e dos dela, que continuaria a pressioná-la para fazer exatamente isso.

Bom Deus! Ele acabara de contar que havia matado Adeline. O que ele tinha feito.

— Você ficará feliz — disse ela. — Não quer se casar comigo, Marcel. Isso nunca fez parte do nosso plano. Muito longe disso.

— A mil quilômetros disso — ele concordou. — Mas estamos em uma situação difícil, Viola. Minha irmã chega esta tarde, e também toda a sua família. Uma grande festa é iminente. Sua filha e meus filhos parecem gostar da companhia uns dos outros.

Ambos viraram a cabeça para observar os três jovens voltando pelo lago em direção à casa principal. Bertrand estava no meio, Estelle num braço e Abigail no outro.

— Então — falou ela — escolheremos o caminho mais fácil e celebraremos nosso noivado aqui. E no Natal escolheremos o caminho mais fácil e celebraremos o nosso casamento. E então enfrentaremos o resto de nossas vidas.

— Você faz parecer uma perspectiva sombria — declarou Marcel.

Eles se entreolharam e seus olhos se encontraram.

— Não posso enfrentar outro casamento que venha a ser parecido com o meu primeiro não casamento, Marcel.

Ele estremeceu por dentro, mas não disse nada.

— E você... — disse Viola, e fez um gesto no ar com uma das mãos, em busca de palavras que não vinham.

— E eu sou um libertino incurável.

— Bem. — Ela franziu a testa mais uma vez. — E não é?

— Exceto quando estou casado, como mencionei anteriormente. Mas não sou casado há muito, muito tempo e, durante esse período, fui de fato um libertino. Atrevo-me a dizer que você está certa, Viola. Ouso dizer que sou incurável.

Mas ele se sentiu magoado. Desejava implorar, protestar e justificar. Desejava...

Ela não o queria. Havia gostado do idílio, mas, cansada dele, queria voltar para casa. Exatamente como ele deveria ter feito.

Maldito fosse ele pela tolice de mandar seu irmão para casa em sua carruagem em vez de ir com ele e esquecer a ex-condessa de Riverdale.

— Vou voltar para a casa — ela lhe avisou.

— E como cavalheiro que sou, irei acompanhá-la — respondeu ele. Mas não se tocaram enquanto caminhavam, nem trocaram outra palavra.

Ele se lembrou da caminhada de volta da praia até o chalé em Devonshire. Deveria tê-la agarrado antes que o chalé aparecesse e conversado adequadamente com ela — a verdade, toda a verdade, e nada além da verdade, exatamente como ele queria fazer agora.

Mas seria injusto com ela e humilhante para si mesmo derramar seu amor agora e seu compromisso com a fidelidade e com o felizes para sempre e com o amor eterno e todas essas baboseiras. Ela estava cansada dele. Nunca tinha demonstrado o menor indício de que o amava ou quisesse um futuro com ele.

A humilhação o atacou como um golpe de martelo no estômago.

Ela não o amava. Ela havia dito isso com todas as letras. Marcel teria que permitir que ela fosse libertada para se livrar dessa confusão de alguma forma. Não poderia fazer isso sozinho. Um cavalheiro não repudiava um noivado depois de se comprometer com ele. Ou uma vez que ele a convidara para sua própria casa, e toda a família de ambos estava se reunindo para comemorar com os vizinhos.

Bom Deus! Era o suficiente para arrepiar os cabelos da nuca.

A caminhada de volta para a casa parecia interminável.

Depois de voltar da residência de viuvez com Marcel, Viola retirou-se para seu quarto e lutou contra a tentação de ir embora, de avisar que sua carruagem deveria estar diante das portas dentro de meia hora, de mandar um recado a Abigail de que ela deveria arrumar seus pertences sem demora. Ela queria ir embora. Ela queria esquecer.

Cerca de dois meses antes, havia fugido de Bath para escapar do amor sufocante de sua família. Dois dias depois, havia fugido de novo — para escapar de si mesma rumo ao prazer insensato de um caso de amor com um libertino. Belos benefícios tinha conseguido com isso... Essa escolha a trouxera ao ponto em que se encontrava, a um emaranhado muito mais complicado do que qualquer coisa que ela conhecera antes.

Desta vez, é claro, não poderia fugir. Estelle tivera um grande trabalho em planejar a reunião em casa e a festa de noivado na noite do dia seguinte. E estava transbordando de entusiasmo, uma garota de dezessete anos que vivera uma existência protegida com os tios, mas que ansiava pela presença do pai em sua vida e agora pensava que estava prestes a consegui-la.

Viola não poderia fugir. Sua mãe estava a caminho. Camille, Joel e as crianças estavam a caminho. Assim como Michael e Mary. O mesmo acontecia com todos os Westcott, até mesmo sua ex-sogra. Até Anna, a filha legítima de Humphrey. E Wren, com quem ela havia iniciado uma amizade tão adorável e inesperada na primavera. Wren estava grávida, mas viria de qualquer maneira. Viola não poderia deixar de estar presente quando chegassem.

E lá estava Marcel. Ele havia aceitado a realidade naquela manhã, dizendo-lhe que não a impediria de anunciar que não haveria noivado. E só ela poderia fazer isso, é claro. A honra ditava que o homem não poderia.

E naquela manhã ele havia lhe contado como sua esposa morrera e alegou que ele a havia matado. Viola não acreditou nele nem por um momento, embora acreditasse que ele, sim. O que tinha acontecido? Ela ansiava por saber, mas não tinha o direito de insistir. Eles não iam se casar. No entanto, ela sentira nele naquela manhã uma dor insuportável pelas lembranças que ele mantivera dentro de si por todos esses anos e se recusava a compartilhar agora.

O que tinha acontecido?

Ansiava por dizer-lhe que o amava, que quando disse na praia que precisava ir para casa, não queria dizer que estava cansada do seu envolvimento amoroso, que não sentia mais nada por ele. Porém, não tinha dito. Ele não havia anunciado o noivado porque a amava e queria se casar com ela — Viola tinha certeza absoluta disso, já que conhecia Marcel e sua reputação há muitos anos. Ele não era um homem acomodado. Tinha dito que estava feliz por não ter sido forçado a falar primeiro. Ele dissera que não gostava de fazer suas mulheres sofrerem.

Suas mulheres.

Plural.

Como ela sempre soubera. Como ela sabia quando concordou em fugir com ele.

Não podia fugir, então, mas também não podia ficar. Não poderia se casar com ele, mas também não poderia romper o noivado. Não podia amá-lo, mas também não conseguia deixar de amá-lo.

Ela ficou. Claro que ficou. E se preparou para a chegada da irmã dele e da própria família. Puxou sobre si o manto há muito familiar da condessa de Riverdale e esperou.

Mas o que deveria fazer? Não poderia se casar com Marcel.

O que ela deveria fazer?

Annemarie e William Cornish foram os primeiros a chegar, no início da tarde, trazendo consigo os dois filhos pequenos. Marcel e os gêmeos encontraram-se com eles no terraço. Estelle abraçou as crianças, de sete e cinco anos, enquanto Bertrand apertou a mão de William, e Marcel se viu abraçado com força pela irmã.

— Estou muito feliz por você finalmente se casar novamente, Marc — disse ela. — E também já não era sem tempo. Quase não parei de falar sobre isso, não é, Will?

Cornish trocou um olhar sóbrio com o cunhado, mas não disse nada.

Como sempre, Annemarie encheu a sala com a sua presença assim que entrou. Ela abraçou todos ali reunidos, inclusive Abigail e Viola, conversando o tempo todo.

— Eu estava dizendo ao Marc como estou encantada — ela contou a Viola. — O casamento será bom para ele. Já é hora de sossegar. Meu Deus, ele tem *quarenta* anos. Imagine só! E você poderá trazer Estelle durante a Temporada em Londres, na próxima primavera, e sua filha será uma boa companhia para ela. Elas serão meias-irmãs. Será um sonho virando realidade, tenho certeza, Estelle ter sua própria madrasta como patrocinadora.

William pigarreou e ela olhou para ele interrogativamente antes de se virar e sorrir para Jane.

— Tenho certeza absoluta de que você estava preparada e disposta a levar Estelle a Londres, Jane, mas tenho certeza de que agora deve estar ansiosa para enfim retomar sua vida interrompida.

— Bem, tudo *foi* interrompido, Annemarie, de súbito e inesperadamente — admitiu Jane —, quando os nossos próprios filhos não eram mais velhos do que os seus são agora. No entanto, Charles e eu faríamos isso de novo e pelo dobro do tempo, se fosse necessário. Eu gostava muito de Adeline e gosto *muito* dos filhos dela.

Marcel nunca havia realmente pensado nos últimos dezessete anos em termos de qualquer sacrifício que Jane e Charles Morrow tivessem tido que fazer. Ele sempre reconhecera a necessidade que tinha deles, mas sempre enxergara de seu próprio ponto de vista. Nunca do deles. Havia se ressentido da influência deles sobre seus filhos, embora tivesse optado por não os criar sozinho. Haviam deixado uma casa própria e se mudado para Elm Court —

a casa deles havia sido alugada até muito recentemente por um almirante aposentado e sua esposa.

O problema é que ele não queria começar a ver as coisas do ponto de vista de outras pessoas. O seu próprio já era bastante incômodo.

E isso era apenas o começo. A própria família de Viola, os Kingsley e os Westcott estariam ali antes do fim do dia. Sem contar as crianças, Estelle lhe informou, seriam dezessete pessoas. *Dezessete*. E isso além da própria Abigail e Viola.

Ele sentiu uma vontade quase irresistível de partir. Apenas sair, pegar sua carruagem ou até mesmo selar um cavalo e ir embora. Sua bagagem e seu criado poderiam segui-lo depois. Sem explicações para ninguém. Sem avisos. Sem despedidas. Ele já havia feito isso antes — mais de uma vez. Apenas alguns meses antes, ele não teria hesitado, nem olhado para trás, nem sofrido nenhuma dor de consciência.

Desta vez isso simplesmente não poderia ser feito. Pois sua filha — e seu filho também — o impediam frontalmente. Ele olhou de um para o outro enquanto a conversa continuava ao seu redor — e sentiu ressentimento e amor doloroso em medidas iguais. Estelle estava vermelha e efervescente de entusiasmo agora com a chegada de seus tios e o aparecimento iminente dos dezessete. Ele não tinha certeza de quantos vizinhos compareceriam à festa na noite do dia seguinte. Não havia perguntado. Não queria saber.

Por que ela tinha feito isso? Por que a festa de aniversário? Era porque ela o *amava*? Como isso era possível? Ele era o pai mais perverso da face da Terra. E por que a festa de noivado?

E Bertrand. Ainda não tinha dezoito anos. Uma idade estranha, muitas vezes rebelde, não exatamente um jovem, não exatamente um homem. Apoiando silenciosamente sua irmã em cada passo do caminho. Receber com cortesias a mulher que ele havia flagrado com seu pai naquele chalé miserável. Conversando agora com seu tio e Ortt. Tratando até mesmo seu pai desprezível com cortesia infalível.

Não, ele não fugiria. Estava cada vez mais certo de que nunca mais seria capaz de fugir. Era um dos pensamentos mais terríveis que tivera nos últimos dezessete anos. Seus olhos pousaram em Viola enquanto ela falava com Annemarie e Ellen Morrow. Marcel desejou que aquela manhã não tivesse acontecido. A noite anterior já havia sido bastante ruim, mas agora parecia haver poucas dúvidas de que esse noivado que todos se reuniriam para celebrar estava prestes a chegar ao fim. Contudo, ele devia continuar a comportar-se como se fosse real, até deixar de ser. E então? Ele pensaria sobre isso quando chegasse a hora.

Annemarie estava explicando a Viola que a mãe deles era francesa e insistira que todos os seus filhos tivessem nomes franceses. E Adeline admirava tanto a sogra que insistia em dar nomes franceses aos *próprios* filhos também.

— Minha irmã é Camille — contou Abigail. — Eu não sei por que ela tem um nome francês.

— Eu gostava — explicou Viola —, assim como gostei de *Abigail* quando você nasceu.

— Lá vem outra carruagem — anunciou Bertrand, virando-se da janela e olhando para o pai do outro lado da sala.

E assim foi continuando. E novamente houve o desejo de sair da sala e virar à esquerda em direção à escada dos fundos, usada principalmente pelos criados, em vez de virar à direita em direção à escadaria principal e ao corredor abaixo. Fugir. Como fizera havia dezessete anos e continuara fazendo desde então.

Até agora.

— Será alguém da sua família — ele disse a Viola. — Vocês virão comigo, Estelle e Bertrand? E Abigail também?

Eram Lorde e Lady Molenor — ela era uma Westcott, ex-cunhada de Viola. Mas todos os outros vieram logo atrás deles — o conde e a condessa de Riverdale; o duque e a duquesa de Netherby e seu bebê, com a meia-irmã de Netherby, Lady Jessica Archer, e a duquesa viúva, mãe da jovem dama, também ex-cunhada de Viola. Por que as relações familiares tinham que ser tão complicadas? Depois veio a sra. Kingsley, mãe de Viola, com Cunningham e sua esposa, Camille, a filha mais velha de Viola, e seus três filhos; o irmão clérigo de Viola com a esposa; Elizabeth, Lady Overfield e sua mãe, a sra. Westcott, mãe de Riverdale; e, como um *grand finale*, a condessa viúva de Riverdale, ex-sogra de Viola, e sua filha, Lady Matilda Westcott. Dezessete deles, sem contar as crianças. Não que Marcel tenha contado os dezessete. Para ele, o número se parecia mais com setenta.

Dezessete complicações adicionais sobre o que teria que acontecer antes de todos partirem novamente. O que Viola decerto faria acontecer — com sua bênção. Por que *diabos* ele havia se comportado com um cavalheirismo tão incomum fora daquela maldita casa em Devonshire e anunciado seu noivado?

As duas últimas carruagens chegaram quase simultaneamente. Marcel ofereceu o braço à idosa condessa viúva e conduziu-a lentamente escada acima até a casa, enquanto Bertrand e Abigail vinham atrás com a sra. Westcott, a mãe de Riverdale. Estelle conversou alegremente com Lady Overfield como se fossem velhas amigas, e Viola fez barulhos tranquilizadores enquanto Lady Matilda Westcott compartilhava seu medo de que a mãe estivesse cansada demais.

Como Viola ia contar a esses familiares que eles tinham vindo até ali em vão? E *por que* tinham feito uma coisa tão estúpida quando o casamento deveria ser celebrado dentro de dois meses?

Porque eles a amavam?

— Meu jovem — disse a condessa viúva em uma voz baixa, apenas para seus ouvidos. — Quero conversar em particular com você antes da festa que sua filha planejou para amanhã e do que suponho que será o anúncio oficial de seu noivado. Ainda não vi isso nos jornais. Viola tentará insistir que não é minha nora e nunca foi, mas isso é um absurdo total. Ela é tão preciosa para mim quanto qualquer uma de minhas três filhas, e elas são preciosas, como sempre são as filhas. Você saberá a verdade por si mesmo, ouso dizer. Quero ouvir de seus próprios lábios o quanto minha nora é preciosa para você.

Bom Deus! Então ele seria interrogado por um velho dragão frágil, não é? Ela foi a primeira a falar abertamente — se descontássemos Riverdale e Cunningham, que haviam falado em Devonshire. No entanto, a mãe de Viola lançou-lhe um olhar longo e ponderado ao chegar, e seu filho clérigo olhou-o com seriedade, como se estivesse apenas aguardando até encontrar um momento adequado para proferir um sermão. Lady Matilda parecia azeda no terraço quando Viola os apresentou, e Lady Overfield piscou para ele como se estivesse solidária com o que lhe aguardava.

Pelo que estamos prestes a receber...

— Aguardarei ansiosamente uma conversa particular com a senhora — assegurou ele à condessa viúva, mentindo descaradamente.

Sim, por Deus, eles a amavam.

E não, por Deus, ele não poderia fugir. Estelle estava prestes a explodir de orgulho e felicidade. Ele teria que ficar para lidar com os ânimos opostos quando chegasse a hora, como certamente chegaria em algum momento nas próximas vinte e quatro horas ou mais. Não fugir, mas ficar para lidar com o que viria.

Deus do céu.

18

— Ouvi dizer que há uma bela estufa de plantas aqui, Lorde Dorchester — disse a condessa viúva de Riverdale, na manhã seguinte, após o café da manhã. Ele esperava escapar para o escritório de seu administrador havia algum tempo, mas sempre tinha sido uma esperança vã, já que aquele dia seria frenético, cheio de atividades antes de culminar em um jantar familiar cedo, e a grande festa no salão de baile que se seguiria.

— De fato há, senhora — falou ele. — Gostaria de ver?

Ele já visitara o conservatório de plantas uma ou duas vezes, mas não sabia nada sobre as plantas que ali cresciam. Entretanto, não achava que ela desejasse vê-lo para identificar cada planta.

— Buscarei seu xale quente, mamãe, e trarei para a senhora aqui — avisou Lady Matilda Westcott.

— Você não fará tal coisa — retrucou sua mãe. — Quando eu precisar de um xale mais quente, Matilda, mandarei uma criada buscá-lo. E não preciso de nenhuma companhia além da de Lorde Dorchester.

Lady Matilda, Marcel observara, era a filha solteirona que permanecia em casa como apoio e arrimo para a mãe, que não precisava de nenhuma das duas coisas.

A estufa estava cheia de vegetação em vez de flores. Havia sido feita de maneira bastante inteligente: com plantas grandes misturadas com outras pequenas, plantas de folhas largas misturadas com plantas de folhas estreitas, plantas de folhas verde-claras ao lado de outras com folhas escuras. E muito vidro — três paredes e também um telhado. Era uma manhã ensolarada e o jardim de inverno estava claro e bastante quente. Seria um cenário maravilhosamente romântico para um encontro amoroso. Havia assentos na janela com almofadas macias, mas ele acomodou a viúva em um sofá de encosto firme antes de se sentar no assento da janela em frente.

— A senhora deseja me interrogar. — Não fazia sentido iniciar uma conversa sobre plantas que ele nem sabia nomear. Marcel olhou diretamente para a viúva, sem qualquer sinal de sorriso, uma expressão que sabia que muitas pessoas achavam intimidante em seu rosto, embora não esperasse que tivesse esse efeito sobre ela. Talvez fosse uma expressão defensiva, assim como sua postura indiferente.

— Meu filho foi a maior decepção da minha vida, Lorde Dorchester. E isso foi enquanto ele viveu. Depois ele foi a maior vergonha da minha vida. Por causa dos seus erros, uma das minhas netas cresceu num orfanato, sem o conforto de qualquer família. Duas outras netas e um neto cresceram com uma falsa ideia de quem eram e sofreram a reviravolta do mundo que conheciam quando a verdade foi revelada. Por causa dos erros dele, minha nora sofreu uma humilhação indescritível e foi separada de uma família inteira de pessoas que ela considerou sua própria família durante quase um quarto de século. *Em sua própria mente*, ela foi cortada desse convívio. Não na nossa. Ela é uma Westcott tão certamente quanto qualquer um de nós, embora tenha retomado o nome de solteira e tenha se aferrado a ele desde então.

Ela parou e olhou para Marcel como se quisesse dizer, de forma desnecessária, que não o achava de forma alguma intimidante.

— A srta. Kingsley tem a sorte de ter uma família tão amorosa e leal, senhora — disse ele. Suas palavras soaram fracas e vazias.

— Quero que me dê uma boa razão, Lorde Dorchester, pela qual deveríamos confiar um dos nossos aos seus cuidados. Uma boa razão pela qual devemos recebê-lo na família, como recebemos Joel Cunningham no ano passado e Wren Heyden no início deste ano.

Ele olhou firmemente para a idosa.

— Não posso, senhora — respondeu ele. Isso certamente teve seu efeito. Ela recostou-se ainda mais nas almofadas, como se ele tivesse estendido a mão e a empurrado.

— Não duvido que a senhora esteja ciente da minha reputação. Não duvido que todos vocês estejam. Foi conquistada a duras penas e não peço desculpas por nada disso. Se me arrependo de alguma coisa na minha vida, os arrependimentos são meus. Não são propriedade de uma sociedade desaprovadora ou mesmo da família desaprovadora da mulher de quem estou noivo. Não há dúvida de que tenho berço, posição e fortuna para sustentar sua nora pelo resto da vida. Mas essa *não* é a questão, eu sei. A senhora quer que ela finalmente seja feliz porque a ama.

— E o senhor a *ama*, Lorde Dorchester?

Era a pergunta inevitável. Mesmo assim, Marcel esperava evitá-la. Não conseguia nem responder por si mesmo. Ele sabia que estava apaixonado por Viola havia quatorze anos, mas quatorze anos era muito tempo. Agora ele não era mais a mesma pessoa de antes. De qualquer forma, o que significava estar apaixonado? Nada? Ele sabia que a desejava quando assumiu o risco insano de mandar André embora em sua carruagem, que ele tinha gostado dela mais do que conseguia se lembrar de gostar de qualquer mulher antes, que não tinha quase terminado com ela quando ela terminou com ele, que ele ainda não a havia superado. Mas amor? O amor era uma coisa para sempre, não era? Uma coisa de doença e morte — ou era na saúde e na doença? Era uma coisa inabalável de tudo ou nada, ou melhor, uma coisa de tudo em tudo. Era uma amputação de tudo o que ele tinha sido durante quase vinte anos e... Mas sua mente não o levaria adiante. De qualquer maneira, isso não importava. Ele não se casaria com ela.

— Amo — ele disse suavemente.

Houve um longo silêncio.

— Não tenho controle sobre o que qualquer membro da minha família faz — falou ela, por fim. — Menos ainda com Viola. E o senhor sabe disso, Lorde Dorchester. Poderia ter me convidado para ir ao diabo que me carregue em vez de concordar em me trazer aqui. Em vez disso, o senhor me ouviu e respondeu às minhas perguntas com o que me parece ser uma honestidade franca. Eu o agradeço por isso. Ainda não se sabe se o senhor poderá trazer felicidade à Viola, mas nenhum casal poderá saber disso com certeza quando se casa. Vou confiar no senhor para não partir o coração de uma idosa tão bom quanto o dela.

— Obrigado, senhora — ele disse ao se levantar.

Mas não estava livre nem mesmo depois de devolvê-la à sala matinal, onde várias outras pessoas estavam reunidas para ficar fora do caminho dos criados, que corriam para preparar a casa para as celebrações que aconteceriam mais tarde. Antes que ele pudesse pedir licença para se retirar, a sra. Kingsley descobriu um desejo urgente de conhecer a biblioteca, e seu filho, o reverendo Michael Kingsley, achou que gostaria de conhecê-la também, já que não havia trazido de casa mais de um livro consigo.

Foi praticamente o mesmo tipo de entrevista. A sra. Kingsley contou-lhe como seu falecido marido havia ficado encantado quando o conde de Riverdale, um conhecido distante dele, abordou a possibilidade de um casamento entre seu filho e Viola. O conde não escondeu o fato de que seu filho estava espalhando a semente por aí, por assim dizer, e era extremamente pobre, mas ambos os pais concordaram que o casamento — com uma grande infusão de dinheiro dos profundos cofres de Kingsley, é claro — seria um influência estabilizadora sobre o jovem. E *o jovem*, acrescentou ela com certa amargura, tinha sem dúvida sido pressionado a concordar com a ameaça de que não havia outra forma de saldar as suas dívidas astronômicas. Ele concordou, apesar de, sem o conhecimento do pai ou de qualquer outra pessoa, já ser casado com uma mulher que estava morrendo de tuberculose e eles terem uma filha.

— Dei meu consentimento, Lorde Dorchester — disse a sra. Kingsley —, embora Viola se imaginasse apaixonada pelo filho de um amigo meu e ele por ela. É fácil para os pais deixarem de lado o amor muito jovem dos filhos quando conseguem se convencer de que têm no coração o bem para eles. Eu nunca me perdoei. Minha fraqueza me assombrou ainda mais durante os últimos anos.

— Infelizmente, mamãe — falou o reverendo Michael Kingsley —, nunca temos como olhar para o futuro e enxergar as consequências das decisões que tomamos. — E nunca foram ditas palavras mais verdadeiras, pensou Marcel. — Só podemos tomá-las com as melhores intenções em mente e com amor em nossos corações.

Era um homem meio pomposo, o irmão de Viola. Mas tinha vindo de longe, de Dorsetshire, tendo abandonado lá o seu rebanho, porque a sua irmã era uma grande preocupação imediata para ele. Havia uma história em algum lugar da Bíblia, Marcel parecia se lembrar, sobre um pastor que havia deixado todo o seu rebanho entregue à própria sorte enquanto ia em busca da única ovelha perdida. Uma coisa precipitada de se fazer, embora a história ilustrasse um ponto. Meu Deus, ele estava prestes a começar a citar as Escrituras? A mente dava voltas confusas.

— Entendo — respondeu Marcel — que o senhor teme que Viola esteja prestes a entrar em outro casamento que lhe trará tão pouca felicidade quanto o primeiro. Que talvez isso lhe traga sofrimento real.

Uma coisa a ser dita a favor de Kingsley é que ele não era homem de rodeios.

— Estamos com um medo mortal, Dorchester. Fui um covarde moral durante o primeiro casamento de minha irmã. Eu não gostava nem aprovava Riverdale e por isso o evitava. Ao fazer isso, é claro, eu também a evitei. Tenho vergonha desse descaso. Não vai acontecer novamente. Se o senhor fizer algum mal à minha irmã, vou encontrá-lo e chamá-lo para um acerto de contas.

Ele devia ter soado ridículo. Marcel teve a imagem mental de percorrer os passos de um duelo e se virar, com a pistola engatilhada, para encarar aquele homem, que possivelmente nunca havia segurado uma arma na vida. Mas, por mais que tentasse, não conseguiu transformar o clérigo naquela imagem mental numa figura divertida.

— Eu não vou fazer mal a ela — prometeu Marcel.

— Diga-me, Lorde Dorchester — prosseguiu a sra. Kingsley, antes de fazer a pergunta inevitável —, o senhor a ama?

Nem precisou pensar nisso dessa vez, embora não soubesse a resposta mais do que soubera uma hora antes.

— Sim — ele disse, lacônico.

Viola manteve-se fora do caminho dos preparativos da festa o máximo que pôde durante todo o dia. Não foi difícil. Passou uma hora depois do desjejum no berçário com as crianças. Winifred estava em seu ambiente, brincando de mamãe dos dois filhos de Annemarie, ambos mais novos que ela e muito felizes por receberem instruções de alguém por quem pareciam ter evidente admiração. Sarah ficou feliz em brincar de bater palmas com a avó, enquanto Camille e Anna embalavam os bebês e conversavam. Foi bom ver aquelas duas aceitando cada vez mais o fato de serem meias-irmãs. No início foi difícil, especialmente para Camille. E a própria Viola estava começando a amar Anna, em parte porque estava determinada a fazê-lo e em parte porque não conseguia evitar.

Tomou café na sala matinal com sua ex-sogra, que a informou de que se ela tivesse que se casar com um malandro, havia gente pior do que o marquês de Dorchester, que estava claramente preparado para virar uma nova página em sua vida e claramente apaixonado. Depois, Viola foi passear com Elizabeth, Wren e Annemarie. Viola e Elizabeth seguiram na frente enquanto a irmã de Marcel questionava Wren sobre a indústria que ela herdara do tio e administrava sozinha.

— Eu estava preocupada com você depois do batizado de Jacob — disse Elizabeth. — Pareceu-me que tudo o que aconteceu nos últimos anos caiu sobre você de repente e a sobrecarregou. Todos nos sentimos impotentes para consolá-la, pois é claro que éramos parte do problema. Às vezes as pessoas só precisam ficar sozinhas, e o melhor que aqueles que as amam podem fazer para ajudar é simplesmente deixá-las em paz. Mas falar é muito mais fácil do que fazer.

— É sim — concordou Viola. — Assistir ao sofrimento daqueles que amamos pode ser pior em alguns aspectos do que nós mesmos sofrermos.

— Mas você encontrou a solução perfeita. — Elizabeth riu. — Ah, eu estava muito preparada para ficar horrorizada quando vi com quem você tinha fugido para aquele chalé em Devon. Eu conhecia um pouco o marquês de Dorchester e estava plenamente consciente de sua reputação. É claro que ele é extraordinariamente bonito, e isso pode ser um atributo perigoso num homem que também é devastadoramente sedutor. Mas ficou claro lá e ficou mais claro aqui que ele sente um afeto sincero por você. Deveria ver como ele olha para você quando acredita que não está olhando para ele. Isso me deixa com muita inveja. É igualmente claro que você retribui os sentimentos dele. Eu adoro um final feliz. — Ela suspirou teatralmente e riu outra vez. —

Sua mãe e seu irmão estão conversando com ele.

— Minha sogra já fez isso — falou Viola.

— Pobre homem — reagiu Elizabeth, e as duas riram.

Annemarie e Wren alcançaram-nas nesse momento e a conversa tornou-se geral.

Viola passou o início da tarde na galeria de retratos, no andar superior, com Camille, Joel, Ellen Morrow e seu irmão. Enquanto Joel estudava os retratos de família e Ellen os identificava, Camille sorriu para Viola e caminhou com ela até o final da galeria, onde havia uma janela com vista para o parque atrás da casa.

— É lindo aqui, mamãe — elogiou Camille — e a senhora vai ser feliz. Eu decidi não gostar do marquês de Dorchester, sabe, porque ele sempre foi assombrosamente bonito e... bem... — Ela sorriu de novo. — Eu mudei de ideia. Não que isso importe de qualquer maneira. A senhora escolheu a sua felicidade assim como eu escolhi a minha no ano passado com Joel. E *estou* feliz, mamãe. Mais feliz do que jamais sonhei ser. Só posso desejar o mesmo para a senhora. E para Abby. E Harry.

Elas seguraram a mão uma da outra à menção do nome dele e apertaram com força. Ambas piscaram para conter as lágrimas.

Viola saiu para dar outro passeio mais tarde com Michael e Mary, e seu irmão disse-lhe gravemente que ela tinha a bênção dele, mas apenas se ela lhe prometesse que desta vez seria feliz. Ele disse isso com um brilho incomum nos olhos.

— Michael ainda se sente culpado por não ter expressado a preocupação dele com seu primeiro casamento, Viola — explicou Mary. — Ele queria vir aqui para poder falar desta vez se achasse que deveria.

Viola olhou interrogativamente para o irmão.

— Sinto que *devo* me opor — disse ele, franzindo a testa — tanto como homem do clero quanto como seu irmão. O marquês de Dorchester não me conquistou pela reputação. Mas tenho a curiosa sensação de que poderia estar cometendo um erro imperdoável se me opusesse. Mamãe concorda comigo.

E a mãe realmente deu um tapinha na mão da filha quando Viola se juntou a ela, à marquesa e à Isabelle para tomar uma xícara de chá na sala matinal e ouviu mais uma vez tudo sobre os planos para o casamento de Margaret.

— Admiro sua energia, Lady Ortt — falou sua mãe. — Sinto que deveria estar igualmente ocupada com o casamento de Viola com Lorde Dorchester. No entanto, estou contente em deixar tudo em mãos mais jovens, e a condessa de Riverdale está ansiosa para organizar o casamento em Brambledean durante o Natal. — Ela sorriu para a filha.

As três ex-cunhadas de Viola levaram-na para visitar a estufa durante a tarde.

— Vou invejar isso de você, Viola — respondeu Mildred, Lady Molenor. — Eu me pergunto se posso convencer Thomas a construir uma em nossa casa. — Ela riu. — Talvez fosse mais fácil vir visitá-la com frequência.

— Não posso lhe dizer com toda a honestidade, Viola — disse Matilda —, que aprovo o que fez depois de deixar Bath tão abruptamente. No entanto, todos nós entendemos que a celebração familiar do batizado do jovem Jacob de alguma forma abriu velhas feridas para você. Portanto, estou disposta a admitir que seu encontro com o marquês de Dorchester, naquele momento, foi fortuito, e desejo-lhe felicidades. Você ainda é e sempre será nossa irmã, você sabe, então deve esperar que falemos francamente. Seu novo casamento não mudará isso. — Ela olhou severamente para Viola.

— E como foi Humphrey, *nosso irmão*, quem lhe causou toda a sua angústia — acrescentou Louise, duquesa viúva de Netherby —, então só podemos ficar felizes por você estar se vingando, Viola. Continuamos desejando ardentemente que ele ainda estivesse vivo para que pudéssemos estrangulá-lo nós mesmas.

— De fato — concordou Mildred. — Oh, basta *olhar* para esses assentos almofadados na janela. Eu poderia passar horas aqui apenas olhando a vista.

Ninguém incentivou Viola a desfazer seu noivado antes que fosse tarde demais. *Ninguém*. Era impressionante.

Mas e quanto a ela mesma? Não poderia se casar com Marcel, é claro.

Ninguém, a não ser os dois, sabia toda a história do porquê de terem fugido juntos e quais tinham sido as suas intenções. Ninguém sabia que aquilo tinha sido uma espécie de aventura sexual normal para ele e uma autoindulgência impulsiva para ela. Ninguém sabia que não havia e nunca houvera qualquer declaração de amor entre eles ou qualquer intenção de prolongar sua ligação para além do seu fim natural. Esse fim tinha chegado. Ela ansiava por voltar para sua vida, e ele decerto teria se cansado dela muito em breve se ela não tivesse se manifestado naquele momento. Na verdade, suas palavras na praia eram uma indicação clara de que ele estava próximo desse ponto. Ele já havia começado a falar dela apenas como uma de suas mulheres.

Isso ainda doía.

Todos estavam enganados. Seus parentes, que a amavam e queriam que ela fosse feliz, viam em Marcel o que queriam ver, e ele, como um cavalheiro galante, correspondia às suas expectativas. Afinal, se ela não pusesse fim ao noivado, ele seria obrigado a se casar com ela. Mas ele não poderia estar feliz por se ver tão encurralado — encurralado pelo seu próprio anúncio estapafúrdio, era possível acrescentar. Ele não a amava. Marcel não poderia estabelecer-se com ela num casamento que lhe trouxesse qualquer contentamento duradouro. Ela nem era jovem ou jovialmente bonita. Era mais velha que ele. E mesmo que ele se acalmasse até certo ponto, como ela poderia se contentar com menos que amor? E Viola não precisava se casar. Estivera essencialmente sozinha durante toda a sua vida adulta. Poderia continuar sozinha. A única coisa — *a única* — que poderia induzi-la a se casar era o amor. Não conseguia nem definir o sentimento. Mas não precisava. Ela *conhecia* o amor mesmo que não conseguisse descrevê-lo.

Ela amava Marcel.

Mas ele não a amava. Ele nunca dissera nada que a levasse a acreditar que sim. Todos estavam enganados. Ah, eles estavam todos errados.

Pelo menos ela não o via muito durante o dia. Ele estava sendo entrevistado pelos familiares bem-intencionados dela durante a manhã, e ela acreditava que ele estava com os filhos durante a tarde. Ela se sentiu mal com o passar do dia. O tempo estava se esgotando. O anúncio oficial de seu noivado seria feito naquela noite, mas ela ainda não dissera nada da verdade a ninguém, exceto ao próprio Marcel.

O que ela diria? E quando?

O tempo estava se esgotando. Não podia permitir que o anúncio fosse feito. Teria que falar durante o jantar. Pouco antes da festa.

Ela se sentiu enjoada.

E quando pensou em Estelle, corada e de olhos brilhantes no café da manhã, sentiu-se ainda mais enjoada.

Por que, ah, por que ela simplesmente não havia falado quando Marcel tinha feito aquele anúncio absurdo à sua família na frente do chalé? Parecia impossível naquele momento. Mas comparado com agora...

Bem...

Depois do almoço, Marcel decidiu que era hora de iniciar sua própria entrevista. Encontrou Bertrand na sala de bilhar com Oliver Morrow, o duque de Netherby, André e William Cornish. Encontraram Estelle no quarto da governanta, repassando uma de suas intermináveis listas para a festa daquela noite e sem dúvida atrasando a criada no prosseguimento dos preparativos. Ela lançou aos dois homens um olhar quase abertamente agradecido quando levaram Estelle embora.

Foram ao salão de baile, os três, para ver como andavam os preparativos ali. Estava limpo de cima a baixo. O piso de madeira brilhava com uma nova camada de polimento, embora partes dele estivessem cobertas com folhas sobre as quais repousavam os dois grandes candelabros de cristal do lustre. O cristal brilhava, e a prata voltara à sua cor legítima, em vez do preto que estava da última vez que Marcel olhou. Cada castiçal recebeu uma vela nova.

— Eles serão erguidos mais tarde — explicou Estelle —, e as flores serão trazidas e arrumadas em arranjos. Deverão esperar o máximo possível para que pareçam frescas esta noite.

As mesas na antessala adjacente estavam cobertas com toalhas brancas engomadas, sobre as quais seriam colocados refrescos, tigelas de ponche e outras bebidas mais tarde.

— Eu esperava que nos contentássemos com o piano — disse Estelle, olhando para o estrado da orquestra no outro extremo da sala —, mas Bert me contou sobre um trio que toca para as assembleias na aldeia e nós os contratamos.

— Haverá um violino, um violoncelo e uma flauta para adicionar ao piano — anunciou Bertrand. — A princípio sugeri esta sala em vez da sala de visitas, simplesmente porque seremos muitos. Mas então nos ocorreu que poderia haver um baile.

— E tia Jane achou que seria aceitável, embora Bert e eu ainda não tivéssemos dezoito anos — falou Estelle. — Nunca dancei em um baile.

— Então você vai dançar comigo esta noite — decidiu Marcel. — Vocês se saíram bem, vocês dois. — Ele cruzou as mãos nas costas e mudou abruptamente de assunto. — Digam-me. Sua aparente aprovação dos meus planos de casamento deriva principalmente do seu desejo de que eu viva permanentemente aqui em Redcliffe com vocês? — Ele girou no lugar e olhou para eles. Estavam lado a lado: eram muito parecidos, exceto em altura e sexo, e muito, muito jovens. — Ou talvez eu deva perguntar primeiro se vocês *aprovam*. E vocês *querem* que eu more aqui?

Os irmãos reagiram de forma diferente, embora nenhum deles tenha falado de imediato. A postura de Bertrand enrijeceu e algo por trás de seu rosto se fechou. Estelle corou, seus lábios se separaram e seus olhos ficaram luminosos. Bertrand falou primeiro.

— A srta. Kingsley é uma dama graciosa, senhor — disse ele. — Eu gosto dela, e se o senhor acredita que será feliz com ela, então estou feliz pelo senhor. Quanto a morar aqui, irei para Oxford dentro de um ano, e a questão de onde o senhor vai morar é irrelevante para mim.

— Bert — reagiu Estelle em tom de censura, mas Marcel ergueu a mão.

— Está tudo bem. Eu perguntei. E você, Estelle?

Ele a viu engolir em seco e depois franzir a testa.

— Por que o senhor foi embora? — indagou ela. — Por que nunca voltou, exceto em breves visitas?

Ah. Ele esperava evitar isso, pelo menos por enquanto. Não seria possível, ao que parecia.

— Deixei vocês aos cuidados de seu tio e sua tia — disse ele. — Eles estavam preparados para permanecer com vocês e criá-los, e pensei que fariam um bom trabalho. Eu ainda acho isso. Eles fizeram um trabalho ótimo. Vocês são ótimos jovens. Não eram felizes com eles?

— Por que o senhor foi embora? — ela perguntou novamente. — Tia Jane sempre disse que era porque o senhor estava de luto. Ela disse isso quando tínhamos cinco anos, quando tínhamos dez e quando tínhamos quinze anos e todas as vezes que perguntávamos. Será que todos ficam de luto por tanto tempo quando perdem alguém? Não achou que nós também sofreríamos? Por nossa mãe? Pelo senhor? Não nos lembramos de sentir sua falta, é claro, porque não tínhamos nem um ano de idade quando tudo aconteceu. Nem nos lembramos da nossa mãe. Mas acho que devemos ter sentido falta de vocês dois. Costumávamos brincar quando éramos crianças. Fizemos do sótão vazio de Elm Court um mirante de cobertores, biscoitos e um velho telescópio que não funcionava de verdade. Nós nos revezávamos de vigia. Esperávamos seu retorno e contávamos histórias de todas as aventuras que você estava vivendo e de todos os perigos que teve que superar antes de poder voltar para nós. Lembra, Bert? Você ouviu a história da Odisseia e como Odisseu levou muitos anos para retornar a Ítaca, a sua esposa e seu filho. Costumávamos ter esperança, esperança e esperança de que não demoraria tanto.

— Não demoramos muito para entender que o senhor não voltaria — disse Bertrand —, exceto para visitas breves, que sempre acabavam sendo ainda mais curtas do que o prometido. O senhor sempre tinha uma desculpa para ir embora... exceto quando não tinha. Às vezes simplesmente ia embora.

— Por que, pai? — Estelle perguntou.

Marcel estava se fazendo uma pergunta diferente. Como ele tinha conseguido escapar da própria vida durante dezessete anos? Sempre achara que estava vivendo o sonho de todo homem: livre para ir aonde quisesse e fazer o que quisesse, livre de apegos fortes ou de consciência perturbada, indiferente ao que alguém pensasse ou dissesse dele. Rico e poderoso, o único e inconveniente pacote de amor e consciência cuidadosamente despachado para os Morrow cuidar.

Então ele conheceu Viola.

E a reencontrou, quatorze anos depois.

Se ele pudesse voltar... ao passado. Mas essa era a única impossibilidade em qualquer vida. Não se poderia voltar para revivê-lo.

— Achei que não era digno de vocês — disse ele. — Eu estava com medo de... fazê-los sofrer.

Ambos estavam pálidos. Bertrand estava muito empertigado, com uma expressão dura na postura e no rosto, o tipo de expressão que Marcel às vezes via em seu próprio espelho. Estelle ergueu o queixo, o rosto preocupado.

— Não vale a pena? — indagou ela.

Ele se virou e atravessou o salão de baile para se sentar na beira do estrado da orquestra. Em seguida, apoiou os cotovelos nos joelhos e passou os dedos pelos cabelos.

— O que vocês sabem sobre a morte da sua mãe? — ele perguntou.

— Ela caiu — contou Estelle, sentando-se ao lado dele. — Pela janela. Foi um acidente.

Bertrand permaneceu onde estava.

— Eu tinha ficado no berçário com vocês a maior parte da noite — explicou Marcel. — Vocês dois estavam com os dentes nascendo e estavam zangados e febris e não dormiam de jeito nenhum. Eu segurava vocês um de cada vez e às vezes vocês dois juntos, um em cada braço, uma cabeça em cada ombro. Eu adorava vocês. Vocês foram a luz da minha vida durante aquele ano.

Meu Deus, ele tinha acabado de dizer essas palavras em voz alta? Não poderia olhar para eles para ver o efeito que seu discurso estava tendo se quisesse continuar.

— Sua mãe também os adorava — continuou ele. — Ela brincava com vocês sem parar sempre que estávamos em casa durante o dia. Nós dois brincávamos. Amávamos seus sorrisos e suas risadas quando fazíamos cócegas em vocês ou fazíamos caretas, e adorávamos sua alegria quando vocês nos viam, suas mãozinhas e pés balançando no ar. Mas ela ficou zangada comigo naquela noite por ter ficado acordado com vocês. Era por isso que pagávamos uma babá, ela me disse. Mas mandei a babá para a cama porque ela estava à beira da exaustão e reclamava de uma dor de cabeça insuportável. Eu mal tinha feito vocês dois dormirem quando sua mãe entrou no quarto de madrugada. Ela arrancou você de mim, Estelle, para deitá-la no berço, mas você acordou e começou a chorar de novo. Ela veio atrás de você, Bertrand, mas você também acordou. Adeline estava irritada. Ela queria que eu chamasse a babá e fosse para a cama e me lembrou que teríamos um piquenique para participar no final do dia e que eu estaria cansado demais para comparecer.

Marcel respirou fundo e soltou um suspiro.

— Fiquei frustrado. Tinha levado várias horas para fazer vocês dois dormirem. Eu a empurrei com minha mão livre. O pé dela... Acho que o pé dela deve ter ficado preso na bainha do roupão. Acho que foi isso que aconteceu. Ela cambaleou para trás e estendeu a mão para se firmar na parede atrás dela. Só que era a janela, e eu a tinha aberto mais cedo porque vocês dois estavam com febre. Eu tentei... eu... Mas ela se foi. Ela caiu. Ela morreu na hora. Não consegui agarrá-la. Não fui capaz de salvá-la. Ela era minha esposa, mas não consegui mantê-la segura. Em vez disso, causei-lhe mal.

— E então o senhor foi embora — disse Bertrand, após um breve silêncio. Ele havia chegado um pouco mais perto, Marcel pôde ver. Sua voz era fria e dura. — E ficou longe. O senhor nos deixou.

— Bert — falou Estelle, com angústia e reprovação em sua voz.

— Não — retrucou Marcel. — É um comentário justo, Estelle. Sim. Eu fui embora imediatamente após o funeral. Sua tia Jane, seu tio Charles e os primos estavam lá. O mesmo aconteceu, creio eu, com sua avó, seu tio André e sua tia Annemarie. Fui embora. — Não houve desculpas. — Eu abandonei vocês. Não fui capaz de manter minha esposa segura, embora a amasse profundamente, porque perdi a paciência com ela e a empurrei. Como eu poderia ter certeza de que manteria vocês seguros?

— Espero que o senhor tenha sido feliz — declarou Bertrand com rígido sarcasmo.

Marcel levantou a cabeça para olhar para o filho: alto, duro, inflexível e ferido no âmago do seu ser. Por um pai ausente.

— Sinto muito — pediu ele. — Eu sei que essas palavras são fáceis de dizer e totalmente inadequadas. Mas eu *sinto muito*. Não, não sou feliz, Bertrand. Eu não merecia ser. Ao me punir, ao fugir de mim mesmo, ao me convencer de que estava fazendo o que era melhor para vocês, cometi talvez o maior erro da minha vida.

Ele baixou a cabeça entre as mãos.

— Eu amava sua mãe — prosseguiu ele. — Ela era vibrante, bela e cheia de diversão e risadas. Brigávamos com frequência, mas sempre resolvíamos nossas diferenças sem ferirmos muito os sentimentos um do outro. Quase sempre. Ficamos maravilhados de felicidade quando ela descobriu que estava esperando vocês dois. Dois! Oh, que alegria sua chegada, Bertrand, depois de termos pensado que o trabalho de parto terminaria com segurança com o nascimento de Estelle. Eu já pensei que poderia explodir de orgulho, e então... você veio, zangado e gritando. — Ele engoliu uma vez e depois novamente. — E então ela morreu em um acidente que eu causei, e eu fugi e deixei vocês aos cuidados de pessoas que os criariam para serem melhores do que eu.

Houve um longo silêncio. Estelle deslizou a mão pelo braço dele e escondeu o rosto em seu ombro. Ele podia ouvi-la respirando com dificuldade. Bertrand não se mexeu.

— Papai — disse Estelle, com a voz trêmula de emoção. — Foi um acidente. Eu empurro Bert o tempo todo e ele me empurra. Não queremos dizer nada com isso, mesmo quando é feito com verdadeiro aborrecimento. Nunca pretendemos machucar um ao outro, e nunca o fazemos. Foi um *acidente*, papai. O senhor não era um homem violento com base naquele incidente. O senhor não é violento. Tenho certeza de que não é.

Ele fechou os olhos. Ela estava lhe oferecendo perdão? Por privá-la da mãe? Alguém poderia fazer isso? Ela o havia chamado de *papai*.

— E agora o senhor se apaixonou de novo — concluiu Estelle, após outro silêncio. — Sua vida vai mudar novamente e o senhor voltará para casa para ficar. E no ano que vem ou no ano seguinte, não tenho muita pressa, minha madrasta patrocinará minha apresentação em Londres. Enquanto isso, Bert voltará de Oxford entre os períodos letivos e seremos uma família.

E seremos felizes para sempre.

— De fato voltarei para casa para morar — concordou ele. Ele havia decidido isso durante uma noite sem dormir. Não sabia se seria possível mudar de vida aos quarenta anos, mas sabia de uma coisa com absoluta certeza. Não poderia continuar como estava; ou como estava havia cerca de dois meses. Era estranho que pudesse saber disso com tanta certeza, mas sabia. Essa vida chegara a um fim abrupto. — E quando eu for para outro lugar, para Londres, Brighton ou qualquer outro lugar, levarei você comigo, Estelle. Até você se casar e montar sua própria casa, claro. Você também, Bertrand.

Seu filho ainda não havia se movido. Nem por palavras, nem por gestos, nem por expressão facial ele havia indicado como se sentia a respeito de tudo aquilo. Pelo menos não desde o sarcasmo de alguns minutos atrás. Ele não estava tão pronto para perdoar, ao que parecia. E com razão.

Estelle apertou seu braço.

— Ou para Bath — disse ela. — A sra. Kingsley mora lá, assim como Camille, Joel e as crianças. Eles serão meus sobrinhos. O bebê, Jacob, é tão...

— Estelle — Marcel interrompeu-a. — Eu não vou me casar com a srta. Kingsley. — O golpe final do martelo.

Estelle se afastou dele para olhar seu rosto, embora não tenha desistido de seu braço. Bertrand não moveu um músculo.

— Eu forcei o noivado com ela — explicou Marcel. — Ela tinha acabado de me informar que ia voltar para casa, que desejava voltar para sua família, quando Riverdale chegou ao chalé com sua irmã e a filha e o genro de Viola. E vocês dois não chegaram muito depois. Agi por impulso e anunciei nosso noivado... sem qualquer consulta com ela. Ela protestou assim que ficamos sozinhos e novamente antes de todos deixarmos Devonshire, mas permaneci inflexível. Ela não mudou de ideia desde então.

— Mas... — Estelle começou. Ele ergueu a mão.

— E para ser franco, eu realmente não desejo me casar com ela também. — Não tinha certeza se estava sendo franco, mas também não tinha certeza se não estava. Sua mente e suas emoções eram uma confusão.

— Pensei que o senhor a *amasse* — reagiu Estelle. — Pensei que *ela* o amasse.

Ele soltou o braço dela para colocá-lo sobre seus ombros.

— O amor não é uma coisa simples, Estelle.

— Assim como não foi no nosso caso — disse Bertrand, com a voz baixa e monótona. — O senhor nos adorava, mas nos deixou. O senhor ama a srta. Kingsley, mas está disposto a repudiá-la. Ou ela irá repudiá-lo. Qual dos dois será?

Essa foi a questão espinhosa e a principal causa de sua insônia na noite anterior. Se um noivado fosse para ser rompido, isso deveria ser feito pela mulher. Era o que a honra ditava, na suposição de que nenhum verdadeiro cavalheiro quebraria sua palavra e, no processo, humilharia uma dama e muito possivelmente a faria parecer uma mercadoria danificada aos olhos da alta sociedade e de outros pretendentes em potencial. Mas era sempre justo? A família dele e a dela estavam reunidas em sua casa para comemorar um evento que afinal não iria acontecer, e ele deveria *forçá-la* a explicar? Apenas porque seria falta de cavalheirismo da sua parte fazer isso por si só?

Estelle acabara de perceber as implicações do que ele lhes contara.

— Oh! — ela gritou, ao se pôr de pé. — Eu trouxe toda a família dela aqui, bem como a tia Annemarie e o tio William, e convidei todos de quilômetros de distância, mas afinal não haverá noivado. Oh. O que vou *fazer*?

Bertrand enfim deu um passo à frente para passar um braço em volta dos ombros dela e puxá-la para seu lado.

— Você não sabia, Stell — afirmou ele. — Ninguém lhe contou. Você não sabia.

— Mas o que vou *fazer*? — ela lamentou.

— Você anunciou a celebração aos nossos vizinhos como uma festa de noivado? — Marcel perguntou.

— N-não — respondeu ela. — Bert fará o anúncio no jantar mais tarde esta noite. Todo mundo acredita que é uma festa de aniversário. Mas...

— Então será uma festa de aniversário. Meu quadragésimo. Como você planejou originalmente. Com uma grande lista de convidados de vizinhos e hóspedes valiosos de lugares mais distantes. Um presente luxuoso, precioso e imerecido de meus filhos.

Ou então eles deveriam fazer com que assim parecesse aos seus convidados.

Foi Bertrand quem lhe respondeu, com a voz firme e digna, mas com mais do que um toque de amargura.

— Talvez o amor não precise ser merecido, senhor — declarou ele. — Minha irmã sempre amou o senhor a despeito de qualquer coisa. — Ele engoliu em seco, e suas palavras seguintes pareceram relutantes. — Eu também.

Marcel fechou os olhos brevemente e segurou as têmporas com o polegar e o dedo médio.

— Sinto muito, Bertrand — disse ele mais uma vez. — Sinto muito, Estelle. Sinto muito. Eu não sei mais o que dizer. Mas vamos dar uma boa cara ao resto do dia. E deixe-me tentar fazer melhor com o futuro. Não para reparar o que foi feito. Isso é impossível. Mas dá para... Bem, para fazer melhor.

— Ainda haverá festa, então? — Estelle perguntou. — Mas uma festa de aniversário em vez de uma festa de noivado?

— É melhor que seja a melhor festa de todas — Marcel lhe falou. — Afinal, um homem faz quarenta anos apenas uma vez na vida. Tenho certeza de que será. Você trabalhou com determinação para isso, Estelle. Você também, Bertrand.

Ele olhou para os filhos, e eles olharam de volta, um deles melancolicamente; o outro, perturbado e ainda levemente hostil. Nenhum dos três estava feliz, mas...

— Mas e a nossa família? — Bertrand perguntou. — E a dela? E a própria srta. Kingsley?

— Terão que deixar tudo isso comigo — disse Marcel.

Ele sabia de algo naquele momento mais inapropriado.

Ele amava Viola, por Deus.

E a libertaria, mesmo ao custo de sua reputação como cavalheiro.

19

Havia exatamente aquela mesma quantidade de pessoas à mesa, pensou Marcel, olhando ao longo de toda a extensão, para onde a marquesa, sua tia, estava sentada à cabeceira, com Viola à sua direita e o reverendo Michael Kingsley à sua esquerda. Ele não havia notado particularmente que fosse um grande número. Ele percebia agora. E de uma forma ou de outra, todos eram parentes — dele e dela — reunidos para celebrar a fusão de suas famílias. Desejou que não houvesse uma refeição para enfrentar e uma conversa educada a ser mantida com a sra. Kingsley à sua direita e com a condessa viúva de Riverdale, à sua esquerda.

Estelle, mais ou menos na metade da longa mesa, estava corada e parecia um pouco ansiosa. Bertrand, do outro lado da mesa, tinha modos graves. Mas ele sempre tinha. Ele também inclinava a cabeça atentamente para Lady Molenor, que falava. E virou o rosto para ela enquanto Marcel observava, e ele riu.

— Deve ser uma das vistas mais lindas de toda a Europa — a sra. Kingsley estava dizendo, falando do que podia ver das janelas da frente de sua casa no Royal Crescent, em Bath. — Tenho muita sorte.

— Conheço a visão de que fala — disse Marcel. — Passei alguns dias em Bath há alguns anos. — Ele não ficou muito tempo. Havia encontrado muito pouco ali com que se divertir. Bath havia se tornado, em grande parte, um retiro para idosos e enfermos.

A refeição parecia interminável e também terminou muito depressa. Ele quase perdeu o momento que havia decidido. Sua tia estava se levantando lentamente ao pé da mesa como um sinal para as senhoras de que era hora de deixar os homens com seu vinho do Porto. Os primeiros convidados externos começariam a chegar dentro de uma hora. Viola também se levantou e virou-se para olhar ao longo da mesa. Ela estava respirando fundo para dizer alguma coisa.

Marcel levantou-se e ergueu a mão.

— Sentem-se um pouco mais — pediu ele.

Sua tia olhou-o com alguma surpresa e sentou-se novamente na cadeira. Algumas outras senhoras que começaram a subir fizeram o mesmo. Viola encarou-o, hesitou e depois sentou-se. Ele deu o sinal para os criados saírem da sala.

— Tenho algo a dizer — continuou ele quando a porta se fechou — que irá surpreender a maioria de vocês e talvez angustiar alguns.

Se antes ele não tinha tido toda a atenção de todos, agora estava voltada para ele. Marcel tentou se cingir de seu famoso desdém pela opinião de qualquer pessoa sobre o que ele dizia e fazia. Porém, não funcionaria desta vez.

— Tenho a mais profunda consideração pela srta. Kingsley — disse ele — e me lisonjeio com a crença de que ela retribui. No entanto, há pouco menos de um mês, forcei um noivado com ela quando tomei a decisão unilateral de anunciá-lo a quatro membros de sua família e depois a quatro da minha. Foi errado da minha parte, pois, cerca de uma hora antes de fazer o anúncio, a srta. Kingsley havia expressado seu desejo de voltar para casa, para sua própria família e sua própria vida. Com o meu anúncio impulsivo, coloquei-a numa situação incrivelmente embaraçosa, e ela ficou ainda mais enredada às consequências desde então. Ela me disse várias vezes que não deseja se casar comigo. Portanto, estou fazendo outro anúncio agora para corrigir o primeiro. Não há noivado. Nunca houve. Não haverá casamento. E devo salientar que a srta. Kingsley é totalmente inocente.

Todos ouviram em absoluto silêncio. Houve alguns murmúrios quando ele parou, e tornou-se uma espécie de balbucio quando ficou claro que havia terminado. Marcel não deu atenção. Seus olhos estavam fixos nos de Viola. Ela parecia a deusa do mármore, a rainha do gelo da memória, com o queixo erguido, o rosto pálido e totalmente desprovido de qualquer expressão, exceto aquela que lhe conferia uma dignidade incontestável.

Ninguém fez perguntas. Ninguém expressou qualquer protesto. Ninguém o desafiou para um duelo. Ele ergueu a mão depois de alguns momentos e olhou para os dois lados da mesa enquanto o silêncio caía novamente.

— Minha filha planejou a festa desta noite com cuidado meticuloso — continuou ele. — É o primeiro evento deste tipo que ela organiza e o fez em grande escala. Ela decidiu organizar a festa porque atingi a marca do meu quadragésimo aniversário e ela queria fazer algo especial para mim. É especial e confio que todos vocês nos ajudarão a comemorar.

— Certamente irei — respondeu Viola, a primeira a falar. — Desejo a você um feliz aniversário, Marcel, e a Estelle uma festa de sucesso.

— Faço minhas as palavras de tia Viola — disse Anna, duquesa de Netherby. — Feliz aniversário, Lorde Dorchester. E, Estelle, obrigada por convidar a todos nós para participarmos de sua festa. É um prazer estar aqui e devo confessar que já dei uma espiada no salão de baile. Pensei que talvez tivesse descoberto um glorioso jardim de flores.

O duque, do outro lado da mesa e um pouco mais além da esposa, arqueava uma sobrancelha para ela e parecia ligeiramente divertido.

Bertrand estava de pé, com um copo de... água na mão.

— Espero que todos ainda tenham um pouco de vinho — falou ele. — Os senhores se juntarão a mim para desejar feliz aniversário de quarenta anos ao meu pai? Eu sei que o senhor não gosta muito de ser lembrado do número, mas aproveite agora. O próximo ano será pior.

Bertrand fazendo uma piada?

Houve risadas gerais, talvez constrangidas, talvez um pouco exageradas, e o arrastar de cadeiras enquanto todos se levantavam e erguiam uma taça em brinde. E, por Deus, eles fariam isso de maneira civilizada, ao que parecia, quando todos certamente deviam estar querendo uma parte de seu couro agora.

— Obrigado — disse Marcel. — Acredito que os cavalheiros estarão dispostos a abrir mão do Porto esta noite para se prepararem para a festa. Verei todos vocês no salão de baile dentro de uma hora.

E simples assim, pensou ele enquanto se virava para oferecer o braço à condessa viúva de Riverdale, o pior já havia passado. Na última hora, ele salvara Viola de ter que fazer o anúncio sozinha.

André cruzou o olhar com ele do outro lado da sala, piscou e sorriu.

— Bem, meu jovem — respondeu a viúva em meio ao burburinho de vozes ao redor deles. — Nunca ouvi nada mais ridículo em minha vida. Você vai se arrepender disso. Viola também. Mas é problema seu, suponho.

Ela pegou o braço oferecido.

Viola sempre soubera que algo imensamente bom — ou melhor, três coisas — tinham feito valer a pena sofrer cada ano difícil de seu casamento. Não era uma mulher muito aberta — outro resultado de seu relacionamento conjugal — e talvez os seus filhos não soubessem plenamente o quanto eram adorados, mas *ela* sabia. Muitas vezes ela pensava que eles eram a única coisa boa que acontecera em seu casamento, mas estava errada.

Durante esses vinte e três anos, ela tinha aprendido a perseverar à vista da família, dos amigos e da sociedade em geral. Havia aprendido a arrastar sobre si uma espécie de dignidade graciosa, como um manto que a envolvia sempre que não estava sozinha, e isso significava a maior parte de suas horas de vigília. Essa habilidade foi sua graça salvadora naquela noite.

Com o coração palpitante e os joelhos trêmulos, ela mesma estava prestes a fazer o anúncio. Ela respirou fundo e abriu a boca para falar. Algumas cabeças começaram a se virar em sua direção. No entanto, mesmo naquele momento, ela não sabia bem o que dizer. Não havia preparado nenhum discurso ou, se o tinha feito, não conseguia se lembrar de uma única palavra. Só sabia que isso deveria ser feito — *agora*. De repente, o tempo havia mesmo se esgotado. Era agora ou nunca, e *nunca* era uma tentação que devia ser evitada.

Marcel a salvara falando pessoalmente e arriscando todo tipo de repercussão por violar a honra de um cavalheiro. Isso não aconteceu, no entanto. Até onde ela sabia, Joel não o havia desafiado para nenhum tipo de duelo. Nem Alexander, nem Avery. E Michael não o denunciara. Na verdade, todos absorveram o choque do anúncio com notável civilidade, apesar do fato de um grande número dos seus familiares terem sido arrastados por metade do país sob falsos pretextos. Suas filhas correram para seu lado antes de saírem da sala de jantar, e ela sorriu para ambas.

— Tudo o que ele disse era verdade — afirmou ela. — Foi nobre da parte dele fazer o anúncio sozinho e assumir toda a culpa. Eu não o odeio ou mesmo desgosto dele. Ele também não me odeia nem desgosta de mim. Nós simplesmente não queremos nos casar.

— Mamãe — disse Abigail, e parecia não encontrar mais nada para dizer. Em vez disso, ela olhou para sua preocupação e angústia.

— Queríamos muito que a senhora fosse feliz — completou Camille, parecendo igualmente desamparada.

— Temos uma festa para participar e aproveitar — lembrou Viola. — Pelo bem de Estelle. E de Bertrand.

— Eles deviam saber — falou Abigail. — Ele deve ter contado a eles antes desta noite.

— Sim — concordou Viola. — Eu acho que ele deve. Enfim, prometi dar um beijo de boa-noite em Winifred antes da festa. Vou para lá sem mais demora, antes que você e Joel subam, Camille.

E a festa prosseguiu uma hora depois como uma grande e barulhenta recepção no salão de baile, seguida depois de um tempo por algumas contradanças para os jovens e, por fim, uma luxuosa ceia à mesa durante a qual houve brindes, discursos e cumprimentos de aniversário de Bertrand e vários vizinhos — e Marcel, que elogiou a filha e o filho, agradeceu aos convidados e fez alguns comentários irônicos sobre ter quarenta anos. Ele fez o primeiro corte em um grande bolo de frutas gelado, que felizmente parecia adequado para qualquer ocasião.

Se algum dos vizinhos tivesse ouvido rumores de um anúncio de noivado a ser feito naquela noite, nenhum deles aludiu a isso ou prestou a Viola mais atenção do que a qualquer outro convidado da casa. Tudo estava bem e o grupo de Estelle foi resgatado do desastre que poderia ter ocorrido.

— Que sorte — comentou Louise, duquesa viúva de Netherby, com Viola, logo após o início da festa — que também houvesse um aniversário para comemorar esta noite.

— Ouso dizer que Dorchester se lembrará disso pelo resto da vida — concordou Mildred, sua irmã. — Você também vai, Viola. Devo confessar que fiquei um pouco decepcionada, embora tenha vindo aqui preparada para me

ALGUÉM PARA SE IMPORTAR 269

alinhar com minhas irmãs e submeter o marquês a um interrogatório que o reduziria a uma gelatina trêmula. No entanto, ouso dizer que você conhece sua própria mente assim como ele conhece a dele.

— Sinto *muitíssimo* — disse Viola — por todos vocês terem sido arrastados até aqui por nada.

— Chutando e gritando — falou Louise depois de estalar a língua. — É uma pena que Bertrand seja tão jovem. Jessica parece bastante apaixonada por ele, não é? E quem pode culpá-la? Esse jovem está destinado a partir o coração de algumas mulheres antes de encontrar a pessoa certa para ele.

Lady Jessica Archer debutara durante a primavera. Ela provavelmente poderia ter encontrado um casamento brilhante antes do final da Temporada, se quisesse. Ela era bonita e vivaz — *e* tinha sido filha de um duque de Netherby e era a irmã rica de outro. Em vez disso, ela insistira em retornar ao interior antes mesmo do final da temporada, chateada porque Abigail, sua melhor amiga, não conseguira debutar com ela. Tinha sido incapaz de aceitar o fato de que a ilegitimidade de Abigail a desqualificava para adentrar o *ton* ao mesmo nível que ela.

— Ele se parece exatamente com o pai — comentou Mildred.

Viola pareceu passar metade da noite se desculpando por algo que não tinha sido culpa dela.

— Prefiro que vocês dois admitam sua incompatibilidade agora, Viola — disse-lhe o irmão —, do que em meados de janeiro próximo.

— Mas estou tão feliz que todos nós viemos — assegurou-lhe Elizabeth um pouco mais tarde, e a prima Althea, sua mãe, concordou. — Acho que esta noite teria sido terrível se você tivesse apenas Abigail como apoio moral.

— Tia Viola — disse Avery, o duque de Netherby, com um suspiro lânguido depois de expressar seu pesar por ele ter percorrido todo aquele caminho com Anna e o bebê para um nada. Ele havia vagado até ela para resgatá-la de um cavalheiro fazendeiro que havia feito uma longa descrição de todo o seu gado e da riqueza de sua colheita recente, que de alguma forma superava a de todos os seus vizinhos. — As pessoas que estão sempre pedindo perdão são quase invariavelmente enfadonhas. Estremeço com a improvável possibilidade de a senhora se tornar uma dessas pessoas. Venha dançar comigo. Acredito que posso me lembrar dos passos desta dança aqui o suficiente para não a desonrar.

— Você não deve se desculpar, Viola — Alexander lhe falou pouco antes do jantar. — Não é culpa sua termos sido convidados como uma surpresa para você e, em vez disso, acabamos sendo um pouco constrangedores. E estamos felizes por estar aqui para lhe dar algum apoio.

— Se você realmente sente muito, Viola — falou Wren, com um brilho de travessura nos olhos —, então virá para Brambledean no Natal, independentemente do que aconteceu esta noite. Todos os outros ainda virão, mesmo que não haja mais casamento. Conheço você bem o suficiente para prever que não vai querer estar lá. Mas você deve ir. A família é muito importante. Eu sei. Cresci sem ninguém, exceto minha tia e meu tio. Pelo menos agora tenho meu irmão de volta em minha vida, e toda a família de Alexander. Tal como você. Sua mãe ainda virá, assim como seu irmão e sua cunhada. Eu acabei de perguntar a eles. Você deve vir também.

— Wren é uma especialista em conseguir que deem o braço a torcer — afirmou Alexander. — Tenho os músculos doloridos para provar.

Viola ficou horrorizada só de pensar em mais uma reunião de família dentro de pouco mais de dois meses, mas ela não pensaria nisso ainda.

— Avisarei você — garantiu ela.

— Isso terá que servir por enquanto — disse Wren. — Mas lembre-se de como, na primavera, desafiamos uma à outra a dar um passo para o mundo, e como fizemos isso e nos sentimos enormemente orgulhosas de nós mesmas.

Mas ela não estava sendo desafiada a sair para o mundo, pensou Viola; estava sendo convidada a se juntar à *própria* família e aceitar seu abraço coletivo.

— Venha dançar comigo, Viola — pediu Alexander.

E então, depois do jantar, justamente quando Viola se perguntava se poderia escapar para seu quarto sem parecer excessivamente mal-educada, Marcel apareceu diante dela, de Isabelle, do vigário e de sua esposa. Haviam evitado um ao outro com sucesso a noite toda. No entanto, ela estivera consciente dele a cada minuto interminável. Ele parecia elegante e quase satânico, todo vestido em preto e branco, com um colete prateado bordado e seu diamante solitário brilhando nas dobras intrincadas da gravata. Ele parecia austero e um pouco intimidador, embora tivesse feito um esforço para socializar com todos os convidados e garantir que bebidas fossem servidas aos mais idosos entre eles. Ele começara a dançar com Estelle, e Viola assistiu, sentindo-se mal ao se lembrar de ter dançado a mesma contradança com ele no parque da vila, quase em uma outra vida.

Ela estava terrível e dolorosamente apaixonada por ele e se ressentia disso. Não era uma garota que ficava triste com um rosto e uma figura bonitos. Exceto que era mais do que isso, é claro. Muito mais.

Ela queria ir embora do salão de baile e de Redcliffe. Queria estar em casa. Queria... o nada, o esquecimento. Era o pior desejo de todos e algo que devia ser e seria combatido. Mas ela iria embora dali no dia seguinte. Já havia decidido. Todos os convidados esperavam ficar alguns dias depois da festa, é claro — alguns dias para desfrutar do ambiente e celebrar um novo noivado familiar de uma forma mais tranquila. Viola não tinha ideia de como sua partida afetaria todos os outros. Ficar depois que o noivado havia sido rompido e ela houvesse partido seria mais do que um pouco estranho, e — meu Deus — sua família tinha chegado no dia anterior, depois de alguns dias de viagem na maioria dos casos. Mas não pensaria nesse fato ou neles. Às vezes — de novo! — ela só conseguia pensar em si mesma. Deveria partir o mais rápido que fosse possível, pela manhã.

No entanto, agora ele estava diante dela. Bem, diante dos quatro, na verdade, mas era para ela que ele olhava, como se não tivesse conhecimento do primo ou do vigário e da esposa.

— Viola — disse Marcel —, você me dará a honra desta dança?

Ah, era descortês. Era cruel. Ele estava fazendo isso, sem dúvida, para demonstrar às famílias que não havia ressentimentos entre eles, que — como ela dissera às filhas depois do jantar — eles não se odiavam; simplesmente não queriam se casar. No entanto, ele não deveria ter escolhido aquela maneira específica de fazer essa demonstração.

— Obrigada. — Ela colocou a mão na dele, e os dedos longos de Marcel fecharam-se calorosamente sobre os seus enquanto a conduzia para a pista.

— Estamos perfeitamente coordenados, você vê — disse ele. — Se tivéssemos anunciado nosso noivado esta noite, Viola, os convidados teriam presumido que foi planejado.

Ela estava usando sua renda prateada sobre um vestido de noite de seda prateada. Sempre o considerara elegante de uma forma discreta, e modesto sem ser austero, lisonjeiro para sua silhueta. Ela sempre achara que combinava com sua idade sem fazê-la parecer desalinhada. Na verdade, era seu favorito, e ela o tinha escolhido para aumentar sua confiança.

— Obrigada.

— Por? — Ele ergueu as sobrancelhas.

— Por falar no jantar — respondeu ela.

— E evitar que você tivesse que fazer isso sozinha? Era o que você estava prestes a fazer, não era? Presumo que não estaria me agradecendo se não fosse esse o caso. Você não estava prestes a anunciar seu amor eterno por mim e seu compromisso com um *felizes para sempre* que se estenderia até a nossa velhice e além, até a eternidade?

Ela não pôde deixar de sorrir, e os olhos escuros dele fixaram-se com certa intensidade em seu rosto.

— Você não entendeu mal — falou Viola.

— Ah. Não pensei que tivesse.

Os músicos tocaram um acorde, e Viola olhou em volta, assustada. Eles não estavam em linha. Ela não tinha ouvido o anúncio da dança que iriam apresentar. Havia alguns outros casais na pista, nenhum deles muito jovem e nenhum deles em linha. Havia Alexander e Wren, Mildred e Thomas, Camille e Joel, Anna e Avery, Annemarie e William e dois outros casais. Quase antes de o acorde terminar, ela entendeu.

— É uma valsa — disse.

O braço direito dele passou por sua cintura, e a mão esquerda, levantada, esperou a dela. Seus olhos nunca deixaram os dela. Ela colocou a mão na dele e levantou a outra até seu ombro, e... Ah, e eles valsaram novamente. Como tinham feito no parque da aldeia naquela outra vida, quando tudo tinha sido uma aventura despreocupada. Haviam dançado em terreno irregular e na penumbra. Aqui eles dançavam sobre um chão polido entre floreiras com a luz de dezenas de velas tremeluzindo sobre eles nos candelabros, e com outros casais girando no salão com eles.

Mas via apenas Marcel, sentia apenas o calor de seu corpo e o toque de suas mãos, sentia apenas o cheiro de sua colônia. Seus olhos nunca deixavam o rosto dela — ele sempre tinha aquele jeito de fazer de sua parceira de dança o foco total de sua atenção. Fazia parte de seu apelo masculino. Ela sorriu, embora houvesse uma espécie de amargura totalmente irracional no seu íntimo. Não tinha nada do que reclamar, exceto talvez o anúncio do noivado em frente à casa — certamente uma de suas raras incursões à galanteria.

A música os envolveu.

— Eu amei você, sabe? — falou ele, quando a dança estava quase no fim.

— Quatorze anos atrás? — indagou ela.

Marcel não respondeu.

— Você nem me conhecia. O amor não pode existir sem conhecimento. — Ela não sabia se isso era verdade ou não.

— Não pode? Então eu não a amei, Viola. Eu estava errado. Ainda bem, não é? — Houve uma curva curiosa em sua boca.

E um pensamento lhe ocorreu: *estaria* ele falando de quatorze anos atrás? Mas não importava.

A música terminou e ele a conduziu na direção de sua mãe, que estava sentada em um sofá de dois lugares com a marquesa, sua tia. No entanto, Viola não parou ao lado delas. Ela saiu correndo, tentando desacelerar os passos, tentando sorrir e fazer algum contato visual com as pessoas por quem passava no caminho até a porta. Assim que chegou à porta, porém, ela começou a correr e não parou até estar dentro do quarto, de costas para a porta fechada, com os olhos bem cerrados.

Seu coração partido.

20

Uma festa envolvendo dança, refrescos ilimitados e uma ceia suntuosa teria durado até o amanhecer em Londres. Felizmente, ali não era Londres. Os convidados começaram a se escorrer discretamente logo depois da meia-noite e então o gotejar tornou-se um fluxo constante. Os hóspedes começaram a escapar em silêncio em direção a seus quartos depois de agradecer a Marcel por sua hospitalidade e a Estelle pela esplêndida festa.

Foi realmente esplêndido, apesar de Marcel ter odiado cada instante. Embora não fosse inteiramente verdade. Apesar de estar chateada com o noivado, Estelle estava corada, com os olhos brilhantes e exuberante naquela noite com o sucesso de sua festa. Bertrand comportou-se com dignidade e charme. Marcel sentia-se repleto de orgulho por ambos, embora não tivesse feito nada para merecer esse sentimento. E então houve aquela valsa...

Desceu ao terraço para acompanhar o último dos convidados até a saída. Inevitavelmente, os vizinhos descobriam coisas que absolutamente deveriam contar uns aos outros, embora tivessem tido a noite toda para conversar. E todos queriam agradecê-lo repetidas vezes.

Demorou um pouco mais para ver os retardatários dentro de casa irem para a cama, depois abraçar Estelle, apertar a mão de Bertrand e agradecer-lhes pelo mais precioso dos presentes de aniversário: a festa. Mas afinal conseguiu retirar-se sozinho para a biblioteca, depois de lançar a André seu olhar mais ameaçador, quando parecia que o irmão poderia desejar segui-lo. Ficou parado no meio da sala por alguns minutos, hesitante, tentando escolher entre sentar para ler um pouco e ir direto para a cama.

Então foi até o quarto de Viola e ficou do lado de fora da porta dela para hesitar e se perder no nervosismo. Não tinha certeza, mas teve a impressão de que havia um fio de luz de vela na fresta debaixo da porta. Ou talvez tivesse deixado as cortinas abertas e fosse apenas luar. Devia ser pelo menos uma e meia agora. Não olhou no relógio antes de sair da biblioteca. Mas uma hora, uma e meia, duas horas — a hora real não era importante. O fato é que já era tarde demais para fazer uma visita social e, mesmo que fosse uma da tarde, ainda assim seria impróprio visitar uma dama em seu quarto. O que era um pensamento um tanto ridículo, dadas as circunstâncias.

Bateu de leve à porta com um dos nós dos dedos. Ele mesmo mal conseguiu ouvir. Se ela não aparecesse antes que ele contasse até dez em velocidade média, ele iria embora. Um... dois...

A maçaneta da porta girou sem fazer ruído e a porta abriu uma fresta — e depois uma fresta ainda maior.

Era luz de vela. Uma única vela ardia na penteadeira.

Viola vestia uma camisola. Seu cabelo ondulava pelas costas. Ela também estava investida em sua expressão de mármore. A cama atrás dela estava com as cobertas puxadas, arrumada para a noite, mas não parecia ter sido usada ainda. A luz das velas refletia em alguma coisa ao pé da cama. Em *algumas* coisas, para ser mais preciso. Uma horrível bolsa cor-de-rosa de cordão também estava lá.

Era melhor que alguém dissesse alguma coisa logo, e ele supôs que deveria ser ele.

— É melhor você me convidar para entrar — ele disse suavemente.

— Por quê? — Sua voz era igualmente suave.

Marcel inclinou a cabeça ligeiramente para o lado, mas não disse mais nada. Ela tinha escolhas: abrir mais a porta e dar um passo para o lado, fechá-la na cara dele ou ficar ali pelo resto da noite. Ele deixou que ela decidisse.

Viola se virou e se afastou, deixando a porta entreaberta. Então ela escolhera a quarta opção. Ele entrou e fechou a porta silenciosamente atrás de si.

— Por acaso eu a interrompi enquanto você estimava o valor de seus tesouros? — ele perguntou, apontando para a cama.

Ela olhou para as joias baratas espalhadas ali e pareceu mortificada.

Marcel se aproximou e olhou para elas.

— Percebi que esta noite você usava um colar de pérolas bastante pequeno e insignificante em comparação com este.

— Eu não tenho bom gosto algum, tenho?

— E você também não tinha diamantes, esmeraldas ou rubis para adicionar um pouco de cor e brilho. Você parecia quase...

— Aristocrática — sugeriu ela.

— É isso — confirmou ele, virando-se para olhá-la de camisola e chinelos. — A mesma palavra que minha mente estava procurando. Sempre e o tempo todo aristocrática.

— Nem sempre — ela disse baixinho, e se aproximou dele, juntou as joias como se fossem realmente preciosas, guardou-as dentro da bolsa e atou os cordões.

Ele trazia o Lenço Horrendo — sempre pensava na peça como se as duas palavras começassem com letras maiúsculas — num bolso interno do casaco de noite. Ele o colocara ali para ter coragem de falar durante o jantar.

— Você vai ficar por alguns dias? — ele perguntou.

— Não — respondeu Viola. — Minhas coisas estão arrumadas. Digo o mesmo de Abigail. Partiremos amanhã... ou hoje, suponho que quero dizer. Nossa partida tornará a vida da minha família muito complicada, mas não consigo lidar com tudo.

— Eles serão bem-vindos aqui — disse ele.

— Obrigada. — Ela largou a bolsa cor-de-rosa. — Você poderá sair daqui em breve e retomar sua vida de onde parou há alguns meses. Vai deixá-lo feliz.

Ele sentiu uma onda de raiva e... mágoa?

— Será do meu agrado — disse ele. — E você voltará para casa e será respeitável e aristocrática.

— Sim.

Era exatamente disso que ela estava fugindo quando deixara Bath naquele arremedo de carruagem alugada. Havia tido certeza depois de uma aventura interrompida, cortesia dele, e de muito constrangimento, cortesia dele e de sua filha. Agora ela estava contente em rastejar de volta para a segurança. Mas por que ficar com raiva? Ele tinha acabado de fazer uma afortunada fuga de um vínculo que afetaria de maneira muito adversa a totalidade do resto de sua vida. E isso era cortesia de Viola. Ela havia deixado seus sentimentos bem claros naquela praia varrida pelo vento. Queria ir para casa. O *affair* tinha cumprido a sua função, mas ela estava cansada do relacionamento — e dele. Nunca lhe dissera nada diferente em todas as vezes que conversaram desde então.

Ele deu um passo mais para perto dela. Ainda podia sentir o cheiro sutil do perfume que ela usava antes — o perfume que ela sempre usava. Podia sentir o calor de seu corpo, a atração de sua feminilidade.

— A resposta à pergunta que você fez anteriormente é *sim* — disse ele. — Eu amei você há quatorze anos, Viola. Se eu não tivesse amado, não teria partido quando você me disse para ir. — Um estranho paradoxo, esse. Mas é verdade. Não tinha pensado nisso antes.

Viola não ergueu os olhos para ele enquanto levantava a mão e a colocava contra seu peito. Ela olhou para sua mão em vez disso. Ele podia sentir o calor através do colete e da camisa.

— Eu também amei você — respondeu ela. — Se eu não tivesse amado, talvez não tivesse dito para você ir embora. — Ah, um paradoxo correspondente.

— E eu amei você de novo este ano — disse ele, quando os olhos dela encontraram os seus por um momento. — Foi muito bom enquanto durou, não foi? Aquela festa absurda de aldeia e a noite que se seguiu no maior arremedo de estalagem que já tive a infelicidade de encontrar na vida. Embora neste caso tenha sido uma boa sorte. E a viagem sem pressa e sinuosa, que teria me enlouquecido em quaisquer outras circunstâncias. E o chalé, o vale e todo aquele tenebroso ar fresco, exercícios e apreciação da natureza. E o que acontecia dentro da casa à noite e ocasionalmente durante o dia. Foi muito bom, Viola, não foi?

— Sim — ela concordou. — Foi muito prazeroso. Enquanto durou.

Ele olhou para ela em silêncio por vários longos momentos enquanto a vela lançava sombras inconstantes na parede atrás dela.

— Não se poderia esperar que durasse, é claro — disse ele. — Isso nunca acontece. Você se cansou de mim e eu estava no processo de me cansar de você. Era hora de ir para casa. Teríamos feito isso e nos separado nos termos mais amigáveis se nossas famílias não tivessem vindo atrás de nós. Ainda não tenho certeza de como eles nos encontraram ou por que se deram tanto trabalho. Seja como for, foi lamentável e eu lamento ter piorado as coisas.

Não poderia... durar. Isso nunca acontece. Eu estava no processo de me cansar de você. O que ele disse era certamente verdade. Por que, então, parecia a mais descarada das mentiras?

— Você fez as reparações necessária ao desfazer as ideias erradas deles.

— Obrigado por comparecer à festa. Você deve ter desejado estar a milhares de quilômetros de distância.

— Fiz isso pelo bem de Estelle — falou ela, olhando-o nos olhos. — E por Bertrand, já que ele gosta muito de sua irmã gêmea. E porque foi a coisa mais *aristocrática* a se fazer.

— Obrigado de qualquer maneira. E suportarei ser lembrado por todos os meus vizinhos de que tenho quarenta anos.

Não havia mais nada a dizer. Não havia nada antes mesmo de ele vir. Eles se entreolharam, a palma da mão ainda contra o peito dele. Marcel ergueu a mão para prender uma mecha de cabelo caída atrás da orelha dela e deixou a mão ali, cobrindo-lhe um lado do rosto. Viola não se afastou.

— Às vezes — disse ele — é uma maldição saber que estamos sob o mesmo teto que nossos filhos, netos, pais, tias, primos e irmãos.

— E às vezes é uma grande bênção.

Viola estava certíssima. Sem esse conhecimento, ele provavelmente tentaria seduzi-la para a cama, e isso seria extremamente errado. Estaria de acordo, é claro, com o modo como ele tinha vivido e se comportado durante muitos e longos anos. Mas agora? A Terra havia mudado no eixo quando Adeline morrera. Recentemente, e por razões que ele ainda não tinha compreendido por completo, a situação havia mudado outra vez.

— Você não é romântica, Viola.

— Não é romance o que você tem em mente — ela respondeu.

— Não. — Ele esfregou a ponta do polegar ao longo dos lábios dela.

— Mas, a despeito disso, você está segura. Meus filhos estão sob este teto. Os seus também. E seus netos, um dos quais conheci esta manhã no corredor do andar de cima. Uma criança extraordinária. Ela se apresentou como Winifred Cunningham, me apresentou como marquês de Dorchester, apertou minha mão com a dignidade de uma viúva e me informou que estava rezando pela felicidade de sua avó e pela minha.

— Winifred é dada a momentos ocasionais de bondade. Ela é uma criança muito querida.

— Ela perguntou se poderia usar minha biblioteca. Quando lhe informei que, até onde eu sabia, e que lamentava por isso, não havia livros infantis ali, ela me disse que estava tudo bem. Havia lido recentemente *O Peregrino* e agora se sentia pronta para enfrentar qualquer coisa no campo literário. Ela poderia ter sido minha neta também se eu tivesse me casado com você.

Desejou não ter dito isso. Meu Deus, por que tinha falado? E por que sentiu um desejo repentino de...? Para quê? Era um erro ter vindo até ali. Mas é claro que era. Ele nunca tinha pensado de outra forma. Esse era o problema, na verdade. Ele não tinha *pensado*.

— É melhor eu ir — disse ele.

— Sim.

Então é claro que ele não se mexeu. Em vez disso, ele suspirou.

— Viola. Eu pediria a Deus que isso não tivesse acontecido. — Marcel não especificou o que queria dizer com *isso*. Ele não se conhecia. Marcel deslizou os dedos pelos cabelos dela até a parte de trás da cabeça e a outra mão passou pela cintura dela enquanto Viola o envolvia com os braços. E ele a beijou. Ou ela o beijou.

Eles se beijaram.

Por momentos longos e atemporais. Profundamente, de bocas abertas, seus braços como faixas apertadas um sobre o outro. Como se estivessem tentando *ser* um ao outro ou alguma terceira entidade que não era nenhum dos dois, ambos e algo exclusivamente único. Quando ele recuou, ela parecia sentir o mesmo que ele: como se estivesse subindo à superfície de algum elemento vindo de profundezas inacessíveis.

— É uma triste contradição da raça humana — disse ele — que o desejo muitas vezes permaneça mesmo depois que o amor se vai. E, sim, é uma enorme bênção que inúmeros parentes estejam sob este teto com a gente.

... depois que o amor se vai. Já havia pronunciado palavras mais estúpidas na vida? E ele acreditaria se repetisse isso com bastante frequência? Ele pegou a mão dela e a levou aos lábios, fazendo-lhe uma profunda reverência.

— Boa noite, Viola. Você tem apenas algumas horas para suportar até o adeus.

Ele se virou e saiu do quarto, e segurou a porta fechada atrás de si, como se alguma força estivesse tentando abri-la e como uma tentação além de sua resistência.

Você tem apenas algumas horas para suportar até o adeus. Meu Deus, não havia como aquelas horas passarem rápido o suficiente para ele.

Era, supunha ele, uma justiça poética o fato de ele ter se apaixonado por uma mulher que não queria nada dele. Tinha certeza de que merecia cada momento de miséria que estava prestes a suportar. No entanto, ele ia superar. Tinha muito a fazer, muito com que se distrair.

Para começar, tinha dois filhos...

Ele iria, então, e começaria a seguir em frente. Assim, é claro que ele se virou, abriu a porta novamente, entrou e fechou-a atrás de si.

Viola segurava a bolsa cor-de-rosa com joias baratas contra a boca, os olhos bem fechados, lutando contra uma desolação tão poderosa que na verdade parecia uma dor física. E então ela abriu os olhos abruptamente e virou a cabeça. Sentiu uma onda de fúria. Ah, não, ele não poderia fazer isso com ela. Decerto...

— Éramos extrema, horrenda e perigosamente jovens — disse ele. — Estávamos apaixonados e andando nas estrelas metade do tempo e brigando na outra metade como uma dupla de... — Ele serrou o ar com uma das mãos. — Quase como uma dupla de... o quê? Me ajude aqui.

— Marcel, do que você está falando? — Ela sabia, no entanto. Mas por que agora?

Ele atravessou o quarto, abriu as cortinas e ficou olhando pela janela — para a escuridão total.

— Você queria saber. Eu vim lhe contar. Ela tinha dezoito anos quando nos casamos. Eu tinha vinte. Deveria haver uma lei. Não estávamos mais preparados para o casamento do que... que... Estou tendo problemas com analogias esta noite. Éramos crianças, crianças selvagens e indisciplinadas. Teríamos estabelecido um relacionamento maduro com o tempo? Eu nunca saberei. Ela morreu quando tinha vinte anos. Eu a matei. Adeline.

Viola colocou a bolsa na beira da cama e sentou-se ao lado. Cruzou as mãos no colo. Ele estava certo. Ela queria saber. Agora parecia que ela saberia.

— Adorei meus filhos desde o momento em que foram concebidos — contou ele — ou desde o momento em que ela me disse que os esperava, suponho que seria mais preciso. Não que soubéssemos na época que seriam dois. Não suspeitamos disso até quase meia hora depois do nascimento de Estelle. Tive uma filha e um filho dentro de uma hora e eles eram vermelhos, enrugados, feios e choravam e eu pensei que estava no céu. Nós dois os adoramos. Nós os abraçamos, brincamos com eles e os ensinamos a gritar de tanto rir. Até trocamos algumas roupas encharcadas. Mas éramos crianças inquietas e irresponsáveis. Logo voltamos à nossa agitada vida social, dançando, bebendo, participando de festas até tarde da noite. Não importava, é claro. Havíamos contratado uma babá competente e podíamos deixar as crianças aos seus cuidados sempre que tivéssemos coisas melhores para fazer do que ser pais.

Ele apoiou as mãos no parapeito da janela e encostou a testa no vidro. As mãos de Viola apertaram seu colo.

— Eles estavam com os dentes nascendo há algum tempo, mas geralmente um ou outro chorava por causa disso, mas não os dois juntos.

Só que desta vez, em particular, eram os dois, e a babá tinha passado várias noites seguidas acordada com eles. Quando voltamos tarde de uma reunião social, Adeline foi para a cama enquanto eu dava uma olhada no berçário. Eu deveria segui-la imediatamente. Estávamos nos sentindo... amorosos. Mas os coitadinhos estavam sofrendo, e a babá estava pálida e com os olhos pesados e admitiu, quando a pressionei, que estava com uma dor de cabeça terrível. Ouso dizer que foi causada pela exaustão. Mandei-a para a cama. Quando Adeline veio me procurar, eu a mandei embora também. Ela ficou furiosa comigo... e com a babá, por ter ido embora. Ela voltou de madrugada, quando eu ainda estava no berçário. Eu tinha acabado de fazer os dois dormirem, um em cada ombro, e estava me perguntando se ousaria tentar colocá-los no berço.

Viola abriu os dedos no colo e olhou para eles quando ele parou. Marcel não retomou sua história por algum tempo.

— Ela ainda estava furiosa — prosseguiu. — Ela me disse que não tinha dormido nada e que ia dispensar a babá assim que amanhecesse. Eu disse a ela em um sussurro para não ser ridícula e se calar, e ela veio correndo em minha direção, toda indignada, arrancou Estelle de meus braços e a colocou no berço. Para ser justo, eu não fui gentil ao falar com ela, embora tenha sussurrado. Estelle acordou, claro, e começou a chorar de novo, e então Bertrand acordou e começou a chorar também. E quando Adeline tentou arrebatá-lo de mim, eu... — Ele parou por um momento e respirou fundo. — Eu a empurrei com minha mão livre e ela tropeçou para trás e... e acho que ela tropeçou na bainha do roupão e estendeu a mão para trás para se firmar contra a parede. Só que havia a janela e estava escancarada. Eu a abri mais cedo porque as crianças estavam com febre, embora tanto a enfermeira quanto Adeline desaprovassem veementemente o ar fresco nessas circunstâncias. Ela... — Ele parou de novo para respirar entrecortado. — Eu tentei alcançá-la. Tentei agarrá-la, mas ela havia sumido. Não sei o que fiz com Bertrand. Não sei como desci e saí para o terraço. Eu não sabia quem estava gritando. Suponho que pensei que fosse ela até perceber que ela não conseguia gritar porque estava morta.

— Marcel. — Viola estava de pé, mas não se aproximou dele. Sua cabeça se afastou da janela como se tivesse acabado de perceber que tinha alguém ouvindo.

— Não consigo me lembrar muito das horas ou mesmo dias seguintes — disse ele. — Não me lembro de quem me afastou dela. Lembro-me da chegada da irmã e do cunhado, Jane e Charles. Não consigo me lembrar do que me disseram, embora tenham dito muito. Lembro-me do funeral. Minha mãe estava lá... ela ainda estava viva... e meu irmão e minha irmã, embora ainda fossem muito jovens. Não consigo me lembrar de sua partida, ou se, de fato, eles partiram antes de mim. Lembro-me de não ousar chegar perto dos bebês, para não perder a paciência com eles e lhes fazer mal também. Não me lembro de ter saído. Só me lembro de ter ido embora. E de permanecer fora.

Viola diminuiu a distância entre eles e colocou a mão nas costas de Marcel. Ele não se virou.

— Marcel, foi um acidente.

— Eu causei a morte dela. Eu abri a janela. Eu a empurrei para longe de mim. Se eu não tivesse feito nenhuma dessas ações, ela não teria morrido. Ela ainda estaria viva. Meus filhos teriam crescido com os pais. Nada disso teria acontecido. Eu não teria lhe causado um constrangimento indescritível.

Ele se virou e olhou para ela, o rosto duro e sombrio à luz das velas. Marcel vinha se culpando todos aqueles anos pelo que tinha sido essencialmente um acidente. Sim, ele havia empurrado a esposa e nunca houve uma desculpa real para isso. Porém, sua punição tinha sido vasta e desgastante. Ele se considerava o único responsável pela morte da esposa e por privar os filhos da mãe. E então ele também os privou do pai, o homem tolo. Ele arrancou seu coração e se tornou o homem que a sociedade conhecia e que ela conhecia.

— Quero que me prometa uma coisa — pediu ela.

Ele ergueu uma sobrancelha.

— Não. — Ela franziu a testa. — Eu não quero uma promessa. Apenas uma... garantia de que você pensará seriamente em algo. Se nada tivesse acontecido naquela manhã, a briga entre vocês já teria sido esquecida há muito tempo, substituída por camadas e mais camadas de outras memórias. Você não teve culpa, Marcel, exceto por ter empurrado sua esposa para fora do caminho. As consequências catastróficas foram imprevisíveis e bastante acidentais. Você não pretendia que ela morresse ou mesmo se machucasse. Eu quero que você se perdoe.

— E viva feliz para sempre, suponho. — Um canto de sua boca se ergueu numa paródia de sorriso.

— Perdoe-se. Pelo bem de seus filhos.

Eles se entreolharam por alguns momentos e ela se perguntou por que isso estava acontecendo. Por que ele a havia libertado naquela noite se isso aconteceria? O que significava? Ela supôs que não significava nada além de uma certa necessidade dele de desabafar. Mas por que ela?

— E quero que você me prometa algo — disse ele — ou não prometa. Apenas pense seriamente. Você aprendeu, quando era muito jovem e se casou com um canalha, a reprimir o amor. Não para matá-lo, mas para empurrá-lo para as profundezas. Você ama seus filhos muito mais do que eles provavelmente imaginam. Durante duas breves semanas em Devonshire você se permitiu uma fuga temporária, mas agora tem o comando de si mesma outra vez. Eu quero que você pense sobre... amar, Viola. Sobre se permitir amar um homem que vai amá-la em troca. Existe um homem assim para você. Você o encontrará se se permitir.

Ela olhou para ele com espanto.

— Isso... vindo de *você*?

— É tão suspeito quanto toda a sabedoria que Polônio derramou aos seus filhos, devo admitir. Sabedoria de um homem tolo. Mas *foi* sabedoria, no entanto. Shakespeare talvez fosse um homem perspicaz, e não sou a primeira pessoa a notar isso.

Ele estava se referindo a *Hamlet*. E estava zombando de si mesmo. E certamente ela também — *existe um homem assim para você. Você o encontrará se se permitir. Quero que você pense em amar... um homem que vai amá-la em troca.*

Marcel pegou a mão direita dela, levou-a brevemente aos lábios, soltou-a, passou por ela e saiu do quarto sem dizer mais nada. Ele fechou a porta em silêncio atrás de si.

Viola voltou-se cegamente para a cama e pegou a bolsa cor-de-rosa para colocá-la na boca outra vez. Se era possível sentir-se mais miserável, não queria saber.

21

Durante a primeira meia hora, Viola não conseguiu fazer nada além de inspirar e expirar repetidas vezes. Se não se concentrasse, sentia que simplesmente se esqueceria de respirar — ou talvez ficasse tentada demais a se permitir esquecer. Se observasse sua respiração, contasse as inspirações, mantivesse os olhos na paisagem que passava pela janela da carruagem, talvez conseguisse interpor distância suficiente entre ela e... e o quê? Mas não permitiria que sua mente procurasse a palavra apropriada. Havia apenas a sensação de que, se pudesse permitir distância suficiente entre eles, tudo ficaria bem novamente.

Abigail, olhando pela janela ao seu lado, permaneceu em um silêncio misericordioso.

Era estranho. Ninguém em sua família parecia saber se ficaria um ou dois dias a mais, como planejado originalmente, ou se seguiria viagem logo depois dela. Sua partida antes de qualquer um deles devia ter parecido incrivelmente mal-educada, já que ela era a razão de estarem lá. No entanto, Viola não podia se preocupar com isso. Nos últimos tempos, parecia ter adquirido o hábito de partir quando deveria ficar, de causar grande sofrimento àqueles cujo pior pecado era amá-la.

Ao sair, apertou a mão de toda a família de Marcel e agradeceu-lhes pelas boas-vindas. Bertrand a surpreendeu beijando-a na bochecha. Estelle a havia abraçado com força e permanecido assim por vários momentos, sem palavras, antes de fazer o mesmo com Abigail.

Viola havia abraçado a própria família em meio à agitação e às despedidas excessivamente alegres. Sarah a beijara nos lábios, com sua boquinha pequenina enrugada, fazendo biquinho. Winifred abraçou-a com força e levantou um rosto sincero e brilhante.

— Eu queria contar sobre o início de *Robinson Crusoé*, vovó — disse ela. — Mas talvez no Natal eu possa contar sobre o livro inteiro. Vamos todos passar o Natal na casa da prima Wren.

— Ou você poderia me escrever depois de cada capítulo — sugeriu Viola.

— Mamãe diz que tenho uma caligrafia melhor do que a dela — respondeu Winifred. — Mas não acho que seja verdade, pois a dela é perfeita.

Jacob franziu a testa e soltou gases.

Marcel não apareceu à mesa do café da manhã, nem durante toda a agitação da despedida que se seguiu. Viola desejou que ele ficasse fora de vista até ela partir. E lutou contra o pânico diante da possibilidade de que ele fizesse exatamente isso. Ela e Abigail estavam dentro da carruagem, com a porta fechada, o cocheiro subindo para a boleia, quando Marcel finalmente apareceu no topo da escada sob o pórtico — remoto, austero, com sua elegância imaculada. Não desceu correndo as escadas para se despedir. Em vez disso, encontrando seus olhos através da janela, ele inclinou a cabeça, levantou a mão direita não exatamente ao nível do ombro e desviou o olhar para dar ao cocheiro o sinal para sair.

E foi isso. Era *isso*. Inspirar, expirar, observar os quilômetros passarem. O lar e a segurança a aguardavam, e corações partidos curados. Na verdade, era um conceito bobo — um coração partido. Tratava-se de *sentimentos*, e os sentimentos estavam todos na cabeça. Não havia concretude para eles. A realidade era sua vida diária, seus amigos, sua família, suas muitas, muitas bênçãos.

Harry. Engoliu em seco e se perguntou se haveria uma carta dele.

E, por fim, depois de cerca de meia hora, abandonou a concentração na respiração e confiou que o processo aconteceria por si só. Então virou a cabeça para olhar para Abigail.

— É dos jovens que se espera vidas tumultuadas uma ou duas vezes antes de que as coisas se encaminhem — disse ela. — São os jovens que deveriam precisar do conforto calmo da sabedoria de uma mãe. Nossos papéis parecem ter sido invertidos ultimamente. Sinto muito, Abigail. Eu me comportarei melhor. É bom ir para casa, não é? — Ela pegou a mão da filha.

— Achei que a senhora o amasse. Pensei que ele a amasse. Talvez eu seja muito romântica.

— O que eu sou é egoísta. Sua vida teria passado por uma grande reviravolta mais uma vez se eu realmente tivesse levado o casamento a sério.

— Sim. — Abigail franziu a testa. — Mas, mamãe, uma mulher não tem filhos para abrir mão da vida e da felicidade por eles, não é? Por que é egoísta que uma mulher queira viver também?

Viola apertou a mão da filha.

— Você entende o que quero dizer sobre nossa inversão de papéis?

— A questão é que Camille encontrou seu próprio caminho a seguir — respondeu Abigail. — Vovó e eu ficamos horrorizadas quando ela decidiu trabalhar como professora no orfanato, e ficamos ainda mais aborrecidas quando decidiu ir morar lá. Mas... ela encontrou o próprio caminho sozinha. Encontrou Joel, Winifred e Sarah e teve Jacob e, mamãe, acredito que ela está tão feliz quanto possível em uma vida sempre em transformação.

— Está dizendo que não sou tão importante quanto às vezes penso que sou? — Viola perguntou com tristeza. — Mas você está certa. Harry escolheu a carreira militar, e Avery tornou isso possível para ele comprando sua comissão.

— Ah, a senhora é mais importante do que *tudo*! — exclamou Abigail. — Mas como *mãe*. Tudo o que queremos é o seu amor, mamãe, e a chance de amá-la. Devemos viver nossa própria vida, como a senhora sempre fez e como espero que sempre faça.

Viola suspirou.

— Mas e você, Abby? Você foi privada da chance de debutar durante uma Temporada em Londres e da chance de fazer um casamento adequado. Você foi...

— Mamãe, *não sei* como será minha vida, mas sou eu quem deve e irá vivê-la. Não espero que a senhora a organize para mim ou tome decisões e faça planos para mim ou... ou *nada*. É a *minha* vida; não deve se preocupar.

— Seria mais fácil você me fazer parar de respirar — disse Viola, e sorriu.

Abigail sorriu de volta e, por algum motivo estranho, elas acharam as palavras extremamente engraçadas e riram até as lágrimas rolarem por suas bochechas.

— Mamãe — Abigail enxugou os olhos com o lenço —, a senhora o *ama*?

Viola conteve a resposta fácil que estava prestes a dar. Ela suspirou enquanto guardava seu lenço na bolsa.

— Sim, eu amo. Mas não é suficiente, Abby. Ele não me ama, ou pelo menos não de uma forma que permitiria um relacionamento para toda a vida. Ele não é o tipo de homem que consegue se contentar com qualquer coisa ou com qualquer pessoa. No passado, talvez, mas isso mudou após a morte prematura de sua esposa, e muito tempo se passou para que ele pudesse voltar atrás ou mudar de maneira essencial. Nunca esperávamos permanência, sabe, quando decidimos viajar juntos por uma ou duas semanas. Eu precisava... fugir um pouco e ele estará sempre pronto para uma aventura que lhe trará algum prazer. Como ele disse ontem à noite, eu já tinha decidido voltar para casa e teria feito isso sem problemas ou incômodos se vocês não tivessem aparecido no chalé com Joel, Elizabeth e Alexander.

— Estou triste — disse Abigail. — A vida às vezes é *triste*, não é?

E, por alguma razão absurda, elas também acharam aquela observação engraçada e começaram a rir de novo, mas desta vez com certa melancolia.

O que era realmente estranho, Marcel descobriu nos meses seguintes, foi que ele não se sentira tentado nem uma vez a fugir para Londres e para sua antiga vida ou a aceitar qualquer um dos convites recebidos para participar de grupos de caça ou de festas em casa de amigos — em outras palavras, por exemplo, uma orgia descarada no apartamento de tiro de um conhecido, *na companhia apenas das jovens mais adoráveis, mais atraentes e mais talentosas, Dorchester. Você deve vir, meu velho.*

Todos os convidados partiram dois dias depois da festa, incluindo Annemarie e William.

— Devo confessar a você, Marc — falou-lhe Annemarie em particular

—, que não gosto muito de Isabelle e acho que Margaret é insípida, por mais que vá se casar em dezembro. E se eu tiver que arranjar desculpas por muito mais tempo para evitar as orações matinais com Jane, esquecerei minhas boas maneiras e lhe darei uma resposta sincera. Embora ela tenha se saído esplendidamente bem com os gêmeos, devo confessar. Bertrand é sem dúvida um sonho para todas as jovens que chegarão ao mercado matrimonial dentro de cinco ou seis anos. E Estelle será uma beldade, afinal. Por muito tempo não pensei assim: ela era toda olhos, cabelos e dentes grandes demais para o rosto. Ela fez um trabalho magnífico com o grupo, graças ao treinamento de Jane. Terá uma fila de pretendentes na sua porta assim que for solta no *ton*. Na próxima primavera, será?

— Ela diz que não tem pressa — respondeu Marcel. — Vou permitir que decida. Não tenho pressa em me livrar dela.

— *Você* permitirá? — indagou ela, levantando as sobrancelhas. — Não Jane?

— Vou ficar aqui — revelou ele.

— Ah, por quantas semanas? — Ela riu. — Ou dias? Vou começar a contar.

André partiu alguns dias depois de todos.

— Não vejo por que você não deva vir comigo, Marc — disse ele. — Se eu tivesse que ficar aqui mais um dia, estaria subindo em árvores para aliviar meu tédio.

— Mas ninguém está forçando você a ficar mais um dia — respondeu Marcel. — Ou mesmo metade de um dia.

— Oh, é o que eu digo — começou seu irmão. — Você está falando sério sobre ficar. Darei a você mais uma semana, Marc, e depois espero vê-lo em Londres. Já ouviu falar sobre o novo bordel em...

— Não — interrompeu Marcel. — Eu não ouvi.

— Bem. — André sorriu. — Você nunca precisou de bordéis.

Não, nunca havia precisado. E nunca precisaria. Duvidava de que alguma vez precisasse de outra mulher, mas esse era um pensamento bastante precipitado — provocado, sem dúvida, pelo sentimento terrivelmente monótono e pesado que o seu último caso lhe deixara. Maldita Viola Kingsley — o que era totalmente injusto da parte dele, mas na privacidade de sua mente ele a amaldiçoou mesmo assim.

Passara os dois meses desatando os fios confusos de sua vida. Deu liberdade à tia, à prima e à filha dela para planejar o próximo casamento — com uma condição. Sob nenhuma circunstância ele deveria ser incomodado por qualquer um dos detalhes. Além disso, disse-lhes que, depois do casamento, o mais tardar no início de janeiro, deveriam se mudar para a casa de viuvez. Mais uma vez, elas poderiam ter liberdade sobre prepará-la, assim como à cocheira e aos estábulos para seu conforto, mas a mudança deveria ser feita.

Nenhuma delas discutiu.

Conversou com Jane e Charles e sugeriu-lhe que talvez quisessem enfim retomar suas próprias vidas, agora que os gêmeos eram mais ou menos adultos e ele estava morando em casa com eles. Jane parecia cética.

— Mas quanto tempo vai demorar, Marcel — ela perguntou —, antes de você partir de novo?

— Não tenho tais planos — disse ele. — Mas se e quando eu fizer isso, Estelle e Bertrand irão comigo.

Os inquilinos que haviam alugado a casa de Jane e sua família durante os últimos quinze anos tinham se mudado recentemente. A verdade, confessou Jane, era que desejavam voltar para casa e só vinham ficando ali porque sentiram que seu primeiro dever era para com os filhos de Adeline.

Toda a situação se resolveu de forma fácil e amigável no curso de algumas semanas. Ellen foi com eles. Marcel suspeitava de que ela escolheria permanecer em casa como apoio aos pais na velhice, embora isso ainda estivesse no futuro. Oliver não foi. Marcel dispensou seu administrador, que seria autorizado a permanecer no chalé onde morava, nos limites da propriedade, com uma generosa pensão. E, antes de procurar seu agente em Londres para encontrar um substituto, Marcel ofereceu o emprego ao sobrinho. Oliver, eminentemente adequado para o trabalho e que, como Marcel observara durante a festa de aniversário, parecia gostar da filha de um cavalheiro vizinho, aceitou. Bertrand ficou feliz com isso. Ele obviamente considerava seu primo mais velho uma espécie de modelo.

Marcel tentou assumir o papel de pai. Não foi fácil. Tivera muito pouca participação na educação dos filhos e não queria ser muito intrusivo agora. Por outro lado, não queria parecer distante ou indiferente. Não sabia se o amavam ou mesmo se gostavam dele, e sabia muito bem que também não havia feito por merecer. Mas graças a Jane e Charles, eles não eram nem abertamente hostis nem rebeldes. Haviam sido criados para serem dama e cavalheiro, e eram exatamente isso. Os irmãos eram invariavelmente corteses e respeitosos com o homem que era seu pai, mesmo que ele não tivesse nenhum direito real ao título.

Levaria tempo. E ele daria tempo ao tempo. Às vezes, intrigava-se por estar disposto a permanecer e tentar. Como poderia toda a sua visão da vida ter mudado tão radical, completamente e de forma tão repentina? Havia acontecido uma vez há dezessete anos, é claro, mas então havia uma razão definida e catastrófica. Desta vez, porém? Só porque ele havia se apaixonado e não tivera a chance de se desapaixonar novamente antes que ela se cansasse dele? Tal ideia era ridícula.

Mas seu coração doía um pouco. Bem, muito, se quisesse ser honesto consigo mesmo.

No geral, era mais fácil não ser honesto.

Apesar de toda a turbulência dos últimos meses, Viola logo se acomodou em sua antiga vida e voltou a ser quem era. A necessidade de fugir, de escapar a todo custo a havia abandonado — e ela estava um pouco deprimida. Pois o que havia mudado? Será que toda a agitação resultara em alguma coisa? Talvez tivesse provado a si mesma que podia ser ousada, desafiadora, aventureira e apaixonada. E feliz. Mas agora tinha sido apanhada pelo movimento de retorno do pêndulo, como era inevitável. Lembrou-se de Marcel dizendo que o que subia tinha que descer.

Tentou não pensar em Marcel.

Socializou com vizinhos e amigos. Trabalhou com o vigário e algumas outras senhoras para organizar uma festa de Natal para as crianças. Ela costurava, bordava, tecia rendas, escrevia cartas, lia e caminhava pelo parque ao redor da casa e pelas estradas rurais. Começou a tocar piano novamente depois de negligenciá-lo por alguns anos. Organizou chás para Abigail e suas jovens amigas e tocou várias vezes para elas na sala de música enquanto dançavam.

Dormia mal. Conseguia disciplinar a mente durante o dia e dificilmente pensava nele mais do que uma ou duas vezes por hora — e mesmo assim apenas de maneira fugaz, até perceber para onde seus pensamentos estavam vagando. À noite, quando a mente relaxava, era mais difícil evitar que as memórias a inundassem. E não era apenas sua mente que as memórias atacavam, mas também seu corpo e suas emoções. Ela sofria e ansiava pelo que havia encontrado durante aquelas semanas. Porém, não apenas pelo *que* ela havia encontrado — ansiava por *quem* havia encontrado.

Tinha sido difícil recuperar-se quatorze anos antes, quando era uma mulher jovem e infeliz no casamento. Mas pelo menos naquela época ela só estava *apaixonada* por ele. Não o *amava*. Não o conhecia em nenhum dos significados da palavra. De qualquer forma, havia levado muito tempo para esquecer. Levaria mais tempo agora. Entendia isso e decidiu ser paciente consigo mesma.

Suas roupas começaram a ficar um pouco mais folgadas, mas isso pelo menos foi um efeito positivo da dor de cabeça. Já fazia algum tempo que ela pretendia perder um pouco de peso, voltar à silhueta que sempre tivera até quando suas regras pararam, havia dois anos.

E passaria o Natal em Brambledean. Sentia-se obrigada a ir — pelo bem de Abigail e de sua mãe, de Michael e de Mary. Eles se sentiriam estranhos por estar lá se ela não estivesse. E é claro que todos escreveram — como ela havia escrito a todos — e todos, sem exceção, esperaram, instaram, imploraram ou persuadiram-na a vir também. Viola se perguntou por que eles se incomodavam. Realmente não tratava bem a família desde a morte de Humphrey. E embora fosse compreensível que fizessem concessões durante algum tempo, certamente deveria haver limites. Estava mais perto de três anos do que de dois. No entanto, devia parecer-lhes que ela ainda estava de mau humor e comportava-se de forma errática e até mesmo descortês. E, meu Deus, ela os havia desonrado. Havia sido descoberta no meio de um caso com um homem que não era seu marido.

Será que o amor realmente não tinha limites quando era verdadeiro? Era realmente incondicional? Sentiu vergonha de algo que se lembrava de ter contado a Marcel um dia, quando ele lhe perguntou o que ela mais queria na vida. Ela lhe dissera que queria alguém que se importasse — com *ela*, não apenas com a mãe, com a filha, com a irmã ou com qualquer outro rótulo que pudesse ser colocado sobre ela. Estava envergonhada, pois sua família havia provado de novo e de novo que realmente se importavam — com ela e uns com os outros. O que Humphrey tinha feito para destruir a estrutura da família não havia destruído o que estava por baixo dela: o amor, puro e simples.

Iria para Brambledean por gratidão e por amor. E porque sentia falta das crianças — Winifred, Sarah e Jacob. E até mesmo a Josephine de Anna e Avery. E Mildred e Thomas deveriam trazer os filhos, que ela não via há vários anos. Eram meninos travessos naquela época. Agora eram rapazinhos crescidos aparentemente barulhentos, sempre se metendo em encrencas na escola e causando aos pais um misto de angústia e ira. Sentia falta de Elizabeth, com seu infalível bom senso calmo e olhos brilhantes, e de Wren, que crescera reclusa, com o rosto sempre velado para esconder a marca de nascença que cobria um lado da face, mas que encontrara coragem para enfrentar o mundo e se apaixonar por Alexander. Estava sentindo falta da mãe e de Camille. E de suas ex-cunhadas. Ah, de *todos* eles.

Havia fugido do afeto sufocante de sua família alguns meses antes. Agora estava pronta para abraçá-lo. Talvez algo de bom *tivesse* surgido de toda aquela agitação e dor de cabeça.

Iria porque estava solitária. Porque seu coração estava partido e ela não conseguia encontrar as peças para encaixá-lo de novo.

Mostraria a todos que não estava sozinha nem triste.

Eles se preocupavam com Viola. Ela lhes mostraria que não precisavam, que ela estava bem.

Marcel estava na casa de barcos à beira do lago, olhando para os dois barcos a remo virados lá dentro. Não era uma visão feliz.

— Parecem não ter sido usados desde que cruzamos a barreira dos anos 1800 — disse ele.

— Eu não sei — Bertrand respondeu.

Marcel se virou para encarar o filho e indagou:

— Você nunca quis usá-los?

— Tia Jane achou que seria imprudente, senhor — revelou o filho.

Parecia que Jane não permitia muita coisa alegre na vida de seus filhos. Todos os dias Marcel descobria mais exemplos. Não que os gêmeos alguma vez tivessem reclamado. Eram jovens incrivelmente dóceis — com exceção da grande fúria, rebelião e viagem épica de Estelle a Devonshire. Ele se perguntava sobre isso agora, sobre a sensação de que havia ultrapassado os limites de uma vida inteira de treinamento. Ela devia estar realmente muito zangada com ele. Um sinal promissor? Não houve muitos sinais desse tipo por parte de nenhum deles, embora fossem os filhos mais zelosos que qualquer pai poderia desejar.

— Deixe-me adivinhar — disse ele. — Foi porque Estelle era uma garota delicada e você era o herdeiro.

— Bem, eu sou o herdeiro — falou Bertrand, desculpando-se. — O único, senhor.

— Minha culpa, suponho — murmurou Marcel. — Sim, minha culpa. Talvez você fosse tão perfeito, Bertrand, que não acreditei que pudesse ser reproduzido.

— Não sou perfeito — retrucou seu filho, franzindo a fronte.

— Para mim você é — insistiu Marcel. — Vou mandar consertar os barcos a tempo do verão do próximo ano. Eu mesmo os testarei antes de permitir que você reme até as margens mais distantes do lago. Se eu afundar e não deixar nada além de uma bolha para trás, pelo menos terei deixado um herdeiro também.

Bertrand pareceu ligeiramente chocado. Estelle, que havia parado na porta, deu uma risadinha. Sim, com certeza. Ela não apenas riu. Deu pequenas gargalhadas. Era música para os ouvidos de seu pai. E Bertrand, depois de olhar para ela, riu também.

— Ouso dizer que o senhor sabe nadar — disse ele.

— Sim, ouso dizer que sei — concordou Marcel.

Continuaram sua caminhada ao redor do lago. Ele tentava passar mais tempo com os filhos todos os dias e sentia um certo alívio em seu relacionamento muito formal. Bertrand ficou quase entusiasmado quando soube que seu pai não havia passado todo o tempo em Oxford, mas que na verdade havia obtido um diploma de primeira classe. Estelle a princípio pareceu na dúvida quando ele havia sugerido que convidassem alguns jovens para sua casa ocasionalmente. Ao que parecia, Jane acreditava que o filho e a filha do marquês de Dorchester deveriam manter-se distantes de companhias inferiores. Talvez agora que estavam perto dos dezoito anos, sugeriu Marcel, e com o caráter totalmente formado, poderiam relaxar um pouco essa regra. Estelle estava em êxtase. Até Bertrand parecia satisfeito.

— Minha irmã ficará feliz, senhor — ele dissera. — Ela gosta de companhia. Eu também — acrescentara ele, após uma breve pausa.

Marcel parou na margem abaixo da casa de viuvez e ficou olhando para ela — especificamente para a grande janela da sala de estar, atrás da qual estivera com Viola. Evitava pensar nela, exceto quando as lembranças o acometiam sem que se desse conta, o que acontecia com muita frequência para sua paz de espírito. Seus filhos pararam um de cada lado dele.

— Ela vai passar o Natal em Brambledean Court — anunciou Estelle, desviando sua atenção das lembranças. Marcel olhou atentamente para ela. — Em Wiltshire — acrescentou a jovem. — A casa do conde de Riverdale. Ela vai passar o Natal lá.

— Deveras? — indagou ele. Seria tolice perguntar quem *ela* era. O tom de Marcel era deliberadamente gelado. Não queria ouvir mais.

— Sim — confirmou Estelle. — Abigail me contou.

Ele se virou para seguir em frente, mas ela não se moveu. Bertrand também não.

— Eu escrevo para ela, que sempre responde — revelou Estelle. — Jessica também.

Jessica. Ele teve que pensar por um momento. Ah, sim, a jovem prima e amiga de Abigail — Lady Jessica Archer, meia-irmã de Netherby.

— Ela está infeliz — contou Estelle.

— Jessica? — indagou ele. — Abigail? — Ele não queria essa conversa.

— A srta. Kingsley. Ela não admite, diz Abigail. Está sempre decididamente alegre, mas perdeu peso e tem olheiras.

Ele se virou para a filha.

— E que possível interesse isso pode ter para mim, mocinha? O que é a infelicidade dela para mim? Ela não quis se casar comigo. Teria ficado feliz em me deixar lá em Devonshire antes de vocês nos descobrirem. Estava feliz o suficiente para sair daqui. Ela partiu antes de qualquer membro da família, se você se lembra. Não via a hora de partir. Seu humor e seus planos para o Natal não me preocupam de forma alguma. Está bem claro e compreendido?

O rosto de Estelle empalideceu e o lábio inferior tremeu, e ele meio que esperava que ela desabasse a seus pés. Ela não o fez.

— E você também está infeliz — retruco sua filha.

— Que diabos? — Ele olhou para ela.

— É verdade, senhor — disse Bertrand atrás dele. — O senhor sabe que é. E nós sabemos. E um cavalheiro decente não blasfema diante de uma dama.

Que *diabos*? Marcel virou-se para o filho.

— Você está certo — afirmou, seco. — Minhas desculpas, Estelle. Não vai acontecer de novo.

— O senhor está quase macilento — continuou Bertrand. — E vagueia sozinho, cavalga sozinho, fica acordado metade da noite e se levanta antes de qualquer outra pessoa.

— Que diabos? — Marcel franziu a testa ferozmente para o filho. — Um homem não pode fazer o que quiser em sua própria casa sem ser espionado pelos filhos? Perdão, Estelle. Não vai acontecer de novo. Talvez eu sempre tenha caminhado e cavalgado, ficado de pé até tarde e acordado cedo. Você já pensou nisso? Talvez seja assim que gosto de viver.

— Talvez queira voltar para sua própria vida — falou Bertrand — e é por isso que está tão infeliz, mas Stell e eu não achamos que seja isso, senhor. Achamos que é por causa da srta. Kingsley. E achamos que ela está infeliz por sua causa.

— E... — Ele olhou incrédulo de um para o outro. — E vocês acham que deveriam se intitular casamenteiros de seu próprio *pai*.

Ambos olharam de volta, expressões idênticas e severas em seus rostos. Bertrand falou primeiro.

— Alguém precisa fazer isso, senhor — disse ele.

— Alguém *precisa* fazer? — Ele se sentiu como se estivesse no meio de um sonho estranho.

— O senhor vai arruinar a sua vida, papai — opinou Estelle —, e ela vai arruinar a dela. Tudo porque vocês dois são teimosos demais para o seu próprio bem. O senhor lhe disse que a ama, que *quer* se casar com ela?

— Aposto que não — respondeu Bertrand. — E não pode esperar que ela diga isso primeiro, senhor. Nenhuma dama bem-nascida o faria.

Era explodir de ira ou...

Marcel jogou a cabeça para trás e riu. Os lábios de Estelle se contraíram. Bertrand franziu a testa.

— E por que minha, ah, vida amorosa seria tão preocupante para meus filhos? — Marcel perguntou quando recuperou a compostura.

Bertrand ainda estava de cara fechada.

— Ainda somos *crianças* para o senhor, não somos? Não estou *preocupado* com o senhor nem muito interessado. Pode retornar a Londres, no que me diz respeito, ou a qualquer outro lugar a que vá quando não estiver aqui. Por mim, pode desperdiçar o resto da sua vida, já que o senhor parece ser muito bom nisso. Eu gostaria que fosse *embora*. Crescemos muito bem sem o senhor, eu e Estelle. Podemos muito bem passar o resto da nossa vida assim também. Por que achamos que o senhor tivesse afeto pela srta.

Kingsley ou por qualquer outra pessoa? Não se importa com ninguém além de si mesmo. *Senhor*.

— Bert! — choramingou Estelle e tentou agarrar seu braço, mas ele desvencilhou-se e virou para retornar pelo caminho por onde tinham vindo. Por um momento, Marcel pensou que fosse correr atrás dele, mas colocou a mão no braço da filha.

— Deixe-o ir. Terei uma conversa com ele mais tarde.

Estelle olhou para o pai, seus olhos perturbados.

— Não temos nenhuma lembrança do nosso primeiro ano — contou ela —, embora tenhamos nos esforçado para dar um rosto à mamãe a partir das descrições da tia Jane. Tentamos nos lembrar do senhor também, como era naquela época. É impossível, claro. Éramos apenas bebês, mas sempre, desde que nos lembramos, esperamos que o senhor voltasse. Que ficasse. Esperamos para amá-lo. E para o senhor nos amar também. Também ficamos perplexos e com raiva, e dissemos a nós mesmos a cada ano que passa que não precisamos mais do senhor ou que não queremos que volte para perturbar nossas vidas, mas é o que sempre quisemos, papai. Talvez Bertrand mais do que eu. Ele queria... não, ele *precisava* de um pai para admirar, imitar, um pai para inspirá-lo, elogiá-lo, encorajá-lo, fazer coisas com ele e olhar para ele com orgulho. Ele sempre soube que se parecia com o senhor. Ele costumava ficar na frente de um espelho sempre que o senhor estava aqui, tentando imitar sua postura, suas expressões faciais e seus maneirismos. Eu só queria um papai, uma espécie de rocha de força e confiabilidade. Tio Charles é um bom homem, mas nunca foi o senhor.

Marcel estava desejando ter ido embora atrás de André. A verdade começava a ser dita entre eles, mas era hesitante, difícil, necessária, dolorosa, comovente... Poderia continuar indefinidamente. Às vezes, tudo se espalhava como uma inundação, como acabava de acontecer com Estelle. Às vezes era negado com alguma amargura, como há pouco acontecera com Bertrand, mas Marcel suportaria tudo se houvesse uma chance de ter seus filhos de volta, por mais indigno que fosse.

— Nós amamos o senhor mesmo assim — disse Estelle. — Era algo que nunca poderíamos escolher fazer ou não fazer. É só... *é*. E nos chame de tolos se quiser, mas queremos vê-lo feliz.

— Nunca poderei reparar os anos perdidos — respondeu ele —, mas tentarei fazer isso... agora. É tudo o que posso oferecer... agora, no futuro que nos for concedido. Eu *estou* feliz, Estelle, ou estava até quinze ou vinte minutos atrás.

— Não, o senhor não estava. Não de verdade. Nunca seremos suficientes para o senhor, papai, assim como, com o tempo, o senhor não será suficiente para nenhum de nós. Ainda não sinto nenhum desejo ardente de debutar em uma Temporada, mas decerto sentirei com o tempo. Quero um marido, uma família e uma casa própria. E Bertrand vai querer uma esposa. Ele e eu nem seremos suficientes um para o outro, embora sempre tenhamos sido e ainda sejamos. Queríamos que o senhor fosse totalmente feliz e nos parece que desistiu da chance porque, pela primeira vez na vida, quis fazer algo nobre.

— Pela primeira vez na minha vida? — Ele ergueu as sobrancelhas e ela corou.

— Sinto muito — pediu ela. — Tenho certeza de que o senhor deve ter feito outras coisas nobres. Mesmo quando anunciou seu noivado em Devonshire, o senhor estava sendo nobre.

Ele a fitou, aquela sua filha que recentemente encontrara a voz e se revelara uma jovem de caráter, princípios firmes e considerável coragem. Ela havia florescido diante de seus olhos.

— Vou lhe contar uma coisa, Estelle. Estou tão orgulhoso de você e de Bertrand quanto qualquer pai poderia estar de seus filhos. Direi isso a Bertrand também. Mas... o que exatamente vocês dois querem que eu faça?

Ela sorriu para ele, passou o braço pelo dele e os virou na direção de casa.

— Presumo que foi uma pergunta retórica, papai.

22

Viola e Abigail chegaram a Brambledean Court quatro dias antes do Natal. Vieram mais cedo do que o planejado porque nuvens pesadas pairavam no céu havia alguns dias, e o ferreiro, que tinha adquirido reputação na aldeia por prever o tempo com certa precisão, previu neve para o Natal — e muita.

Brambledean era a residência principal dos condes de Riverdale, mas Viola nunca tinha vivido na propriedade quando era condessa e por isso não sentia nenhum constrangimento em ir para lá agora. Alexander e Wren estavam ocupados desde o início do verão reparando os danos que a negligência de anos havia causado ao parque e à casa, embora tivessem concentrado a maior parte de seus esforços na restauração da prosperidade das fazendas e no conserto das casas dos trabalhadores. Ainda havia muito a ser feito. O parque parecia muito árido mesmo em dezembro, embora os gramados estivessem bem-cuidados e muita madeira morta parecesse ter sido cortada de árvores e sebes. A entrada de carruagens havia sido repavimentada e os sulcos provocados por rodas ao longo de anos tinham sido suavizados. A casa ainda se encontrava em mau estado, mas as cortinas e o estofamento tinham sido renovadas nos cômodos principais, e as paredes tinham sido pintadas ou revestidas com papel. Tudo brilhava com limpeza e doses generosas de polimento.

— Ainda não é uma peça de exibição — disse Wren enquanto as levava para seus quartos, apesar do estado avançado de sua gravidez. — Mas é confortável, ou assim dizemos a nós mesmos. Parece um lar. E agora terá uma espécie de inauguração. Oh, estou *tão* feliz que vocês duas tenham vindo. Meu primeiro Natal com Alexander não teria sido completo sem toda a família aqui.

Mas Harry estaria ausente, pensou Viola, sem dizer as palavras em voz alta. Houve uma carta dele desde que ela voltara de Northamptonshire. Nela, Harry lhe desejara felicidade em seu casamento iminente, embora tivesse expressado o desejo de poder interrogar o marquês de Dorchester antes que o noivado se tornasse oficial. Ele se lembrava do cavalheiro como o sr. Lamarr, mas embora ele e seus jovens amigos o admirassem com maravilhamento, como um sujeito bom dos diabos — suas palavras exatas —, ele não era o tipo de homem que um filho gostaria de ver como o marido de sua mãe. Não houve nenhuma carta de Harry desde então. Viola presumiu que seu filho expressaria algum alívio na próxima.

— Exceto Harry — acrescentou Wren. — Esperemos que as guerras tenham acabado por essa altura no próximo ano e que possamos estar todos juntos. Incluindo esse bebê — adicionou ela, dando tapinhas em sua barriga.

Elas não foram as primeiras a chegar, por mais cedo que fosse. Althea e Elizabeth, mãe e irmã de Alexander, tinham chegado na semana anterior, e Thomas e Mildred, Lorde e Lady Molenor, haviam chegado no dia anterior com os três filhos, que haviam sido "soltos da escola" para passar as festas em casa. Pelo menos foi assim que um deles descreveu sua presença para Viola. Ela os amou instantaneamente — Boris, de dezesseis anos, Peter, de quinze, e Ivan, de quatorze. Eram rapazes educados e encantadores, que para ela pareciam três barris de pólvora à espera de uma faísca para poderem explodir em atividade e travessuras.

Camille e Joel chegaram no dia seguinte com a mãe de Viola e os três filhos. Sarah apaixonou-se instantaneamente por Boris, que a ergueu sobre um ombro quase assim que seus pés entraram no quarto das crianças e galopou com ela pelo quarto enquanto ela agarrava seus cabelos e gritava de medo e alegria. Winifred olhou para Ivan e informou-lhe que ele era seu primo-irmão, que havia se tornado distante, já que era primo-irmão de sua mãe e que era quatro anos mais velho que ela. Se ele lhe contasse quando era seu aniversário, ela seria capaz de lhe dizer exatamente quantos meses a mais do que quatro anos. Ivan olhou para ela como se ela tivesse duas cabeças.

— Vinte e quatro de março — Peter contou. — O meu é dia cinco de maio.

— E o meu é doze de fevereiro — disse Winifred. — Eu acho.

— Você *acha*? — indagou Ivan.

— Não tenho muita certeza. Eu era órfã antes de mamãe e papai me adotarem — explicou ela. — Eu estava em um orfanato. Papai cresceu lá antes de mim. E prima Anna também.

— De verdade? — O interesse de Ivan foi despertado, e Viola voltou à sala de visitas para falar com a mãe.

A maioria dos outros convidados chegou antes de escurecer — e um outro, inesperado, no meio da noite, muito depois de já estar escuro.

— Quem pode ser? — Matilda perguntou quando ouviram o barulho inconfundível de rodas no terraço abaixo da sala de visitas.

— Espero que não sejam Anna, Avery e Louise — disse sua mãe. — A bebê já deveria estar na cama.

— E nunca é seguro viajar qualquer distância depois de escurecer — acrescentou Matilda. — Decerto não são eles. Louise é muito sensata. Ou talvez estivessem com medo de que nevasse e então seguiram em frente em passo acelerado.

Alexander riu.

— Há uma maneira de descobrir — falou ele, levantando-se. — Eu vou descer.

Retornou menos de cinco minutos depois com um único viajante, um jovem que entrou na sala um passo atrás dele, olhou ao redor com grande alegria e foi caminhando em direção à mãe, com os braços estendidos.

— Carruagens alugadas são uma abominação — declarou ele. — Estou convencido de que cada osso do meu corpo está em um lugar diferente de onde estava quando comecei.

Viola viu-se de pé sem saber como havia chegado ali.

— Harry! — ela gritou antes de ser envolvida em seus braços com força suficiente para perder todo o fôlego.

— Então — disse ele, olhando para ela enquanto ruídos e exclamações de prazer irrompiam ao redor —, onde está o noivo feliz?

Viola sentiu como se finalmente tivesse chegado ao fim de uma jornada tumultuada de quase três anos. Estava na sala de visitas de Brambledean no começo da noite, dois dias antes do Natal, cercada pela família — *toda* a família, exceto as crianças muito pequenas, que estavam no andar de cima, no berçário, e ela estava completamente contente. Testou a palavra *feliz* em sua mente, mas decidiu que *contente* era a melhor escolha. Contentamento era uma coisa boa. Muito boa.

Por fim, ela era capaz de aceitar com todo o seu ser que a família de Humphrey também era sua, embora o casamento nunca tivesse sido válido. Eram sua família porque a tinham escolhido, não apenas durante os vinte e três anos em que realmente não tiveram escolha, mas nos quase três anos seguintes, quando poderiam tê-la renegado. E afinal ela os escolhera para serem sua família.

De onde estava, em um pequeno sofá ao lado de Althea, mãe de Alexander, ela olhou ao redor da sala. Estavam todos ali — os Kingsley, os Westcott e seus cônjuges e filhos mais velhos. Ivan e Peter tocavam um dueto de distinção musical duvidosa no pianoforte, e Winifred estava apoiada sobre o instrumento com os antebraços, observando suas mãos e fazendo sugestões que provavelmente não eram úteis quando eles tocavam uma de suas frequentes notas erradas ou disputavam as teclas centrais com alguns movimentos bruscos de cotovelo. A mãe de Viola e Mary estavam conversando com a mãe de Humphrey. Jessica e Abigail encontravam-se espremidas em outro sofá, uma de cada lado de Harry, enquanto Boris estava sentado em um pufe na frente deles. Todos estavam absortos em alguma história que Harry contava. Camille e Anna estavam juntas, conversando sobre alguma coisa. Wren, Joel e Avery conversavam em outro grupo.

Era, de fato, uma calorosa reunião familiar. E até mesmo um membro da família estendida estava presente — Colin, Lorde Hodges, irmão mais novo de Wren, que atualmente morava a treze ou quinze quilômetros de distância em Withington House, antigo lar de Wren, onde Alexander a conhecera menos de um ano antes. Era um jovem bonito e bem-humorado que havia chamado a atenção de Abigail e Jessica mais cedo no dia. No momento, estava em pé perto da janela, conversando com Elizabeth, sentada no banco que havia ali.

A sala estava ricamente decorada para o Natal e tinha um aroma delicioso de pinheiro. Alexander e Thomas, Lorde Molenor, haviam ido aos estábulos e à casa das carruagens após o almoço para ver os trenós guardados há anos, a fim de avaliar se poderiam ser usados caso nevasse. A maioria dos outros saiu para colher folhagens verdes no parque — ramos de pinheiro e azevinho, hera e visco. Depois, todos se empenharam em decorar a sala de visitas e os corrimãos da escadaria principal. Matilda liderou um grupo para fazer uma guirlanda de beijos, que agora pendia do centro do teto e tinha sido visitada "acidentalmente de propósito", como Avery colocou, por vários casais e alguns não casais. Harry beijou Winifred e sua tia Matilda, que lhe disse para *se comportar, meu jovem*, e depois riu e corou. Boris beijou Jessica e ficou vermelho, mesmo que ela tivesse apontado que *eram primos, seu bobo*. Colin beijou galantemente tanto Jessica quanto Abigail, e *elas* ficaram vermelhas.

O tronco de Yule[1] seria trazido no dia seguinte, prometeu Alexander, e então seria realmente Natal. Os cantores certamente viriam da vila — eles tinham prometido reviver aquela antiga tradição — e haveria uma tigela de licor esperando por eles, além de tortinhas de carne e uma fogueira crepitante no salão.

O Natal era um momento feliz, pensou Viola, contente em ficar quieta enquanto Althea tricotava ao seu lado e sorria diante da cena que se desenrolava aos seus olhos. Era um momento familiar, um momento de contar as bênçãos e fortalecer-se para o ano seguinte. O novo ano traria mudanças, como todos os anos traziam: algumas bem-vindas, outras desafiadoras. Era necessário agarrar os momentos felizes quando se podia com as duas mãos.

Suas bênçãos eram realmente muitas. Alguém do batalhão de Harry precisava retornar à Inglaterra por um mês ou mais para selecionar recrutas do segundo batalhão e treiná-los rigorosamente para a batalha, antes de levá-los à Península como reforço ao primeiro batalhão. Harry havia

---

[1] Referência a um costume de povos antigos europeus que levavam grandes troncos de madeira para casa no Natal, que eram queimados e as cinzas jogadas nas plantas, com pedidos de coragem para enfrentar o período crítico do inverno e de continuação da vida, o que deu origem a um bolo nesse formato. (N.E.)

se voluntariado para a impopular tarefa a fim de poder comparecer ao casamento de sua mãe. A carta em que ela o informava de que não haveria casamento afinal não o alcançara antes de ele navegar para a Inglaterra. Os exércitos se movimentavam bastante dentro de Portugal e da Espanha. Frequentemente, as sacolas de correio eram redirecionadas várias vezes antes de serem entregues nas mãos corretas.

Viola ficou muito feliz por aquela carta não ter chegado. Harry parecia mais saudável e robusto do que há vários meses, quando insistira em voltar mais cedo do que deveria, depois de se recuperar de seus ferimentos. Ele também estava mais magro e... mais resistente. Havia algo em seus olhos, na determinação de sua mandíbula, em sua postura militar ereta... Era impossível expressar em palavras. Ele havia amadurecido, seu filho, desde o jovem despreocupado e um tanto selvagem que fora aos vinte anos, antes que seu mundo e o de Viola, Camille e Abigail desmoronasse. Ele era um homem agora, ainda enérgico e alegre, cheio de riso, com uma sugestão de dureza espreitando por trás de tudo.

Mas ele estava ali, e ela sentia que seria impossível ficar mais feliz do que estava agora. Depois do Natal, quando voltasse para casa, levaria consigo essa sensação. Construiria sua felicidade a partir da família, embora estivessem dispersos por grande parte da Inglaterra. Não muito longe para cartas, no entanto, e ela gostava de escrever cartas.

— E *agora*, quem poderia estar chegando? — indagou Matilda, e todos pararam o que estavam fazendo para ouvir. Havia os sons inconfundíveis de cavalos e uma carruagem parando às portas da frente. — Está esperando mais alguém, Wren?

— Não — respondeu ela. — Talvez um dos vizinhos?

Mas seria uma hora estranha para um vizinho aparecer sem ser convidado.

— Vou descer e ver — disse Alexander.

Ele ficou fora por vários minutos. Quando voltou, todos o olharam inquisitivamente. Não havia ninguém com ele.

— Harry — chamou. — Posso incomodar você por um momento?

— Eu? — Harry se levantou e se dirigiu para a porta. Alexander o conduziu através dela e a fechou do outro lado. O restante dos presentes ficou sem saber a identidade ou a missão do visitante.

— Se há algo que eu não suporto — falou Louise, a duquesa viúva de Netherby, quando nenhum dos homens reapareceu depois de alguns minutos — é um mistério. Poderia ser um assunto do exército? O que Harry pode fazer para ajudar?

Levou pelo menos mais dez minutos antes que a porta se abrisse novamente. Desta vez, era Harry, cada centímetro o oficial militar endurecido.

— Mamãe? — ele chamou, e fez um sinal para ela se aproximar.

— Bem — Mildred dizia enquanto Viola deixava a sala. — Isso é algum tipo de jogo de festa que desconhecemos? Todos nós seremos chamados, um de cada vez?

Viola saiu e Harry fechou a porta.

— O marquês de Dorchester deseja falar com a senhora na biblioteca — ele anunciou. — Se desejar falar com ele, claro. Se não, vou lá e transmito o recado. Já deixei claro que não permitirei que a senhora seja importunada.

Ela o encarou à luz trêmula das velas de um dos candelabros na parede.

— Marcel? — indagou ela. — Ele está *aqui*?

— Mas não por muito tempo se a senhora não quiser vê-lo — insistiu ele. — Vou acompanhá-lo até a porta, e se ele relutar em sair, vou ajudá-lo a cruzar a soleira.

— Ele está aqui? — ela perguntou novamente.

Ele franziu a testa.

— A senhora não vai desmaiar, não é, mamãe? *Quer vê-lo?*

A realidade daquilo estava apenas começando a atingi-la. Ele estava *ali*, em Brambledean. Na biblioteca.

— Sim — respondeu ela. — Talvez eu deva.

Ele ainda estava franzindo a testa.

— Tem certeza? Não quero que fique chateada, mamãe. Não no Natal.

Nem em qualquer outro momento, na verdade.

— Ele está aqui — ela disse. Não formulou como uma pergunta desta vez.

— Meu Deus — reagiu Harry. — A senhora *se importa* mesmo com ele, hein, mamãe? Ele parece o diabo em pessoa.

— Eu quero vê-lo, Harry.

Ele estava ali. Ele tinha vindo.

Mas por quê?

Desceu as escadas apoiada no braço do filho e esperou enquanto um criado abria a porta da biblioteca. Retirou o braço do de Harry e entrou.

E, oh, ela podia entender o que Harry queria dizer quando afirmou que ele parecia o próprio diabo. Seu rosto decerto estava mais magro do que antes, e mais severo. Ele estava usando seu sobretudo com muitas camadas — ela nunca havia contado as camadas — e parecia grande e ameaçador com a luz do fogo atrás dele, as mãos nas costas. Seus olhos, escuros e profundos, encontraram os dela.

— Marcel — ela cumprimentou.

— Viola. — Ele fez para ela uma meia-reverência rígida.

Marcel estava se sentindo selvagem — um sentimento não desconhecido quando se tratava de Viola. Aquilo *não* era algo que ele deveria estar fazendo. Não era algo que ele *queria* fazer. Nunca tinha gostado de fazer papel de bobo, e fazer aquilo deliberadamente, como agora, era insanidade.

Meu Deus, aquele rapazola o tratara como se fosse uma minhoca que ele esmagaria sob o pé com o menor estímulo. E Riverdale ficara ali, como ainda estava agora, do lado de dentro da porta, com o rosto duro e silencioso, como um maldito carcereiro.

O que ele deveria fazer, pensou depois que o filho voltou ao andar superior, onde ficava a sala de visitas, era sair imediatamente sem dizer mais uma palavra. E sem esperar ser dispensado. Deveria sair da biblioteca e da casa enquanto ainda lhe restava algum resquício de dignidade.

Mas não, já era tarde para isso. Não restava nenhum.

Ele tinha se feito passar por um tremendo idiota.

Tudo porque queria provar algo para seus gêmeos. Que os amava. E mesmo isso era um quebra-cabeça. Como poderia provar que os amava pedindo a mão de uma mulher que estava prestes a deixá-lo enquanto tinham um caso, que lhe disse com clareza perfeita depois de anunciar o noivado que não queria nada com isso, que repetiu essa rejeição quando veio a Redcliffe, que não proferiu uma palavra de protesto quando ele anunciou que *não* estavam noivos e que deixou a casa dele na manhã seguinte como se estivesse sendo perseguida pelos cães do inferno?

Às vezes, ele se perguntava sobre a criação que Jane havia dado a esses dois. Como poderiam ter crescido tão confusos a ponto de acreditar que ela o *amava*? Como poderiam pensar que ele poderia amá-la? E que queria se *casar* com ela? E por que se importavam depois de como ele os negligenciara?

Mas ali estava ele, e lá estavam eles, instalados em dois quartos nada luxuosos na estalagem da vila. Eles o viram partir como se o enviassem para sua execução, Estelle com os olhos cheios de lágrimas enquanto o abraçava, Bertrand com os lábios cerrados e uma expressão indecifrável, e um aperto de mão que poderia ter triturado os ossos de um homem mais fraco.

— Boa sorte, papai — ele dissera.

Isso quase foi a ruína de Marcel. Era a primeira e única vez que seu filho o chamava de papai. Ele nunca havia conseguido um *pai* antes, apenas um deferente *senhor*.

Riverdale havia convocado uma criada para acender o fogo da lareira e acendera dois conjuntos de velas antes de subir para buscar o capitão Harry Westcott e depois assumir sua vigília silenciosa dentro da biblioteca, ao lado da porta. O fogo estava quente nas costas de Marcel agora, mas ele não tirou o sobretudo. Sentia-se incrivelmente bobo. Ali estavam eles, dois homens adultos em pé, em silêncio na mesma sala, como se nunca tivessem ouvido falar sobre manter uma conversa educada. Pelo menos o clima poderia ser um tópico decente. Com certeza ia nevar, embora ainda não tivesse acontecido.

A porta se abriu.

Estelle estava absolutamente certa. Viola havia perdido peso, embora não o suficiente para diminuir sua beleza. E ela tinha sombras escuras sob os olhos, embora não fossem tão pronunciadas quanto ele imaginara. Não havia vestígio de cor em seu rosto. Até seus lábios estavam pálidos. Sua postura rivalizava com a do filho oficial militar.

— Marcel — ela cumprimentou, os lábios mal se movendo.

— Viola. — Ele fez para ela uma meia-reverência e olhou de Westcott para Riverdale, erguendo as sobrancelhas. — Precisamos de babás?

Provavelmente não foi o melhor começo que poderia escolher, mas ele estava decidido a não fazer uma proposta de casamento na presença de dois homens que o trespassariam com uma espada sem o menor esforço.

— Você pode voltar para a sala de visitas, Harry — disse ela. — E você também, Alexander. Todos estão muito curiosos lá em cima para saber quem é o visitante.

— Há um lacaio no corredor do lado de fora, caso precise — avisou Westcott, e eles saíram, fechando a porta atrás deles.

Marcel encarou Viola, e ela o encarou de volta antes que ele impacientemente desabotoasse os botões do sobretudo e o jogasse em uma cadeira próxima.

— Não vou fazer perguntas — ele disse. — Pelo menos, não ainda. Colocaria um fardo sobre você, e me disseram que fazer isso seria injusto. Vou fazer afirmações. Para começar, vou dizer novamente que achei que seria um caso breve e completamente agradável. Eu estava certo sobre tudo, exceto pela parte *breve*. De minha parte, eu ainda não havia terminado. Fiquei irritado quando você terminou comigo. Isso nunca havia acontecido comigo antes. Se ao menos você tivesse me dado mais uma semana, eu teria terminado com você e estaria pronto para seguir em frente.

— Marcel.

— Não — contrapôs ele, levantando uma das mãos —, não serei distraído. Foi o que eu pensei. Então fiz aquele anúncio precipitado e tolo de noivado e fiquei irritado e magoado e culpei você. Eu não havia tido tempo suficiente para superá-la. Você ainda estava lá quando veio para Redcliffe. Você ainda estava lá quando eu disse a todos que não ia me casar com você afinal, e depois que partiu, não consegui me livrar de você.

— Marcel... — ela tentou novamente.

— Não estou me saindo muito bem, estou? Eu tinha um discurso. Pelo menos penso que tinha. Não acho que planejei dizer que não conseguia me livrar de você. O que eu queria dizer era que não conseguia esquecê-la, porque você estava lá para ficar. Porque você está *aqui* para ficar. Em mim. Hesito em dizer em meu coração. Eu me sentiria um idiota demais. E suponho que devo pedir desculpas por usar essa palavra. Nunca vou superar você, Viola. Suponho que estou apaixonado. Não, eu não suponho nada disso. *Estou* apaixonado por você. Eu a *amo*. E se houver alguma chance, qualquer possibilidade remota de que tenha mudado de ideia desde aquele dia na praia, então me diga e eu vou pedi-la em casamento. Se não houver mudança, então irei embora e você nunca precisará me ver novamente ou ouvir mais dessas bobagens.

Ele parou, perplexo.

— Marcel. — Ela deu alguns passos em sua direção, e seus olhos estavam brilhantes. Ela piscou. — Eu não estava *cansada* de você.

Ele franziu a testa para ela, sem compreensão.

— Então por que disse que estava?

— Eu não disse. — Ela deu mais um passo. — Falei que precisava ir para casa. Eu me sentia desconectada da minha família e da minha vida. Senti medo porque minha vida se tornara tão vívida e feliz, e eu estava tão apaixonada por você, e sabia que não estava nas regras do jogo me envolver emocionalmente demais. Senti o fim chegando, e por uma questão de autopreservação, eu queria algum controle sobre *como* aquilo terminaria. Pensei que talvez pudesse evitar que meu coração se partisse se eu terminasse.

— Você não disse que estava cansada de mim? — ele perguntou, franzindo ainda mais a testa e tentando lembrar as palavras exatas.

— Não — confirmou ela.

Ele fechou os olhos e tentou se lembrar, mas tudo o que conseguiu recordar foi a terrível dor e a inevitável raiva.

— Eu me revoltei contra você, não foi? — indagou ele.

— Você me disse que ficou feliz por eu ter me manifestado primeiro, porque você nunca gostou de fazer suas mulheres sofrerem.

— Ah, sim. Eu falei. — Ele fechou os olhos como se quisesse bloquear a terrível e embaraçosa lembrança de sua mesquinhez. — Por que você não me deu um tiro no meio dos olhos naquele exato momento?

— Eu não tinha uma pistola comigo — disse Viola.

— Você deve me odiar agora.

— Por que deveria? O que você tem feito nos últimos dois meses, Marcel? Tem se punido com uma vida desregrada em Londres?

— De jeito nenhum. Estive descontando em Redcliffe, acertando tudo e todos, enviando Jane, Charles e Ellen para casa, participando do casamento de Margaret e a despachando para sua residência. Enviando minha tia, Isabelle e Ortt para viver na casa de viuvez. Enviando meu administrador para a aposentadoria e colocando Oliver em seu lugar. Conhecendo meus filhos, sendo tiranizado por eles.

— Você ficou em casa? — Ela franziu a testa. — Mas agora deixou seus filhos sozinhos durante o Natal?

— Eles estão aqui, na estalagem da vila — explicou ele. — Fomos para Londres primeiro. Ocorreu-me que eu precisaria trazer uma licença especial se quiséssemos nos casar no Natal, como originalmente planejado. E então viemos para cá, esperando que chegássemos antes da neve, o que conseguimos. Falei com o vigário daqui, e amanhã será um dia bom para ele. Conversei com seu filho, que deu sua bênção na medida em que ameaçou me expulsar se eu tentasse intimidar você e fazer coisas terríveis e dolorosas ao meu corpo se eu algum dia lhe causasse dor.

— Marcel, eu sou uma mulher de reputação manchada.

— Meu Deus. Suponho que esteja se referindo ao que aquele patife fez a você e a seus filhos. A mancha não é sua, e eu ficaria interessado em me entender com alguém que diga que é. Não seja ridícula, Viola. A única coisa que importa para mim é *você*. Lembra-se de me dizer que o que mais queria na vida era ter alguém que se importasse com você? *Você*. Não uma mulher manchada, uma ex-condessa, uma mãe, avó ou mulher dois anos mais velha que eu. Bem, você terá o que queria se escolher. Você tem a mim. Eu não só a amo. Eu me *importo* com você.

Ele a viu engolir em seco e suspirou.

— Eu quase me esqueci de explicar isso — disse ele. — Acredito que deveria ter tido um papel proeminente no meu discurso. Na minha imaginação, ia ser uma cena temível, mas maravilhosa, Viola. Ia ser romântico. Ia ser comovente. Ia proceder de maneira ordenada. Ia culminar com um pedido de joelhos e depois a revelação comovente de que eu trouxe meus filhos e uma licença especial. E ia terminar com nós nos enredando em um abraço.

— E? — indagou ela.

— E? — Ele ergueu as sobrancelhas e a encarou, perplexo.

— Eu ainda não vi o joelho dobrado.

— Viola. — Ele franziu a testa. — Você me *ama*?

Seus olhos, fixos nele, se iluminaram.

— Sim — declarou ela.

Ele inspirou fundo, segurou o fôlego e soltou um suspiro silencioso.

— E você se *casará* comigo?

— Vou ter que pensar sobre isso.

— Tenha misericórdia — pediu Marcel. — Os joelhos ficam reumáticos, sabia, quando se passa dos quarenta anos.

— Ficam? — Ela sorriu. E, por Deus, ele era escravo desse sorriso. Sempre o conquistava.

E assim ele fez. E nem se sentiu tão idiota. Ele se ajoelhou e pegou a mão dela.

— Viola — começou, olhando para o rosto dela —, você se casaria comigo e me faria o homem mais feliz do mundo? E nem é um clichê neste caso. Ou, se for, é um verdadeiro. — De alguma forma, desta vez os olhos e o rosto dela sorriram antes que os lábios a acompanhassem. Ela nunca parecera tão deslumbrantemente bonita.

— Oh, eu aceito, Marcel.

E ele se lembrou de tatear no bolso em busca da caixa com o anel de diamantes comprado em Londres, usando o dedo de Estelle e as opiniões dela e de Bertrand para estimar o tamanho. Marcel deslizou o anel no dedo de Viola, e nem ficou preso no nó dos dedos nem caiu.

— O diamante não é tão grande quanto o outro que comprei para você, mas foi tudo o que pude pagar depois daquela extravagância. Agora, você gostaria de me dizer como poderei me levantar outra vez?

— Oh, seu bobo. Você só fez quarenta anos, não oitenta. — E ela se ajoelhou diante dele, envolvendo-o com ambos os braços e sorrindo nos seus olhos.

E ele envolveu os braços ao redor dela e a beijou.

E tudo estava perfeito, enfim. Assim como era. Ele estava em casa. Afinal. E seguro, afinal. E em paz, afinal.

Exceto que...

— Suponho — ele disse, recuando com a maior relutância — que é melhor subirmos, fazermos o anúncio e aceitarmos as consequências.

— Você não deve achar difícil — respondeu ela, ao se levantar e ajudar Marcel a se levantar também. — Afinal, você teve alguma prática em Devonshire.

23

— Tem certeza, mamãe? — Harry perguntou. Estava parado na porta do quarto dela, dolorosamente bonito e elegante em seu uniforme militar verde, que alguém havia escovado e limpo para que parecesse quase novo. — Sei que quase todos ficaram encantados ao ver Dorchester ontem à noite, que o cumprimentaram e apreciaram o anúncio como se fosse o próprio Nat... Bem, como se o Natal tivesse chegado. Foi extraordinário. Até Cam e Abby ficaram maravilhadas. Até o *tio Michael* apertou a mão dele com grande cordialidade. Mas...

— Harry, eu tenho certeza.

Ele relaxou visivelmente.

— Bem, então também estou feliz — confessou Harry. — É melhor irmos embora. A senhora não quer se atrasar para o seu casamento, tenho certeza.

— Imagino — disse ela, sorrindo para ele — que pode ser a coisa da moda para uma noiva hoje em dia, mas você está certo. Eu não quero me atrasar.

Eram os dois últimos membros da família ainda na casa. A mãe de Viola tinha partido com Michael e Mary havia poucos minutos, e Alexander e Wren tinham ido com eles. Harry a levaria ao altar.

— Devo dizer — adicionou ele, olhando-a da cabeça aos pés — que a senhora está deslumbrante, mamãe.

Ela usava um vestido creme de lã fina, liso, de cintura império, gola alta e mangas compridas. Pensara que talvez não fosse festivo o suficiente para a ocasião, mas não era uma jovem noiva ruborizada, enfeitada com rendas e babados, e o vestido era novo, comprado em Bath quando ela estivera lá havia alguns meses. Viola se apaixonou por ele à primeira vista e pretendia usá-lo pela primeira vez no dia de Natal. Agora o vestia na véspera, para seu casamento.

— Obrigada — falou ela, e ele se adiantou para ajudá-la a vestir a pesada capa de lã que combinava com a cor do vestido.

— Essas não são as pérolas que você costuma usar, são?

— Não. — Ela sorriu em silêncio para si mesma. — Foram um presente recente. E os brincos.

— Bem. — Ele olhou para eles com um pouco de dúvida. — São muito bonitos.

E estavam a caminho da igreja na aldeia sob um céu carregado de nuvens de neve que, teimosamente, seguravam sua carga há vários dias, mas enquanto Viola pensava nisso, um floco e depois outro flutuaram além da janela da carruagem.

— Oh, olhe — disse Harry. — Neve. Se houver muito mais flocos, talvez possamos usar aqueles trenós velhos, afinal.

Mas Viola pensaria na possibilidade de um Natal branco mais tarde.

Harry a ajudou a descer, aos portões da igreja, e ela caminhou pela trilha do cemitério até a varanda da igreja de braço dado com o filho. Lá, tirou a capa e pendurou-a em um gancho enquanto passava as mãos pelo vestido para suavizar o amarrotado. Alguém devia estar de vigia. O velho órgão começou a tocar momentos depois de sua chegada, e eles seguiram para a igreja em si e ao longo da nave em direção ao altar, onde o vigário esperava.

— Vovovovó — disse Sarah, e foi imediatamente silenciada.

Eles caminharam entre a família e a futura família. Estelle estava sentada no banco da frente, à esquerda, ao lado de Abigail, Camille e Joel. Bertrand estava do lado direito, bonito e digno no papel de padrinho de seu pai. E... Marcel, ele próprio a meio caminho do corredor para poder vê-la chegar com olhos escuros intensos e expressão austera. Vestia um casaco marrom com um colete dourado fosco, calças castanhas e linho branco.

Estava tudo bem no mundo, pensou Viola. Às vezes, alguém se sentia assim, como se o coração se expandisse para se preencher com todo o amor e bem-estar do universo. Como se nada pudesse acontecer para abalar essa tranquilidade interior, não importando os problemas que estavam por vir. E como era apropriado que ela tivesse essa sensação agora, no dia do casamento.

Seu único dia de casamento verdadeiro.

Com Marcel.

Que tinha vindo buscá-la e dito que a amava e lhe pedido de joelhos em casamento.

Ele até se lembrara de trazer uma licença especial.

Viola sorriu no seu íntimo, e os olhos de Marcel ficaram mais intensos e o rosto, mais austero. Ela não foi enganada nem por um momento.

E então ela estava ao lado dele, e os olhos de Marcel ainda estavam focados nela e os dela permaneciam nele, mesmo enquanto ela permitia que sua consciência se expandisse para sentir a presença de todos os que eram mais próximos e queridos, seus e de seus filhos, por cujo bem ele finalmente voltara para casa.

Ah, sim, estava tudo bem com o mundo. O órgão havia parado de tocar.

— Vovovovó — disse Sarah, outra vez, em meio ao silêncio. Alguém a fez calar-se com sussurros novamente.

— Sejam todos bem-vindos a esta celebração do santo matrimônio — iniciou o vigário.

Marcel não havia ficado muito tempo na sala de estar de Brambledean na noite anterior, apenas o suficiente para fazer o seu anúncio, suportar numerosos apertos de mão de felicitações e os inúmeros abraços e vários tapinhas nas costas e para desejar que houvesse um grande buraco onde pudesse entrar. O que mais o surpreendeu, porém, foi o êxtase da jovem Winifred, que aparentemente fora autorizada a passar a noite na sala de visitas com os adultos, já que ele seria seu novo vovô. Assim que pôde, ele voltou para a estalagem da aldeia depois de uma rápida troca de beijos com Viola no corredor, à vista de um lacaio impassível. Na estalagem, foi recebido por Estelle, visivelmente ansiosa, e por Bertrand, decididamente *nada* ansioso, e abraços e beijos da primeira depois de anunciar o sucesso de sua missão. E outro aperto de mão de seu filho.

— Viu só, papai? — Bertrand tinha dito. — Estávamos certos. — E de fato estavam.

E então era de manhã, dia de seu casamento, e ele teria disparado para o horizonte mais distante se pudesse levar Viola consigo outra vez, como havia feito em outra ocasião memorável, alguns meses atrás. Ah, e os gêmeos também. E, para ser justo, as filhas dela, o genro e os três filhos, incluindo aquela que claramente tinha toda a intenção de chamá-lo de vovô. Meu Deus, ele tinha apenas quarenta anos. Nem tinha joelhos reumáticos ainda. Ah, e o filho dela também poderia vir se quisesse desertar de seu regimento.

No geral, pareceu mais sensato ficar e suportar toda a pompa tediosa de um casamento e um café da manhã para os convidados e mais abraços, beijos e outras coisas, apesar do fato de ele ter trazido uma licença especial e assim ter evitado o horror das bodas meticulosamente planejadas como as de Margaret em Redcliffe recentemente. Isabelle até queria que ele repintasse a sala de jantar para combinar com a cor das flores que ela e a filha haviam planejado. Ele sugeriu que mudassem a cor das flores, uma ideia que foi recebida com gritinhos, mãos erguidas e uma exclamação de "Homens!".

E agora ali estava ele, na igreja, intensamente consciente de Bertrand à sua direita e Estelle do outro lado do corredor, à sua esquerda. E da estranha transformação que sua vida sofrera nos poucos meses desde que olhara para além da porta de uma taverna, para a hóspede recém-chegada, debruçada sobre o livro de registro, que o estalajadeiro abrira para pedir sua assinatura.

E então ele teve plena consciência do vigário que vinha da sacristia e do órgão que começava a chiar e produzir música, e da chegada, quando ele se levantou e se virou para olhar para trás, do rapazola feroz, que parecia realmente formidável, hoje em seu traje regimental completo. E... Ah...

Viola.

Discreta em um vestido creme sem adornos, permitindo que toda a sua elegância e beleza falassem por si. E falavam alto e claramente às câmaras mais profundas do seu coração. Ou melhor, brilhavam e aqueciam todo o seu ser. Ele observou-a se aproximar pelo braço do filho, sem mais consciência de ninguém ou de qualquer outra coisa. Olhou como se só assim pudesse mantê-la ali e evitar que desaparecesse quando ele acordasse de um sonho.

Ela não estava sorrindo. Pelo menos seus lábios não, mas ela tinha aquela habilidade que ele já havia notado antes, de sorrir com os olhos e com todo o rosto e tornar desnecessária a curvatura dos lábios.

Viola, o amor do seu coração — linguagem açucarada que ele nem parava para analisar.

Foi só quando ela se sentou ao seu lado que ele notou os únicos adornos que ela usava: as pérolas grandes e baratas no pescoço e nas orelhas.

E ela sorriu, um sorriso aberto que todos veriam. E ele tornou-se consciente de todos novamente — de seu filho do outro lado, do filho de Viola do outro lado dela, de Estelle atrás dele, de todos os familiares de Viola, que em breve seriam dele também, ocupando metade da igreja atrás deles. Percebeu o silêncio quando o órgão parou de tocar. Ele ouviu a neta — *que em breve seria sua também* — identificar a avó em voz alta antes de ser silenciada.

— Sejam todos bem-vindos a esta celebração do santo matrimônio — disse o vigário.

E então tudo começou — o resto de sua vida.

Nevava quando saíram da igreja. Grossos flocos brancos desciam e derretiam ao pousar, mas o calor do solo travava uma batalha perdida contra o ataque lançado pelas nuvens. A grama já estava ficando branca, assim como os tetos das carruagens. Mas, apesar do tempo, vários aldeões curiosos reuniram-se do lado de fora dos portões da igreja e aplaudiram, alguns constrangidos, quando se tornou óbvio para eles que um casamento tinha acontecido — o da ex-condessa, na verdade. Que era agora — a esposa do estalajadeiro não teve vergonha de explicar — a marquesa de Dorchester, já que era o marquês que estava com ela. Ele era o grande cavalheiro que se hospedara na pousada na noite anterior.

Os meninos de Mildred, juntamente com Winifred, estavam no caminho da igreja, armados com pétalas de flores coloridas que haviam arrancado de um jardineiro relutante, orgulhoso de suas estufas. Eles as jogaram sobre os noivos enquanto eles corriam pelo caminho em direção à carruagem de Marcel, gargalhando e dando gritinhos ao fazê-lo.

— Jovens... — disse Marcel, escovando o sobretudo e sacudindo o chapéu antes de se juntar a Viola dentro da carruagem. Ele chegou tarde demais, como se viu. O jovem Ivan guardava um punhado de pétalas só para aquele momento.

E então eles estavam sozinhos na carruagem, que estava se afastando dos portões para que a próxima carruagem pudesse parar atrás dela, e um som de rangido, batida, clangor e arrastamento assaltou seus ouvidos.

— Começamos com problemas na carruagem — declarou Marcel, elevando a voz acima do barulho. — Podemos muito bem continuar com eles. Suponho que haja botas presas lá atrás e outros apetrechos. Existe pelo menos uma panela. Qualquer um pensaria que acabamos de nos casar.

Ele se virou para ela e sorriu, e ela sorriu de volta.

— Acho que foi exatamente isso que aconteceu — falou ele.

— Sim.

Marcel olhou para ela.

— E há uma festa de casamento por vir — acrescentou.

— Sim — ela confirmou. — E cantores esta noite e o tronco de Yule e a tigela de licor. E o Natal amanhã. E provavelmente trenós, guerras de bolas de neve, anjos na neve, ganso e pudim de ameixa.

— E há o tempo entre esta noite e amanhã — disse ele. — Só para nós dois.

— Sim.

— Poderíamos praticar só um pouquinho agora? — ele sugeriu. Ela riu e ele também.

— Só um pouquinho.

Mas Marcel a observou por mais alguns momentos.

— Vou passar o resto da minha vida provando que você não cometeu um erro, Viola.

— Eu sei. E passarei o resto da minha vida provando que você não precisa provar absolutamente nada.

Ele piscou.

— Vou ter que pensar sobre isso. Mas, nesse meio-tempo...

— Sim — ela concordou. — Nesse meio-tempo...

Ele deslizou-lhe um braço sobre seus ombros e ela se virou aconchegada nele.

— A propósito, lindas pérolas — ele murmurou contra seus lábios.

— Sim. Minhas favoritas.

FIM

Editora Charme

Entre em nosso site e viaje no nosso mundo literário.
Lá você vai encontrar todos os nossos
títulos, autores, lançamentos e novidades.
Acesse www.editoracharme.com.br

Você pode adquirir os nossos livros na loja virtual:
loja.editoracharme.com.br

Além do site, você pode nos encontrar em nossas redes sociais.

 https://www.facebook.com/editoracharme

 https://twitter.com/editoracharme

 http://instagram.com/editoracharme

 @editoracharme